Dédicace

BLACK EAGLES

TOME 1

PAPILLON

THANIA ONYNE

DARK ROMANCE

Illustration couverture : Adeline R.

**E-mail :
Thaniaodyne@gmail.com**

ISBN : 979-10-96798-25-4

Résumé

Elle est une petite fille riche, hautaine, trop propre sur elle et en qui je ne peux avoir aucune confiance. Je n'ai besoin d'elle que pour me permettre d'atteindre l'ultime quête de ma vie. J'ai fait une promesse de vengeance que je tiendrai quoi qu'il m'en coûte. Quitte à balancer la moindre lueur de sentiment dans un ravin et l'enterrer le plus profondément possible.

Il est un homme violent, instable, prétentieux et chef d'un clan de biker. Tout ce que j'attends de lui, c'est qu'il me mène à mon but : retrouver ma raison de vivre. La seule personne pour qui je donnerai ma vie. Pour ça, je vais devoir m'adapter à leurs conditions spartiates et surtout, ne pas m'attacher à qui que ce soit !

La haine et l'amour ne sont-ils finalement pas liés ?

PROLOGUE

Le sang se propage telle une rivière autour du corps de ce type qui gît au sol. Il ne représente dorénavant qu'une montagne de chair, comme s'il était un volcan en fusion qui déversait toute sa hargne, éjectant le vice de ses entrailles. Je devrais ressentir ce soulagement qui m'étreint chaque fois, alors que ce n'est pas le cas. Ce sont les difficultés qui nous font vibrer, qui diffusent l'adrénaline indispensable à notre bien-être sauf qu'avec lui, tout a été trop simple. Sa seule distraction était ce qu'il s'injectait dans les veines, comme ce qui coule dans les miennes. Par chance, son existence était sans surprises, monotone, rythmée par les mêmes activités jour après jour. Il ne le saura jamais, mais ce sont ces habitudes, ces horaires identiques qui ont fait de lui une proie facile à trouver.

Mon regard quitte ce qui sera bientôt un corps sans vie, pour vérifier que la ruelle est toujours déserte. J'ai pris soin de l'emmener dans un quartier malfamé où les cadavres sont monnaie courante. Les flics ne prennent plus la peine de faire des rondes ici, ils craignent d'être attaqués par plus armés qu'eux. Ce qui, je dois le dire, arrange bien mon affaire. Ce n'est pas la première dépouille sur ma route… Peut-on être blasé par la mort ? C'est pourtant une atrocité. Chaque être humain ne peut qu'être touché par le décès d'un autre, sauf que je ne ressens plus rien. Tout est froid en moi, j'ai l'impression de regarder un film, et non de vivre cette situation.

— Pourquoi ? souffle-t-il avant de tousser et cracher du sang qui remonte le long de sa gorge.

Je l'observe chercher de l'air qu'il ne trouve plus. Lui répondre serait une perte de temps, de toute façon, il succombera d'ici quelques secondes. Je retire brutalement le couteau enfoncé dans son ventre et admire mes mains tachées de rouge. Je les tourne devant mes yeux, une hypnose bienfaitrice. C'est si facile de prendre une vie, d'arracher ce peu d'humanité. Je n'ai jamais voulu tout ça, provoquer la mort sur mon chemin, pourtant, je ne sais pas si je pourrais m'en passer.

Tout à coup, Nick apparaît, il devait rester au bout de la ruelle pour surveiller, que fait-il ?

Mon cœur s'emballe. Je me penche vers l'homme à mes pieds pour m'assurer qu'il est bien décédé avant de me relever.

Alors que je m'apprête à rejoindre Nick, ce dernier me fait signe de m'arrêter et pose un doigt sur sa bouche pour que je ne dise pas un mot. Je suis soudain à l'affût, qu'a-t-il entendu ? Et si quelqu'un m'avait vu ? L'euphorie tant attendue se répand telle une traînée de poudre, enflammant chaque fibre de mon être.

Ses pas de félins l'entraînent jusqu'à la porte d'un immeuble légèrement entrouverte. Il la pousse d'un coup sec, laissant apparaître une petite fille. Elle ne doit pas avoir plus de dix ans et tremble, le visage strié de larmes. A-t-elle assisté au meurtre ?

— Depuis quand es-tu là, gamine ?

Instinctivement, je m'avance, un pressentiment me prend aux tripes et je ne peux pas l'ignorer. Elle est trop jeune, trop innocente, il est hors de question de lui faire du mal.

Alors que j'arrive presque à sa hauteur, Nick attrape l'arme dans son dos et malgré mon cri qui brise le silence, une balle se loge dans le crâne de cet enfant.

Sans que je ne comprenne ce qu'il se passe, mes jambes ne supportent pas cette vision d'horreur et me lâchent sur le goudron, au milieu de cette impasse. La nausée monte dans ma gorge prête à évacuer le peu que j'ai avalé avant de venir, mais Nick ne me laisse pas le temps de m'apitoyer. Il me remet sur pied et me tire jusqu'à sa voiture. Je ne peux qu'obéir, alors que cette vue détestable à laquelle je peine à croire, me hante.

L'homme méritait son sort, il se droguait, frappait sa femme, personne ne le regrettera, mais cette petite… Ma respiration se fait encore plus difficile et je pose une main sur mon ventre pour essayer de reprendre le dessus.

Plus aucun son ne sort de mes lèvres, trop d'émotions s'entrechoquent dans ma tête.

Il faut parfois un déclic pour réaliser qu'on ne supporte plus la vie dans laquelle on nous force à rester. Moi aussi je mérite de crever dans une ruelle pourrie.

Mon existence est devenue un vrai mélodrame que je n'arrive pas à enrayer.

CHAPITRE 1
TIARA

Ses cheveux bruns rasés sur un côté et plus longs de l'autre, ses yeux noirs, son nez fin, ses lèvres bien dessinées, sa barbe de plusieurs jours… C'est tout ce que je peux observer de cet homme qui m'hypnotise à cause de la fille installée à califourchon sur ses jambes. Il a un air animal, dominant à souhait. Je ne sais pas qu'elle en est la raison, mais mon regard est comme totalement absorbé par ce couple. Elle est penchée sur sa gorge alors que son bassin bouge comme s'ils étaient en train de coucher ensemble. Lui, parcourt ses courbes de ses doigts avant de saisir son cul. Ils sont entièrement habillés de cuir, formant une barrière à leur étreinte bien que ça n'ait pas l'air de les déranger.

J'attrape la cigarette que Rosa me tend et cherche le briquet que j'ai dans ma poche pour l'allumer. Je fume rarement, seulement lorsque je sors avec mon amie. Mon père me ferait une crise s'il était au courant, même si à vingt-sept ans, je ne suis plus une adolescente rebelle. Je l'imagine déjà me sermonner sur les dangers que cela pourrait provoquer sur mon organisme, comme si je découvrais la vie. J'ai conscience qu'il ne m'a pas vu grandir, pourtant je suis bel et bien une femme à présent.

— Jean sait que tu es ici ? me demande Rosa, coupant court à mes divagations.

Bien sûr que non ! Heureusement qu'il n'a pas flairé ma fuite, du moins pas encore, sinon je ne serais pas là à admirer ce groupe auquel je vais devoir me fier pendant quelque temps… Il m'aurait retenue de gré ou de force si ça avait été le cas. Depuis des semaines, mon frère a changé, je le reconnais à peine et les choses ne vont pas en s'arrangeant. Nous avons toujours été proches, à nous protéger du reste du monde, sauf que ses actes en deviennent d'autant plus décevants que je lui faisais confiance. Il m'a trahie et pour le moment, je ne suis pas prête à lui pardonner.

— Tu le sais bien, réponds-je à mon amie, en soufflant la fumée en l'air.

Je ne vais pas m'éterniser à Chicago, il ne mettrait sûrement pas longtemps à me retrouver. Il connaît la ville par cœur et a des hommes à sa botte. Je m'impatiente d'ailleurs, parce que plus les minutes passent, plus il y a de risque que l'un d'eux croise ma route. Je n'imagine même pas sa surprise s'il apprenait que j'étais au milieu de ce clan après tout ce qui m'est arrivé.

Si je me trouve ici aujourd'hui, c'est grâce à Rosa. Au fil du temps, elle est devenue ma confidente, elle est la seule sur qui je puisse compter à l'heure qu'il est. Quand je lui ai parlé de mon besoin de quitter ma famille, elle m'a tout de suite aidé et proposé d'intégrer le groupe le temps de mon trajet. Bien entendu, j'ai gardé les vraies raisons pour moi. Personne ne peut être au courant de mes projets sans essayer de m'en dissuader et je n'ai pas non plus envie de la mêler à mes histoires plus que nécessaire.

— Tu as ce qu'il me faut ? l'interrogé-je de plus en plus à cran.

Je tire sur ma clope alors qu'elle hoche la tête en me montrant un sac posé un peu plus loin. Je lui ai demandé de me prêter des vêtements, parce qu'il m'était impossible d'emporter quoi que ce soit sans éveiller l'attention et sa garde-robe fera à l'évidence moins tache que la mienne.

— Ce n'est pas une bonne idée Tiara. Je regrette de te l'avoir conseillé maintenant que je te vois ici. Axel m'a promis de veiller sur toi, mais méfie-toi. J'ai confiance en lui, sauf qu'il n'est pas seul et ce n'est pas lui qui dirige le clan…

Elle ne cesse de me mettre en garde alors que c'est elle qui m'a suggéré ce plan. Je sais où je vais, je ne suis pas aussi naïve qu'elle le pense. Quitter mon logement où je suis en sécurité n'est sûrement pas la meilleure option, mais je n'en ai pas d'autres étant donné les récents évènements.

Je prépare ma fuite depuis des semaines et je n'ai rien trouvé de mieux que de m'évader de ma prison dorée pour rejoindre une bande de malfrats. Axel est sorti avec Rosa pendant plus d'un an et bien que je ne l'aie jamais vraiment côtoyé, c'est rassurant pour moi. Je suis certaine qu'elle ne me laisserait pas avec quelqu'un qui me ferait du mal. Le clan ne reste jamais très longtemps au même endroit et la distance n'a pas aidé leur relation.

J'ai conscience qu'importe où je serais, on me retrouvera, mais au moins, avec eux, il y aura une barrière plus difficile à franchir que moi seule. Je vais faire en sorte qu'ils me protègent, je trouverais un moyen.

Je m'apprête à répondre à mon amie qu'elle n'a pas à s'inquiéter, lorsqu'un brouhaha nous fait tourner la tête vers le groupe.

La scène qui nous fait face confirme sans le vouloir les doutes de Rosa. Ce ne sont pas des gentils et je vais devoir la jouer fine si je souhaite pouvoir bénéficier de leur aide.

— Qu'est-ce que tu ne comprends pas dans le mot : « dégage » ? souffle l'homme que je détaillais plus tôt.

Il tient un flingue braqué sur la tempe de celui à qui il s'adresse et alors que ça devrait me terroriser, ça me fascine.

— Je... Je suis désolé Lakmar. Il fallait que je te prévienne.

La peur traverse ses prunelles alors qu'il essaie de se justifier, sauf qu'à mon avis, il perd son temps.

Mon regard dévie irrémédiablement vers le fameux Lakmar. Son corps puissant et musclé que je devine sous ses vêtements ainsi que l'encre qui orne son cou s'épanouit sous mes yeux. Toute sa dangerosité m'éclate à la figure alors que ma raison me hurle de déguerpir et trouver une autre solution. Malgré la présence de Rosa qui évolue dans leur milieu et a l'habitude de les fréquenter, je sens l'inquiétude me gagner. Je suis une inconnue en qui personne n'a confiance. Que se passera-t-il quand je me retrouverai seule ? Serais-je mangée toute crue par le grand méchant loup ?

Un sourire sinistre apparaît sur le visage de Lakmar alors que le type tremble de plus en plus.

— Laisse-le tranquille Lak, il va se pisser dessus ce con, les interrompt soudain un homme assis sur une caisse près du feu.

Je reconnais immédiatement Axel, le seul que j'ai déjà croisé, et qui, si j'ai bien compris les quelques explications de Rosa, est le second de Lakmar. Elle m'a fait un mini topo pour que je ne débarque pas totalement ignorante de la hiérarchie de leur clan. Il me manque beaucoup de détails, mais elle m'a dit que trop de connaissances pourraient les amener à douter de moi, donc je vais en terre inconnue.

Ce dernier hausse un sourcil en fixant Axel et baisse son arme, sauf qu'un coup de feu part, me faisant sursauter. Une trace rouge se matérialise sur le pied du pauvre homme qui se met à hurler en s'effondrant au sol. Lakmar s'empare de la main de la femme qui ne cesse de le coller pour la plaquer contre un mur et lui dévorer la bouche. J'hallucine, suis-je dans un monde parallèle ? Il vient de tirer sur quelqu'un et ça ne lui fait ni chaud ni froid, on dirait même que ça l'excite ! Je suis aussi captivée que déconcertée.

Mon cœur bat à tout rompre et mes jambes sont déjà prêtes à fuir en courant devant ce spectacle. J'ai eu ma part de violence et n'ai pas spécialement envie d'y retomber, il faudrait que je m'en aille, sauf qu'Axel s'avance vers nous l'air décontracté.

Certains se sont précipités sur l'homme et essaient de l'aider, alors que d'autres n'y prêtent aucune attention, comme si c'était normal, ce n'est pas très encourageant. Je vais devoir vivre dans ce monde pendant plusieurs jours et faire en sorte de rester en vie, j'ai le pressentiment que ça ne sera pas une mince affaire.

— Tiara…, souffle Axel, en me détaillant.

Je lui fais un signe de tête en tentant de faire diminuer cette tension qui comprime ma cage thoracique, mais c'est difficile à la vue du sang qui jaillit de la plaie du type au sol. Quelqu'un l'a aidé à enlever sa chaussure et tout s'étale devant mes yeux. Je m'empresse de détourner le regard pour me concentrer sur le nouveau venu.

Un semblant de sourire se dessine au coin de ses lèvres avant qu'il ne fixe Rosa.

— C'est quoi l'embrouille ? T'as vu ses fringues qui valent sûrement autant que nos bécanes ? Je t'avais dit de faire en sorte qu'elle se fonde dans la masse. Je suis étonné que Lak n'ait pas encore flairé la merde. Il doit être trop bourré.

J'ai toujours accepté que l'on parle de moi de cette façon, comme si je n'étais pas présente. Depuis gamine, c'est mon lot quotidien et même en dehors de ma famille, mais j'ai décidé qu'à partir d'aujourd'hui, c'était terminé. Je suis une personne à part entière et j'ai mon mot à dire sur mon existence que ça plaise ou non.

— Je ne suis pas tout le monde, chuchoté-je malgré moi.

Rosa me fusille du regard. Elle m'a prévenue de ne pas faire la maline avec eux, sauf que je ne peux pas me laisser traiter de cette façon, pas alors que c'est tout ce que je cherche à fuir.

Axel se dresse de toute sa hauteur et croise les bras sur son torse, rendant sa stature plus imposante qu'elle ne l'est déjà. S'il tente de m'intimider, c'est mignon, mais il perd son temps.

— Je ne sais pas où tu penses être, mais je suis en train de prendre des risques pour toi.

(Il s'approche encore, cognant presque ses chaussures aux miennes.) Lak t'accepte pour un temps, mais au moindre écart, c'est à lui que tu devras rendre des comptes et il est beaucoup moins patient que moi. Rien que ce que tu as vu ce soir pourrait nous valoir des ennuis si tu allais t'en vanter quelque part. Alors si tu veux rester en vie, à partir de maintenant, tu fermes ta gueule tant qu'on ne te demande pas de l'ouvrir. Compris ?

J'ai été obligée de lui raconter une toute petite partie de mon existence pour qu'il accepte de me rendre service et je sais que j'ai une dette énorme envers lui. Je ne souhaite pas le mettre dans l'embarras, donc même si ça me coûte, je vais tenter de prendre sur moi pour éviter de me faire remarquer.

J'ai beaucoup hésité à lui demander de l'aide. Après tout, je ne suis rien pour lui, il aurait juste pu m'envoyer bouler, mais au contraire, il m'a écoutée. Cet homme a un bon fond, donc je vais me faire discrète le temps que je reste avec eux. Je hoche simplement la tête sans croiser son regard.

Rosa attrape ma main et la serre doucement, me transmettant un peu de courage supplémentaire.

— Tu as fait ce qu'on a dit ? Pas de portable ni carte de crédit ? me demande-t-il, agacé.

— Oui.

Ce fut assez facile de les abandonner, mon téléphone ne me sert plus depuis quelques années. Pour l'argent, j'ai réussi à avoir du liquide en vendant quelques affaires par le biais de Rosa, ça sera suffisant pour un bon moment.

Et dire que pendant une grande partie de mon existence j'ai été très active sur les réseaux sociaux, même si tout ce qui s'y trouve n'est qu'une façade derrière laquelle je me cachais. J'étais une jeune fille un peu plus riche que la moyenne qui aimait se montrer. Mais c'était avant qu'on ne fasse basculer ma vie dans un enfer que j'étais loin d'imaginer.

— Eh les amis ! Vous ne pouvez pas garder les mains vides ! nous interrompt un homme plus âgé que les autres, tenant un plateau rempli de gobelets.

Axel en prend un, ainsi que Rosa alors pour ne pas être en reste, je suis le mouvement.

Je relève la tête vers mes acolytes et le regard qu'ils échangent me comprime le cœur. Ils s'aiment toujours, c'est une évidence. Ce moment ne dure qu'une fraction de seconde et pourtant, l'ampleur de leurs sentiments crépite autour d'eux. Je suis triste qu'ils en soient là, mais Rosa refuse de passer sa vie sur la route. Elle désire une maison, un chien, un mari qui rentre tous les jours et des enfants qui gambadent partout. Et d'après ce qu'elle m'a raconté, Axel est très loin de souhaiter la même chose, alors au lieu de continuer dans une relation qui n'a aucun avenir, elle a préféré tout arrêter.

Ne voulant pas briser leur moment d'intimité, je reporte mon attention sur le reste du groupe. Ils sont une quinzaine, tous plus différents les uns que les autres et qui s'accordent finalement très bien. Celui qui s'est pris une balle est assis au sol et se fait soigner par une jolie femme. Certains rient, s'amusent, se chamaillent, ils ressemblent à une famille.

Derrière eux se trouvent les motos, qui sont leurs moyens de transport, toutes alignées en une rangée impeccable. Et sur l'une d'elles, je remarque un homme posé contre la selle alors qu'une bimbo est à genoux entre ses cuisses. Je ferme les paupières une seconde, je me doute de ce qu'ils font et l'image vient se graver dans mon esprit, me faisant les dévisager à nouveau. Tout le monde pourrait les surprendre, mais ils n'en ont apparemment rien à faire.

Je me dandine, mal à l'aise, et au moment où je veux détourner mon regard, il lève son visage vers le ciel en maintenant celui de la fille contre ce que je devine être son sexe. Il jouit comme ça, à la vue de tous, sans gêne. Que fais-je ici, dans ce quartier malfamé avec des exhibitionnistes ?

Le couple se redresse et se rhabille. Il faut que je porte mon attention ailleurs, ils vont voir que je les observe, sauf que c'est comme si mes yeux ne m'obéissaient plus. L'homme se tourne, me dévoilant le visage de celui qui m'impressionne autant qu'il me fait peur.

Ses prunelles tombent sur les miennes trop curieuses et il ne me lâche plus. Je suis comme aimantée, sans possibilité de me décrocher. Et le pire de tout, c'est qu'il avance vers nous, laissant en plan la femme avec qui il vient d'avoir une relation. Chaque pas qu'il fait me rend plus fébrile et fait battre mon cœur plus vite. Il emprisonne mes yeux, comme s'il fouillait dedans pour découvrir mes secrets, mais ils sont bien trop enfouis, c'est inutile d'essayer.

Encore une enjambée, et le voilà devant moi qui suis statufiée, mon verre intact dans une main.

— Tu me présentes ? demande-t-il alors à Axel sans pour autant détourner le regard.

Je me force à ne pas réagir à sa présence, il ne doit pas remarquer mon trouble.

— Lak, voici ma copine, Tiara.

Et avant que je n'aie pu faire le moindre geste, Axel attrape mon bras pour me plaquer contre lui. Je m'apprête à le repousser quand sa bouche s'écrase sur la mienne. Je pourrais dire que c'est nul, sans saveur, mais ce serait mentir. Sa langue s'insinue jusqu'à venir me titiller quelques secondes, puis me relâche. Je suis étourdie, fiévreuse, c'est trop peu et à la fois beaucoup trop. Le temps que je reprenne mes esprits, Lakmar émet un grognement et se détourne de nous.

Je ne sais pas si je dois être soulagée qu'il ne nous prête plus d'attention ou en colère parce que j'aurais voulu que ce soit ses lèvres qui m'embrassent.

Je disjoncte totalement ! Aucun d'eux ne doit m'intéresser. Ils ne sont que des pions que j'utilise pour disparaître dans la nature. Je suis en train de perdre la tête, il faut vraiment que je me ressaisisse et me recentre sur mon objectif.

J'aperçois la déception dans le regard de Rosa et je regrette de m'être laissée aller de la sorte avec l'homme dont elle est encore amoureuse. J'ai été surprise et je me rends compte que je la fais souffrir sans le vouloir.

— Je suis désolée, m'empressé-je de lui souffler.

Je ne suis qu'une ingrate alors qu'elle a tout organisé pour moi. Sans elle, je ne serais pas sortie de cet appartement où je commençais à me noyer.

Mon amie me fait un signe de la main, attrape mon gobelet et l'avale d'une traite.

— Tu as tout ce qu'il te faut, Tiara ?

Je comprends que c'est le moment que je redoute, celui où je dois lui dire au revoir ou adieu. Je ne compte pas remettre les pieds dans cette ville de sitôt, mais Rosa va me manquer, c'est une certitude. Même si nos vies sont en totale opposition, je me suis attachée à elle. Nous avons passé des heures à discuter, elle ne connaît de moi que ce que j'ai bien voulu lui dire, mais elle en sait beaucoup plus que mon entourage. Elle est mon amie.

Je hoche la tête alors qu'elle s'avance vers moi pour me prendre dans ses bras.

— C'est ta dernière occasion. Tu es sûre de ton choix ?

— Oui, réponds-je le plus sincèrement du monde.

C'est une évidence. Rester veut dire mourir, dans tous les cas, mon destin est scellé. Que ce soit avec ce clan ou avec ma famille, mon avenir risque d'être équivalent, sauf qu'avec les « Black Eagles », j'ai une infime chance de m'en sortir et de le retrouver. Alors je tente le tout pour le tout.

CHAPITRE 2
LAHMAR

Ses jambes fines, son petit cul, sa taille marquée, ses seins parfaits pour mes paumes et son visage de poupée. Cette fille ne correspond en rien au standard du groupe. Elle est comme une lumière qui vient éclairer notre sombre existence. Son haut rose pâle et son pantalon blanc sont en opposition avec nos cuirs noirs. C'est une brebis égarée qui risque de bientôt se faire bouffer par le grand méchant loup. Elle ne devrait pas être ici, elle n'a absolument rien à faire parmi nous.

J'attrape une bière et en bois la moitié. Rosa attire cette Tiara dans ses bras avant de lancer un regard à Axel et de rejoindre sa voiture. Je n'arriverais jamais à comprendre ces deux-là. Ils transpirent d'envie l'un pour l'autre et pourtant, ils ne cessent de s'éloigner. Moi, je ne résisterais pas à cette attraction, je n'ai pas leur retenue, ce que je veux je le prends, que ce soit bien ou mal.

— Lak…, me susurre Louise à l'oreille.

Elle m'a collé toute la soirée comme si j'étais un pot de miel. Elle est rarement aussi démonstrative, uniquement quand elle se sent en danger et je suppose qu'aujourd'hui c'est à cause de Tiara. Il est vrai qu'il est difficile de ne pas la remarquer, ça en est même dangereux pour elle. Elle n'appartient pas à notre clan, c'est flagrant et si elle veut continuer avec nous, il va falloir qu'elle s'adapte. Axel m'a assuré que ce serait le cas, je ne demande qu'à voir.

Mon cerveau fracassé l'imagine déjà avec un haut foncé très échancré, laissant apparaître la naissance de sa poitrine. Un pantalon en cuir, moulant ses formes à la perfection ; totalement aguichante.

Je termine ma bière et alors que Louise s'apprête à s'asseoir sur mes genoux, je me redresse pour m'approcher du feu que nous avons fait. Sten finit de se faire bander le pied. La balle l'a juste effleuré, mais il doit comprendre que quand ce n'est pas le moment, il doit dégager. Il est résidant à Chicago et ne voyage pas avec nous, heureusement parce qu'il m'insupporte, bien qu'il soit indispensable.

Dans ce milieu, l'autorité se gagne, elle n'est pas naturelle. Je me dois de le leur rappeler de temps en temps, donc autant faire d'une pierre deux coups. L'insistance de Sten à vouloir me refiler des infos dont j'ai déjà connaissance me sort par les yeux. Et en même temps, Tiara sera prévenue que je n'accorde aucun écart, qu'il vaut mieux pour elle qu'elle se tienne à carreau. Je fais l'effort d'accepter qu'elle se mêle au reste du groupe, mais si elle désire être libre de ses mouvements, elle devra obéir.

— Intéressant…

Je ne tourne pas la tête vers Greta. Elle fourre toujours son nez partout et je m'attendais à la voir débouler d'un instant à l'autre.

— Balance ce que tu as à dire, lui dis-je, la sentant s'arrêter près de moi.

Elle est la plus sincère de tous et l'une des rares en qui j'ai une confiance aveugle. Même s'il y a des affaires que je garde secrètes, plus pour la protéger que pour lui cacher des choses. Faire partie des « Black Eagles » est dangereux. Les menaces viennent de toutes parts, moins elle en sait, moins elle y est exposée. Elle est dans ma vie depuis toujours et il est hors de question qu'il lui arrive quoi que ce soit.

— Tu accueilles une inconnue, sans lui faire passer aucun test. Alors je me dis que soit tu changes, soit tu as quelque chose derrière la tête et cette dernière option ne me plaît pas.

Un sourire s'épanouit malgré moi sur mes lèvres en fixant mon regard sur Tiara. Je crois que je me leurre moi-même. Jamais elle ne nous ressemblera. Ses cheveux blonds qu'elle a attachés sur le côté avec un élastique tombent sur son épaule. Elle est magnifique, je ne peux que l'admettre, elle suscite forcément un intérêt et un danger pour le chef que je suis. Elle peut provoquer la discorde et la jalousie, même si entre les mains d'Axel, je ne me fais pas trop de soucis. Il sait y faire pour amadouer les gens et calmer les tensions.

— Pourquoi ne pourrais-je pas simplement faire une bonne action ?

Elle éclate de rire, faisant tourner la tête de certains curieux, telle que Tiara qui remarque tout de suite mes yeux fixés sur elle. Elle me fuit et se détourne rapidement vers la cigarette qu'elle a entre les doigts.

Greta pose une main sur mon bras et me souffle :

— Méfie-toi.

Je ne lui réponds pas et la laisse rejoindre son mari. Elle est ce qui ressemble le plus à une mère pour moi. Je n'ai jamais connu celle qui m'a mise au monde, elle est partie alors que je n'avais qu'un an et m'a abandonné entre les griffes d'un père que je ne souhaite à personne. Greta est donc une des rares à s'inquiéter de mon sort. Non pas que j'en ai besoin. Je me suis habitué à l'égoïsme d'autrui et le suis moi-même devenu au fil du temps, mais j'avoue qu'une attention de sa part de temps en temps ne me fait pas de mal.

L'heure commence à tourner, il va falloir que nous rejoignions notre campement. Nous nous sommes installés dans le champ d'un de nos partenaires et comme nous devons repartir assez tôt demain matin, les festivités de ce soir vont devoir se terminer.

Je fais un signe à Jon qui gère les consommations pour lui dire d'arrêter de servir. Il est en charge des stocks, comme ça, je sais d'où provient chaque bouteille et suis certain qu'aucun poison ne s'y trouve. Beaucoup cherchent à nous éliminer, je ne voudrais pas qu'ils y parviennent aussi bêtement. Être à la tête du clan m'a rendu paranoïaque, mais j'en ai tellement vu que maintenant, je prends toutes les précautions possibles pour éviter de me faire tuer. Je ne redoute pas la mort, j'ai conscience qu'elle arrivera plus vite que la moyenne à cause de mon statut, mais ce n'est pas encore le moment. J'ai des projets qui doivent aboutir avant de pouvoir m'en aller sans regret.

Nous éteignons le feu et tout le monde rejoint sa moto sans plus tarder.

Je roule toujours seul, c'est une habitude à laquelle je n'ai pas dérogé depuis des mois. J'allume le moteur et fais ronronner mon petit bijou. Beaucoup n'aiment que les vieux modèles, ceux qui ont une histoire, alors que moi je n'ai que des plus récents. La dernière bécane que je me suis offerte est une « *MV-Agusta brutale 1000* ». Noir et rouge, elle est puissante, agressive, elle me représente bien.

J'attrape le casque posé devant moi et l'enfile après un ultime coup d'œil vers mes troupes. Tout le monde est prêt, on peut partir.

Je me place sur l'asphalte, attendant qu'Axel s'arrête à côté de moi. Mon regard croise le sien et je ne peux que remarquer la femme qui se trouve dans son dos. Elle a les mains crispées sur sa veste, elle n'a pas l'habitude de chevaucher, c'est flagrant. Son casque est trop grand et aucun cuir ne la recouvre. Elle a de la chance d'être tombée sur Axel qui fait toujours attention quand il est accompagné, parce que la sécurité est à son minimum. Je devrais dire que ça me préoccupe, que c'est primordial, sauf qu'en réalité, je n'en ai rien à foutre. Elle est majeure et responsable de ses actes. Si elle n'a pas peur pour sa vie, grand bien lui fasse.

Je fais gronder mon moteur donnant le signal du départ. Nous démarrons et restons en groupe. Personne ne me double, je suis celui qui détermine l'itinéraire et tout le monde me suit, c'est un de nos codes. Après avoir passé une grande partie de mon existence à l'arrière, me voilà devenu le chef et je dois avouer que j'aime cette position. Ils me craignent tous et malgré la responsabilité de prendre soin de chaque membre, je suis tout de même celui qui prend toutes les décisions selon mon bon vouloir.

Nous roulons quelques kilomètres pour sortir de Chicago et j'ai l'impression de tout de suite mieux respirer. Je n'apprécie pas spécialement la ville, mais nous devons forcément y aller pour les affaires. Plus il y a de monde, plus il y a de clients, mais je fais en sorte de n'y rester qu'un minimum de temps. Je ne m'y sens pas à l'aise et c'est la même chose pour une grande partie du groupe. Une bande de motards se fait toujours remarquer et attire l'attention des curieux sauf que nous aimons notre liberté. Nous ne vivons en communauté que pour la sécurité que ça apporte. Nous représentons une famille avec des membres que nous avons choisis et que nous respectons. Un peu bordélique et extrême, je dois l'admettre, mais nous pouvons compter les uns sur les autres en toute circonstance.

Le paysage se modifie, il fait nuit, seule la lune nous éclaire la route. Les tours composées d'appartements laissent peu à peu place à la nature. Les champs reprennent leurs droits et je me sens plus léger.

Une vingtaine de minutes plus tard, mes phares illuminent le panneau de la ferme où nous logeons. Nous empruntons le chemin de terre dans une petite forêt jusqu'à nous garer devant la bâtisse.

Je pose un pied à terre, enjambe ma moto, retire mon casque et passe une main dans mes cheveux pour tenter de les remettre en ordre. Axel qui prend toujours place à côté de moi en fait de même et je lui fais un signe de tête. Nous avons des choses à régler avant de pouvoir aller nous reposer. Il acquiesce et se tourne vers Tiara qui scrute les environs. Notre campement est à peine éclairé alors que le clan le rejoint en chahutant comme d'habitude.

— Va dans la tente bleue avec des bandes jaunes. Et surtout, tu ne touches à rien.

Les yeux de Tiara s'agrandissent alors qu'elle lance un regard sceptique vers le champ.

— Des tentes ?

Je me retiens d'éclater de rire devant son air dégoûté. Pauvre petite fille de riche, elle est loin d'avoir tout vu. J'ai hâte qu'elle découvre la douche !

— Si ça ne te convient pas, tu peux dormir à la belle étoile.

Sur cette dernière phrase qui lui cloue le bec, mon ami me rejoint et nous avançons vers la seule maison à perte de vue.

— Alors ça se passe bien avec ta copine ?

Un rire léger me répond.

— Il faut juste qu'elle comprenne notre fonctionnement.

Je ne suis pas convaincu par sa réplique. Je l'ai vu et elle est à des milliers de kilomètres de notre univers. C'est un chaton dans une meute de tigres, mais je vais devoir la tolérer, je n'ai pas le choix pour le moment.

— Lak ! crie soudain Louise lorsque nous arrivons à la porte.

Je lève les yeux au ciel alors qu'Axel se marre et me tape sur l'épaule.

— Et voilà ta dulcinée, s'esclaffe-t-il.

J'ai envie de rigoler avec lui, mais je dois garder mon sérieux devant cette folle furieuse. Oui, je la baise de temps en temps, mais elle n'est qu'un plan cul qui me sert quand je n'ai personne sous la main. Il ne faut pas qu'elle s'imagine autre chose alors je ne cesse de la recadrer.

— Dégage, grogné-je sans même me retourner vers elle.

— Lak, tu as besoin de compagnie cette nuit ?

Mes poings se serrent malgré moi. Je ne cogne pas les femmes, pourtant ce n'est pas l'envie qui me manque à cet instant. Elle sait pertinemment qu'il en est hors de question. Personne ne dort avec moi, jamais !

Je reprends ma marche sans même lui répondre, elle n'en vaut pas la peine, et je m'avance dans l'encadrement. Un gamin passe en courant devant nous avant de voir apparaître Lina qui le poursuit.

— Ianis vient ici ! crie-t-elle, en nous adressant un hochement de tête en guise de « bonsoir ».

Nous rejoignons sans plus tarder le bureau de son mari, Ivan, et je frappe trois coups avant d'entrer.

Ce dernier lève son regard vers nous avant de nous montrer les deux fauteuils qui lui font face.

— La cargaison est prête dans l'entrepôt, nous lance-t-il.

Il sait que je me fous de politesse ou de bla-bla inutile.

Je hoche la tête, j'aime quand tout roule comme sur des roulettes, même si ici nous ne sommes qu'au début de la chaîne. La livraison n'est pas encore faite et nous avons du chemin à parcourir.

— Parfait, lui réponds-je, alors qu'il pose trois verres sur le bureau et nous sert son meilleur whisky.

Axel me regarde satisfait et nous trinquons à cette nouvelle affaire. Même si nous n'avons pas besoin de grands moyens, nous devons trouver de l'argent et c'est ce que je m'efforce de faire depuis un an ! Je suis responsable du groupe qui m'accompagne. Ils ont choisi de me suivre, en contrepartie, je fais ce qu'il faut pour que nous puissions vivre correctement. Je mentirais en disant que tout est légal et ne peut pas nous apporter d'ennuis, mais chacun est conscient du risque et l'accepte. Pour ma part, j'ai toujours connu cet univers et ne me vois plus avoir une vie différente de celle-ci.

Tout à coup, le petit bonhomme déboule dans la pièce et court jusqu'à son père. Lina entre à son tour, en sueur, et s'excuse de nous déranger.

— Il est ingérable en ce moment ! me lance-t-elle.

Ivan accueille son fils dans ses bras et le serre contre lui. Ils transpirent d'amour l'un pour l'autre. Une telle relation m'est inconnue avec mon paternel, parce qu'en donnant autant d'affection à son gamin, il devient votre faiblesse...

Lina tire son petit en lui expliquant qu'il ne faut pas déranger son papa quand il a des invités, mais il n'écoute pas et je suis certain qu'il recommencera. Il a l'air aussi têtu qu'Ivan. Le parallèle avec ma propre enfance se fait malgré moi dans ma tête. Jamais je n'aurais osé gêner mon père dans ses activités. Une fois m'a bien servi de leçon pour le reste de ma vie. Je le revois me traîner dans la grange, ce lieu où je savais qu'il se passait de mauvaises choses. L'endroit était glacé et je ne pouvais pas ignorer le sang qui recouvrait le sol. C'est comme si l'effroi que j'ai ressenti à ce moment se faufilait à nouveau dans mes veines. Je n'avais que six ans et pourtant j'ai l'impression que c'était hier. J'ai passé la nuit là-dedans, seul dans le noir, avec une odeur insoutenable qui me donnait la nausée. Et au lever du jour, j'ai reçu ma toute première cicatrice réalisée par son couteau pour me souvenir de la leçon...

Ivan attrape la taille de sa femme avant qu'elle ne s'en aille et l'embrasse fougueusement, me faisant revenir à l'instant présent.

Cet homme est trop sûr de lui. Certes, nous sommes alliés, mais si demain nous devenions ennemis, je saurais tout de suite à qui m'attaquer, il prend trop de risques. Se pense-t-il tout puissant ? Ou se laisse-t-il submerger par ses émotions ? Dans les deux cas, ce n'est pas bon pour nous. Il est trop attaché à sa famille et c'est facile de le faire parler en les menaçant. OK, il a quelques gardes qui surveillent sa propriété, mais rien d'insurmontable. Même la meilleure des forteresses ne résiste pas à tous les coups.

Je lance un regard vers Axel et remarque qu'il a des pensées semblables aux miennes. Nous sommes assez d'accord sur ce sujet. Qu'il chérisse sa femme et son fils, c'est compréhensible, mais qu'il montre autant d'affections devant nous, les mets en danger ! J'aimerais dire que jamais je ne m'en prendrais à eux si j'avais besoin d'informations, mais c'est faux. Ils sont une parfaite monnaie d'échange. Alors soit Ivan est stupide, soit il me sous-estime.

— Nous allons vous laisser, nous partons tôt demain, me devance Axel.

Je hoche la tête en me levant. Nous saluons notre hôte et sortons de la bâtisse.

— Je sais qu'il nous rapporte beaucoup de fric, mais ce mec va se faire démembrer un de ces jours.

Je souffle, Axel a raison et ça ne me plaît pas. En attendant, nous avons d'autres préoccupations et gérerons les choses en temps voulu.

— Va retrouver ta meuf, ricané-je, alors qu'il me fait les gros yeux.

— Salopard ! me lance-t-il en regagnant sa tente avec un doigt d'honneur.

Je slalome dans le campement jusqu'à rejoindre ce qui représente ma maison : une simple toile tendue. Nous sommes ici depuis plusieurs jours donc nous avons eu le temps de nous installer un petit peu, même si mes affaires tiennent dans un unique sac.

Je me déshabille en vitesse avant de me laisser tomber sur mon matelas. Rien n'est luxueux, juste pratique à transporter et un minimum confortable. C'est la vie dans laquelle j'ai été élevé. Et même si à un moment, j'ai voulu vivre comme tout le monde, aujourd'hui, je ne me vois pas en changer, c'est tout ce qui me correspond. Je suis né nomade et mourrai ainsi.

Je tire mon portable de la poche de mon jean avant de m'allonger. Mon doigt appuie directement sur les photos sans même me laisser le temps de réfléchir et je les fais défiler. C'est mon rituel depuis plusieurs mois ; il va vraiment falloir que j'arrête. Quand j'arrive à celles qui m'intéressent, je m'y attarde plus longuement, détaillant chaque partie de son corps. Je suis obsédé par cette image alors que je ne devrais pas. Ce n'est qu'une cible, une personne de plus que je vais faire souffrir pour obtenir ce que je souhaite.

J'éteins mon téléphone et le jette dans le tas de vêtements qui traîne. Je trouve Ivan stupide, mais que suis-je en train de faire ? Je m'attache à de simples photos, à des instants de sa vie que j'ai volée, mais qui en fait, ne la représente que très peu. Je ne la connais pas réellement et bientôt, cette histoire prendra fin. J'ai hâte que ma mission se termine et que je sois enfin libéré de cette emprise qu'elle a sur moi. Elle l'ignore et ne se doute même pas que je rôde autour d'elle.

Je me frotte le visage avant de me tourner et de fermer les yeux. Demain est un autre jour et nous avons des tas de choses à faire, je n'ai pas de temps à perdre à m'encombrer l'esprit.

CHAPITRE 3

TIARA

À peine ai-je déniché la tente indiquée par Axel que je m'y réfugie. Comme si cette simple toile pouvait me rassurer… Mon regard fait un tour rapide du lieu malgré l'obscurité. Franchement, je ne vois vraiment pas ce que je pourrais fouiller. C'est très dépouillé et petit. Deux sacs se trouvent dans un coin, mais en dehors de ça, rien ne traîne. Je ne suis pas une spécialiste des hommes, mais mon frère est bordélique en comparaison. Peut-être est-ce dû à leur mode de vie qui fait qu'ils doivent constamment bouger. Mieux c'est rangé, plus vite l'espace est vidé.

Je prends une longue inspiration en posant mon seul bagage sur le matelas. Je l'ouvre pour chercher de quoi me mettre à l'aise pour la nuit, mais la tâche se complique en voyant les affaires qu'a choisies Rosa. Tout est fade et les couleurs sont sombres, rien ne me correspond. Je n'ai pas l'habitude de passer aussi inaperçue, mais je vais devoir faire avec… C'est moi qui ai voulu cette situation, je ne peux la reprocher à personne. Je déniche finalement un pantalon souple et un tee-shirt grâce à la lune qui éclaire un peu l'espace. Je ne m'attarde pas et me déshabille rapidement tout en priant pour qu'il ne revienne pas trop vite et me surprenne nue. J'ai eu assez d'émotions pour la soirée.

Une fois vêtue, j'attrape une lingette parmi quelques produits de beauté, pour essayer d'effacer le peu de maquillage que je porte. Je range le tout en vrac et m'occuperais d'y mettre de l'ordre demain.

Après de longues minutes d'attente debout, ne sachant trop quoi faire, je décide de me coucher. Il n'y a qu'un matelas alors à part le partager, je ne vois pas d'autre alternative. J'aimerais m'en foutre, mais ce n'est pas le cas. Dormir avec un inconnu fait remonter tout un tas de souvenirs dans mon esprit et pas forcément les meilleurs. Comme cette toile fine qui laisse passer tous les bruits, toutes les lumières, représentant une prison d'où je n'arrive pas à m'échapper. J'ai soudain l'impression d'étouffer, je dois absolument me calmer. J'inspire et expire, la situation n'a rien à voir, les personnes qui m'accompagnent non plus, du moins, j'essaie de m'en convaincre. Je force mon cœur à reprendre un rythme moins soutenu, il ne faut pas qu'Axel se rende compte de quoi que ce soit. Je n'ai aucune envie de lui expliquer ni de lui raconter cette partie de ma vie, ça ne le regarde pas.

Je sais que je suis vraiment stupide, je l'accorde. Je me retrouve entourée d'un groupe dangereux dont je ne connais pas les limites de violence et le pire dans tout ça, c'est que c'est moi qui les ai suppliés de m'emmener avec eux…

J'ai vu les regards qu'ils me portent, je les dérange. Une étrangère pourrait leur attirer des ennuis, me fondre dans leur communauté ne va pas être chose aisée. Je n'ai ni le caractère pour, ni spécialement l'envie de m'intégrer. Je ne suis que de passage dans leurs vies et ne compte surtout pas m'y attarder. Je me sers d'eux uniquement pour quelques jours, ensuite ils m'oublieront.

Je me recroqueville et me pelotonne dans la couette, comme si elle pouvait me protéger. Je sais que c'est idiot, mais j'ai besoin de la chaleur qu'elle me procure. Nous sommes au début de l'été et pourtant, j'ai l'impression d'être gelée.

Tout à coup, un bruit dehors me met aux aguets. Après tout, il n'y a aucune sécurité, ça pourrait être n'importe qui. Axel n'est pas là et je n'ai aucune arme, comment pourrais-je me défendre ? Mon corps devient pierre et me fait souffrir tellement je suis tendue. Je n'ai rien pour me battre, mais une chose est sûre, je ne me laisserais pas faire. Ce temps-là est révolu. Mon sang pulse et tout l'air me quitte quand je découvre Axel entrer. Je passe une main tremblante sur mon visage alors qu'il me cherche dans l'obscurité. D'un seul coup, toute ma fébrilité retombe, pourtant je n'ai aucune certitude, il pourrait représenter le danger.

Je ferme les yeux pour faire semblant de dormir, je ne suis pas sûre de pouvoir me reposer cette nuit. Rien ne ressemble à ma chambre sécurisante, le matelas va probablement me donner mal partout et trop de pensées encombrent mon esprit.

J'entends le froissement du tissu, il doit se déshabiller et malgré moi, mon cœur s'emballe. J'espère qu'il ne s'attend pas à ce que j'incarne réellement le rôle de sa petite amie, même au lit parce que ce sera au-dessus de mes forces.

La couverture se soulève et sa jambe se cogne à la mienne. Je m'empresse de me recroqueviller à l'extrémité alors qu'il ricane.

— Je ne vais pas te manger Tiara et il va falloir que tu fasses un effort. Nous sommes censés être ensemble, si tu ne joues pas le jeu, autant te barrer tout de suite.

Une question me brûle les lèvres, mais je ne sais pas si je suis capable d'entendre la réponse, néanmoins, je la pose tout de même.

— Et en quoi ça consiste exactement de « faire un effort » ?

Il rit de plus belle avant d'approcher son visage du mien.

— Embrasse-moi !

Ma tension grimpe d'un coup, pourquoi ferais-je ça alors que nous sommes seuls ? Ce n'est qu'un rôle, il ne faut pas qu'il prenne ses rêves pour une réalité !

J'avale ma salive alors que je sens son haleine alcoolisée beaucoup trop proche de moi.

— Ce... Ce n'est pas possible, soufflé-je.

À peine ai-je fini ma phrase que sa bouche se retrouve sur la mienne. Il attrape mon visage pour me garder en place tandis que j'essaie de m'y soustraire. Je ne désire pas son baiser, aussi bien soit-il. Je ne lui appartiens pas et je ne veux pas de lui. Mon corps réagit plus vite que ma pensée et mes dents se referment brutalement sur sa lèvre.

Il se recule aussitôt alors qu'un goût métallique se répand dans ma bouche.

— T'es une malade ! s'offusque-t-il en s'asseyant. Tu crois que les autres vont gober ton cinéma si je ne te galoche pas une ou deux fois par jour ? Plus nous le ferons, plus ça deviendra naturel ! Mais si ça te dérange autant, je te laisse aller expliquer à Lak la raison de ta présence.

Ma respiration se fait de plus en plus laborieuse à mesure de ses paroles. Même lui ne sait pas la vérité, je lui ai menti, et il n'est pas question que je la divulgue à quiconque dans ce groupe.

Je peux le faire, jouer la comédie est dans mes gènes, c'est ce que je fais de mieux.

Paraître heureuse alors que je meure est devenue une spécialité, donc sembler amoureuse d'Axel ne devrait pas être si compliqué. Il faut que je m'en convainque, il m'a rappelé mon but.

Je me redresse malgré le froid qui me saisit alors que la couette descend sur mon corps. J'attrape le bras d'Axel et il ne proteste pas quand je le tire vers moi pour effleurer sa bouche de la mienne. Je suis très loin d'être une experte à ce niveau-là et j'ai peur qu'il me trouve trop inexpérimentée. Quelques baisers, je peux réussir à les lui accorder, mais ça n'ira pas plus loin, il en est hors de question. Il me laisse faire, ne répondant que faiblement et je finis par reculer. Je suis honteuse de ce que je fais, de plus, je le mets en danger. Si cette fausse relation s'ébruite, nous risquons tous les deux la mort, mais il n'en a pas conscience.

— Tu vois quand tu veux…

Sur ces paroles, il se rallonge et se tourne de l'autre côté, me plantant là, abattue par cet acte que je ne désire pas. Je suis contrainte de me rabaisser à ça pour pouvoir sauver celui que j'aime. Cette pensée me redonne du courage. Il est ma raison de vivre, de continuer à respirer chaque jour et j'ai hâte de le retrouver.

Je me cache sous des couvertures, frigorifiée et tente de trouver le sommeil.

La nuit n'a rien eu de reposante pour moi. Entre les bruits de l'extérieur, ceux à l'intérieur lorsqu'Axel bougeait et la lumière du jour qui a percé beaucoup trop tôt. Je n'ai pas dû fermer l'œil plus d'une heure et je suis exténuée.

Axel se lève sans me prêter attention et sort de la tente uniquement vêtu d'un boxer. Je cligne plusieurs fois des paupières pour être certaine de ce que j'ai vu, mais il n'y a pas de doutes possibles. Où va-t-il affublé de cette manière ? Je pressens que la réponse ne va pas me plaire.

J'ai vraiment besoin d'une douche, néanmoins la seule personne que je connais vient de s'en aller. Quelqu'un d'autre est-il levé à cette heure aussi matinale ? Ma montre indique six heures. Dans tous les cas, je ne peux pas sortir habillée comme je le suis. Surtout quand je découvre ma tenue enfilée dans l'obscurité : un jogging basique et un tee-shirt usé avec écrit au centre « bombasse ». J'ai envie de l'arracher, sauf que je n'ai pas d'argent à gaspiller en achetant de nouvelles fringues. Je préfère le garder pour la nourriture.

Je dois d'ailleurs me renseigner sur leur fonctionnement à ce niveau. Qui fait les courses ? Le groupe reste-t-il toujours ensemble ? Ont-ils une cagnotte en commun pour les dépenses ? Comment gagnent-ils leurs vies ? Il va falloir que je déniche toutes ces informations et le plus vite sera le mieux. Même si je ne suis que de passage, je ne veux pas qu'on me soit charitable.

Ma vessie se rappelle soudain à moi, tant pis pour mes vêtements, ils feront l'affaire. J'enfile mes chaussures et tire le tissu qui me dévoile l'environnement où nous nous trouvons. Ce n'est qu'un champ perdu entre deux collines, mais je dois avouer que ça a un charme particulier auquel je ne suis pas du tout habituée. Je n'ai vécu qu'en ville et lors de mes voyages, je n'étais pas en état d'admirer le paysage…

Une femme passe devant moi, elle a l'air peu avenante, mais je l'interpelle.

— Est-ce que tu peux me dire où sont les toilettes s'il te plaît ?

Son regard me détaille de la tête aux pieds avant que son nez se retrousse en voyant mon tee-shirt. Merci Rosa !

— Tu sors d'où toi ?

J'ouvre la bouche pour lui répondre quand mes yeux se focalisent sur ce qui se trouve derrière elle. Mon sang s'échauffe lorsque Lakmar attrape un pichet et se le verse dessus. Les gouttes dévalent ses cheveux, son torse puissant, jusqu'à ses jambes musclées. Chaque dessin imprimé sur sa peau explose dans mes rétines alors qu'il n'est couvert que d'un simple boxer, tout comme Axel qui est à ses côtés. Comment un homme aussi dangereux peut-il être aussi beau ? La nature fait tout pour nous tromper…

— Oh la blondasse !

Je me rappelle soudain qu'une fille me fait face et attend une réponse à sa question, sauf que son semblant d'insulte fait vriller mon cerveau. Je ne suis pas du genre bagarreuse, mais plutôt discrète et solitaire qui reste en dehors des problèmes. Pourtant je n'ai pas d'autre option que de refouler cette nature soumise. Je l'ai été une grande partie de ma vie et ça doit cesser. Après tout, moi aussi j'ai le droit de faire mes choix, de vivre comme je l'entends sans m'assujettir à quiconque. Je la détaille à mon tour avant de m'attarder sur son visage. Elle a l'air en colère, est-ce contre moi ? Elle ne me connaît pas et si elle ne veut pas m'aider, tant pis.

— Ça ne te regarde pas. Je n'ai aucun compte à te rendre. Laisse tomber, je vais me débrouiller.

Alors que je passe à côté d'elle, elle attrape mon bras et plante ses griffes dans ma peau, m'arrachant une grimace.

— C'est toi que j'ai vu hier avec Axel non ? La salope qui le galoche devant Rosa… Il n'y a qu'une pute pour faire ça. Je serais toi je ne resterai pas loin de lui parce qu'il pourrait t'arriver des bricoles…

Son commentaire étreint mon cœur. Rosa pense-t-elle aussi ça de moi ? Me détestet-elle pour ce que j'ai fait ? Elle sait pertinemment que je ne veux pas de cet homme. Jamais je ne lui ferais une chose pareille. Je ne peux même pas la joindre pour la rassurer, il va falloir que je trouve un téléphone. Je me sens trop isolée et ça ne peut pas durer.

Alors que je m'apprête à laisser tomber et m'en aller, un mot se répète en boucle dans ma tête : « pute », et je perds toute notion avec la réalité. Mon poing part plus vite que je ne le souhaite et éclate le nez de la fille qui me fait face. Elle lâche mon bras pour porter sa main à son visage et intérieurement, je jubile. La violence c'est mal et pourtant, j'ai envie de la massacrer pour me juger sans me connaître.

Sans lui permettre de répliquer, je m'enfonce dans le bois environnant. Ma vessie est toujours pleine, tant pis, me cacher derrière un arbre suffira. Il est clair que maintenant, j'ai une ennemie, mais je ne pouvais pas la laisser me traiter de tout sans réagir et surtout pas d'utiliser ce mot. Je sais que j'aurais dû garder mon calme, que je dois m'attendre à subir les foudres d'Axel ou même Lakmar… Mais ça valait le coup rien que pour lui rabattre son caquet.

Je sors de ma cachette et retourne vers le campement.

Je me suis promis de ne rien regretter en partant de l'appartement, pourtant j'aimerais récupérer mon confort. J'ai vraiment apprécié de retrouver le luxe de chez mon père et le changement radical est difficile. Bien sûr, la raison principale de mon départ en vaut largement la peine, il va juste me falloir un petit moment pour m'adapter.

Je sais pourquoi je suis ici et en suis l'unique responsable, mais j'ai peur à chaque instant de m'être trompée. Que la solution que j'ai choisie ne soit pas la bonne.

Plusieurs personnes sortent de leurs logements de fortune et les deux seuls que je connaisse sont maintenant enroulés dans des serviettes. Ils ricanent en rejoignant leur tente respective.

Je n'ai pas d'autre possibilité, j'ai besoin de me laver, d'éliminer la sueur et la poussière qui me collent à la peau alors je m'avance vers le point d'eau que j'ai remarqué.

— Bonjour, nous n'avons pas été présentées, m'arrête une femme plus âgée.

Elle a les cheveux longs, attachés en une queue de cheval haute. Son sourire est accroché à sa bouche, comme si elle voulait m'apaiser, sauf que ma méfiance prend le dessus. Et si l'autre conne s'était plainte ?

— Je m'appelle Greta…

— Tiara, lui réponds-je, en attrapant la serviette qu'elle me tend.

— Rassure-toi, ce n'est pas tous les jours aussi rustique. Mais nous nous adaptons à nos hôtes.

Elle a l'air joviale, sympathique, une des rares du clan… J'aimerais dire que ses paroles me soulagent, mais il n'en est rien. Je vais devoir me montrer à moitié nue devant tous les membres présents, c'est une épreuve à laquelle je n'étais pas préparée.

Après une longue inspiration, je finis par me déshabiller, ne gardant que mes sous-vêtements, fines barrières qui protègent mon intimité. Je pose le tout sur une table qui doit servir à cet effet puis j'enlève mes chaussures pour patauger dans l'eau mélangée à de la terre. C'est répugnant, sauf qu'aucun autre choix ne se présente à moi alors je me force à poursuivre. J'empoigne le pichet que je plonge dans une grande bassine remplie d'eau tiède avant de la verser sur mon épaule. La température est bien inférieure à ce que je pensais, mais je serre les dents, je ne veux pas attirer l'attention.

Je continue jusqu'à ce que tout mon corps soit trempé et attrape le savon liquide qui traîne. Je m'en badigeonne en même temps que je découvre plusieurs hommes en train de discuter, leurs regards rivés sur moi. Mon cœur tambourine, menaçant de s'échapper de ma poitrine. Je ne supporte pas qu'ils me matent sans mon consentement. Ma tête tourne et la nausée monte dans ma gorge, je dois me calmer. Je ferme les paupières et finis par me détourner. Il faut que je les occulte.

Je dois terminer au plus vite, je me sens humiliée. J'ai l'impression d'être un animal de foire, comme je l'ai été durant des années, ça m'écœure.

Je m'empresse de me rincer et de m'enrouler dans la serviette. Mes yeux balaient le groupe qui n'a pas bougé d'un pouce et qui ricane même. Je les détaille un à un jusqu'à me faire alpaguer par le regard de Lakmar. Il me fixe avec une intensité telle que je n'ai jamais connu. C'est comme s'il me transperçait et je ne peux pas le soutenir.

Cet homme me fait peur. Tout chez lui est menaçant, son corps, son attitude, il transpire la force et le danger. Je regrette que ce soit lui qui ait mon sort entre ses mains, parce que je suis certaine qu'il ne se laisse pas facilement manipuler. S'il en vient à me poser des questions dérangeantes, saurais-je le tromper ? Rien n'est moins sûr.

J'attrape mes vêtements et fonce pieds nus jusqu'à la tente d'Axel. Il faut que je retrouve mes esprits et surtout me couvre.

Je soulève la porte de ma chambre de fortune et me stoppe net en voyant Axel, à genoux sur le lit, complètement nu. Je suis censée être sa copine et ne pas m'offusquer de ce fait, sauf que je suis extrêmement gênée.

— Tu comptes entrer ou juste me mater ?

Mes joues s'échauffent et malgré mon envie de fuir cette situation, j'inspire et franchis le seuil. L'espace est restreint et je ne sais pas comment faire sans le frôler.

Axel explose de rire en attrapant un boxer dans un de ses sacs et l'enfile. Il m'est impossible de concentrer ma vue ailleurs que sur son sexe, j'ai l'impression d'être une dévergondée alors que j'en suis très loin.

— Ne fais pas ta vierge effarouchée, tous les hommes se ressemblent, non ?

Je cligne beaucoup trop des yeux pour que ce soit naturel, mais ne peux m'en empêcher. Axel me dévisage soudain comme s'il avait trouvé la réponse à une de ses questions silencieuses.

— Ne me dis pas… Que tu es vierge ?! crie-t-il presque.

Je m'assieds sur le matelas pour éviter son attention qui m'oppresse. Je ne vois pas en quoi ça le regarde et ce que ça peut bien lui faire. Je ne compte pas coucher avec lui, jamais !

— Oh putain, il ne manquerait plus que ça ! clame-t-il en s'habillant alors que je suis toujours tétanisée dans ma serviette.

Si lui a l'air très à l'aise avec son corps, je n'ai aucune envie de me montrer à poil.

Une fois paré, il attrape mon bras et me tire vers lui. J'aimerais résister, mais je tiens fermement le bout de tissu qui me cache alors je le laisse faire. Sa bouche se retrouve à quelques centimètres de la mienne et il me souffle :

— J'espère que ce que tu as vu t'a plu… Quand je reviens, sois prête. Aujourd'hui, nous allons faire pas mal de route. Enfile quelque chose de couvrant, susurre-t-il en m'embrassant rapidement avant de sortir.

Je ne vais pas m'y faire. Toute cette comédie est grotesque. C'est pour « lui » que tu le fais me rappelle ma conscience, pour retrouver la seule personne qui t'aime réellement. Forte de cette conviction, je me prépare sagement comme Axel me l'a demandé.

CHAPITRE 4
LAHMAR

Détailler le corps à moitié nu de Tiara fut un petit divertissement inattendu auquel j'ai pris plus de plaisir que je ne le devrais. Il faut avouer qu'elle a des formes qui appellent à la luxure et ses sous-vêtements ne cachent pas grand-chose. Malgré moi, je l'ai observée. Ses jambes fuselées, ses hanches bien dessinées, sa taille marquée, le galbe de ses seins… Sa peau est blanche, je n'ai vu aucune trace d'encre, ça m'intrigue. C'est Axel qui doit être content de partager sa tente avec elle…

Je fais signe aux gars qui sont présents de me suivre. Eux aussi se sont bien rincé l'œil, mais il est temps qu'on bosse. Nous n'avons pas le loisir de nous encombrer l'esprit avec ces conneries. Nous devons charger la marchandise et le plus tôt sera le mieux.

Ça fait plusieurs jours que nous traînons dans les parages et je n'aime pas m'éterniser. D'autant qu'ici je ne connais pas les flics, aucun n'est soudoyé. Les alliances avec eux sont communes, mais je n'ai encore jamais eu l'occasion de rencontrer ceux qui vivent dans le coin. Il ne faudrait pas qu'ils fourrent leur nez trop près. Jusqu'à présent, on a réussi à les tenir à l'écart et il vaut mieux pour leur vie que ça reste ainsi.

Je tape le code pour ouvrir la porte du hangar quand Axel arrive en courant, un grand sourire aux lèvres.

— Si tu savais ce que je viens d'apprendre…, me lance mon ami, tout content de lui.

Ce n'est pas le moment, alors je me détourne de lui pour entrer dans l'entrepôt. Quoi que ce soit, ça patientera. Il comprend le message, tout en gardant son air à la con, et me suit. Je secoue la tête, les choses sérieuses commencent, les bavardages seront pour plus tard.

Quatre caisses posées au milieu de la pièce nous attendent. J'avise le reste de la salle. Des armoires s'étendent sur tout le long du mur d'en face avec divers objets. Par réflexe, je vérifie le haut et chaque recoin pour être certain qu'aucune caméra ne pourrait enregistrer ce que nous faisons.

Bien sûr, je fais un minimum confiance à Ivan, sinon je ne traiterais pas avec lui. Jusqu'à présent, tout a toujours été en règle, mais on n'est jamais trop prudent. Il suffirait qu'une alliance se fasse avec un autre clan pour qu'il tente de nous berner, ou devenir une balance pour les flics. Dans ce milieu, tout change constamment et la méfiance est de mise. Une fois mon tour terminé, je m'avance vers notre butin.

Plusieurs chaînes fermées par des cadenas à code recouvrent chacune des caisses, c'est une précaution que j'exige de mes partenaires pour leurs transports. C'est vrai qu'il serait facile de les ouvrir, mais si quelqu'un en arrive à forcer les serrures, c'est que je ne serais plus de ce monde, alors peu m'importe. Il n'y a qu'Axel et moi qui avons ces fameux codes. Il est comme mon frère et surtout l'unique personne à qui je confierais ma vie. Nous nous connaissons depuis gamins et il m'a prouvé à de nombreuses reprises que je pouvais compter sur lui.

Une fois débarrassé des fermetures, je soulève le couvercle de l'une des boîtes et fouille parmi les tissus qui recouvrent notre marchandise pour attraper un des petits bijoux qu'elle contient. Je détaille le flingue dans tous les sens pour m'assurer qu'elle est en état de marche puis la passe à Axel. Je vérifie chaque caisse et garde un des fusils d'assaut HK416 que je charge avant de viser une des bouteilles posées sur un support, prête à se faire tirer dessus. Le coup part et atteint parfaitement sa cible. Tout ce que nous récupérons aux États-Unis est principalement des armes d'occasions ou en transit vers un autre lieu. Pour les neuves, nous nous servons au Mexique où elles sont beaucoup moins chères.

Axel teste également celle qu'il a en main. Le verre explose et Jon qui a inspecté jusqu'au fond pour être certain que tout est en règle, me fait un signe de tête.

— Nickel, vous fouillez le reste et l'on peut tout mettre dans le camion, indiqué-je aux gars.

Nous ouvrons tous les cadenas et chacun se plie à sa tâche habituelle, nous sommes rodés. Le trafic d'armes constitue notre principale source de revenus. Tous ceux qui font partie du clan sont au courant, personne n'est innocent, c'est aussi une garantie de réussite. Si l'un plonge, tous les autres le suivent. Nous avons donc tout intérêt à ne rien divulguer, d'autant que j'ai assez d'informations sur chacun pour les envoyer en taule. De plus, je ne suis pas complaisant. Si quelqu'un me la fait à l'envers, il en paie le prix de sa vie. C'est ma règle d'or et je fais en sorte que ça se sache. Être craint est essentiel au vu de ma position.

Aujourd'hui, c'est un faible chargement, mais nous avons encore de la route jusqu'à la livraison. Nous ne sommes que des intermédiaires entre des petits trafiquants et un cartel qui dirige tout ça. Notre mode de vie est notre atout pour ces missions. Le contrat était déjà fait avant que je prenne la tête du clan, j'en ai accepté la suite. J'ai été éduqué dans cet univers, c'est tout ce que je connais et ne me vois pas faire autre chose.

Une fois les affaires réglées, j'ouvre la porte de l'entrepôt et ne peux rater Louise à trois mètres de là. Ses fringues minimalistes ne passent pas inaperçues.

— Préparez vos sacs, on part dans trente minutes, indiqué-je aux gars, avant de m'avancer vers elle.

— Bonjour Lak…, minaude-t-elle en bombant le torse, mettant en valeur sa poitrine proéminente.

Je ne vais pas mentir, j'adore ses nichons siliconés, tout comme son cul rebondi. Elle a des formes pulpeuses et ça me plaît particulièrement.

Je l'attire contre moi et alors que ma langue s'introduit dans sa bouche, mon regard se fixe sur une autre femme. Tiara nous observe et mon esprit joueur prend le dessus sur tout le reste. J'attrape le visage de Louise pour ravager ses lèvres avant de faire descendre mes mains le long de son corps jusqu'à empoigner ses fesses pour la plaquer contre mon érection. Je la connais et savoir que je bande la rend folle. Elle s'agrippe à mes épaules, se frottant à moi telle une chienne.

Je la prendrais bien ici et maintenant, mais je dois encore ranger mes affaires. Je n'ai pas envie de montrer le mauvais exemple en étant en retard alors que j'ai donné un ordre.

Je la repousse doucement et malgré son visage contrarié, elle capture mon membre dressé et fait quelques aller-retour qui me font serrer les dents.

— Louise, grogné-je.

Dans un petit ricanement, elle retire ses doigts maléfiques et lève les mains en l'air.

— Au premier arrêt, fais-moi signe beau gosse, je me ferais un plaisir de te soulager…

C'est une garce, mais je compte bien en profiter, je le fais toujours même si je ne cesse de lui signifier qu'elle ne sera jamais plus qu'un plan cul. Pourtant, elle continue son manège avec moi, c'est que ça doit lui convenir. Je crois qu'elle a espoir que je change d'avis, mais ça n'arrivera jamais. Elle n'est pas la première à avoir cette ambition et toutes ont échoué. Aucune ne m'intéresse assez longtemps pour que je leur accorde un quelconque sentiment. Je n'ai aucun avenir de toute manière, rien à leur proposer de plus que quelques parties de baises.

En attendant, les yeux de Tiara sont toujours posés sur nous et je ne parviens pas à m'en détourner. Il faut dire que j'aime susciter les regards, alors qu'elle puisse être attirée par moi est une idée qui me plaît même si elle n'a aucune chance, encore moins que les autres. Axel est sur le coup, c'est son rôle pas le mien et je le lui laisse volontiers.

Je file vers ma tente pour mettre les quelques trucs qui traînent dans mon sac et la démonter. Je range tout à sa place dans le camion. Il est là pour transporter nos affaires ainsi que la marchandise. Il ne roule pas très vite et n'est pas discret, mais est plus que nécessaire, c'est pour ça que nous le protégeons envers et contre tout.

Lors de longs trajets, le groupe se sépare. Une partie va à l'avant, une autre à l'arrière. Axel et moi en revanche, nous restons au plus proches des armes. Nous sommes les principales cibles du clan, les hommes à abattre en quelque sorte en étant à sa tête, mais aussi ceux qui sont le mieux entraînés en cas d'attaque. Nous sommes nés avec un flingue dans les mains et avons reçu l'enseignement de nos pères depuis gamins. Aucun d'entre eux n'est faible, sauf qu'ils n'ont pas notre niveau de dangerosité ni nos capacités de soldat. Tous ont appris à manier une arme et à s'en servir, mais pour nous, c'est inné. Nous ne réfléchissons pas avant d'agir, c'est naturel. Et vu mon manque de confiance, comme dirait mon ami, il est évident que je garde un œil constant sur ce camion.

Une fois que tout le monde est prêt à partir, je rejoins ma moto alors qu'Axel s'arrête devant moi. Il lance un regard vers Tiara qui s'entoure de ses bras comme pour se protéger.

Elle est postée près des bécanes, à l'écart du groupe qui discute en attendant mes prochaines instructions. Elle a enfilé des fringues moins voyantes, qui nous correspondent mieux, pourtant ça ne lui va pas. C'est évident qu'elle est d'une classe supérieure et je dirais qu'elle aime attirer l'attention tout autant que moi. Que personne ne porte d'intérêt à « mademoiselle la princesse » doit l'agacer alors que je m'en réjouis. Ici, seule la valeur des actes compte, pas notre statut social. Notre chemin ne fait que commencer et son calvaire aussi.

— Qu'est-ce qu'il t'arrive ? demandé-je à mon meilleur ami.

— Tu vas être obligé de la tester pour que les autres l'acceptent. Tant qu'elle n'aura pas subi une épreuve, ils s'en méfieront toujours.

Je fronce les sourcils, je n'en ai rien à foutre de son intégration, ça n'a jamais été dans mes projets. De plus, je n'ai pas envie que quiconque s'attache à elle. Son passage parmi nous sera bref. Une fois arrivée où elle le souhaite, elle disparaîtra d'une manière ou d'une autre.

Axel lit trop facilement en moi et attrape ses clopes avant de m'en tendre une que je prends volontiers.

— Ça serait dommage qu'elle soit abîmée par une meuf trop jalouse ou un gars qui la considère comme une jolie poupée et s'amuse avec...

Je tire sur le filtre et hausse un sourcil. J'adore quand il essaie de me manipuler, mais ça ne marche pas avec moi. Cette femme ne m'inspire aucune empathie, au contraire. Tout ce qui m'importe c'est qu'elle ne meurt pas tant que je ne l'ai pas décidé et je sais que personne n'ira jusque-là. Ils ne sont pas assez fous pour s'en prendre à quelqu'un que j'ai accepté et qui est sous la protection d'Axel, je n'ai pas de suicidaires dans mes rangs.

— C'est ta copine, à toi de la gérer.

Il s'apprête à ouvrir la bouche quand je le laisse sur place pour rejoindre les autres.

— T'es qu'un connard ! balance-t-il avant de rire et de me suivre.

Ils s'arrêtent tous de parler quand je me poste près d'eux. Tiara n'a pas bougé d'un pouce sauf qu'elle est aussi concernée. Ce n'est pas moi qui ne l'intègre pas, c'est elle qui se met volontairement à l'écart. Je lui fais un signe de tête et je vois son corps se raidir. Elle se mord la lèvre supérieure, l'air de réfléchir à ses options, mais celles-ci sont très limitées. Si elle ne rapplique pas dans trois secondes, je vais devoir aller la chercher et ça ne sera pas un bon point pour elle.

Après un ultime regard aux alentours, ses jambes se mettent enfin en mouvement et elle s'avance jusqu'à Greta. Cette dernière lui sourit, je n'aime pas ça. C'est une vraie gentille avec une tendance à vouloir aider tout le monde, sauf que dans ce cas, elle perd son temps.

— On refait les mêmes équipes pour ce trajet. April et Solan, s'il y a quoi que ce soit, vous m'appelez comme d'hab. (Ils hochent la tête alors j'enchaîne.) Ce soir, on s'arrêtera vers Saint Louis. Liz nous attendra à l'aéroport. On ne fera qu'une seule pause vers midi dans une station. Quelqu'un a des questions ?

J'avise le groupe, mais apparemment personne n'a l'air d'en avoir donc je lance le départ.

Chacun enfile son casque, ses gants et démarre sa bécane tandis que Greta et Jon, son mari, s'installent dans le camion.

J'attrape le bras de cette dernière et dépose une bise sur sa joue avant de lui souffler :

— Ne t'attache pas trop...

Ses pupilles se fixent sur moi et je sais qu'elle devine parfaitement où je veux en venir. Ses lèvres se pincent, mais elle ne fait aucun commentaire avant de rejoindre sa place. Elle aimerait m'envoyer bouler, mais ce sujet est sensible pour moi, elle fait bien de ne pas trop me provoquer. J'espère surtout qu'elle aura compris le message, ce qui n'est pas évident avec cette tête de mule.

Le premier groupe part et nous attendons quelques minutes avant de nous élancer à notre tour.

Le bruit du moteur, l'odeur que ma bécane dégage, le vent qui se fracasse sur mon corps, je ne pourrais pas vivre sans toutes ces sensations. Je monte sur une moto depuis que je suis tout petit. Mon père m'y a entraîné et je ne sais plus m'en passer. Elle est ma drogue et la seule à qui j'ai prêté serment de rester fidèle. Les champs défilent sous nos yeux, alternant avec les montagnes. Nous empruntons cette route mythique, la 66. Elle nous mènera jusqu'au Mexique qui signifiera la fin de notre mission pour cette fois-ci.

Alors que la station-service se rapproche, de la musique résonne dans mon casque, je me dépêche de décrocher en appuyant sur le bouton de mon système Bluetooth.

— Lak, il y a les flics qui restent derrière nous depuis bien 10 km. On a essayé de ralentir et rien à faire, ils nous suivent en gardant une certaine distance, m'informe Solan qui se trouve à l'arrière.

Je n'aime pas ça. C'est plutôt rare que la police nous emmerde, mais ça peut arriver, sauf que ce n'est pas le moment. Le camion est chargé. Même si c'est peu, ça suffirait à tous nous envoyer en taule.

— Nous allons nous arrêter dans une vingtaine de kilomètres, il faut que je sache s'ils nous observent vraiment où s'ils se prennent juste pour des touristes en balade. Ralentissez encore.

Je n'entends plus rien pendant de longues secondes de stress avant qu'il ne souffle fort.

— Ils sont passés, tu vas les voir débarquer, ils sont à vous.

— Rejoignez-nous discrètement, on ne sait jamais, lui ordonné-je.

Plus nous serons, mieux ce sera en cas de contrôle. Je n'aime pas tuer des flics qui font simplement leur boulot, mais si c'est nécessaire, je n'aurais aucune hésitation.

— On arrive, me répond-il.

Je raccroche et me concentre sur mes rétroviseurs. Je fais un signe à Axel qui me remarque tout de suite. Nous nous comprenons toujours au quart de tour et avec ce que nous faisons, c'est indispensable.

Je freine doucement parce que l'entrée de la station se rapproche trop rapidement. J'attends de les voir nous dépasser et continuer leur route avant de m'arrêter.

Je lève ensuite une main pour prévenir les quatre autres motards qui nous tiennent compagnie qu'il y a un danger potentiel. Chacun se prépare à toute éventualité et je repère aussitôt la voiture qui arrive près de nous. Comme me l'a dit Solan, ils restent en retrait, comme s'ils nous observaient, je ne comprends pas ce qu'ils foutent, mais je ne veux pas faire de vague alors je garde mon cap.

Les minutes défilent et soudain, ils se décident enfin à nous doubler, mais le passager nous étudie avec beaucoup d'insistance. Il ne me voit pas derrière ma visière teintée, par contre moi je ne me gêne pas pour le détailler. Il nous regarde tous en s'arrêtant un peu trop longuement sur Axel et Tiara. Il fait un signe du doigt à son collègue et ils finissent par nous dépasser.

C'est quoi ce bordel, les connaît-elle ? Nous avons fait des recherches avant de l'accepter, mais il est possible que nous ayons loupé un truc… Enfin, que ce connard de Sten n'ait pas fait son boulot correctement, ça ne serait pas la première fois.

Les flics continuent leur chemin et même s'ils peuvent très bien faire demi-tour, je prends le risque de nous arrêter. Ça fera du bien à tout le monde, nous devons rester en alerte, encore plus quand nous roulons, donc c'est nécessaire. Et au moins, s'ils réapparaissent, j'en aurai le cœur net.

Je fais signe pour indiquer l'heure de la pause et nous bifurquons avant de rallier le parking où nous attend déjà un premier groupe.

Je me gare devant le camion et vire mon casque et mes gants. Axel en fait de même dès que Tiara est sur pied avant de s'avancer vers moi, la laissant en plan.

— Ils lorgnaient beaucoup sur moi…, me dit-il alors que les autres nous rejoignent.

Le clan se réunit de lui-même autour de nous.

— Ils sont restés un bon quart d'heure derrière à nous coller au train. C'est rare qu'ils s'attardent autant, ça pue, enchaîne Solan.

Le groupe est sur les dents, ils connaissent tous les peines encourues pour le transport d'armes. Je passe mes doigts dans mes cheveux pour les remettre en place alors que Tiara arrive enfin près de nous. Mon regard ne peut dévier de sa trajectoire. Elle fixe le sol en se triturant les mains et se poste à côté d'Axel.

— Je ne sais pas, finis-je par souffler. En attendant, on va manger et se reposer avant de continuer notre chemin. Si l'un de vous aperçoit quoi que ce soit de suspect, venez me voir immédiatement.

Chacun hoche la tête avant de partir vaquer à ses occupations. Certains se dirigent vers les toilettes alors que d'autres vont chercher quelque chose à grignoter dans la station.

— Tiara, je peux te parler une minute.

Le son de ma voix la fait se figer. Un éclair de panique traverse ses prunelles, mais elle n'a pas d'autres choix. On ne viendra pas la sauver si c'est ce qu'elle attend. Elle s'est jetée toute seule dans la gueule du loup qu'elle assume ses actes !

Elle lance un regard à la ronde, mais plus personne ne fait attention à nous. Axel l'a plantée là pour aller ajouter de l'essence dans sa bécane, me laissant le champ libre. Et dans tous les cas, il ne remettra jamais en doute mon autorité.

Tiara se racle la gorge avant d'approcher lentement jusqu'à moi.

— Bien sûr.

Je m'avance vers un parc où se trouvent des tables de pique-nique. Comprenant le message, elle me suit.

— La loyauté est la chose primordiale dans notre clan. Sans ça, nous aurions été décimés depuis bien longtemps. Mais tout se gagne, rien n'est acquis, ce serait trop facile. Je ne crois pas aux belles paroles, seulement aux actes.

Nous arrivons dans la forêt, je m'y enfonce un peu plus avant de me tourner vers Tiara.

— C'est tout à fait logique, me souffle-t-elle.

— J'ai un problème, vois-tu. Mon clan passe avant tout le reste, même avant une pimbêche qui a besoin de sensations fortes pour exister.

Elle encaisse le coup en serrant les dents. J'aimerais qu'elle me réponde, qu'elle me donne une occasion de lui montrer qu'on ne joue pas avec moi... Rien que d'y penser, mon excitation monte d'un cran.

— Que me caches-tu ? lui demandé-je.

Elle s'arrête de marcher et cligne plusieurs fois des yeux, me confirmant qu'elle n'est pas honnête depuis le départ.

— Je n'ai rien à « cacher », se croit-elle maline de répliquer.

Je m'avance un peu plus vers elle jusqu'à la frôler et pose mes doigts sur une de ses joues que je caresse délicatement. Sa peau laiteuse est douce, parfaite.

Elle s'apprête à reculer, mais je la prends de court en attrapant sa gorge et en la plaquant contre un arbre à l'abri des regards.

— Je n'ai aucune confiance en toi, soufflé-je près de ses lèvres, beaucoup trop pour que ma queue reste tranquille. Des flics qui nous suivent juste quand tu intègres le groupe, c'est plus que louche.

Ses mains s'accrochent à la mienne, me griffant copieusement, mais jamais elle ne me fera céder. Elle essaie de crier, de se débattre, c'est une vraie lionne, sauf que je suis bien trop puissant. Elle ne représente pas plus qu'un insecte à mes yeux et je pourrais l'écraser d'un mouvement. La terreur que je devine sur ses traits est comme un plat dont je me délecte. J'adore cette sensation de pouvoir. Je suis maître de son destin, il ne faudrait pas qu'elle l'oublie.

Quand je la sens perdre peu à peu pied avec la réalité, je relâche la pression, faisant revenir l'air dans ses poumons. Elle inspire brutalement, trop vite, et s'étouffe. Je maintiens son corps contre le tronc et alors que je pensais avoir brisé quelque chose en elle, ses yeux larmoyants se fixent aux miens. Sa colère dépasse sa peur, je le vois clairement. Je n'ai pas le temps d'attraper son poignet qu'une gifle retentissante frappe ma joue. Pour moi, ça ressemble plus à une caresse, mais je ne peux pas laisser passer ça.

D'un geste rapide, je la retourne et la pousse violemment au sol. Ses genoux se fracassent sur la terre et les feuilles qui jonchent le terrain. Je pose mon pied dans son dos jusqu'à ce qu'elle se retrouve allongée.

Ma semelle vient s'imprimer entre ses omoplates et je me penche pour qu'elle puisse m'entendre.

— Tu as une chance fabuleuse… Je ne frappe pas les femmes, du moins j'évite au maximum.

— Je suis désolée, tente-t-elle piteusement de m'amadouer.

Je tire mon portable de ma veste et compose le numéro de Leah. Je suis certain qu'elle se fera un plaisir de lui souhaiter la bienvenue dans notre monde comme il se doit. Elle m'a rapporté leur petite altercation et n'attend que mon accord pour répliquer.

— Oui chef, me répond-elle aussitôt.

— J'ai besoin de toi dans la forêt.

Je ne perds pas plus de temps en bavardage et raccroche alors que Tiara essaie de ramper pour m'échapper. J'aime qu'elle soit combative et en suis même surpris. La briser n'en sera que plus délectable.

J'enlève mon pied et m'accroupis devant elle. Mes doigts glissent dans ses cheveux doux avant d'en attraper une poignée et de tirer fort dessus pour soulever son visage.

Des larmes dévalent sur ses joues et j'ai presque envie de les lui lécher pour sentir le goût de sa panique.

— Plus jamais tu ne t'en prendras à moi, parce que la prochaine fois, je serais moins clément.

Leah arrive alors que je me redresse.

— Amuse-toi, mais ne touche pas à son visage.

Elle me lance un grand sourire avant de s'avancer vers Tiara.

— Tiens salope, comme on se retrouve, souffle-t-elle, avant de lui balancer un coup de pied dans les côtes.

Tiara crie et se retourne sous le choc, mais Leah est déjà ailleurs et ne se concentre que sur le fait de la faire souffrir. Les coups pleuvent sur ce corps beaucoup trop aguicheur. Tiara se tortille dans tous les sens pour lui échapper et tente même de riposter, sauf que personne n'y arrive jamais, elle est redoutable.

Alors que Tiara pose ses yeux sur moi, me suppliant de mettre fin à tout ça, je me détourne pour rejoindre le reste du groupe. J'ai une fellation à aller réclamer ! Ce petit intermède m'a terriblement excité.

Bienvenue chez les « Black Eagles », princesse, ton enfer ne fait que commencer…

CHAPITRE 5

TIARA

« — Tu as vraiment cru pouvoir t'enfuir ? Tu es à moi pour toujours, ne l'oublies jamais ! me crache-t-il à la figure.

Ses doigts s'impriment dans mes bras et la douleur est intenable. Je pleure, le supplie de tous les mots possibles pour que sa colère cesse, mais rien n'y fait.

— Pourquoi m'as-tu fait ça ? Tu ne me trouves pas à la hauteur ? Pas assez bien pour faire partie de ton avenir ? continue-t-il.

Une gifle me percute violemment et je m'effondre au sol. Le goût métallique du sang envahit ma bouche et je me mets à tousser pour l'évacuer, sauf qu'il ne me laisse pas de répit, son poing se fiche dans mon ventre, me faisant hurler. Je ne peux pas encaisser autant de souffrance alors qu'il m'en envoie plusieurs autres. C'est plus que je ne puisse supporter et l'obscurité vient me sauver de cette horreur qu'est devenue mon existence.

J'ai un nouveau rêve à présent : mourir le plus rapidement possible. »

J'ouvre les yeux en grand alors que mon cœur bat à toute allure, et la première chose que je vois, c'est Axel, le visage fermé, qui me fixe.

Ma respiration s'accélère malgré moi tandis que mon esprit s'éclaircit et laisse ce cauchemar se ranger dans un coin de ma tête. La peur refait surface, en ne comprenant pas où je me trouve.

Je me tourne pour détailler l'endroit et me rends compte que je suis dans la même tente que la veille. Je n'ai en revanche aucun souvenir de comment j'y suis arrivée. Les douleurs sont telle une avalanche et se déclenchent les unes après les autres. Je change de position, mais chaque morceau de peau qui touche le matelas hurle son désarroi.

L'image de cette fille que je connais à peine et qui me frappe encore et encore, jusqu'à ce que ce soit le trou noir, me percute.

Je ne peux pas me permettre de rester allongée là sans défense. Mon corps n'est qu'une loque, mais je dois prendre sur moi. Il est hors de question que je finisse de cette manière. Chacun de mes muscles m'élance. J'inspire et expire, je dois faire face, c'est la seule solution possible.

— Qu'est-ce qu'il s'est passé ? chuchoté-je.

J'ai besoin de l'entendre au cas où mon esprit me joue des tours. Axel souffle et frotte son visage avant de tirer une clope d'une de ses poches et de l'allumer.

— Tu devrais le savoir mieux que moi je suppose…

Dans un effort qui me semble surhumain, je pousse sur mes bras et parviens à m'asseoir. Tout tangue autour de moi, mais j'arrive à me maintenir, c'est déjà une bonne chose.

— Je me suis évanouie et je me retrouve là…

Il ricane en soufflant de la fumée.

— Ouais. Lak t'a installée dans le camion avant de me prévenir. Tu étais inconsciente et il m'a raconté ce qu'il s'était passé. Nous avons ensuite repris la route et avons monté le campement. Greta a veillé sur toi jusqu'à ce que je te pose ici.

Savoir que quelqu'un se soucie de moi est tout de même agréable, bien que j'aurais préféré que rien de tout cela n'arrive. J'ai perdu le contrôle. Frapper Lakmar était vraiment une mauvaise idée, mais j'ai cru qu'il allait me tuer. Je ressens encore ses doigts se rétracter autour de mon cou et sa poigne se faire de plus en plus ferme jusqu'à ce que l'air n'entre plus dans ma trachée. Et quand il a relâché la pression, trop de choses de mon vécu sont remontées à la surface. Je n'ai pas su gérer.

Je passe une main sur les traces que je dois porter.

— Tu devrais partir, je peux t'aider…, souffle Axel après une nouvelle taffe, observant mon geste.

Ça serait si facile d'abandonner après cette humiliation, si simple de retourner me cacher dans cet appartement où je vis depuis des mois. Bien sûr, je subirais des remontrances, mais qui n'a rien d'équivalent à la raclée que je me suis prise.

Sauf que j'ai fait une promesse que je tiendrais, même si je dois en perdre la vie. Je veux pouvoir le revoir un jour, alors je n'ai maintenant qu'une seule solution. Je dois rester et me battre pour ne pas mourir avant de l'avoir serré dans mes bras.

— Personne ne va te faire de cadeau malgré les coups que tu as pris, tu en as conscience ?

Je hoche simplement la tête. Il ne devrait pas se montrer si aimable avec moi. Après tout, c'est son chef que j'ai giflé, il devrait plutôt vouloir me voir dégager du groupe.

— Je ne comprends pas pourquoi Leah s'est acharnée comme ça. Elle aime se battre, OK, mais là ça allait au-delà.

Je pouffe alors que mes côtes me rappellent que je dois faire le moins de gestes possible.

C'est elle qui m'a traité de tout pour avoir embrassé Axel devant Rosa, et surtout elle que j'ai cognée. Ce n'était rien de plus qu'une vengeance. En tout cas, ça aura eu le mérite de me remémorer où je me trouve et mes motivations. Je me suis fait surprendre une fois, je vais tout faire pour que la deuxième soit différente.

Elle devient mon ennemie et ma méfiance envers elle va être accrue, mais je ne me rabaisserais pas. J'ai bien compris que je vais devoir me faire une place parmi eux si je veux survivre, et je compte bien faire tout ce qui sera nécessaire pour y arriver. Je reste en retrait depuis le départ parce que je suis comme ça. Je ne supporte pas d'être le centre d'attention, mais apparemment ici, ma discrétion fait de moi quelqu'un à abattre, il faut que je change.

Je vais montrer à tous celle que j'aimerais être. Une femme redoutable qui ne se fait pas massacrer sans rien dire.

Forte de mes convictions, je pousse une nouvelle fois sur mes bras pour tenter de me lever, mais Axel en attrape un. C'est trop douloureux pour que je lui résiste.

— Qu'est-ce que tu fous ? Tu en redemandes ? Je n'y crois pas !

Je secoue mon membre pour qu'il me lâche et son regard capture le mien.

— Je ne veux pas qu'ils imaginent que je suis faible.

Axel me détaille longuement avant de sourire.

— Tu ne connais rien à notre clan. Il vaut mieux au contraire qu'il te pense inoffensive, c'est préférable. Les rebelles n'ont pas leurs places.

C'est ridicule. Je ne peux pas simplement laisser Lakmar me dicter mes actes, même si c'est ce qu'il attend de moi. Et pourtant, le souvenir de la veille me percute de plein fouet. Je revois la balle va se loger dans le pied de cet homme. Serait-il possible qu'il me fasse une chose pareille ? Un frisson de terreur me traverse.

La seule solution qui me faciliterait la vie serait de me faire apprécier du chef, sauf que nous avons pris un mauvais départ et qu'il m'effraie plus que tout.

— Reste ici au moins ce soir, Tiara. Tu n'es pas en état.

Ce que je trouvais gentil de la part d'Axel est en train de m'énerver. On dirait qu'il essaie de me materner et ça suffit. Tout le monde ne fait que ça depuis que je suis gamine, il est temps que ça cesse.

Je souffle fort en prenant appui sur mes jambes pour me redresser et passer la porte de la tente sans un regard vers Axel qui, je l'entends, me suit. S'il se préoccupait vraiment de moi, il aurait dû rester à mes côtés ce midi, maintenant c'est trop tard.

Mes gestes sont lents et extrêmement douloureux, mais je me force à avancer.

Greta apparaît soudain devant moi avec un verre d'eau et une pilule qu'elle me tend.

— Prend ça, ça soulagera tes courbatures.

Je ne me fais pas prier pour avaler le tout.

— Merci, lui soufflé-je en observant ce qui m'entoure.

Nous nous trouvons dans un jardin avec devant moi une cabane en bois.

— Ce sont les sanitaires, m'indique ma nouvelle amie. Tu devrais y aller pour te rafraîchir. Je n'ai pas regardé tes blessures, j'aurais dû te déshabiller, mais nous ne sommes pas assez intimes pour ça.

Je la remercie silencieusement pour ce geste prévenant. Cette femme est profondément gentille et rien que ces paroles me donnent les larmes aux yeux. Toutes les émotions qui me submergent depuis deux jours sont sur le point d'exploser, il faut que je me retrouve seule le plus rapidement possible.

— Ça me touche beaucoup, chuchoté-je, avant de la laisser pour avancer vers ce que j'espère être une douche.

J'essaie d'ignorer les regards curieux qui me suivent. Je les sens dans mon dos, prêts à me pulvériser, mais si je veux pouvoir continuer parmi eux, je dois me montrer forte.

J'ouvre la porte et découvre une salle de bain et des toilettes. Je ne pensais pas que ça pouvait m'apporter autant de réconfort...

Je referme rapidement derrière moi et m'y enferme. Je souhaite profiter de ce peu d'intimité, comme une petite parenthèse pour me retrouver.

Mes mouvements sont laborieux et me déshabiller est une véritable torture, mais je finis par y arriver. Sauf que dans mon excitation j'ai totalement oublié de prendre quelque chose en rechange et vais devoir remettre ces vêtements souillés par ma transpiration et par des égratignures que j'ai dû me faire.

Une fois nue, je m'avance vers le petit miroir qui ne montre que le haut de mon corps et je manque de m'effondrer en apercevant mon état. Mon visage est intact, malgré mes larmes qui ont boursouflé mes yeux. Mes cheveux sont en pagaille, ma main passe dessus et je sens les nœuds qui se sont formés et qu'il va être difficile d'enlever. Mon regard descend sur mon cou qui est teinté de rouge où l'on voit clairement la trace des doigts qui m'ont marqué, ceux de Lakmar. Je ne peux m'empêcher d'en suivre le contour alors que les images me reviennent en mémoire. J'ai vraiment cru qu'il allait me tuer et je ne suis pas passée loin.

J'inspecte le reste de mon corps comme je peux et ne trouve que contusions et griffures. Des bleus de toutes les couleurs parsèment ma peau et je ne peux retenir mes sanglots qui explosent entre ces murs. J'ai envie de hurler pour ce qu'ils m'ont fait, je ne méritais pas tout ça. Je ne leur ai donné aucune raison de douter de moi.

Je me dépêche d'entrer dans la douche et laisse couler l'eau qui reste tiède. Je suis déjà contente d'avoir un espace rien qu'à moi alors je ne vais pas me montrer difficile. J'attrape le gel lavant qui traîne par terre et m'en badigeonne en serrant les dents à chaque ecchymose que j'effleure.

Une fois rincée, je m'enroule dans une serviette qui se trouve sur un portant et sursaute quand un coup est donné à la porte.

Mon cœur s'affole. Je suis nue, vulnérable, ne sachant pas à quoi m'attendre. Et si cette fille venait finir le boulot ?

Mon corps commence à trembler violemment sans que je ne puisse me calmer. Le tambourinement reprend et malgré moi, je cherche n'importe quoi qui pourrait me servir d'arme sauf qu'il n'y a rien.

— Tiara ouvre cette porte où je la fais sauter, m'enjoins la voix appartenant à l'homme qui a failli m'étouffer.

Je sais qu'il est capable de mettre à exécution sa menace, il a la force nécessaire pour ça, mais mes membres refusent de coopérer. Je suis comme paralysée.

— Bordel, dans deux minutes je défonce tout.

Mes doigts finissent par se décider à obéir et tournent la clé dans la serrure.

Aussitôt, la lumière du jour éclaire la petite pièce, mais Lakmar referme derrière lui, prenant toute la place restante dans la cabane.

Ses yeux tels des lasers scrutent la moindre parcelle de mon corps nu. D'abord mon visage, ma gorge, jusqu'à la lisière de mes seins avant de s'attarder sur mes bras. Son regard se voile, mais je ne saurais dire ce qui traverse son esprit. Il ne laisse transparaître aucune émotion alors qu'en moi gronde une tempête prête à tout balayer sur son passage.

Je veux qu'il sorte, il m'effraie plus que quiconque. Je souhaitais me montrer comme une femme forte, capable de se battre, mais devant lui je perds totalement mes moyens.

Soudain, son poing passe à quelques centimètres de ma tête et vient percuter le mur secouant toute la structure de la bâtisse.

Je ferme les yeux, prête à subir sa foudre. Je ne comprends rien de ce qui arrive, mais ma vie dépend de lui pour quelque temps alors je n'ai d'autres choix que d'encaisser ses sautes d'humeur.

Je sens son souffle à quelques millimètres de mes lèvres et suis tétanisée.

— Tu portes mon odeur ! Putain ! crie-t-il, me faisant brusquement ouvrir les paupières et le voie récupérer le gel douche avant qu'il ne tire de toutes ses forces sur la serviette qui me recouvre partiellement.

Je me retrouve à poil devant lui, mais il n'en profite même pas. Il me lance un regard glacial puis sort en trombe.

Mes jambes ne me soutiennent plus et je m'effondre contre le bois du parquet. Je pose une main sur mon cœur affolé et laisse couler mes larmes, encore une fois. Je crois que je n'aurais jamais autant pleuré que ces deux derniers jours.

CHAPITRE 6
LAHMAR

Je hais cette femme, c'est plus fort que moi, pourtant la voir si vulnérable avec toutes ces ecchymoses a fait sauter un plomb dans mon cerveau. Je ne peux pas regarder son corps abîmé sans qu'une pointe de culpabilité vienne me tirailler le ventre. Putain pourquoi l'ai-je accepté ? Je savais qu'elle foutrait la merde, juste pas aussi rapidement. Et qu'elle se soit servie de mon gel douche me donne beaucoup trop envie d'elle. C'est inconcevable.

Je passe devant la tente d'Axel et y entre comme si c'était chez moi. C'est de sa faute si je me suis retrouvé dans cette cabane. Il n'était pas content d'apprendre ce qui lui était arrivé et m'a fait promettre d'aller vérifier qu'elle n'est pas trop mal en point. Ce dernier est quasiment à poil et finit d'enfiler son boxer. Il tourne à peine la tête vers moi naturellement et après tout, nous n'avons rien à cacher l'un à l'autre.

— Elle est toujours bien trop vivante, lancé-je.

Mon ami ne fait aucun commentaire, même s'il doit jubiler, alors je continue :

— OK pour qu'elle passe les tests, mais je te préviens, à la moindre fragilité, c'est moi qui reprends la main et on fait les choses à ma manière.

Et j'espère que ça arrivera vite parce que je ne pense pas pouvoir la supporter encore longtemps. Tout en elle m'envoie des images de tortures plus inventives les unes que les autres. Sa présence me fait devenir complètement fou.

Axel a un rictus, il mériterait une baffe, sauf qu'il prendrait ça pour un aveu de faiblesse. Une de nos règles d'or entre nous est qu'aucune bagarre ne doit être déclenchée par une femme. Ce n'est pas aujourd'hui et surtout pas pour elle que j'y dérogerais.

Même si le jour où on les a établis, nous étions totalement bourrés, elles nous suivent encore.

— Comme tu veux chef ! se marre-t-il, alors que je sors en trombe de sa tente.

Je pile en voyant Tiara arriver vers moi les yeux bouffis, qui évitent soigneusement mon regard. Elle a renfilé ses fringues sales et trouées, la faisant plus ressembler à une SDF qu'à la fille des beaux quartiers qu'elle était en débarquant auprès de nous. La princesse devient souillon et ça me ravit.

Si j'écoutais ma conscience, j'irais m'excuser pour mon comportement, mais ça fait bien longtemps qu'elle n'a plus le dessus. Un an et demi pour être exact. Depuis le jour où l'on a tué la seule personne qui me donnait un but, une ligne de conduite à respecter. Maintenant, je suis un électron libre qui ne vit qu'au gré de ses humeurs et de ses désirs, peu importe que ce soit honnête ou juste.

Alors que Tiara essaie de m'esquiver pour rejoindre mon ami, j'attrape son bras et pose ma bouche contre son oreille.

— Ce soir à vingt-trois heures, je t'attends devant le feu de camp.

Je la relâche alors qu'elle détale plus vite qu'un lapin.

Je dois admettre que lui faire peur va rapidement devenir mon nouveau passe-temps favori.

J'aperçois Liz, notre hôte du jour qui rigole avec Leah et Solan. Nous sommes toujours bien accueillis ici, c'est un des endroits où je me sens le mieux. Je connais Liz depuis des années et j'ai totalement confiance en elle.

Elle habite une petite baraque en bois au milieu d'un grand terrain parfait pour notre campement.

— Je vous ai apporté quelques grillades et de quoi se désaltérer, m'indique-t-elle quand j'arrive près d'eux.

Je la remercie d'un signe de tête en avisant les trois assiettes remplies de viandes et les bouteilles d'alcool alignées.

— Je peux te parler en privé Lak ?

Je la détaille un instant. Sa robe est très légère, elle la porte avec grâce. Elle est plus âgée que moi, la quarantaine et c'est une très belle femme. Elle s'entretient, ça se voit.

— Bien sûr.

Je la suis jusqu'à chez elle et j'ai à peine le temps de refermer la porte qu'elle se jette sur moi pour capturer ma bouche de la sienne.

Je suis surpris par son enthousiasme, mais je la laisse profiter de moi comme elle en a envie. Après tout, je suis encore excité par l'échange avec Tiara. Son corps nu, sa peur, son odeur…

J'attrape les jambes de Liz pour la soulever et les faire passer autour de ma taille avant de l'emporter jusqu'à sa table de salle à manger sans quitter ses lèvres que je ravage.

— Tu ne viens pas assez souvent, Lak…

Je fronce les sourcils en me redressant après l'avoir posée.

— Qu'est-ce que tu racontes ?

Elle et moi ça n'a jamais été rien de plus qu'une histoire de cul et il ne faudrait pas qu'elle s'imagine qu'autre chose est possible.

— Juste que tu m'as manqué.

Sa phrase a le don de me faire redescendre aussi sec. Nous avons commencé à baiser ensemble depuis quelque temps et c'est la première fois qu'elle me sort une connerie pareille. Elle me connaît, sait que l'engagement ne fait absolument pas partie de mes objectifs de vie. J'ai trop de bagages à traîner, trop de choses à faire avant de pouvoir me poser, si tant est que je sois encore de ce monde. Je ne suis pas spécialement suicidaire, mais je ne suis à l'abri de rien. Il suffit d'une balle, d'un coup bien placé pour que je passe de l'autre côté, malgré toutes mes précautions. Je reste un être humain vulnérable.

Je fais quelques pas en arrière alors qu'elle réalise la portée de ses mots et surtout qu'elle va beaucoup trop loin pour moi.

— Oublie ce que je viens de dire, prends-moi je t'en supplie.

Je devrais la laisser en plan et sortir de cette cabane pour qu'elle comprenne qu'elle ne représente rien, seulement je suis un putain d'égoïste.

Je la retourne promptement, allongeant son buste contre la table, ses fesses justes à hauteur de mon membre qui reprend vie rien qu'en imaginant la suite.

Je soulève sa robe et tire violemment sur le tissu de son string qui craque, dégageant le passage.

J'ouvre un tiroir, le seul que je connaisse dans sa cuisine et attrape un préservatif avant de revenir vers elle. Je baisse mon jean suffisamment pour libérer mon sexe, enfile ma protection et sans même vérifier qu'elle est prête à m'accueillir, je la pénètre d'un grand coup de reins.

Son cri envahit la pièce et comble le silence. Je ne la laisse pas retrouver ses esprits et me mets à la pilonner sans douceur. Mes mouvements sont vifs, tranchants et la moiteur qui nous lie me prouve qu'elle adore ça.

Je vais de plus en plus vite, de plus en plus fort. Et alors que le plaisir menace de me submerger, c'est un autre visage que celui de Liz qui apparaît dans ma tête, celui de cette fille sur les photos de mon portable. Ses traits fins, doux et ses cheveux longs que j'aimerais tirer tandis qu'elle aurait ses lèvres autour de mon érection.

Je ne tiens plus quand Liz se contracte autour de moi et me laisse aller à mon tour, me libérant temporairement de cette tension continuelle.

Sauf que je reviens vite à la réalité et me dégage de ce corps dont je n'ai aucune envie.

Je jette le préservatif dans la poubelle avant de remonter mon boxer et mon jean. J'attrape une clope qui traîne dans ma poche et l'allume rapidement pour éviter de massacrer tout ce qui se trouve à portée de main. Au lieu de me relaxer un peu, je suis encore plus frustré.

Je n'arrive pas à comprendre comment une femme que je ne connais pas vraiment peut me faire un tel effet, d'autant qu'elle devrait me rebuter. Ou alors je dois justement la baiser pour réaliser une partie de ma vengeance... La rendre vulnérable, à mes pieds et surtout que son mec y assiste sans rien pouvoir faire. Et après lui avoir pris ce qui lui restait de dignité, je l'achèverai devant les yeux de l'homme qui l'aime. Je lui arracherais une part de lui en espérant que ce soit suffisant pour moi.

Ce n'était pas tout à fait mon plan initial, heureusement je sais m'adapter, surtout si ça tourne à mon avantage.

Je ne perds pas plus de temps et sors de la maison sous les appels de Liz que je choisis d'ignorer.

Axel me remarque tout de suite et se met à faire des gestes obscènes. Il me connaît par cœur et même s'il me fait rire, je lui tends mon majeur avant d'entrer dans les sanitaires pour enlever cette odeur de sexe qui m'enveloppe.

Nous profitons tous de notre repas autour du feu. Les discussions vont bon train dans une ambiance décontractée. L'alcool coule à flots ce soir, je me retiens d'en abuser parce que j'ai une mission à accomplir.

Mon regard capte celui de Tiara à certains moments. Elle est fuyante, j'adore ça. Seule Greta tente de lui faire la conversation, les autres l'ignorent simplement. Nous ne sommes pas bavards avec les étrangers.

— Alors avec Liz…

Je reporte mon attention sur Axel qui me lance un sourire en coin.

— Il n'y a rien du tout. Ce n'est pas parce que je la baise une fois de temps en temps qu'on doit en faire une histoire.

Il ricane en désignant Tiara avec la bouteille qu'il tient entre les mains.

— OK, si tu le dis, et avec elle ? Tu la fais flipper, tu sais.

Évidemment que j'en ai conscience et c'est bien mon intention. Depuis le début du repas, je remarque son agitation. Elle est nerveuse et anticipe notre rencontre. Je ne suis pas un homme bien ni un gentleman, mais il est vrai que je ne réagis pas aussi violemment avec les autres. J'ai mes raisons pour ça et il les connaît parfaitement.

— Elle doit me craindre, je ne compte pas devenir son ami.

Axel boit une gorgée de bière.

— Ne l'effraie quand même pas trop ce soir, je n'ai pas envie qu'elle échoue au premier test, souffle-t-il en souriant.

Au fond de moi, je suis certain qu'elle est incapable de résister jusqu'au bout de l'initiation. Elle craquera avant et dans un sens, c'est peut-être ce que je souhaite ou redoute, je ne sais pas. Qu'elle n'en puisse plus et se retrouve à ma merci, décisionnaire de son sort, m'excite au plus haut point. Le problème c'est que la voir combative, tenter de surmonter ses peurs me fait le même effet…

L'heure approche et je sens ce fourmillement d'anticipation parcourir mon corps jusqu'à ma queue. Certains diraient que je suis un monstre de prendre plaisir à la souffrance d'autrui et pourtant, c'est bien ce qui me définit. Chaque blessure infligée me fait continuer, me permet de tenir une journée de plus. C'est étrange comme processus, c'est ce qui m'arrive depuis quelques mois. La douleur est nécessaire à ma jouissance.

Louise s'avance vers nous, bien éméchée. Ses nichons menacent de sortir de son haut sans qu'elle n'y prête aucune attention, trop concentrée à mettre un pied devant l'autre. De plus, elle aime s'exhiber.

— Lakmarrrr, tu ne veux pas venir faire un tour avec moi ? glousse-t-elle.

Je lui lance un regard peu amène, j'ai de nouvelles priorités et dois me détacher d'elle dans tous les cas. Il faut qu'elle cesse de me voir comme un petit ami potentiel que je ne serais jamais.

— Non, trouve-toi un autre mec pour te baiser.

Ma réponse la fait ciller, bien qu'elle garde son sourire de façade et s'éloigne.

— T'es sûr que ça va ? Je sais qu'elle est lourde et te gonfle, mais c'était un peu brutal, s'inquiète Axel.

— Je n'ai de compte à rendre à personne, même pas à toi, alors reste en dehors de ça, m'énervé-je.

Je me lève et allume une nouvelle clope avant de m'avancer vers le feu. Je regrette déjà mon comportement envers mon ami, mais je n'ai pas besoin de ses leçons de morale, je me débrouille très bien tout seul. Il faut qu'il arrête de me materner.

Je décide de faire un tour, de m'aérer l'esprit. Trop de choses envahissent mon cerveau. Entre Axel l'entremetteur, Louise qui me colle sans cesse et Tiara qui s'est incrustée dans mon clan et que je dois intégrer, ça fait beaucoup.

Je penche la tête et souffle de la fumée vers le ciel qui se recouvre de millions d'étoiles alors qu'un raclement de gorge me ramène bien trop vite sur Terre. Je baisse les yeux et suis surpris par la personne qui me fait face.

Elle tord ses mains dans tous les sens et malgré l'obscurité dans laquelle nous sommes plongés, je vois son regard dirigé vers le sol. Elle est mal à l'aise et je ne ferais rien pour la rassurer.

— Je sais qu'il n'est pas l'heure, mais est-ce qu'on pourrait commencer ton rite ou je ne sais quoi ?

Je la détaille, elle est dans l'incertitude et dans le questionnement de ce qu'il va lui arriver, c'est tout l'intérêt. Elle s'imagine des tas de choses qui sont sûrement très loin du compte.

— La patience est une qualité dont tu ne fais pas preuve, c'est déjà un mauvais point pour toi. Ici, je suis le boss. Quand j'exige, on m'obéit. Je t'ai donné une consigne pourtant claire, à moins que tu sois aussi idiote que tu ne le parais, alors respecte-la sinon tu en subiras les conséquences. C'est la première fois que je te préviens et également la dernière. Il me semble que tu as vu ce qui arrivait aux récalcitrants…

Ses yeux se sont levés au fur et à mesure et me transpercent. Je suis impatient, va-t-elle me répondre ? M'offrir une occasion de m'en prendre à elle ? Ou se montrera-t-elle raisonnable ? L'attente me rend fébrile.

Elle secoue la tête et repart comme elle était venue. Je suis satisfait, même si ce n'est qu'un début.

Je veux sa soumission totale, c'est tout ce qui m'importe. C'est pour ça que je ne lui dis pas tout à fait la vérité. Chaque membre a le droit à la parole et de m'envoyer bouler si l'envie leur prend, uniquement s'ils ont une excellente raison de le faire bien entendu. Je ne suis pas Dieu et fais parfois des erreurs, il faut aussi savoir le reconnaître pour être un bon chef. Pour elle, c'est différent, elle ne fera jamais partie du clan même si elle réussit les épreuves. Nos routes se sépareront au moment où je le désirerais.

CHAPITRE 7

TIARA

Le tremblement de mon corps est incontrôlable. Je suis en colère, sur les nerfs et à la fois totalement effrayée. Je ne suis pas spécialement peureuse d'ordinaire, mais avec Lakmar, je ne me sens absolument pas en sécurité et m'imagine déjà le pire. Je rumine depuis qu'il m'a demandé de le rejoindre. Axel m'a vaguement expliqué qu'il voulait me tester pour pouvoir m'intégrer au groupe. Chaque nouvel arrivant doit traverser ces épreuves. Après tout, personne n'a l'air traumatisé, donc je devrais relativiser. Que peut-il me faire de pire que je n'ai pas déjà subi de toute manière ?

L'enfer je connais, les coups, les restrictions en tout genre également. Alors de quoi ai-je peur ?

Je me frotte les bras pour enlever la chair de poule qui les recouvre, sans réel succès.

Je finis par rejoindre le groupe et le malaise continue de me parcourir. Je me sens si seule, isolée, tout ce que je redoute. Je n'ai personne à qui me confier, à qui je puisse déverser mes pensées sans jugement. Rosa me manque. Je ne la connais pas depuis si longtemps que ça, pourtant, elle s'est construit une place auprès de moi. Elle représentait ma confidente, celle qui subissait mes jérémiades et me donnait des conseils judicieux.

Je ne regrette pas mon choix de tout abandonner, il est nécessaire à mon bien-être et je n'ai pas non plus beaucoup d'options. Le retrouver effacera tous ces moments de doutes, c'est une certitude, ce besoin d'être auprès de lui surpasse tout autre sentiment.

Alors que je m'assieds sur un rondin de bois, Greta se poste à côté de moi et m'offre un grand sourire auquel je me force à répondre malgré l'angoisse qui ne me quitte pas.

— Alors ma jolie, on dirait que tu t'ennuies parmi nous…

— Je ne connais personne, ce n'est pas évident.

Elle me tend une bouteille de bière que j'accepte volontiers. Boire ne m'apporte jamais rien de bon d'ordinaire. Peut-être que cette fois, ça détendra mes muscles douloureux.

— Tu as raison, ils sont tous beaucoup trop méfiants, ça peut se comprendre. Je suis certaine qu'avec un peu de temps, ils t'approuveront…

Je hoche la tête. Je sais que leurs activités ne sont pas ce qu'il y a de plus légal. Ils ont une réputation qui les précède et je suis même surprise qu'ils continuent sans que la police s'en mêle. En revanche, je suis moins sûre de sa dernière affirmation, mais préfère ne pas répondre. J'avale une gorgée de mon breuvage en comptant intérieurement les secondes qui défilent.

De la musique nous surprend, un homme, qui doit avoir mon âge, assez mignon vient de brancher son portable sur un baffle posé non loin de nous.

Des hurlements fusent alors que certains se lèvent et se mettent à danser comme ça, au milieu du champ.

— Solan, t'es le meilleur ! crie cette fameuse Leah qui est toujours auprès de lui.

Je détourne mon regard, je n'ai aucune envie qu'elle me découvre à les observer et me concentre sur les autres personnes présentent.

Malgré leur façon de vivre assez spartiate, ils ont l'air heureux. Les rires éclatent autour de moi et ça me donne le tournis. Moi qui reste recluse depuis des mois, ça me fait tout drôle. Les occasions de s'amuser sont passées de rares à inexistantes au fil des années et je me prends à rêver que moi aussi, je peux intégrer un groupe. Que les gens m'accepteraient tel que je suis, sans jugement… J'ai conscience que c'est utopique.

Je vérifie ma montre, et mon cœur s'emballe en voyant l'heure indiquée par Lakmar approcher. Encore cinq minutes et je saurais ce qu'il a prévu pour moi.

Je cherche ce dernier du regard, mais ne le trouve nulle part, ni Axel. Par contre, Leah me dévisage. Je suis sûre qu'elle est déçue que mon visage soit intact. Un petit sourire vient relever le coin de mes lèvres. Elle me croit faible, elle ne me connaît pas. Elle finit par se détourner tandis que je me lève. J'attrape nerveusement un élastique que je garde dans ma poche et attache ma crinière en queue de cheval sur le côté.

Mes membres sont endoloris, chaque partie de mon corps me fait souffrir, sauf que je dois prendre sur moi. Je sais que je n'aurais aucun cadeau. Serais-je capable de supporter ce qu'il compte m'infliger en plus de ce que j'ai subi ? Je ne suis pas surhumaine.

Soudain, un souffle dans ma nuque hérisse mes poils. Il est tout près et mon pouls s'emballe. Il ne me touche pas, pourtant j'ai l'impression qu'il est partout sur moi. Je frissonne de… Désir… Oui, j'ai envie qu'il pose ses doigts sur ma peau ! J'avale ma salive et ferme les paupières, je perds la tête.

— Enlève tes vêtements ! exige-t-il tout près de mon oreille.

Je me statufie sous ses paroles et reprends conscience avec la réalité. Le groupe s'est installé en face de nous, tous ont les yeux rivés sur moi. Je n'arrive plus à respirer, est-ce une blague ?

Je veux me tourner, lui rire au nez, mais j'ai l'impression d'être figée dans cette position, mon corps ne me répond plus. J'ai soudain envie de déguerpir, de l'envoyer se faire foutre et trouver quelqu'un d'autre qui puisse m'emmener où je le désire.

— C'est la première épreuve de notre initiation. Si tu n'es pas capable de si peu, dégage tout de suite. Je ne peux pas me permettre de mettre en danger toutes les personnes qui me suivent pour toi. Et si tu ne veux pas démontrer une loyauté, au moins provisoire, nos chemins se quittent ici. Nous n'avons aucune gêne ni jugement physique. Nous partageons tout. Nous avons besoin de connaître celle qui sommeille en toi, celle que tu es sans façade, sans fioritures. Se montrer nu n'est pas un acte de faiblesse, au contraire, ça nous prouve que tu as confiance en nous.

Dans sa voix, je devine qu'il souhaite que je m'en aille, c'est comme une supplique. Il ne me croit pas à la hauteur de son clan et une partie de moi, la plus idiote sans aucun doute, veut lui affirmer le contraire.

Alors dans un mouvement, j'attrape mon tee-shirt et le passe au-dessus de ma tête avant de le balancer sur le côté. J'évite le regard des autres, je ne suis pas certaine de pouvoir le supporter. Je suis assez à l'aise avec mon corps, mais trop de souvenirs remontent dans mon esprit et je dois les étouffer.

J'enlève mes chaussures et chaussettes, puis défais la fermeture du pantalon avant de le laisser lentement glisser le long de mes jambes.

« Tu n'es qu'une pute alors dépêche-toi de me virer cette culotte. Elle est inutile et si j'en revois une, je t'étrangle avec ! »

Ma respiration se coupe alors que cette phrase résonne en moi. Je passe une main sur mon front brûlant et efface la sueur qui commençait à s'y imprégner.

En un mouvement, je détache mon soutien-gorge et balance cette fameuse culotte que je n'ai pas pu porter durant des années, me retrouvant vulnérable, à la merci de la volonté de Lakmar. Va-t-il abuser de moi devant les autres ? Me toucher ? Je devrais le redouter, c'est comme un cycle infernal qui se répète malgré le temps passé. Une routine à laquelle je n'arrive pas à me défaire, où que j'aille, elle se reproduit. Je connaissais le risque en m'introduisant dans ce groupe. Après tout, pour certain, le viol fait partie de l'intégration, pourquoi pas celui-ci ? C'est peut-être pour ça que Rosa m'a dit de me méfier... Pourtant, elle ne m'aurait jamais recommandé si c'était le cas... Du moins, je l'espère !

— Bien. Maintenant, tu vas m'écouter, souffle Lakmar toujours dans mon dos.

Son bras frôle le mien alors qu'il me montre la forêt.

— J'ai caché une arme dans les bois. Trouve-la et rapporte-la-moi.

Son ordre est sans appel, sauf que je suis totalement nue et sans chaussures !

Avant que je n'aie pu dire quoi que ce soit, je sens sa chaleur s'évanouir, il n'est plus contre moi et le malaise est d'autant plus difficile à supporter. J'ai gardé la tête baissée jusqu'à maintenant, mais je ne peux plus éviter les regards qui doivent me détailler. Chaque membre du clan a une vue imprenable sur mon corps, mon intimité.

Je me force à lever les yeux et rencontre ceux d'Axel. Il me sourit gentiment, tout comme Greta, et ça me suffit. C'est un test c'est tout. Chaque humain est pareil et tout le monde a dû passer par cette épreuve alors ils savent ce que procure ce sentiment de honte, de violation. Plus vite j'aurais rempli ma mission, plus vite je pourrais me rhabiller et oublier tout ça.

Mes pas se font incertains vers la forêt, la terre, les cailloux, les branches, les feuilles... Tout me rentre sous les pieds, je découvre des sensations inédites et pas forcément agréables. J'avance lentement à travers les arbres en essayant de garder en mémoire le chemin pour retrouver le camp.

Comment puis-je mettre la main sur un objet là-dedans ? C'est immense, de plus nous sommes au beau milieu de la nuit et malgré la lune bien présente, je n'y vois pas grand-chose.

Des bruits me font sursauter, il doit y avoir des animaux, des bestioles qui grouillent, qui m'observent… Une chair de poule me parcourt en imaginant me faire dévorer.

Je me force à continuer ma marche pendant de longues minutes à chercher cette arme jusqu'à ce qu'un son que je connais m'interpelle. J'essaie de trouver d'où il provient jusqu'à découvrir les phares des voitures qui circulent sur la route. Je me suis bien trop éloignée, je dois rebrousser chemin. Et si quelqu'un m'apercevait ? Il penserait soit qu'on m'a agressé, soit que je suis totalement folle, ce qui ne serait pas complètement faux. Il faut avoir un grain pour jouer à leur jeu débile.

Après une longue inspiration, je me retourne et reprends mes recherches avec la sensation d'être suivie. Quelqu'un rôde-t-il ici et m'a aperçue ? Ou est-ce Lakmar qui essaie de m'effrayer ? Dans tous les cas, un nouveau frisson sillonne mon corps, je dois me dépêcher. J'accélère mes pas jusqu'à remarquer un léger faisceau de lumière.

Espérant que ce soit mon trésor, je cours presque et trouve une lampe de poche à côté du pistolet. J'attrape le tout le plus rapidement possible et tente de me souvenir du chemin en cherchant la fumée du feu qu'ils ont allumé. Ce n'est pas chose aisée dans cette atmosphère m'étouffant un peu plus à chaque minute qui passe.

Je ralentis le rythme parce que mes pieds commencent à vraiment être douloureux, en plus du reste de mon corps qui subit encore les conséquences des coups de cette Leah.

Un craquement, je suis certaine que c'est une branche qui s'est cassée. Je me tourne dans tous les sens à l'affût du moindre bruit, mais le silence règne à nouveau. Seul mon cœur qui tambourine comme un fou dans ma poitrine envahit mes oreilles.

Je braque la torche vers l'endroit où je pense l'avoir entendu, sauf qu'il n'y a rien alors je reprends ma route sur mes gardes. Il faut que je déguerpisse de cette putain de forêt !

Alors que l'odeur du feu m'indique que j'arrive à mon but, un nouveau bruit me parvient. Sans réfléchir, je pointe l'arme entre mes mains et tire, sauf que rien n'en sort, juste un déclic. Elle n'est pas chargée ! Sur ce constat, je fuis à toutes jambes. Je cours comme une dératée jusqu'à voir apparaître le campement face à moi. Les arbres laissent place au champ où je devine les tentes. Je ne prends pas la peine de me retourner pour m'assurer qu'on me suit, tout ce qui importe c'est de rejoindre le groupe à part que je trébuche et m'étale sur le sol. Mon souffle se coupe.

Je suis obligée de m'arrêter quelques secondes pour que ma respiration revienne à la normale, jusqu'à ce que quelqu'un soit face à moi, je vois des jambes et un cri sort de ma gorge. Deux mains m'empoignent les bras pour me mettre sur mes pieds. La terreur ancrée en moi m'ordonne de frapper cet inconnu avant que ses poings se referment sur les miens.

— Tiara ! Tu vas te calmer !

Cette voix, je la connais. Je secoue vivement la tête pour dégager mes cheveux qui se sont échappés de l'élastique dans ma course folle et rencontre deux iris noirs qui me fusillent.

J'ai envie de lui expliquer, mais je suis trop choquée et ai du mal à diminuer ma tension. Mon crâne pulse alors que ma respiration est laborieuse. Après tout, c'est de sa faute ! C'est lui qui m'a obligée à aller dans cette forêt hantée !

Retrouvant peu à peu ma raison, je me recule. Il me libère et je ramasse l'arme pour la plaquer contre son torse. Je ne peux m'empêcher de lui envoyer un regard peu amène auquel il reste impassible.

— Voilà, mission validée, craché-je, avant de le dépasser pour rejoindre la tente d'Axel.

Je ne suis pas d'humeur à supporter les autres. Il m'a donné un ordre, je l'ai respecté, il devrait être fier de moi. En attendant, j'ai besoin de calme et repos, ainsi que soigner mes pieds qui me brûlent à chaque pas.

CHAPITRE 8

LAHMAR

Je range le pistolet dans ma poche après y avoir mis mes balles. Je vois encore Tiara courir telle une biche effarouchée à travers le bois et j'en jouirais presque. L'angoisse sur ses traits m'excite de manière incontrôlable.

L'unique problème dans cette histoire, c'est que nous n'étions pas seuls. Je sais me montrer discret alors que lui non. Je n'ai pas pu vraiment le détailler vu la faible luminosité. Il n'était pas loin de Tiara que je gardais à l'œil.

En rejoignant le camp, j'attrape deux de mes gars qui font des patrouilles. On n'est jamais trop prudent et la nuit, nous sommes plus vulnérables.

— Allez vérifier la forêt en restant vigilant. Il y avait quelqu'un. C'est sûrement juste un rôdeur. Si vous le trouvez, ramenez-le-moi vivant.

Ils acquiescent et s'exécutent.

Autour du feu, la bonne humeur est de mise. Je les détaille tous du regard et n'aperçois Tiara nulle part, quand Axel me rejoint.

— Elle est partie se coucher, me dit-il comme s'il lisait dans mes pensées.

Je hoche la tête, même si j'aurais aimé la voir plus longtemps dans le plus simple appareil. Toute cette aura supérieure qui l'entoure s'est évaporée pour ne laisser que sa nature profonde et tout ce que je redoutais se produit. Je désire cette femme de manière incontrôlable. Il faut que je trouve une parade, je ne peux pas me le permettre, le moment n'est pas venu. Mais contenir la bête assoiffée va être difficile. Je n'ai pas l'habitude de ça, je suis plus du genre à prendre quand bon me semble, sauf que cette fois tout est différent, elle est différente.

— Elle devrait être ici, personne ne lui a dit que son épreuve était finie…

Mon ami ricane. Je sais que je suis ridicule. Même moi je ne crois pas à ma phrase. Voir son petit cul se trémousser et ses seins rebondir gracieusement est un pur plaisir pour mes yeux.

J'attrape une bière et en bois une bonne gorgée.

— Tu ne peux pas nier qu'elle a du cran, souligne Axel.

Un simple grognement lui répond. Il n'a pas tort, seulement ce n'est pas pour ça qu'elle intégrera notre groupe. Il ne doit pas oublier que tout cela n'est que temporaire. Un interlude dans nos vies qui me permettra de mieux dormir la nuit et surtout qui fera de moi un homme en paix avec sa conscience.

Il est vrai qu'elle aurait pu s'enfuir, c'est d'ailleurs le but de cette épreuve que chaque membre a dû subir, nous prouver qu'elle ne déguerpira pas à la moindre occasion. La route n'était qu'à une dizaine de mètres. Elle est très passante, Tiara n'aurait eu aucun mal à trouver quelqu'un pour la prendre, sauf qu'elle est tout de suite repartie. Elle attise ma curiosité... Bien plus qu'elle ne le devrait.

Je souhaiterais qu'elle s'en aille, qu'elle dégage, mais dans tous les cas je devrais la rattraper. J'ai enfin l'opportunité de faire payer celui qui a brisé ma vie, je ne peux pas laisser passer ma chance aussi facilement.

Greta nous rejoint, un tas de vêtements dans les bras.

— Lequel de vous deux va rendre ça à sa propriétaire ?

Je jette un coup d'œil à Axel et je finis par me dévouer. Je vois dans ses yeux qu'il ne cédera pas cette fois-ci. Après tout, je dois lui dire que la première étape est un succès, c'est mon rôle de chef.

J'attrape mon butin et me moque ostensiblement du regard que Greta me lance. Elle veut que je sois plus sympa avec la nouvelle arrivante, sauf qu'il y a des choses qu'elle ignore. Cette fille, je ne peux que la haïr. Sa présence me hérisse les poils. La voir respirer, me donne automatiquement envie de l'étouffer.

Je parcours rapidement les quelques mètres jusqu'à la tente et prononce son prénom au goût amer sur ma langue.

— Tiara, je peux entrer ?

Je ne prends pas de gant, jamais, mais si je la traite trop mal, les autres vont se poser des questions. Pas que je sois la personne la plus aimable du monde, j'ai juste un minimum de respect pour chaque membre du clan.

Personne ne me répond et n'étant pas patient, j'ouvre un pan de la toile et m'y engouffre.

La chaleur commence à laisser place à la fraîcheur de la nuit. L'obscurité règne, néanmoins je n'ai pas de mal à repérer Tiara assise sur le matelas, une couverture autour des épaules, qui se balance doucement.

— Je t'ai rapporté tes affaires, lui indiqué-je, en posant le tout dans un coin.

Elle ne dit rien, ne me regarde pas, comme si je n'étais pas là et la tension que j'essaie d'étouffer se rappelle à moi. Personne ne m'ignore et surtout pas elle.

Je m'assieds à ses côtés et attrape son visage d'une main, entourant sa mâchoire.

— Tu réponds quand on te parle.

Ses yeux se fixent aux miens, et je découvre la rage qui bouillonne dans les siens.

— Tu t'es bien amusé à m'effrayer ?

Si elle savait... C'est ce qui me rend vivant, j'en ai besoin pour continuer la mission que je me suis confiée. Aujourd'hui, la peur constitue un des paramètres essentiels à ma survie.

— Tu crois que tu es tombée dans un club de vacances ? Ou une joyeuse colonie ? Tu n'as rien vu de notre vie pour l'instant, tu ne fais que l'effleurer. Si tu as la prétention de vouloir t'intégrer au groupe, il va falloir que nous testions ta capacité à résister à tout un tas de choses. Je te le dis d'avance, cette étape était la plus simple de toutes..., lui réponds-je en la relâchant.

Elle détourne la tête et attrape son sac d'où elle sort un paquet de cigarettes. Sans attendre, elle s'en allume une et la porte à ses lèvres que je ne peux cesser d'admirer. Malgré mes objections silencieuses, j'ai l'image de cette même bouche autour de mon membre en train d'aller et venir selon mes envies. C'est la dernière chose que je dois imaginer pourtant la scène est beaucoup trop réaliste.

— Dans tous les cas, j'ai réussi, tu n'as rien à me reprocher, donc si c'est tout ce que tu as à dire, tu peux partir.

Sa petite pique me ramène sur Terre. Quand a-t-elle cru qu'elle pouvait me donner un ordre ? Elle est le feu et la glace. Quand je l'imagine plus bas que terre, elle se redresse pour me balancer un uppercut. J'ai du mal à la cerner et ça m'intrigue.

Je bascule vers elle, attrape sa clope et la plaque contre le matelas. Je monte à califourchon sur son corps si tentateur et tire sur le filtre, m'envoyant un shoot de nicotine. Je me baisse ensuite et lui souffle la fumée sur le visage. Elle est en partie dénudée et laisse libre sa poitrine si généreuse. J'ai envie de la lécher, de passer ma langue sur ses petites pointes tendues. L'avoir aussi prête et offerte n'est définitivement pas une bonne idée, pourtant ma queue me tiraille, elle veut cette femme. Mon visage se baisse, attiré tel un aimant. Mes pulsions commandent sans que je ne puisse rien y faire.

— Lakmar ! entends-je soudain crier dehors.

C'est comme si la lumière revenait dans mon cerveau et je me dégage maladroitement de cette tentatrice. Je soulève le tissu de la porte et retrouve l'air frais qui me sort immédiatement du fantasme que je me suis imaginé.

— On a un problème..., m'indique Ezio, celui qui gère les patrouilles autour du camp.

Je tire à nouveau sur la clope avant de la jeter au sol et de l'écraser du pied. Je hoche la tête et le suis. Qu'est-ce qui va encore nous tomber dessus ? Ont-ils mis la main sur le gars qui rodait ? Et si c'était un flic ? Putain, il ne manquait plus que ça !

Nous dépassons le feu de camp pour arriver en lisière de la forêt.

— On l'a trouvé à deux mètres de là qui nous observait, me dit Ezio en me désignant un homme attaché contre un arbre, les bras dans le dos.

Il est amoché, il n'a pas dû se laisser attraper, ce n'est donc pas un simple vagabond. Il nous traquait, j'ai hâte de savoir pourquoi ?

J'avance vers lui alors qu'Axel nous rejoint.

— Qui es-tu ? l'interrogé-je, en le détaillant plus longuement.

Il porte un costume, ce n'est pas classique et pour se balader dans les bois, ça ne doit pas être pratique. Et plus je le dévisage, plus il me dit quelque chose.

— Peu importe.

Il se détourne avant qu'un rictus n'apparaisse sur son visage.

— T'es dans la merde, elle causera ta perte…

— Qui ? demandé-je, plus pour avoir une confirmation que par véritable question.

Tiara est la seule qui vient de débarquer, c'est forcément elle. Toutes les autres sont présentes depuis un moment, si quelqu'un voulait les retrouver, ça serait déjà le cas. Je sais dans quoi je mets les pieds. Si elle est là, c'est uniquement par ma volonté.

— Ta nouvelle protégée…

Je m'avance jusqu'à lui et contourne l'arbre pour vérifier ses liens avant de m'arrêter devant son visage, à la hauteur du mien.

— Qui te dit que ça ne sera pas l'inverse ?

L'homme rit bruyamment et mes poings me démangent. J'aimerais le cogner, mais il a plutôt l'air bavard, ça serait dommage qu'il cesse en si bon chemin.

— Elle est toujours aussi bien gaulée… C'est qu'elle ne se met pas facilement à poil… Elle t'aura baisé avant que tu ne la baises.

C'est très poétique, bien que ça ne m'avance à rien du tout.

— Qu'est-ce que tu foutais dans le bois ? Tu la suis ?

Le type évite mon regard pour se concentrer sur Axel.

— On a rencontré ta petite copine… Très sympa, elle n'a presque pas crié quand ma bite s'est fourrée dans son cul.

Je n'ai pas le temps d'effectuer le moindre geste qu'Axel le tabasse de ses poings. Je vois tout de suite le corps de Rosa malmené par ces salopards et la bile me monte à la gorge.

S'il a posé un doigt sur elle, il va morfler et pas de la plus douce des manières.

J'entoure Axel de mes bras alors qu'il se déchaîne et hurle contre ce type. Il est fort, tout autant que moi, mais je dois le stopper. On ne sait même pas si c'est vrai. Il essaie peut-être simplement de nous enrager.

Ma détermination est sans faille et ça paie, je sens Axel abandonner sa lutte. Il était certain que cette évocation allait le faire dérailler. Il se contrôle la plupart du temps, sauf lorsqu'on appuie sur cette touche.

Je l'entraîne à l'écart pour tenter de le raisonner. On ne peut pas agir sur un coup de tête, s'il est arrivé jusqu'à nous c'est qu'il y a un gros problème quelque part.

— Appelle Rosa, je reviens.

Je dois rejoindre Tiara, elle doit avoir des informations le concernant. Je dirais bien à Axel de s'en charger, mais vu les tremblements de son corps, je ne préfère pas prendre de risques.

Je fais signe à Ezio de s'occuper de lui. Ils sont assez proches et se comprennent sur beaucoup de choses.

Sans plus attendre, je traverse à nouveau le camp sauf que Louise est en embuscade. Elle se plante au milieu du passage, les bras croisés.

— J'ai des besoins Lak alors si tu ne peux pas assurer, autant que j'aille voir ailleurs, me lance-t-elle, loin d'être à jeun.

— Louise, dégage !

Mon ton est cinglant et elle se renfrogne.
Elle est toujours là quand il ne faut pas.

— C'est à cause de la nouvelle, c'est ça ?

Comme elle ne fait aucun mouvement,
j'attrape son bras brusquement et la décale, sauf
qu'elle ne tient pas sur ses talons et tombe à
genoux.

Ce n'est pas mon genre, oui j'apprécie la
brutalité pendant mes parties de baise, mais pas
dans la vie de tous les jours. J'ai trop vu mon
père mal se comporter avec les femmes. J'ai
juré que je ne lui ressemblerais jamais,
seulement mon meilleur ami passe avant
quiconque. Il aime Rosa alors elle mérite
également ma priorité.

Je laisse Louise chialer en se remettant
debout et entre dans la tente d'Axel sans
m'embarrasser de savoir si j'y suis le bienvenu.

Tiara est allongée, bien qu'elle ne dorme
pas, elle n'en a pas eu le temps.

— Lève-toi et dépêche-toi ! grondé-je.

J'entends son soupir et l'ignore pour cette
fois. Je n'ai pas envie qu'elle se mette à crier et
que tout le monde se mêle de cette histoire.
Nous sommes pour l'instant en comité restreint
et tant que je n'en sais pas plus, ça restera ainsi.

Elle soulève lentement la couverture qui
l'enveloppe. Elle porte un pyjama très ajusté et

c'est le dernier de mes soucis. Même à poil, je la sortirais de là.

— C'est encore une de tes épreuves ? demande-t-elle en se plantant devant moi, les bras croisés sous sa poitrine.

Son ton condescendant me donne envie de la remettre à sa place, mais je n'en ai pas le temps pour l'instant. Tout ce qui m'importe est de savoir s'il détient réellement Rosa.

J'attrape une de ses mains, effleurant ses seins, sans lui répondre et elle se laisse traîner à ma suite. Ce contact aussi infime soit-il, éveille en moi un besoin primaire que je réprime par un grognement.

Putain ! Il faut vraiment que je baise !

Avant que nous rejoignions le petit groupe formé autour de notre invité surprise, j'attire Tiara dans un coin caché du regard des autres.

Je la lâche pour me poster devant elle. Ses yeux braqués sur moi, tentant de me déchiffrer.

— On a un sérieux problème et si tu ne m'aides pas à le résoudre le plus rapidement possible, tu risques d'encore moins apprécier nos tête-à-tête. C'est simple, une personne de mon clan est en danger et je suis prêt à tout pour la sauver, y compris m'en prendre à toi pour obtenir des réponses.

Elle reste totalement stoïque, comme si ma menace ne lui faisait ni chaud ni froid et ça m'interpelle. N'a-t-elle plus peur de moi ?

Dans un mouvement sec, j'attrape sa mâchoire pour fixer ses yeux aux miens.

— Ce n'est pas un jeu, tu comprends ? Une vie en dépend et tu seras tenue responsable s'il lui arrive quoi que ce soit.

— Comment pourrais-je être coupable de quelque chose que je n'ai pas commis ? Je ne saisis rien de ce que tu me racontes et je ne vois même pas ce que tu attends de moi.

Ma haine pour elle se trouve de plus en plus exacerbée, je la refoule autant que possible. Elle a raison, je suis en train de m'emporter alors que je devrais garder la tête froide. Si je veux que Rosa s'en sorte, je ne peux pas me permettre de me laisser distraire.

— Quelqu'un t'a suivi dans les bois et a l'air de te connaître. Il prétend détenir Rosa...

À l'évocation de ce nom, je vois la belle armure d'arrogance de Tiara fondre comme neige au soleil. Son indifférence n'est plus et je retrouve la femme fragile qui se trouve avec nous depuis le départ.

CHAPITRE 8

TIARA

Rosa ! Ma Rosa ! Je ne comprends pas, que s'est-il passé ? Mes larmes s'accumulent aux bords de mes yeux sans que je ne puisse rien y faire. Mon amie est en danger et tout pèse sur mes épaules alors que je ne sais rien. Depuis que je suis avec eux, je n'ai plus aucune nouvelle du monde extérieur. Je n'ai eu aucun moment de répit pour trouver un téléphone et pouvoir la contacter. J'ignore tout et la culpabilité m'envahit. Et si j'avais refusé son aide, qu'en serait-il ?

Mon cœur se serre en imaginant ce qui a pu lui arriver. Faites que Lakmar se trompe ! Je ne supporterais pas qu'elle subisse quoi que ce soit par ma faute.

Il se détourne de moi et avance vers le bois. Je le suis, je n'ai pas vraiment d'autre choix. Je veux savoir d'où il tient cette information et surtout qui est celui qui me suivait. Est-ce mon frère qui a lancé des hommes à ma recherche ? La réponse coule de source, mais s'il m'a retrouvé, d'autres le peuvent aussi… Je préfère occulter ce fait au moins le temps d'avoir plus d'explications.

Un attroupement se forme et je me doute que c'est là qu'est détenu l'intrus. Mon pouls s'emballe au fur et à mesure que mes pas me guident vers lui. Je redoute ce face à face, mais ne peux me défiler, d'autant plus si mon amie est entre ses mains.

Les hommes s'écartent sur le passage de leur chef, m'offrant une voie directe vers un type ensanglanté, attaché contre un arbre.

Je l'observe et la première chose que je remarque est son costume. Il est sale et sa cravate pend lamentablement autour de son cou, mais c'est un détail que je ne peux ignorer. Je ferme mon visage à tout sentiment alors qu'une haine profonde s'empare de tout mon être. Je le connais et je comprends que ma sécurité est mise en branle, qu'il va falloir que je change radicalement de stratégie si je ne veux pas tomber dans le piège qu'on essaie apparemment de me tendre. A-t-il peur que je ne vienne pas au point de rendez-vous ? C'est impensable.

— Maintenant, tu vas parler connard ! s'énerve Lakmar contre l'homme.

Un rictus déforme ses traits alors qu'il me fixe de ses yeux pervers.

— Je n'ai aucun compte à te rendre et je sais qu'à la première occasion tu vas me faire crever alors je n'ai aucun intérêt à te dire quoi que ce soit.

— Où est Rosa ? Que veux-tu en échange de sa liberté ?

L'homme explose de rire, mais Lakmar doit être à bout de patience et son poing vient se loger durement dans son ventre.

Le silence emplit l'espace alors qu'une tension se diffuse entre les membres du clan.

— Je ne dirais rien tant que je n'aurais pas eu un tête-à-tête avec cette putain, me désigne-t-il d'un mouvement.

Tous les yeux convergent vers moi, mais je reste de marbre. D'autres doivent déjà être à ma recherche, il serait idiot de n'avoir envoyé que lui et j'ai peur que cet endroit ressemble bientôt à un champ de bataille.

Je fais vraiment une fugitive pitoyable. Il ne leur aura même pas fallu quarante-huit heures pour retrouver ma trace.

Lakmar m'observe, comme tous les autres, mais je vois ses iris tenter d'entrer dans ma tête, sauf qu'il perd son temps. J'ai un but bien précis que rien ne pourra ébranler. Je regrette profondément que des personnes extérieures à ma vie se trouvent mêlées à des histoires qui les dépassent, mais je connaissais les risques. Ça me retourne simplement plus les tripes que je ne l'avais anticipé.

Je vois que l'idée de me laisser seule avec lui est loin d'enchanter Lakmar, mais son regard finit par changer de cible. Je ne peux m'empêcher de me tourner et découvre Axel, le visage défait, les poings serrés. Son expression ressemble à celle d'un tueur, il ferait flipper n'importe qui. Surtout que ses pensées meurtrières me sont réservées.

Je sens que les choses vont se compliquer pour la suite. Il va me prendre pour responsable, sauf que s'il ne joue plus le jeu, que vais-je devenir dans le clan ? Lakmar m'acceptera-t-il tout de même ? J'en doute, il a l'air de me détester.

— OK, je vous laisse dix minutes, après c'est à moi que tu causeras.

Chaque membre de ce que je pense être le noyau du groupe me dévisage avant de suivre leur chef qui rejoint Axel.

Je me retrouve seule avec celui à qui je n'ai aucune envie de parler.

— Tiara…, susurre-t-il, faisant hérisser mes poils.

Je me détourne pour être certaine que plus personne ne nous entend.

— Juan, lancé-je, alors que son prénom m'écorche la langue.

— Tu m'as manqué… À nous tous d'ailleurs, il était temps que tu te décides à revenir.

Il doit bien savoir que je n'ai pas d'autres choix, que ça serait seulement moi, jamais plus je n'y mettrais les pieds.

— Pourquoi me suivre ?

— J'aurais dû rester loin, uniquement pour m'assurer que tu étais sur la bonne route, mais je t'ai vue nue dans les bois et je n'ai pas pu résister. Je ne pensais pas que ces abrutis seraient aussi malins et me choperaient.

Je me rends compte à quel point j'ai été naïve. Je craignais ce qui pouvait arriver dans ce clan alors que c'est à l'extérieur que rôde le plus grand danger.

— Pourquoi Rosa ?

Il sourit en observant ce qui se passe derrière moi.

— Une garantie au cas où tu ne te pointes pas.

J'avale ma salive, il doutait vraiment que je fasse machine arrière ? C'est impossible, j'ai besoin de sa présence plus que de celle de n'importe qui et je donnerais tout pour le rejoindre.

— Où est-elle ?

— Tu le sauras en temps voulu, mais ne t'étonne pas si elle est un peu abîmée. J'avais quelques envies, j'en ai profité pour les combler…

Ma rage grimpe en flèche et sans réfléchir, je m'avance jusqu'à attraper sa cravate que je resserre autour de son cou. J'ai conscience qu'on ne me laissera pas faire ce que je souhaite, les hommes du clan ne sont pas loin et en quelques enjambées, ils me stopperont, mais j'ai plus d'un tour dans mon sac.

— Tu n'es qu'un larbin qu'on envoie faire la basse besogne, tu crois que ton chef t'accorde la moindre importance ? Ne rêve pas, ta mort ne le touchera pas.

Ses traits changent et de l'amusement, il passe à la haine viscérale.

— Je vais tout dire à tes nouveaux amis. Pour ton père, ton frère, ton mec et…

Avant qu'il ne continue, ma main claque violemment sa joue. Bien sûr, ma force ne doit pas lui faire grand mal, mais je ne peux plus le laisser débiter de telles choses sans réagir. Je ne suis là que dans un seul but et il est hors de question qu'on se mette sur mon chemin.

J'avance mon visage pour lui souffler :

— Tu vas crever.

En s'étant fait prendre, il a conscience que sa fin est proche, mais je suis prête à parier qu'il ne s'attendait pas à ce que je le menace de la sorte et je jubile intérieurement. Il n'a aucune idée de tout ce qui me passe en tête.

— Tu crois que tu me fais peur ? T'es qu'une gamine.

Je sens quelqu'un arriver dans mon dos, mais garde mes yeux fixés sur Juan.

Il a toujours fait le sale boulot depuis que je le connais. Alors qu'il n'a aucune valeur pour son supérieur, même si c'est ce qu'il cherche par-dessus tout : la reconnaissance. Il pense pouvoir évoluer dans l'organisation et s'approcher des leaders, sauf qu'il en est loin…

— Va te coucher Tiara.

Cette voix résonne derrière moi et je devine l'orage sous-jacent sur le point d'exploser. Rien qu'à son ton employé, j'entends toute la hargne que lui inspire la situation, mais je n'ai pas envie de partir. Et si Juan parlait ? Et s'il bafouait son code d'honneur ? Cet homme a juré silence et fidélité devant chaque membre, mais pour sauver sa vie, que serions-nous prêts à faire ? Et s'il dévoilait des choses à Lakmar ?

Je ne suis qu'une idiote d'avoir pensé que ce serait facile de les tromper tous autant qu'ils sont.

— Tiara, gronde Lakmar qui s'impatiente.

Je me tourne finalement et ne peux m'empêcher de l'observer, sauf que le dégoût et la fureur qui marque ses traits sont comme des coups de poing dans mon estomac. C'est ce que je lui inspire alors qu'il ne sait rien. Qu'en sera-t-il s'il découvre la vérité ? Mon instinct me dit qu'il me tuera. À trop jouer avec le feu, on finit par se brûler et il prendra plaisir à allumer le bûcher.

Alors que je m'écarte, il agrippe mon bras et me ramène sans ménagement jusqu'à la tente.

— Qu'est-ce qu'il t'a raconté ? Tu le connais ?

J'essaie de me dégager, mais sa prise se resserre.

— Non je ne l'ai jamais vu avant aujourd'hui, mais je pense qu'il détient réellement Rosa.

Ces derniers mots me font réaliser l'étendue des dégâts. Ma seule amie ne voudra plus jamais avoir affaire avec moi, si bien sûr on arrive à la retrouver vivante... Je ne doute pas un instant que Juan lui a raconté la raison pour laquelle il s'en est pris à elle. C'est-à-dire : moi.

— Que t'a-t-il dit exactement ?

Ses yeux me sondent, cherchent des réponses qu'il est hors de question que je lui donne.

— Qu'il avait des besoins et qu'elle était là pour les combler...

Lakmar a un regard noir, tel que je ne l'ai jamais aperçu. Tout son corps est tendu à l'extrême. Je connais sa réputation, mais en dehors de sa prestance imposante, je n'avais encore vu qu'une infime parcelle de la bête qui sommeille. C'est totalement idiot et irrationnel, pourtant il me donne envie de savoir ce qui se passe dans son esprit.

— Et c'est tout ? Après toutes ces minutes de discussion, tu n'as que ça à me dire ?

Je hausse les épaules, sauf que mon geste ne doit pas lui plaire parce qu'il les attrape des deux mains et les serre avec force. Je suis certaine d'avoir la marque de ses doigts imprimée sur ma peau.

— Ne me prends pas pour un con Tiara ! gronde-t-il. Je suis tolérant, mais le foutage de gueule n'en mérite aucune. Alors je te le redemande pour la dernière fois, que t'a-t-il raconté d'autre ?

Je fixe mes yeux aux siens.

— Rien qui ne fasse avancer le problème. Il ne dira jamais où elle se trouve.

— Vois-tu, il y a quand même quelque chose d'étrange… Pourquoi te suivre ? Quel est son but ? Je n'arrive pas à comprendre ce que tu peux représenter pour ce type si tu ne le connais pas ?

Il essaie de me coincer, je retiens un petit sourire. Mon masque impassible est bien en place et rien ne le fera flancher.

— Je n'en sais rien !

Il ne me croit pas, c'est certain, mais il me lâche enfin et me montre la tente.

— Tu te couches et tu ne sors de là que quand on viendra te chercher. Je te jure que si je te trouve ailleurs, tu morfleras.

J'acquiesce d'un signe de tête, mais avant que je puisse rejoindre mon lit, Lakmar passe un bras autour de ma taille et me plaque dos à son torse. Mon corps entier s'enflamme à peine sa bouche se pose dans mon cou. Un brasier se réveille et l'excitation qui me traverse est telle que je n'en ai pas ressenti depuis bien longtemps.

Il se déplace lentement jusqu'à mon oreille et alors que je me liquéfie contre lui, il me susurre.

— Les menteuses, je leur coupe la langue… Alors, réfléchis bien cette nuit, parce que si demain tu ne me donnes pas ce que j'attends, tu risques de souffrir.

Sa chaleur quitte mon dos et j'ai juste le temps de me retourner pour le voir s'éloigner à grandes enjambées.

Mon cœur pulse à vive allure. Il est le chaud et le froid en un seul être. Il est celui qui vous fait monter sur des montagnes russes et vous met la tête à l'envers. Il faut que je me blinde, mais mon armure sera-t-elle assez solide ? Sa présence remet tout en question alors que ça ne le devrait pas. Je suis loin d'avoir atteint mon objectif et c'est tout ce qui doit compter.

Je me déshabille rapidement pour enfiler quelque chose de plus confortable avant de m'allonger sur le matelas. Je fixe mon regard sur la toile et regrette qu'il n'y ait pas un petit trou pour observer les étoiles qui brillent de mille feux...

Mes yeux finissent par se fermer tout seuls. Le trop-plein d'émotion a raison de moi.

Des mains glissent sur mon corps, douces, lentes, elles se faufilent partout, pénètrent mon antre qui n'attend que ça. Je suis au bord de la jouissance, s'il continue, je vais m'envoler dans ce monde de plaisir. Mais avant que je ne l'atteigne, tout s'arrête et mes yeux s'ouvrent en grand. Sauf qu'un bandeau m'empêche de voir ce qu'il se passe jusqu'à ce que quelqu'un d'autre me touche. Je ne ressens plus l'électricité qui me parcourt de l'homme que j'aime, c'est plus râpeux. Tout mon être se crispe, j'ouvre la bouche pour parler, mais suis stoppée net quand on m'enfonce un sexe dans ma gorge. Le souffle me manque, je m'étouffe, mais il finit par se retirer pour mieux revenir, toujours plus loin. Je n'ai d'autre choix que de sucer, tandis que les doigts de l'inconnu se plongent dans ma chair, viole cette partie réservée à un unique être. Mes larmes jaillissent toutes seules alors que je me sens souillée.

Par chance, mon calvaire ne dure pas très longtemps avant qu'on m'enlève mon bandeau et que je vois apparaître mon amour, un grand sourire aux lèvres. Je tente de bouger, mais je remarque sa main s'activer sur son membre et sa semence vient soudain éclabousser mon visage. Il aime me marquer de cette façon, selon lui, ça prouve que je lui appartiens. Même si je n'ai pas besoin de ça pour en être convaincue.

Une fois qu'il en a fini, il m'aide à me redresser et j'ai un choc en voyant l'homme qui se tient près de la porte. Il a deux de ses doigts à la bouche et les lèche goulûment.

— Tu es délicieuse…, lance Juan, le second de celui à qui j'ai tout donné et par qui j'ai l'impression d'être trahi.

Je bouge, je ne peux pas rester inerte, mais un voile se lève alors que mon cœur bat trop vite, trop fort. Je dois cligner plusieurs fois des yeux pour me rendre compte que je ne suis plus dans cette chambre, plus avec lui, tout est fini !

D'un mouvement, je me redresse et sors de la tente. J'ai besoin de respirer, de prendre l'air, même si rien ne pourra effacer ce que j'ai vécu.

CHAPITRE 10

LAHMAR

Putain ! Il faut que j'arrête ! Tiara me retourne le cerveau et il est temps que cela cesse. Sa présence m'attire bien plus qu'elle ne le devrait. Je ferais bien de suivre le conseil que je balance à qui veut l'entendre : ne pas s'attacher à elle.

J'attrape une clope que je m'empresse d'allumer. La nicotine ne me suffit pas, j'ai besoin de plus, mais je dois encore rester lucide pour un moment. La soirée est loin d'être finie.

Mes poings se serrent en pensant à la suite. J'ai envie de fracasser quelque chose ou quelqu'un, la tension en moi est beaucoup trop forte. Axel m'attend à la sortie du campement, ses yeux rivés sur moi.

— Elle a dit quelque chose ?

Je secoue la tête en continuant mon chemin. Ça serait bien trop simple, elle préfère s'enliser dans un mensonge qui va bientôt lui sauter à la gueule. Pense-t-elle sincèrement que ce type va se taire ? Je suis loin d'être un ange et peu sont ceux qui gardent le silence après être passés entre mes mains. Je ne suis certes pas le plus sanguinaire ou violent d'entre nous, mais je me défends bien niveau torture. J'ai bien retenu tout ce qu'on m'a inculqué. Mon cher père serait fier de moi et j'ai envie de gerber pour ça, mais ce n'est pas le moment pour m'apitoyer. Il ne mérite rien de ma part, pas même de me montrer à la hauteur de ses espérances me concernant, mais je n'ai pas d'autre choix. J'ai décidé de reprendre le flambeau en toute connaissance de cause, rien ne m'y a obligé, je dois assumer. La gestion du groupe m'a permis de continuer à vivre, je suis donc reconnaissant envers chaque membre.

— Et que comptes-tu faire maintenant ? Parce que je te jure que je vais l'écorcher vif tant qu'il n'aura pas craché l'endroit où se trouve Rosa.

Je tourne la tête vers mon ami, je sais qu'il est inquiet, mais il se laisse déborder par ses sentiments et ce n'est bon pour personne.

— Je peux m'en occuper seul, lui signifié-je uniquement pour qu'il comprenne que je ne tolérerais aucun écart à mon commandement.

Il est comme mon frère, mais le recadrer fait partie de mes obligations en cas de défaillance. Il est hors de question de perdre son sang-froid tant que je ne l'aurais pas décidé.

Son visage est plus fermé que je ne l'ai jamais vu, mais il acquiesce. Je sais qu'il aime cette fille et qu'il mettrait sa vie en jeu pour elle, ce sont ces mêmes sentiments qui lui font du tort. La première règle apprise est de ne s'attacher à personne, sauf que nous ne sommes pas nos pères. Nous avons tous les deux fini par perdre cette notion de solitude, et voilà où nous en sommes aujourd'hui… Moi qui cherche vengeance quitte à mettre tout le clan en danger, et lui qui est prêt à tout pour retrouver une femme. Heureusement qu'ils ne sont plus de ce monde pour voir le désastre.

Un petit groupe d'hommes est toujours autour de notre invité et le surveille étroitement. Il y a Jon, qui était très proche de nos paternels sans pour autant accepter leur ligne de conduite. Il est un peu notre modèle de normalité. Aujourd'hui, il s'occupe des finances. Solan, que j'ai recruté à ma prise de pouvoir. Il était paumé, mais sa capacité à obéir a fait de lui un des gars sur lesquels je sais pouvoir compter en toute circonstance. Ezio, qui est susceptible de prendre le commandement après moi et Axel. Il est le troisième homme de tête. Il est en charge des armes, que nous possédons et également celles que nous transportons pour le business.

Nous voyant arriver, ils se décalent tous pour nous laisser la place.

— Quel est ton nom ? lancé-je, en m'arrêtant devant le type attaché contre l'arbre.

Il redresse le visage, son sourire toujours accroché aux lèvres, qui commence à sérieusement m'agacer.

— T'aimerais bien le savoir… J'en conclus qu'elle ne t'a rien dit… Toi le grand chef, tu te laisses berner par une femelle.

Son éclat de rire se répercute en moi et avant que je ne réalise, ma clope s'écrase dans son cou.

Son visage se crispe, plus aucun son ne sort de sa sale bouche.

J'attrape sa mâchoire que j'ai envie de broyer. Je me contiens comme je peux, ce n'est pas le moment. J'ai d'autres amusements en prévision.

— Pour qui bosses-tu ? Qu'est-ce que tu foutais là ?

Il tente d'échapper à ma prise, il ne fait que perdre son temps. Je veux qu'il me le dise clairement, qu'il assume…

— Ils savent où je suis, alors tue-moi, mais tu auras de plus gros problèmes encore…

Sa menace est assez comique étant donné sa position. Il serait prêt à tout pour que je le libère, sauf que ce n'est pas mon genre. Il est condamné depuis qu'on a posé la main sur lui.

Je le relâche et fais quelques pas en arrière.

— Comme tu l'as dit, je suis celui qui prend les décisions alors que toi tu n'es rien, ça fait toute la différence. Maintenant à toi de choisir, soit tu réponds et je t'épargne la souffrance, soit tu continues à faire le malin et tu vas me supplier d'en finir.

— Fais ce que tu as à faire.

Ses mots laconiques font bouillir mon sang. Mon corps anticipe déjà l'effervescence de ce qui va suivre. Le combat est l'une de mes raisons de vivre, une des premières choses que mon cher père m'a apprises. Depuis gamin, les coups donnés et reçus augmentent mon adrénaline et malgré moi, mon excitation. Les deux ont toujours été liés, il a fait en sorte que ça le soit et maintenant adulte, je ne sais plus m'en passer. La souffrance me fait jouir, plus que n'importe quoi d'autre.

— Détachez-le, ordonné-je.

Ezio et Jon obéissent sans rechigner.

Mon cœur s'emballe au fur et à mesure que ce connard retrouve sa liberté de mouvement. Ce qu'il ignore encore c'est que ça ne durera pas longtemps.

À peine se frotte-t-il les poignets pour récupérer la sensibilité de ses mains que je m'avance et que mon poing percute brutalement son ventre. Son souffle se coupe, mais il se reprend plus vite que je ne l'avais anticipé et il réussit à toucher mon épaule. Je grogne de frustration, j'ai besoin de plus. La douleur se diffuse trop faiblement. Il essaie de me prendre de court, sauf que les longues minutes attachées ne lui sont pas favorables. Je suis plus rapide, mon pied balaie le sol jusqu'à le faire tomber lourdement sur le côté. Son épaule se fracasse dans un bruit sinistre et je me positionne aussitôt au-dessus de lui. Mon poing vient frapper son visage, je veux effacer ce sourire constant qui a l'air de ne jamais le quitter et après plusieurs coups, je le relâche. Il n'est plus qu'une loque, pourtant ça n'est que le début. Un petit préambule avant le véritable divertissement, pour moi du moins, parce que lui risque de moins apprécier…

Je fais signe aux gars de le remettre sur pied. Ils se précipitent à le faire, le maintenant debout et surtout, le gardant prisonnier.

Le type crache du sang avant de relever le menton pour me faire face.

Je sors mon briquet de ma poche et m'amuse à faire rouler la molette pour que la flamme en jaillisse.

— Pour qui travailles-tu ?

Ses pupilles se fixent aux miennes et toute la haine qu'il ressent transparaît clairement. J'aime provoquer ça, je dois l'avouer, j'ai un côté masochiste. C'est pourtant une question simple. S'il ne répond pas à ça, c'est qu'il ne dira rien et que nous perdons notre temps.

— Pour quelqu'un de bien plus puissant que toi...

J'ai envie de lui répliquer que ce n'est pas difficile, que nous ne sommes qu'une modeste structure, mais je garde le silence, il n'a rien besoin de connaître de plus. Lorsque j'ai récupéré le flambeau, nous n'étions qu'une petite dizaine, les désertions étaient courantes. En sachant mon père mourant et ne voyant personne prendre la place de leader, certains ont fait le choix de rallier d'autres clans. Sauf que j'ai repris les affaires et de plus en plus de monde souhaite nous rejoindre. Nous sommes actuellement une soixantaine, disséminés dans tout le pays. Mais je ne doute pas qu'il nous connaisse, même si son boulot reste du grand amateurisme. À moins que son but eût été de se faire capturer...

J'attrape fermement son poignet et positionne mon briquet sous sa main. Il pourrait se débattre, tenter de nous échapper ; or il ne bouge pas. Je suis un peu déçu, même si la suite m'excite d'avance.

— C'est ta dernière chance..., le préviens-je.

Il pivote légèrement la tête avant de dévisager Axel et de sourire à nouveau. Et c'est à ce moment que ma raison s'enfuit à toute jambe. S'en prendre à quelqu'un de ma famille, c'est s'en prendre à moi et j'ai une tolérance assez limitée.

La roulette tourne et la flamme vient lécher sa main que je maintiens en place. Il tente finalement de se dégager et ne peut retenir un grognement qui me fait un bien fou. J'en veux plus. Je rapproche le briquet de sa paume alors que son visage se tord de douleur. Le feu est en train de s'insinuer dans sa peau de se faire un passage en cramant sa chair. Et enfin, ce que j'attendais se produit, il commence à crier. Ce son est ma musique favorite et éveille en moi mes plus bas instincts.

— Apportez-moi une bassine d'eau.

Un de mes hommes part en courant tandis que je referme mon briquet et le remet à sa place.

— Tu n'as toujours rien à dire ?

Un simple feulement me répond, j'en conclus qu'il a encore besoin d'un peu de motivation.

— Ce qu'il y a de bien avec les gangs, c'est qu'ils aiment marquer leur appartenance… Donc même si tu ne causes pas, il va être facile de trouver au moins une des explications…

Je sais que j'ai fait mouche quand son visage se relève vers moi.

— Elle connaît mon nom, tu n'as qu'à le lui demander !

Je dois me contrôler, ne pas me laisser dépasser par les différents sentiments qui tourbillonnent en moi. J'ai déjà prévenu Tiara que j'attendais des réponses et je compte bien aller les lui réclamer, mais pas tout de suite. Il essaie simplement de me déstabiliser, quelle perte de temps. J'ai un objectif bien précis et je peux décaler notre départ d'une journée sans difficulté. Ce qui me laisse beaucoup d'heures pour lui faire regretter de s'être trouvé sur mon chemin.

Je me baisse pour soulever le bas de mon jean et récupérer mon couteau. C'est un des rares cadeaux que j'ai reçu de mon paternel, qui lui venait également de ses parents.

Ma grand-mère faisait partie d'une tribu en Norvège, « les Samis » et c'était une tradition de fabriquer cet accessoire pour sa descendance. Je dois dire qu'il m'est bien utile, mais certainement pas pour la même raison qu'eux… La seule chose qui pourrait leur ressembler dans ma vie est que je sois un nomade. De nos jours, ils sont tous devenus sédentaires, c'est ce que regrettait mon père qui a mis un point d'honneur à vivre en marge de la société avec un groupe qu'il a lui-même créé.

Alors que Joris revient avec la bassine et la pose devant moi, j'attrape la chemise de notre inconnu et la découpe sans précautions, traçant du même coup une ligne rouge sur son torse. Des gouttes de sang perlent et dégoulinent sur sa peau blanche. Je repousse les restes de tissu et distingue un symbole que je connais bien : un papillon ensanglanté.

— Alors comme ça t'es un « Bloody Butterfly ».

Je ne suis absolument pas surpris, je me suis finalement souvenu avoir vu sa gueule sur des photos en compagnie de son chef. Ce gang est essentiellement présent dans le domaine de la drogue et est commandé par un salopard de la pire espèce. Ils ont déjà tenté à de nombreuses reprises de nous faire disparaître, mais nous ne sommes pas si faciles à exterminer.

Axel que je n'ai pas entendu arriver se jette sur le type et lui défonce le visage, le rendant méconnaissable. Je n'ai aucune pitié, mais il peut encore servir et ce n'est pas mort qu'il nous indiquera où trouver Rosa.

Je passe un bras autour du cou de mon ami et le serre assez fort pour qu'il recule. Ce n'est pas un poids plume et ça prend plus de secondes que je ne l'escomptais, mais je finis par gagner la partie.

Axel se dégage précipitamment, me bouscule puis titube en direction des tentes. L'observer dans cet état est difficile, il est plutôt joyeux d'ordinaire, c'est le plaisantin de la bande et je ne suis pas certain de revoir ce côté-là avant un long moment. L'amour vous fait perdre la tête, j'en sais quelque chose… Et la disparition de l'être aimé vous change à tout jamais, j'espère donc que cette fois nous arriverons avant que ce soit définitif.

Je décide qu'il est temps de faire une pause pour la nuit. Tout le monde est fatigué et peut-être que les quelques heures que je lui octroie délieront la langue de notre détenu.

Je chope la bassine d'eau glacée et la balance sur son corps meurtri. L'humidité et le froid le maintiendront éveillé. J'attrape ensuite la corde qui traîne au sol et attache ses bras dans son dos ainsi que ses chevilles, sans qu'il rechigne. Il est à peine conscient avec tout ce que lui a administré Axel, mais il devrait tenir le coup.

— On en a fini pour ce soir, Jon tu restes ici au cas où il tente quoi que ce soit. Tu m'appelles si c'est le cas.

Il hoche la tête et s'assoit au pied d'un arbre voisin. Je prendrais mon tour de garde après lui, mais j'ai besoin de me poser au moins une heure, même si avant tout, je dois retrouver Axel.

Le camp est assoupi, le silence règne. Seuls mes pas le brisent par moment. Je suis quasi certain de ne pas l'y trouver, mais j'avance vers sa tente et soulève le plus discrètement possible la toile qui par chance n'est pas fermée.

Tiara est allongée, elle dort, mais elle est seule. Alors que je m'apprête à repartir, un son me parvient : un gémissement, une plainte.

Elle s'agite, se tourne sur le côté et j'aimerais savoir ce qui traverse ses pensées, en espérant que ça lui fasse mal. Que ce soit un cauchemar qui la hante même éveillée, c'est ce qui se passe pour moi et c'est tout ce qu'elle mérite.

Je recule jusqu'à sortir et la toile se rabat naturellement. Malgré le fait qu'elle m'excite, ma haine est toujours existante. C'est un sentiment particulier que je ne cesse de ressentir en sa présence. J'ai autant envie de la pénétrer et la faire jouir que de maintenir sa tête sous l'eau alors qu'elle s'étouffe, jusqu'à ce que sa vie s'arrête.

Je reprends mon chemin et parcours le reste du campement sans trouver Axel alors je décide d'aller un peu plus loin, jusqu'à la maison de Liz. Il a sûrement voulu se mettre à l'écart, afin que personne n'aille l'emmerder, mais il me connaît, je n'abandonne pas mes amis et encore moins lui.

Je fais le tour de la bâtisse et remarque de la lumière venant de la droite, probablement d'une fenêtre. Je m'y avance et la scène qui me fait face est telle que je ne l'ai pas vue depuis bien longtemps. Il s'était apaisé jusqu'à aujourd'hui et il ne faut pas chercher loin pour en comprendre la raison… Rosa. Elle avait réussi à faire taire la bête, à le calmer suffisamment pour qu'elle se tienne tranquille, mais c'est fini, et ce, tant que celle qu'il aime sera en danger.

Je vais devoir appeler du renfort parce que seul, je n'arriverais jamais à le sortir de là. Sa force est décuplée dans ces moments de folie, il n'est plus lui et cette partie de son être, personne ne peut la gérer. Il faut juste patienter, que la crise passe.

J'attrape mon portable pour demander à plusieurs de mes hommes de me rejoindre et les attends. Même s'il est en poste, j'ai besoin de Jon. L'autre type est salement amoché et attaché, dans tous les cas, il n'ira pas loin. Je lui indique tout de même de renforcer les liens et de l'accrocher à un arbre pour ne pas qu'il se sente pousser des ailes avant de venir m'aider.

Tout le monde arrive au pas de course et s'arrête près de moi. Personne ne dit mot, ils ont tous compris que malgré les nombreux mois de calme, nous allons à nouveau devoir garder Axel sous surveillance. Je sais que c'était prévisible, mais j'avais espoir qu'il réussirait à dompter ce côté de sa personnalité.

— Vous êtes prêts ? demandé-je en me plaçant devant la porte d'entrée.

Ils acquiescent et j'ouvre le battant.

Axel se tourne aussitôt vers moi, il se tient debout, le dos voûté. Du sang le recouvre de la tête aux pieds et il a cet air sur son visage que je connais trop bien. J'en ai horreur parce qu'elle me prouve qu'à cet instant, ce n'est pas mon ami qui se trouve dans ce corps et ça me retourne les entrailles. Il est ce qu'on a fait de lui, je suis le plus mal placé pour le lui reprocher ayant éprouvé des choses assez similaires. Nos cerveaux nous protègent de façon parfois bien étrange et pour lui, c'est de s'enfermer dans une bulle et de laisser une version psychopathique de lui-même prendre le dessus.

Ses yeux se fixent aux miens et je me prépare déjà aux coups que je vais subir, mais je suis prêt à tout pour le ramener à lui, alors peu importe ce que je dois endurer.

Le cadavre de Liz gît à ses pieds, et vue la flaque autour d'elle ainsi que les plaies qui recouvrent son corps nu, je sais qu'il n'y a plus rien à faire. C'est un nouveau problème que je vais avoir à gérer, mais chaque chose en son temps.

Axel me fonce dessus et me plaque violemment au sol, malgré ma carrure, je m'effondre et nous roulons l'un sur l'autre pour avoir l'avantage. Je suis toujours le principal visé et d'un côté ça me rassure, je suis à peu près certain qu'il n'irait pas jusqu'à me tuer. Du moins à chaque fois, nous avons réussi à le maîtriser à temps…

CHAPITRE 11

TIARA

Je tremble comme une feuille, je me suis aventurée bien plus loin que je ne le devrais dans la forêt, je suis perdue !

Le short et le tee-shirt que je porte ne font pas une grande barrière contre le froid de la nuit. C'est fou comme la température est changeante dès que le soleil ne brille plus. Je tourne en rond depuis de longues minutes, les arbres se ressemblent tous et je n'arrive pas à retrouver le campement.

Je crierais bien, mais j'ai peur de réveiller des bestioles. Je suis une citadine et pas du tout adepte de la nature. Je vais encore me faire engueuler, ils vont tous croire que j'ai essayé de m'enfuir... Je ne vais pas mentir, j'y ai sérieusement réfléchi en découvrant l'homme avec qui je partage ma tente, badigeonné de sang des pieds à la tête dans cette baraque. Il avait un regard fou furieux, mais je ne me suis pas attardée quand j'ai vu Lakmar au téléphone qui observait la même scène.

Moi qui pensais le connaître, avoir compris sa personnalité, je me suis royalement plantée ! Bravo, Tiara, tu ferais une détective de merde !

Soudain, j'entends le bruit de l'eau et instinctivement, je m'y dirige. J'ai soif, au moins, je ne mourrais pas de déshydratation, c'est déjà ça… Je ne distingue pas grand-chose et alors que je m'avance, mes pieds glissent, la chute est rude et me coupe la respiration. Je tente de me rattraper à n'importe quoi, mais rien ne me retient jusqu'à ce que je plonge directement dans ce qui me semble être une rivière. Me voilà complètement trempée. Je pensais ma situation difficile, mais qu'est-elle maintenant ?

Je frappe l'eau dans laquelle je suis allongée, comme si ça pouvait soulager quoi que ce soit. Mes mains me brûlent, tout comme mes genoux qui ont frotté contre le sol. Boire est à présent le dernier de mes soucis. Je me redresse comme je peux pour quitter ce liquide glacé qui s'infiltre dans mes semblants de vêtements.

Dépitée et furieuse, je remonte la petite pente que je viens de dévaler et reprends mon chemin, même si je ne sais absolument pas où je me dirige.

Au bout de longues minutes, je tente de frotter mes bras, pour me donner un peu de chaleur, je suis de plus en plus frigorifiée. Pourquoi ai-je foncé dans cette forêt ? Pour essayer de rejoindre la route, avec des voitures pouvant m'aider, me hurle mon esprit, sauf que c'était la pire idée qui soit. Je me retrouve au milieu de cet univers que je déteste. Des insectes cherchent à me grimper dessus, des bêtes tapies dans l'ombre n'attendent qu'un geste de faiblesse pour me dévorer.

Les choses sont allées trop loin, que je reste ou que je disparaisse, c'est trop tard. Je suis dans la merde ! Je connais maintenant quelques secrets du clan, ils ne me laisseront pas partir aussi facilement et d'un autre côté, seule, je risque de ne pas cavaler très longtemps. Mon frère doit déjà être à ma recherche, tout comme les « Bloody Butterfly ». De plus, Rosa est toujours enfermée quelque part. Je dois impérativement la retrouver avant d'arriver à mon but parce que ça peut mal tourner.

Épuisée par toutes ces pensées et cette marche qui dure depuis une éternité, je glisse au sol et m'assieds contre un tronc d'arbre. Je n'ai plus qu'à attendre que le jour se lève. Je ne sais pas si ça sera mieux, mais les bruits, les lueurs, ne me feront pas le même effet qu'à cet instant. Tout me fait sursauter, c'est insupportable.

Je finis par me laisser emporter par le sommeil.

La chaleur est la première chose que je perçois. Je suis enveloppée dans un cocon, j'ai l'impression d'être soudain en sécurité. Cette sensation est nouvelle, je n'ai pas eu cette impression depuis que je suis gamine. Tout est danger où que j'aille, pourtant là, je me sens bien.

Le léger ballottement est telle une berceuse, mais je ne veux plus sombrer alors je me force à ouvrir un œil. Je remarque une couverture posée sur moi et je bascule la tête pour tomber sur la gorge, puis le visage d'un homme. Mon pouls s'emballe malgré moi quand je me rends compte que je suis dans les bras de Lakmar.

— Reste tranquille, souffle-t-il. Nous sommes bientôt arrivés.

De toute manière, sa poigne est solide, même si je gesticulais, il parviendrait à me garder prisonnière, alors à quoi bon perdre des forces inutilement ?

Je ne peux décrocher mes yeux de lui, ce nouvel angle me permet de le détailler sans subir son regard froid, inquisiteur.

Une légère barbe recouvre ses joues ainsi que son menton, lui conférant un air plus ténébreux. Chacun de ses traits est parfait, du moins pour moi. Même les quelques cicatrices parsemées ci et là, le rendent encore plus beau. Je suis hypnotisée, mais le danger de cette constatation m'éclate en pleine tête. Il ne doit rien représenter, rien ne pourra jamais se passer entre nous. Je pressens que du simple sexe entre lui et moi serait explosif. Aurais-je la force de tout arrêter le moment venu ? Je n'en suis pas convaincue, pourtant c'est la seule option. Il ne constituerait qu'une incartade, un amusement temporaire pour faire baisser ma tension…

Alors que je ne m'y attends pas, il me lâche et je m'effondre sur un matelas. Ma chute me remet les idées en ordre, je suis partie dans un délire qui n'a aucun sens. Lui et moi ça n'arrivera pas, jamais !

Je roule sur moi-même pour tenter de me redresser, mais la couverture s'entortille dans mes jambes et je me retrouve bloquée sur le dos. Un grognement de frustration m'échappe alors que Lakmar est debout à m'observer comme si j'étais abrutie.

— Tu ferais bien d'enlever tes fringues…

Je le fixe ahurie, il espère me baiser alors que j'ai passé la nuit dans la forêt, que je suis sale et fatiguée ?

— T'es trempée, je veux juste t'éviter une pneumonie, ajoute-t-il comprenant ma méprise.

Honteuse, je baisse les yeux et remarque mes vêtements tachés de rouge qui me collent à la peau.

— D'où vient ce sang ? me demande Lak qui a suivi mon regard.

Je retrouve mon assurance en lui présentant mes mains écorchées qui m'arrangent bien. Il est suspicieux et ça devrait m'inquiéter, j'ai l'impression qu'il lit trop facilement en moi.

— Tu me prends vraiment pour un con ! Je vais laisser passer pour cette fois. J'ai eu une putain de nuit de merde et je n'ai pas envie de la terminer en bafouant une de mes seules règles. Qu'est-ce que tu foutais dans les bois ?

Son regard est noir et je sais qu'il est à deux doigts de me frapper, mais je tiendrais bon. Moi aussi ma soirée est très loin d'être idyllique.

Je souffle comme une gamine, il ne pourrait pas plutôt me demander si je vais bien ? Ou commencer par une question moins agressive ?

— Je me baladais, je voulais chasser un cerf. Pas de chance, je n'en ai pas vu.

Ma petite blague ne le fait absolument pas rire. Au lieu de ça, il passe une main autour de mon cou et la peur s'insinue petit à petit dans tout mon être.

— Dépêche-toi de parler, je n'ai pas que ça à foutre.

Je lui renvoie son regard mauvais, même si intérieurement, j'aimerais avoir le pouvoir de m'évaporer.

— J'avais besoin de prendre l'air...

Je ne sais pas quoi lui dévoiler, qui ne me porte pas préjudice. J'ai assisté au spectacle macabre d'Axel alors qu'il m'avait averti de ne pas bouger. En même temps, si quelqu'un m'a vu et que je ne le lui dis pas, j'ai peur qu'il resserre ses doigts à m'en faire perdre le souffle. Dans tous les cas, je suis coincée.

— Et tu as cru que t'enfoncer dans la forêt seule après ce qu'il s'est passé la dernière fois était une bonne idée ? crache-t-il.

Son visage est si proche que je n'aurais qu'à soulever un petit peu la tête pour poser mes lèvres sur les siennes. Je me gifle mentalement avant de me lancer.

— J'ai vu Axel...

Je pensais observer ses traits changer et pourtant, il reste de marbre. Il a une technique parfaite pour masquer ses émotions que je lui envie.

— Et qu'as-tu aperçu exactement ? me demande-t-il en me relâchant pour se relever.

— Son corps rempli de sang, je ne me suis pas plus attardée. Ensuite, j'ai filé vers les arbres avant de me perdre, réponds-je en m'assoyant.

Je m'arrange un peu avec la vérité en omettant une partie de mon périple. Il n'a pas à en connaître davantage.

C'est là que je remarque que j'ignore où je me trouve. Je suppose que c'est son lieu de vie, son odeur y est imprégnée.

— C'est ton mec non ? Tu devrais savoir comment il est…

Je me racle la gorge pour dissimuler mon trouble. Croit-il encore vraiment à cette mascarade ? Ou cherche-t-il à me faire avouer que tout n'est que mensonge ?

— Je ne l'ai jamais vu violent, feinté-je.

— OK. Et ce type qu'on a arrêté, d'où le connais-tu ?

Je pince les lèvres, pense-t-il réellement que je vais lui raconter ma vie ? Si je fais un effort pour intégrer leur groupe, c'est uniquement pour ma sécurité, ni plus ni moins. D'ici quelques jours, je partirais de mon côté sans me retourner, alors ils n'ont pas besoin d'en savoir davantage. Si je lui fais pitié, peut-être qu'il m'épargnera d'autres tests à la con…

— Il m'a violé.

Mes paroles jettent un froid et la colère s'affiche sur son visage. Il me sonde, essaie de dénicher une faille qui lui indique que je mens, sauf qu'il ne trouvera rien parce que c'est la réalité. Bien sûr, il y a une plus longue histoire que ça, seulement je ne risque pas de lui en parler.

— C'est quoi son nom ? Et comment es-tu entrée en contact avec lui ?

Si je le lui dévoile, il comprendra que je le connais plus que je n'en dis. Je dois avouer qu'il a de l'expérience en interrogatoire, mais j'en ai autant niveau bobard...

— Juan, c'est tout ce que je sais. Il m'a accosté à une soirée, qui s'est mal finie pour moi.

Menteuse ! C'était surtout le second du seul et unique homme que j'ai aimé. Sauf que cette réponse me rendrait bien trop vulnérable. Il pourrait faire de moi une monnaie d'échange contre je ne sais quoi ou une victime pour un règlement de compte... J'ai connaissance de beaucoup d'informations, bien plus que je ne dois en laisser paraître. Après tout, ça a été ma vie durant de nombreuses années.

Il passe une main dans ses cheveux avant de s'asseoir près de moi.

— C'est une belle histoire que tu me racontes. Il y a simplement un truc que je ne pige pas... Pourquoi cet homme, que tu connais à peine finalement, perdrait-il son temps à te suivre jusqu'ici ? Et surtout venir risquer sa peau juste pour une meuf qu'il a baisée ?

Les pulsations de mon cœur s'emballent, je dois trouver une parade, mais à ce moment toutes pensées cohérentes désertent mon cerveau. Et je ne peux pas dire quoi que ce soit qu'il enchaîne :

— Je t'ai dit que je n'aimais pas les mensonges, pourtant tu me balades depuis l'instant où j'ai posé le pied dans cette tente. Voire même depuis que tu as débarqué.

— Ce n'est pas…

Il me fait soudain basculer sur le dos et vient se positionner à califourchon sur moi. Ses mains agrippent les miennes, les maintenant contre le matelas.

— Ose me dire que c'est faux Tiara, vas-y, je n'attends que ça.

Tout mon corps se crispe. Je ressens la haine qui est maintenant dirigée contre moi et bien que je ne la comprenne pas, elle me terrorise. Je me doute qu'il est capable du pire, j'en suis convaincue depuis le premier soir et je n'ai aucune envie d'en faire les frais. Sauf qu'on dirait que son attention est uniquement concentrée sur ma personne. Je suis comme une souris avec qui il s'amuse avant de la bouffer. Je connais ce genre d'homme et je m'étais promis de ne plus jamais mettre mon existence entre les mains de l'un d'eux. Mais il y a des êtres pour qui on donnerait notre vie et c'est le cas pour « lui ».

— Que t'ai-je fait ? demandé-je dans un souffle.

Il ouvre la bouche, bien qu'aucun son n'en sorte. Nous nous fixons et je sens ses doigts remonter le long de mes bras, frôler ma peau qui s'échauffe sous cette tendre caresse.

— Tu es une usurpatrice. Tout ce que tu nous montres n'est qu'illusion. Voilà ce qui me dérange chez toi.

Je suis troublée par ses paroles et ses gestes lents, tout est contraste et désaccord.

— Alors, pourquoi m'avoir accepté ?

— J'aime jouer au chevalier servant...

J'ai envie de rire tellement c'est ridicule.

Notre entretien tourne court lorsque son téléphone se met à retentir dans une sonnerie tonitruante. Sa chaleur me quitte, laissant le froid de la fin de nuit s'infiltrer dans mes minces vêtements toujours trempés.

— Ouais ! crache Lakmar en décrochant.

Je n'ose pas me redresser de peur d'encore plus le contrarier alors j'attends sagement. J'aimerais me rouler dans la couverture sur laquelle je suis allongée, mais je ne suis pas certaine qu'il apprécie mon geste.

— Quoi ? Tu te fous de ma gueule !

Sur ces dernières paroles, il quitte le petit espace en disparaissant de ma vue. La toile se rabaisse derrière lui, me laissant pantelante. C'est comme si un poids s'enlevait de mes épaules. Sa présence est trop imposante, étouffante.

Après plusieurs minutes à ressasser cette conversation qui je le sais, n'est pas terminée, je finis par sortir de cet espace qui commence à m'oppresser.

Je n'ai pas beaucoup dormi et la fatigue prend le dessus. Je ne rêve que d'un lit où me prélasser, ainsi qu'un bain bouillant rempli de bulles... Sauf que la réalité est tout autre. Je vais devoir me contenter d'une cabane de fortune pour tenter d'effacer les traces de ma randonnée improvisée.

Le camp est encore assoupi, l'horizon commence à peine à s'éclaircir. La journée va être interminable...

J'avance vers le sanitaire et me dépêche de m'y faufiler. En refermant le battant, je découvre Axel assis au sol, les genoux repliés contre lui. Il se balance lentement alors que son regard pénètre le mien. Je ne sais pas quoi dire ni faire. Le mieux serait certainement que je m'en aille et le laisse tranquille. Je pose ma main sur la poignée quand il me souffle :

— Attends !

Je le vois encore tout ensanglanté et ne suis pas franchement rassurée. Je n'ai aucune idée de ce qu'il pense, me considère-t-il comme responsable de l'enlèvement de Rosa ? Vais-je devenir une cible à présent ? Où en est notre petit jeu du couple idéal ? Nous devons indéniablement en discuter, mais je ne crois pas que ce soit le bon moment. Je n'ai pas aperçu qui est mort, pourtant je suis convaincue qu'un cadavre traîne quelque part vu la quantité de liquide qui s'étale sur lui. Et si j'étais sa prochaine victime ? Je ne veux pas mourir, pas encore, pas temps que je ne l'ai pas retrouvé.

— Je l'ai laissée partir. Elle m'a demandé un enfant et j'ai refusé. J'ai abandonné la femme de ma vie pour des conneries ! Et le pire dans tout ça, c'est que je suis allé me consoler dans les bras d'une autre. Rosa me déteste et je mérite son mépris. Il faut que je la sauve Tiara, que je lui dise à quel point je m'en veux et surtout que je l'aime plus que quiconque.

La douleur dans sa voix fait monter mes larmes, qui dévalent mes joues. J'aimerais tellement que quelqu'un tienne à moi de cette façon...

— Je suis désolée pour tout ça, pour ta peine, pour ce qu'il lui a fait et ce qu'elle subit peut-être encore. Elle est mon amie et je dois t'avouer qu'ils se font rares. Je te garantis que je ferais tout ce qui m'est possible pour la sortir de cet enfer. Moi aussi j'ai des choses à lui dire...

Notamment m'excuser pour avoir embrassé Axel. Je ne ressens absolument rien pour lui, et même si elle le sait, je dois m'assurer qu'elle l'entende.

Un sanglot fend le silence et sans réfléchir, je me jette aux pieds de cet homme brisé et l'entoure de mes bras. Mon cœur se serre, j'ai beau chercher des solutions pour l'aider, rien ne me vient. La seule chose que je puisse faire est de me rendre au rendez-vous fixé où j'obtiendrais la réponse coûte que coûte.

Nous restons dans cette position un long moment avant que mon corps ne s'engourdisse et que je doive bouger.

Alors que je me recule, Axel attrape mon bras.

— Je suis un homme mauvais. Il m'a fallu cet électrochoc pour comprendre que je ne peux pas vivre sans elle.

— On va la retrouver.

J'en fais le serment et suis prête à tout. Je l'ai embarqué dans cette histoire et je me rends compte que je n'aurais pas dû. Quand j'ai reçu cette lettre, j'ai paniqué et j'ai été obligée de lui mentir pour avoir un moyen de rejoindre le Mexique. C'est elle qui m'a parlé de ce clan et de son lien avec l'un des membres. Elle m'a conseillée et aidée, en retour, elle se fait kidnapper. Ce n'est pas juste et je vais rectifier tout ça, même si je ne pourrais malheureusement jamais effacer ce qu'elle a subi…

Un coup à la porte nous surprend et je me dépêche de me redresser.

Je vais devoir attendre pour prendre cette douche qui me fait tant envie, le camp doit commencer à se réveiller et il va y avoir foule.

Je pose ma main sur la poignée et avant d'ouvrir, je souffle à Axel :

— Si tu as besoin de parler, tu sais où me trouver.

Nous ne serons jamais amant, c'est une certitude, mais pourquoi pas amis ?

C'est drôle quand même. J'ai été effrayée par ce mec imposant et c'est après l'avoir vu en meurtrier qu'il devient pour moi inoffensif. Peut-être parce qu'il me rappelle ce que j'ai connu, que cette partie d'un homme, j'ai toujours réussi à l'apprivoiser. Il a ce besoin de sang, de contrôle sur une vie. Il pourrait prendre la mienne, pourtant quelque part, je me sens rassurée.

J'ouvre le battant et tombe nez à nez avec Lakmar. Ses yeux remontent bien trop lentement le long de mon corps, et je me souviens que je porte encore ce pyjama minimaliste. Le froid qui règne dehors me saisit, comme ce frisson d'angoisse qui me parcourt chaque fois que je suis en sa présence.

Son regard finit son inspection avant de se tourner vers son ami qui est prostré, mais dont les larmes se sont taries.

— On a besoin de toi Axel.

Ce dernier se redresse et secoue imperceptiblement la main.

— Et toi je ne pensais pas que l'exhibitionnisme te plaisait, je note pour la prochaine épreuve, me balance-t-il avant de sortir.

Avec lui en revanche, tout est différent. Je ne sais absolument pas comment m'y prendre. Il est si changeant et contradictoire que j'en perds la tête.

— Il t'aime bien, souffle Axel en passant près de moi.

Je ne peux m'empêcher de rire. Il aurait une drôle de façon de le montrer !

CHAPITRE 12

LAHMAR

C'est le branle-bas de combat, toute mon équipe est en alerte. Chacun a sa mission pour quadriller le campement alors que moi, je cherche Axel en vain. Il n'est nulle part et ça commence à m'inquiéter. Il sait se défendre, je ne me fais pas de soucis pour ça, mais rien ne me dit que nous ne sommes pas encerclés par l'ennemi. Et s'il se faisait kidnapper à son tour ? Ai-je été si distrait pour ne rien voir venir ? Ma vengeance m'obsède, je ne peux pas le nier, sauf que mon rôle de chef doit importer sur le reste. Il en va de la vie de chacun des membres, je ne peux pas les mettre en danger.

Louise qui m'observe déambuler comme un con au milieu des tentes me fait des signes de la main avant de s'empoigner la poitrine. Elle n'a vraiment aucun respect pour elle-même. Cette femme a conscience de n'être qu'un objet sexuel et pourtant, elle ne cesse de m'aguicher.

Malgré ses manières, je ne lui réponds pas, je n'ai pas une seconde à lui accorder.

Je passe mes doigts dans mes cheveux en continuant mon chemin. Je n'aurais pas dû laisser Axel seul. La scène se rejoue dans mon esprit. Il m'a foncé dessus et donné un coup de poing dans le ventre. Sa force est démultipliée dans ces cas-là et il est difficile de lui être égale. Nous devons nous y mettre à plusieurs pour tenter de le faire redescendre du cauchemar dans lequel il se croit être. Notre technique est bien rodée maintenant. Je me sacrifie tandis qu'Ezio en profite pour passer un drap sur sa tête, lui bloquant la vue alors que les autres lui attrapent les bras. Je sais que le toucher lui fait mal, ce sont comme des brûlures sur sa peau, mais il n'y a pas d'alternative. Ses crises psychotiques sont d'une ampleur qui nous dépasse. Une fois qu'il ne représente plus un danger, je lui parle de tout et de rien, je lui rappelle les choses qu'il aime, qui le rendent heureux. Et généralement, au bout de longues minutes, il se calme, ne cherche plus à se débattre et revient peu à peu à lui. Sauf qu'aujourd'hui, il m'a balancé une phrase à la figure qui reste gravée en moi : « tu es responsable, tu aurais dû protéger Rosa, tout est de ta faute. »

Que répondre à ça ? Il a entièrement raison. J'ai minimisé la menace qui pesait sur elle. Jamais je n'aurais pensé qu'elle puisse être impliquée. C'est à moi qu'on devrait s'en prendre. Il y a tout de même quelque chose qui m'échappe. À quoi peut bien leur servir Rosa ? Elle ne voyage plus avec le clan, elle n'est donc pas au courant de nos contrats, ni rien qui pourrait nous nuire d'une quelconque manière. Je pousse un grognement de frustration. Le seul qui pouvait donner des réponses n'est plus.

Alors que je parcours le camp, je m'arrête devant le dernier endroit que je n'ai pas encore fouillé : les sanitaires. L'espoir est de plus en plus mince et je commence à me poser des questions. Et s'il était parti ? Et s'il allait faire une connerie qui pourrait risquer sa vie ? Il est mon frère de cœur et surtout une des personnes les plus importantes de mon existence, il ne peut pas lui arriver quoi que ce soit, je ne sais pas comment je m'en remettrais. Il y a déjà trop de morts autour de moi, ça doit cesser.

Je m'apprête à frapper à la porte quand celle-ci s'ouvre sur une femme à laquelle je ne m'attendais pas.

Comme un drogué, je ne peux m'empêcher d'admirer ses formes. Plus les heures passent en sa compagnie, plus j'ai envie de la baiser. Ce n'est absolument pas le moment pour songer à ça. Des choses graves se sont produites et tant que tout ça n'est pas réglé, l'amusement devra patienter.

Quand je repense à son escapade, mon profond agacement reprend sa place dans ma tête. Je suis allé dans sa tente après m'être occupé d'Axel, sauf qu'elle était vide. J'ai dû mettre tous mes hommes sur le coup, elle ne pouvait pas être bien loin. Je peux comprendre que voir Axel plein de sang lui ait fait peur, mais il y a autre chose, j'en suis convaincu. C'est Ezio qui l'a trouvé allongée contre un arbre. Il m'a aussitôt appelé en me disant d'apporter de quoi la couvrir parce qu'elle était trempée. Elle est mon boulet personnel, j'avoue être pressé de m'en débarrasser.

Je reporte mon attention sur mon ami, assis au sol.

— On a besoin de toi Axel, balancé-je.

Il croise mon regard et devine que quelque chose ne tourne pas rond. Nous nous comprenons sans paroles, l'avantage de se connaître depuis gamin je suppose.

Alors qu'il se relève, je ne peux m'empêcher de lancer une pique à Tiara qui est encore en petite tenue.

— Et toi je ne pensais pas que l'exhibitionnisme te plaisait, je note pour la prochaine épreuve…

Je ne sais pas si elle le fait exprès ou si elle est trop idiote pour se rendre compte que son corps est une tentation à laquelle tous les hommes du clan seraient prêts à céder. C'est le meilleur moyen pour foutre la merde dans un groupe et surtout, je n'ai pas le temps d'être distrait par ses courbes.

Je préfère me barrer sans attendre de réponse. Tiara m'empoisonne l'esprit. Je suis obligé de la garder à l'œil constamment, d'autant qu'elle a l'air de s'attirer des ennuis facilement. Elle me met sur les nerfs. J'ai beaucoup d'autres choses à gérer, c'était aussi pour cette raison qu'Axel devait s'occuper d'elle... Sauf que la disparition de Rosa change tous nos plans. Je sens que je vais devoir davantage m'impliquer auprès de Tiara. Elle ne peut plus être considérée comme la copine d'Axel dans ces conditions. Il a joué son rôle uniquement pour moi, pour que personne en dehors de nous ne doute de la présence de cette inconnue dans notre clan. Nous allons devoir revoir certaines choses et modifier mes projets.

En attendant, il y a deux cadavres qui traînent dans les parages et il faut s'en débarrasser. Aucun d'eux ne doit nous être relié.

Je m'allume une clope, le temps qu'Axel me rejoigne et observe Tiara quitter la baraque en bois sans m'accorder un regard.

Profite ma jolie, bientôt tu risques de te retrouver enchaînée à moi.

Axel sort à son tour.

— Qu'est-ce qui se passe ?

Je souffle un nuage de fumée avant de lui faire signe de marcher près de moi pour rallier le coin où est notre prisonnier.

— Il vaut mieux que tu vois par toi-même... Mais je dois être sûr que cette fois tu ne péteras pas les plombs. On va trouver un moyen pour récupérer Rosa, je t'en fais la promesse.

Mon ami fronce les sourcils et je sais que je suis en train de l'inquiéter, mais les nouvelles sont loin d'être réjouissantes.

— Qui l'aurait cru, vous avez un point commun Tiara et toi concernant Rosa...

Je secoue la tête sans pour autant répliquer. Si elle connaissait la vérité, elle ne voudrait sûrement pas autant retrouver la compagne d'Axel... Mais tant qu'elle est ignorante, je n'hésiterais pas à impliquer Tiara dans cette histoire si besoin.

Nous avançons jusqu'à un petit groupe formé autour du corps de ce connard. Ce n'est une perte pour personne, mais il est mort avant d'avoir pu donner des informations sur le lieu de détention de Rosa, ce qui n'arrange pas mes affaires. Axel ne pourra pas se concentrer sur le business tant qu'il n'aura pas de nouvelles. J'espère surtout que Rosa est toujours en vie, parce qu'autrement, je pressens qu'Axel deviendrait incontrôlable. Sauf qu'il y a un chargement d'armes à livrer et aucun retard ne sera toléré par le grand manitou. Il est loin d'être un ange et nous disséminera sans réfléchir.

Mes hommes se décalent, laissant apparaître le fameux Juan au sol, le visage totalement défiguré. Un de mes gars l'a détaché et allongé pour vérifier qu'il était bien mort. Nous supposons que la pierre ensanglantée qui se trouve à ses pieds est la cause de son décès, mais je ne comprends pas pourquoi s'en prendre à lui de cette manière ? Et surtout, qui a bien pu lui infliger ça ? La façon de faire est assez radicale. De plus, cette personne aime apparemment se salir les mains, un peu comme Axel, sauf qu'il n'aurait jamais fait ça sans avoir obtenu des réponses concernant Rosa. Et puis, ça a dû se passer au moment de sa crise, quand plus personne ne surveillait le prisonnier… Je ne peux pas croire que ce soit Jon. Il n'avait aucun intérêt à faire une telle chose.

Encore une fois, c'est de ma faute. J'ai l'impression que tout me tombe dessus d'un coup. Que je suis en train de payer pour chaque acte horrible que j'ai commis ! Je pensais pourtant que la monnaie de ma pièce m'avait déjà été rendue lorsqu'on a ôté la vie à l'être qui m'était le plus cher dans ce monde…

— Putain ! est le seul mot qui sort des lèvres d'Axel en voyant la scène.

Il s'agenouille face à la dépouille et attrape sa tête entre ses mains. Il garde les yeux fixés sur ce type qu'il aurait dû tuer lui-même pour s'en être pris à la femme qu'il aime… Avant que quelqu'un le devance.

— Qui a fait ça ? Il devait parler avant de mourir ! Comment la retrouver sans lui ?

Axel se redresse et se met à faire les cent pas. Son corps est tendu à l'extrême et je surveille ses mouvements, guettant le moindre signe d'une nouvelle crise.

— J'ai prévenu Sten, il est sur le coup…

Je ne supporte pas ce type, et il m'en veut depuis notre dernière rencontre, mais j'ai besoin de ses compétences. Il a accepté de m'aider, pas qu'il ait vraiment le choix s'il désire rester en vie d'ailleurs… Ma balle dans son pied n'était qu'une égratignure en comparaison de ce qui lui arriverait s'il refusait d'effectuer un de mes ordres. Il a commencé à travailler pour nous après que j'ai remboursé une de ses dettes. Je ne peux pas lui enlever qu'il est doué en informatique. C'est grâce à ça qu'il est encore vivant. Il m'est bien utile et sera épargné tant que ce sera le cas. Avant de bosser pour moi, il offrait ses services au gang que je souhaite exterminer. Il a tout quitté depuis un moment déjà, mais cette donnée ne sort pas de ma tête et je n'arrive pas à lui faire totalement confiance.

Je lui ai demandé d'obtenir tous les renseignements nécessaires sur Juan. Je connais les bases sur les « Bloody Butterfly », ce qu'ils font et qui en est le chef, mais ce n'est pas ce qui m'intéresse. Je veux qu'il trouve le maximum d'informations sur ce type et ses habitudes, avoir une piste même infime à laquelle nous raccrocher. Je sais que l'espoir de retrouver Rosa est très mince, s'il ne l'a pas tué avant de venir ici… Mais pour Axel, je ne peux pas abandonner. Alors tant pis si c'est une perte de temps.

Après de longues minutes de silence, je décide qu'il est l'heure pour que tout le monde aille se reposer un peu. La nuit a été interminable et les visages commencent à montrer des signes de fatigue.

— Nous n'en avons que pour une heure et demie pour rejoindre Springfield. Je vous donne donc trois heures pour dormir et vous préparer, mais soyez tout de même prudents. Je ne suis pas certain que celui qui a fait ça soit parmi nous. On a pu l'exécuter avant de disparaître…

Chacun regarde son voisin, la suspicion est partout. J'ai toujours fait en sorte d'éloigner ce sentiment de notre groupe, mais je ne peux pas ignorer qu'il est possible qu'un de mes membres nous trahisse. J'essaie de me remémorer ce qui s'est passé avec Axel pour savoir qui était présent, mais voir mon ami en souffrance m'a fait me focaliser sur lui. Le reste est trouble, je n'ai aucune certitude.

Ils acquiescent tous, délaissant le cadavre pour rejoindre leur tente. Seul Axel demeure statique.

— Ça aurait dû être à moi de le tuer… Il fallait qu'il balance des infos…

— Je sais Axel, mais rien ne le ramènera à la vie. J'ai fait fouiller le camp sans succès, tout est normal, il n'y a pas d'intrus.

Il me fixe et je devine ce qu'il pense, mais je n'arrive pas à admettre une telle chose.

— Il y a un traître parmi nous, souffle-t-il avec conviction. Peut-être quelqu'un qui joue un double jeu et qui leur donne des renseignements sur nous…

J'ai beau passer en revue chaque membre du groupe, personne ne me paraît suspect, hormis une… Mais je ne la vois pas tuer quelqu'un, elle est bien trop innocente et propre sur elle. Je sens que je n'en ai pas fini avec cette énigme à laquelle je ne trouve aucune explication.

— Tu ferais bien de te reposer Axel.

— Toi aussi chef.

J'esquisse un sourire. Il n'a pas tort, mais depuis de nombreux mois, le sommeil se fait rare. Je n'arrête pas de voir un magnifique visage flotter devant moi, tel le fantôme qu'elle est. Je commence à oublier son odeur, sa voix encore fragile, la sensation que ça me procurait de la tenir entre mes bras… Tout ça s'efface pour ne laisser que la perte brutale, la culpabilité de ne pas avoir su la protéger. Minable, voilà ce que je suis, et comment je me sens. Alors tant que son âme pèsera sur la mienne, tant que vengeance n'aura pas été faite, dormir sera la dernière de mes priorités.

— Tu vas faire quoi du corps ? me demande mon ami alors que je fixe ce tas de chair.

S'en débarrasser serait une bonne solution, sauf que je n'ai ni le matériel pour ni le temps nécessaire. Mais une autre option pourrait arranger toute la situation.

Je vais m'asseoir sur un rondin de bois près du feu et me prépare à passer un coup de fil qui déterminera la suite. J'entre le numéro et attends patiemment que quelqu'un daigne décrocher.

— Lakmar, j'espère que tu as une excellente raison pour m'appeler, me salue une voix qui est tout sauf amicale.

Yuma Flores est le patron du cartel mexicain pour lequel nous travaillons et chaque fois que j'ai affaire à lui, je repense automatiquement à mon père. Ils sont tout aussi sympathiques l'un que l'autre...

— Tu sais bien que je ne te ferais pas perdre ton temps.

— Alors, dépêche-toi de me dire ce qui t'arrive.

J'inspire longuement en détaillant la scène qui me fait face pour être certain que rien ne viendra mettre en doute ma version des faits.

— On s'est fait attaquer par les « Bloody Butterfly ». Un des types s'en est pris à Liz, elle est morte. Mais nous avons réussi à le retrouver. Il s'est défendu, on a été obligé de le descendre.

Un silence lourd accueille mes mots. Il dure longtemps et je crois presque qu'il a raccroché quand il souffle :

— Tu te rends compte que j'ai perdu un lieu d'entrepôt par ta faute ?

Oh oui, j'en ai bien conscience, et je risque d'en subir les conséquences, mais tant pis, je protégerais toujours ceux que j'aime, même si c'est au détriment de ma vie.

— Nous aurons une entrevue lors de ton passage à Hermosillo.

Je ne peux pas dire que j'ai hâte, mais d'ici là, certaines choses devraient avoir changé et plus rien n'aura d'importance.

— J'aurais besoin d'un nettoyeur…, soufflé-je.

Je sais qu'il a des hommes qui ne font qu'enlever des corps. De plus, il faut vérifier que rien ne relie Liz à l'organisation. Les flics vont certainement venir fouiller à un moment ou un autre. Je ne connais pas vraiment ses habitudes, mais elle doit avoir des amis qui vont remarquer sa disparition et on ne peut pas se permettre de laisser des traces.

— Je les mets en route, mais leur tarif sera retenu sur ton salaire. Elle se trouve chez-elle ?

Je serre les dents, ce n'est pas seulement le mien, mais celui de toute notre petite communauté. Cette fois, je n'ai pas d'autre choix.

— Oui.

À peine mon mot prononcé qu'il me raccroche au nez. Il connaît toutes les personnes impliquées pour les recruter lui-même.

Je ne peux pas supporter ce connard, sauf que je n'ai encore rien trouvé qui nous rapporte autant de fric que ce que lui nous donne…

Je passe une main sur mon front et en relevant les yeux, je remarque une femme qui n'a rien à faire là. Elle se détourne et s'apprête à partir.

— Tiara, grondé-je. (Elle sursaute et stoppe ses mouvements.) Viens ici.

Elle se retourne, hésitante, mais il est temps que nous discutions, j'ai repoussé l'échéance. Nous devons mettre les choses au point.

Après une longue minute, elle s'avance finalement vers moi.

— Qu'est-ce que tu as entendu ?

Elle cligne des yeux, cherchant un moyen de m'échapper, alors que nous sommes seuls et que le camp est encore silencieux.

— Tout. Et surtout à quel point l'honnêteté est primordiale !

Son air de pimbêche est accroché à son visage. Elle se croit maligne, pense avoir trouvé une faille, mais elle est loin du compte.

Je me mets à rire exagérément.

— Tu veux vraiment parler de ça ? Alors, allons-y. Pourquoi es-tu ici ? Et la véritable raison, pas celle que tu as servi à Axel.

Elle se renfrogne et me lance même un regard rempli de haine, j'adore ça !

— Pourtant, c'est la réalité, je cherche à fuir mon père et mon frère.

— Pourquoi veux-tu aller à San Diego en particulier ?

— Pour être très loin de chez moi et qu'ils ne me retrouvent pas.

C'est ridicule et le pire c'est qu'elle a l'air de croire à ses conneries.

— Si tu le dis… En tout cas, de mon côté, je suis parfaitement honnête avec chacun d'entre vous et surtout, je suis là pour vous protéger. C'est impossible que je dénonce Axel, il se serait fait exécuter sur le champ. Peut-être que dans ton monde de « Barbie » tout est rose, mais pas ici. À la moindre erreur, on est mort. Alors oui, je lui ai raconté ce qui m'arrangeait, mais au moins je n'aurais pas le meurtre de mon ami sur la conscience. Peux-tu en dire autant ?

Elle entoure son torse de ses bras et réalise enfin tout ce que ça implique de faire partie de notre clan. Ce n'est pas un jeu que l'on quitte quand on en a envie. Une fois entré, c'est généralement jusqu'à notre dernier souffle, et chaque petite faute à des conséquences bien plus dramatiques qu'une tape sur les doigts. Il faut qu'elle descende de son nuage.

CHAPITRE 13

TIARA

Stupide ! Voilà ce que je suis. Il sait. J'ai la certitude qu'il connaît beaucoup de choses sur moi. Son regard parle pour lui, mais je n'ai aucune idée de ce qu'il a pu découvrir.

J'ai conscience que je n'aurais pas dû écouter sa conversation, mais c'était plus fort que moi. Il est évident que j'aurais mieux fait de me taire sur ce que j'ai pu entendre et plutôt jouer l'ignorante. Mais j'ai été prise de court. Je voulais essayer de lui faire voir ses contradictions, au lieu de ça, je n'ai reçu que tout l'amour qu'il porte à Axel en pleine tête. Je n'ai jamais connu une amitié telle que la leur, je n'en ai pas eu l'opportunité et quelque part j'en suis jalouse. Il est prêt à sacrifier sa vie pour lui, c'est admirable.

— Tu ferais bien de retourner d'où tu viens, me souffle-t-il, en rangeant son portable dans sa poche et en s'allumant une cigarette.

Son ton est cassant, j'aimerais tant savoir ce qui lui passe par la tête quand il me voit, pourquoi le rebuté-je autant ?

— Tu n'essaies même pas de me connaître…, lancé-je, tout bas.

Son regard me transperce et l'électricité crépite autour de nous.

— Te connaître ? crache-t-il. Tu penses réellement que j'en ai envie ? Que ta petite personne m'importe ? Arrête de croire que tu es le centre de l'univers Tiara. Tu as la chance d'être gâtée par la nature, mais un jour, tu perdras cette beauté et toute la laideur qui coule en toi ressortira.

Ses paroles sont telles des lames qui me transpercent de part en part.

— Parce que toi tu es un ange ? tenté-je de contrer.

Il pouffe avant de s'avancer vers moi et de me souffler sa fumée au visage, c'est une habitude chez lui.

— Non. Et contrairement à toi, je n'ai jamais prétendu l'être.

Nos regards se mêlent, se battent en duel. Je dois arrêter de le provoquer et en aucun cas oublier qu'il a mon destin entre ses mains. Me faire rabaisser n'a que trop duré, mais je ne peux pas me permettre de le contrarier. Je dois surtout garder en mémoire ce dont il est capable, et que son entourage lui est totalement dévoué.

J'ai d'ailleurs toujours une dette à régler avec Leah...

— Maintenant, tu retournes dans ta tente et tu y restes. Si je découvre que tu t'es barrée je ne sais où et que je dois encore te chercher, tu voyageras de façon moins agréable.

Je prends note de sa menace et ne compte plus m'éloigner de toute façon. Ma dernière visite dans les bois m'a laissé un horrible souvenir, je ne m'y aventurerais plus.

Malgré tout, je fais un pas de plus vers lui et alors qu'il amène sa cigarette à ses lèvres, j'attrape sa main au vol pour la porter aux miennes, tout en le fixant. Je tire sur le filtre et apprécie chaque particule qui se diffuse en moi.

— Merci. Je sais que je n'ai pas été très reconnaissante jusqu'à maintenant, mais je tenais à te remercier de m'avoir accepté parmi vous.

Il lève un sourcil, sceptique. Même s'il me déteste, je me rends compte des risques qu'il prend. Bien sûr, il m'a fait souffrir et je ne suis pas certaine que ce soit terminé, seulement je n'arrive pas à lui en vouloir. Après tout, j'avais conscience dans quoi je m'engageais et j'y ai foncé tête baissée. J'imagine que sa vie n'a pas dû être rose, il se protège comme il peut. Nous avons chacun nos barricades, j'ai vu une autre version de lui-même avec Axel. Il est différent, attentif et c'est cet homme que j'aimerais apprendre à connaître. Je sais pertinemment que je vais me brûler les ailes à trop m'approcher, que je ne devrais pas vouloir m'attacher, rien de bon n'en sortira. Pourtant je n'arrive pas à me défaire de cette attirance.

Lakmar continue de me dévisager jusqu'à ce qu'une voix dans mon dos nous déconnecte.

Miss silicone s'arrête près de nous et le regard qu'elle me lance n'a rien d'amical. Elle doit avoir peur que je lui pique son mec... Même s'il m'excite et me fait fantasmer, ça ne doit pas aller plus loin.

— Lak... Je te cherche depuis dix minutes, tu n'es pas venu me rejoindre cette nuit...

Non, il était avec moi, ai-je envie de lui balancer, mais je ne veux pas qu'elle me déteste plus que ça ne doit déjà être le cas.

— Je vous laisse, soufflé-je en reculant de quelques pas.

— Ouais, dégage greluche.

— Louise..., grogne Lakmar en passant son bras autour de sa taille pour la ramener contre lui.

Fière du geste de son mâle en rut, elle bombe ses seins refaits, que je ne rêve que d'exploser.

J'inspire profondément avant de me retourner et de rejoindre l'espace où se trouvent les habitations de fortune.

Le soleil pointe son nez et tout le monde commence à se réveiller.

Par chance, j'ai eu le temps de prendre une douche en vitesse et de m'habiller sans être dérangée. Mon corps est encore plein d'ecchymoses. J'ai réussi à cacher avec un haut à manches longues que Rosa a mis dans mon sac. Il va d'ailleurs falloir que j'en apprenne plus sur leur fonctionnement, pour les repas et la lessive notamment.

Alors que j'approche de ce qui représente ma chambre, je remarque la petite femme plus âgée que la moyenne qui pose des gobelets sur une table pliante. Qui de mieux que Greta pour me donner tous les renseignements nécessaires ?

Je glisse mes mains dans les poches de mon jean et la rejoins.

Son sourire resplendit, elle m'impressionne par son humeur joyeuse qui a l'air continuelle.

— Bonjour belle Tiara, tu as passé une bonne nuit ?

Je reste bloquée un instant, entre ma haine qui a laissé libre cours à ses désirs, ma fuite dans les bois, mon cauchemar qui m'a ramenée dans un vécu que je veux oublier et cette dernière conversation avec Lakmar, on peut dire que j'ai connu beaucoup mieux. Mais je n'ai pas envie de lui raconter les détails donc je lui lance un simple : « oui, merci ».

— Je prépare le petit déjeuner, est-ce que tu peux sortir les biscuits qui sont dans le carton s'il te plaît ?

J'acquiesce, heureuse de pouvoir aider. Elle m'offre une porte d'entrée et je la saisis. Notre voyage va encore durer des jours et si je pouvais me fondre dans le décor, peut-être qu'on m'ignorerait tout bonnement.

Je dépose plusieurs paquets sur la table alors qu'elle attrape, puis dispose du sucre, des dosettes de café et de thé un peu partout.

— Les morfales vont bientôt débarquer, j'aime que tout soit en place avant.

Je lui souris, mais du coup, je n'ai pas de temps à perdre.

— Greta, je peux te poser quelques questions ?

Mes paroles la font tout stopper et froncer les sourcils. Je n'aurais peut-être pas dû être si direct.

— Je veux simplement comprendre comment vous fonctionnez, pour pouvoir m'intégrer au mieux. Je ne sais rien, sauf que je profite de votre nourriture et aimerais m'acheter quelques trucs, en plus de faire une lessive. Je me sens perdue.

Elle reprend tranquillement son installation, plus sereine.

— Axel aurait pu t'informer de tout ça, me répond-elle mécontente. Pour le linge, nous

nous arrêtons une fois par semaine dans un endroit près d'une laverie et parfois, nos hôtes nous proposent leur machine. Pour ce qui est des achats, nous avons un pot commun où tous nos revenus se retrouvent. Donc il faut faire une liste de ce dont tu as besoin, c'est mon mari qui se chargera de te le rapporter.

Tout est trop contrôlé. Et je me rends compte que leur communauté est très refermée sur elle-même. Seuls certains membres peuvent en sortir, c'est comme une prison finalement...

— Merci beaucoup, Greta, lui soufflé-je, alors que les premiers levés s'avancent jusqu'à la table garnie de victuailles.

— Tu peux te servir ma jolie.

Je la remercie d'un signe de tête et attrape une dosette de café avec un gobelet et le remplis d'eau brûlante.

Cette chaleur est bienvenue et j'accueille la caféine avec bonheur.

Tout le monde salue Greta, elle impose le respect alors qu'elle n'est ni très grande ni menaçante.

— Tu fais partie du clan depuis longtemps ? lui demandé-je dans un moment d'accalmie.

C'est cette fois un sourire qui vient illuminer son visage.

— Ça fait vingt ans maintenant. J'ai croisé mon Jon dans un bar où je bossais et ça a été le coup de foudre. J'ai tout quitté pour le suivre. J'étais comme toi, un oisillon qui découvrait un monde de brute. Mais je pense ne m'en être pas trop mal sortie.

Je la trouve incroyable, elle fait attention à chaque personne, c'est comme la maman du groupe.

— Et vous avez des enfants ?

— Non, ça n'a jamais été notre priorité. Et puis quand j'ai commencé à y songer, la ménopause est arrivée bien plus vite que je ne l'attendais. Le destin en a décidé ainsi. Mais j'ai pu profiter de deux petits garçons qui étaient épuisants.

Je crois deviner de qui elle parle et tout l'amour qu'elle a pour eux transparaît clairement. Elle a pris Lakmar et Axel sous son aile, c'est vraiment touchant.

J'observe les membres qui nous rejoignent et réalise quelque chose.

— En fait, il n'y a aucun enfant dans le groupe ?

Une ombre passe dans le regard de Greta suivie par une tristesse qui lui donne des larmes aux yeux.

— Non. Lakmar refuse que l'un d'entre eux nous accompagne.

Je suis surprise, il y a bien des couples ici et j'imagine qu'ils ne sont pas tous sans enfants… Est-ce qu'il les déteste ? Ou ne les supporte pas ? Je sais que leur vie est dangereuse, mais comment peut-on volontairement se séparer de notre chair ? Voilà encore une chose qui nous éloigne et que je ne comprends pas.

Alors que je m'apprête à poser une nouvelle question, je suis stoppée par une voix qui me hérisse les poils et tend tout mon corps.

— Qu'est-ce qu'elle fout là ?

Je tourne uniquement mon visage pour faire face à Leah qui me scrute des pieds à la tête. Nos regards s'affrontent, se menacent, jusqu'à ce que Greta s'interpose.

— On se calme les enfants, vous devriez discuter toutes les deux, vous vous ressemblez plus que vous ne l'imaginez…

Leah explose de rire avant d'attraper un biscuit et de l'enfourner dans sa bouche.

— Pour ma part, nos comptes sont à zéro, un partout, la balle au centre, balance-t-elle en ajoutant du sucre dans son thé.

Je suis loin de penser la même chose, sauf que je dois faire profil bas alors je force mes lèvres à rester fermées. La petite gifle que je lui ai mise ne compense en rien le passage à tabac que j'ai subi.

Un homme s'approche et passe son bras autour des épaules de Leah avant de lui chuchoter quelque chose à l'oreille. Elle finit par lui sourire et ils s'éloignent sans un mot de plus.

Sont-ils en couple ? Ils ont l'air proches, mais j'ai du mal à me faire une idée de leur relation. Je les ai observés à la soirée et ils ne se font aucun geste intime. Ils me rappellent un peu mon frère et moi au temps où notre complicité était encore intacte. Et je dois avouer que ça me manque, sauf que je ne sais pas comment surmonter ma rancœur. Peut-être que cet éloignement m'apportera des réponses.

— Allez, il est temps de remballer, annonce Greta en empilant les gobelets laissés sur la table.

Elle met fin à mon moment de nostalgie sans s'en rendre compte et je la remercie intérieurement. Je me suis promis une chose depuis que ma mère est morte : plus de regret.

J'aide ma nouvelle amie à tout ranger dans deux grands paniers que son mari met ensuite dans le camion.

Je ne sais pas si je suis réellement autorisée à voir ça, mais un empilement de caisses tapisse le fond du véhicule. Chacune est refermée par une chaîne solide et plusieurs cadenas. Je suis curieuse, mais j'imagine que ça représente leurs parts d'illégalité…

J'ai déjà été témoin de choses similaires, c'était mon quotidien et pourtant je me suis jurée de sortir de ce milieu pour *lui*. À cause de mon frère et mon père, tout a été précipité et je n'ai pas pu tenir ma parole, c'est pour ça qu'aujourd'hui, je suis obligée d'y replonger. Ils m'ont éloignée, mais sans *lui* je ne suis rien, qu'un corps sans âme.

— Tu ferais bien d'aller te reposer un peu ma jolie, on se retrouve plus tard, me lance Greta en me serrant le bras.

Je hoche la tête et avise la tente d'Axel. C'est le seul endroit où je peux me réfugier. J'aimerais avoir mon propre espace pour être au calme, tranquille, mais je sais que je n'aurais pas ce droit. Quelque part, je pense que je suis surveillée. Quoi de plus normal après tout ? Ils se protègent, même s'ils m'ont montré qu'il y a de sévères failles dans leur groupe. Leur prisonnier est mort et leur sous-chef perd les pédales plus vite que son ombre. Une personne mal intentionnée pourrait facilement mettre encore plus de pagaille…

Le camp est à nouveau silencieux, chacun a rejoint son espace de vie pour préparer le départ alors après un dernier tour des lieux, j'en fais de même.

Je soulève la toile et pénètre dans la tente où Axel se trouve, allongé sur le matelas.

Il a l'air de dormir, comme apaisé. Je m'assieds à ses côtés le plus doucement possible et attrape mon visage entre mes mains. Ma famille, Rosa, Axel, Lakmar, les « Bloody Butterfly » et *lui*. Tout se mélange dans ma tête et une migraine pointe son nez.

Quand je pense que Rosa m'a promis que tout se passerait bien… Elle ne savait pas qu'elle était très loin du compte. C'est comme si une puissance supérieure s'acharnait sur moi. Je ne pouvais pas seulement intégrer le groupe et faire la route jusqu'à San Diego tout en restant dans mon coin. Nan, bien sûr, ça aurait été trop simple.

Je souffle un grand coup, tire sur mon élastique pour libérer mes cheveux et ne vois rien venir lorsque des mains se referment autour de ma gorge par-derrière.

Un cri m'échappe avant que l'air n'entre plus dans mes poumons. Je tente de me dégager, de desserrer ses doigts un par un, rien n'y fait, la puissance qu'il met dans son geste est bien trop forte. Je me débats, mais je ne fais que me retrouver à moitié allongée. Mes yeux se lèvent pour découvrir le visage glacial d'Axel. C'est comme s'il était dans un autre monde, qu'il ne me voyait pas vraiment alors que des larmes coulent sur mes joues. Je vais mourir aussi bêtement, c'est un comble !

CHAPITRE 14
LAHMAR

Je suis accro, pire qu'un drogué.

Je me passe ces putains de photos en boucle avec ma queue dans la main. Son visage de poupée, ses courbes parfaites, ses cheveux blonds sur le côté dévoilant sa nuque… Mes va-et-vient deviennent de plus en plus intenses. Cette femme aura ma peau alors que c'est moi qui dois avoir la sienne !

Même baiser avec Louise ne m'a pas soulagé, je me désespère. Elle n'a rien de ressemblant avec mon fantasme. Je balance mon téléphone sur un tas de vêtements et laisse tomber mon érection, je perds mon temps. Depuis que j'ai pris ces clichés, c'est comme si elle était la seule à pouvoir me donner du plaisir. Je reboutonne mon jean et me redresse. Je vais devoir commencer à ranger mon bordel, ce sera plus utile. Les heures ont défilé et les nettoyeurs devraient bientôt arriver. J'ai reçu un message de Yuma m'indiquant qu'ils étaient en route.

Alors que j'attrape mon sac, un faible cri me stoppe dans mes mouvements. Je ne bouge plus, ne respire plus, essayant de savoir si je dois m'inquiéter, mais plus rien ne me parvient.

Par acquit de conscience, je soulève le tissu de la porte et vérifie les alentours. Ezio a dû l'entendre également parce qu'il inspecte l'allée. Tout est calme, jusqu'à ce qu'un grognement que je connais par cœur et surtout un hurlement retentisse dans mon crâne.

— Je te déteste !

Ce hurlement que j'ai trop supporté m'envoie un frisson dans tout le corps. Ezio me fixe, attendant mes ordres, sauf que je perds tout mon sang-froid et fonce vers la tente de mon meilleur ami.

J'ouvre à la volée et découvre Tiara, allongée, inconsciente. Poussé par une énergie nouvelle, j'écarte Axel, le bouscule avec force et prends le pouls de cette femme qui fout la merde dans mes pensées.

— Putain, reste avec moi, chuchoté-je.

Je suis tremblant, comme un gamin qui n'a jamais été confronté à la mort. Je sais que c'est débile, pourtant c'est plus fort que moi. Et quand enfin je sens de faibles pulsations sous mes doigts, le soulagement se répand dans mon corps.

Je me détourne de Tiara pour faire face à mon ami qui respire plus fort que d'ordinaire et qui a ce regard apeuré d'après crise. Il ne se souvient généralement pas de ce qu'il se passe dans ces moments-là et j'ai eu tort de penser que la dernière n'était qu'une erreur de parcours. C'est plus profond que ça et je me sens coupable d'avoir abandonné une femme auprès de lui.

Ezio est à l'entrée, ne sachant pas vraiment en quoi se rendre utile alors je lui dis de faire sortir Axel. Je ne peux pas lâcher Tiara, pas quand je suis responsable de la situation.

J'attrape son visage et la fixe, comme si ça suffisait pour qu'elle ouvre les yeux. J'ai conscience d'être une contradiction à moi seul. J'aime lui faire du mal, mais je ne supporte pas que quelqu'un d'autre lui en fasse.

Les traces que lui a laissées Leah, me sont désagréables à observer et les nouvelles qui se forment autour de son cou, le sont tout autant.

Je passe ma main sur son front avant de la glisser le long de sa joue. Elle est douce et mes doigts ne m'obéissent plus. Après tout, elle ne se souviendra de rien, alors pourquoi ne pas en profiter ?

Je descends encore plus bas jusqu'à sa poitrine cachée par son tee-shirt. J'aimerais le déchirer pour me dévoiler ce corps si tentateur pour en savourer les moindres détails. Sauf qu'elle se met à bouger presque imperceptiblement et je la lâche aussitôt. Je ne suis qu'un détraqué sexuel !

Elle ouvre les yeux d'un coup et tousse longuement. Elle tente de me dire quelque chose, mais ce doit être trop douloureux. Un faible son en sort, incompréhensible.

— Doucement, Tiara prend ton temps, rien ne presse. N'essaie pas de parler pour le moment, au moins quelques heures.

Des larmes dévalent ses joues alors qu'elle se recroqueville sur elle-même.

Je me demande vraiment comment elle fait pour tenir avec toute la violence qu'elle a subie en si peu de jour. Une personne ordinaire aurait fui, c'est certain... Mais alors que cache-t-elle ? Il y a quelque chose qui m'échappe encore, j'en suis convaincu.

— Je vais t'emmener auprès de Greta et tu feras la route avec eux.

Elle fixe mon regard, sans émotion.

Je ne peux pas prendre soin d'elle, j'ai des choses à régler avant que nous démarrions. Mais je sais que Greta fera le nécessaire.

Je me baisse pour pouvoir l'attraper dans mes bras, mais elle a un petit mouvement de recul. Il serait temps qu'elle ait peur de moi... Même si je n'ai aucune intention de la laisser partir. Nos destins sont liés depuis des mois, sans même qu'elle n'en ait conscience.

— Je ne vais rien te faire, tenté-je de la rassurer.

Elle prend une inspiration et hoche finalement la tête.

J'attrape ses jambes et elle s'accroche naturellement à mon cou. Sa proximité fait grimper mon excitation sans que je ne puisse la contenir. Son odeur, qui est en réalité la mienne, m'explose dans les narines et ma seule envie est de la reposer pour la baiser une bonne fois pour toutes. Sauf que rien de tout ça ne fait partie de mon plan, tente de me rappeler ma conscience.

Tiara ne me quitte pas des yeux. Je sens son cœur battre fort, je lui fais le même effet, j'en suis convaincu. Et sur un coup de tête, coupant toutes mes réflexions, je baisse le visage pour m'emparer de ses lèvres. Le choc est rude, brutal, sauvage, nos bouches se percutent, se découvrent. C'est un pur délice qui déclenche un ouragan d'émotions sur son passage. Ses doigts agrippent mes cheveux, comme s'il était possible que j'arrête ! Ma langue trouve rapidement la sienne et son goût devient ma nouvelle drogue. C'est trop peu et trop à la fois. Comme une friandise quand on est au régime, qu'on adore, qu'on dévore et qu'ensuite on regrette, même si on en mangerait des paquets entiers. Elle est mon interdit, auquel j'ai de plus en plus de mal à ne pas succomber. Elle passe sa langue sur ma lèvre inférieure et je ne peux m'empêcher de la vouloir ailleurs, plus bas…

— Lak !

Je quitte la bouche de Tiara pour me redresser et découvre Ezio qui nous observe tour à tour, dans l'incompréhension la plus totale. Il nous fixe, plus glacial qu'ordinaire, et s'apprête à me balancer ce qu'il en pense, mais mon regard de tueur le dissuade de faire un quelconque commentaire. Putain, je vais avoir le droit à un interrogatoire en règle. Il croit toujours que c'est la copine d'Axel !

— On a besoin de toi…

Les nettoyeurs doivent être arrivés. Ils tombent à pic.

— Je l'emmène dans le camion et je viens.

Il hoche la tête en nous avisant l'un après l'autre et finit par sortir.

Je reporte mon attention sur Tiara, mais elle s'est refermée. De nouvelles larmes coulent, dont je n'ai pas le temps de me préoccuper. Ce n'est plus le moment pour les regrets ou remords. Et d'un côté, sa réaction me soulage, je n'ai aucune envie qu'elle s'accroche à moi pour un instant d'égarement. Elle ne représente rien et ça doit rester ainsi.

Je quitte la tente en portant Tiara et ignore les regards sur nous pour me diriger directement vers Greta. Notre promiscuité doit les interroger et d'autres ont peut-être vu sortir Axel dans un état second. Mais tant qu'ils ne sont pas concernés, ils n'ont pas besoin d'en savoir plus.

Par chance, celle que je cherche est assise à l'avant du camion.

Sa tête pivote en entendant mes pas près d'elle et son sourire s'agrandit, je n'ai pourtant aucune envie de rire.

Je remets Tiara sur ses pieds et m'éloigne de son corps tentateur.

— Tu peux t'occuper d'elle s'il te plaît, elle fera la route avec vous.

Greta fronce les sourcils, mais acquiesce. Elle descend de son siège pour venir entourer Tiara de ses bras. Cette dernière a un infime mouvement de recul avant de se laisser aller. Et là, je me rends compte qu'elles sont beaucoup trop proches l'une de l'autre pour ne pas faire souffrir ma mère de cœur à un moment donné. Je ne peux m'en prendre qu'à moi-même, j'aurais dû tout lui dire, sauf que je ne veux pas l'impliquer dans ma guerre.

Mon regard est attiré par deux hommes que je ne connais pas, il est temps d'en finir avec cet endroit.

Sans un mot de plus, je quitte les filles pour rejoindre Ezio qui accueille les nouveaux arrivants.

Une fois à leur hauteur, ils me détaillent longuement avant de me tendre leurs mains. Je n'aime pas ça, mais je les laisse faire et en fais de même.

Les salutations terminées, j'entraîne tout le monde vers la maison où nous avons disposé les deux corps.

Quand j'ouvre la porte, l'odeur qui se dégage est difficilement respirable. Par réflexe, je cache mon nez de ma main alors que les deux hommes me bousculent pour découvrir le massacre.

Chacun sort une paire de gants de leur veste et les enfile avant de s'agenouiller auprès des dépouilles.

Voir Liz dans cet état me fait un pincement au cœur. Elle ne représentait rien, mais était agréable et conviviale avec le groupe. Elle ne méritait pas une telle fin. Son visage est presque méconnaissable et des bleus s'étalent sur tout son corps. Le plus impressionnant reste son ventre dont les boyaux ressortent. Un couteau venant certainement de sa cuisine est au sol près de sa tête et doit être le responsable de cette éventration. Il s'est acharné sur elle. J'ai fermé les yeux et l'ai laissé sans surveillance.

— Bien, vous pouvez partir, nous nous occupons de tout, m'indique l'un d'eux.

Je ne me fais pas prier pour déguerpir de cette baraque.

Une fois dehors, je prends une longue bouffée d'air, même si j'ai du mal à me débarrasser de cette puanteur. J'ai l'habitude de voir des cadavres autour de moi depuis mon plus jeune âge, pourtant je n'arrive pas à le considérer comme une routine. La souffrance d'autrui m'excite, mais pas la mort. C'est plus une fatalité, la fin de ma récréation. C'est inévitable, leur laisser la vie équivaudrait à leur donner la possibilité de se venger de moi ou de me dénoncer, c'est impensable.

Je capte le regard qu'Axel me lance depuis sa moto. Solan est à côté, le surveille, mais je sais que c'est à moi que revient cette place. Nous devons discuter, même si mes poings me démangent après ce qu'il a fait à Tiara.

Je nous revois gamins. Nous aimions nous battre l'un contre l'autre, c'était devenu un jeu. Douloureux, mais qui dans un sens nous rapprochait. J'entends encore mon paternel nous dire : *si tu arrives à affronter ton meilleur ami sans aucune pitié, tu seras l'homme qu'il faut pour diriger les « Black Eagles »*. Sauf que ça n'a jamais été mon but. Je n'ai jamais voulu ressembler à mon père et celui-ci l'a trop vite compris.

Mes pas me mènent jusqu'à Axel et j'indique à son baby-sitter que je prends sa place. Solan ne rechigne pas et retourne vers sa tente.

— Tu vas me tabasser ? me demande-t-il soudain.

J'attrape une clope que je m'allume pour avoir du temps pour trouver une réponse adéquate.

— Ce n'est pas l'envie qui me manque…

— Vas-y mon ami, défoule-toi. Tu m'as pourtant dit qu'elle n'était rien pour toi.

Je passe ma main libre dans mes cheveux et tire un peu dessus pour me calmer. Il mélange tout et commence à sérieusement me gonfler.

— Ça ne veut pas dire que tu peux la tuer quand bon te semble ! Je suis loin d'en avoir fini avec elle ! Putain, t'es même le seul qui connaisse tout, alors pourquoi me balances-tu ces conneries ?

Un léger sourire balaie son visage comme si les dernières minutes n'avaient jamais existé.

— Parce qu'elle représente plus que tu souhaites te l'avouer. Je ne sais pas comment c'est arrivé, mais il y a bien plus que ta vengeance entre vous.

Je me statufie sous ses paroles. Des conneries ! Il ne connaît rien, absolument rien de mes sentiments. À chaque fois que je pose mes yeux sur elle, je vois une autre personne qui n'a plus la chance de respirer. C'est uniquement cette haine qui me permet de continuer à vivre, alors il n'a pas le droit de sous-entendre que je suis prêt à tout oublier pour une partie de baise.

— Entre être attiré par son physique et avoir des sentiments pour elle, il y a un monde et surtout, il y a Elly.

Son prénom m'écorche la bouche. Je ne le dis jamais pour éviter de penser à elle, de m'apitoyer. Le regard d'Axel change également à son évocation, lui aussi l'a perdue, même si ça n'a rien de comparable avec ce que j'ai pu ressentir.

— Je suis désolé, finit-il par souffler. Je ne sais pas ce qu'il s'est passé, je voyais ma pute de mère à sa place. Ça revient Lak et je n'arrive plus à me contrôler.

Je suis touché par ses aveux, même si j'avais déjà compris que ses cauchemars étaient réapparus, mais j'avais besoin de l'entendre me le dire.

— Je ne peux plus jouer la comédie avec Tiara.

Ça aussi je le sais, pas après qu'il ait essayé de la tuer. Elle ne peut pas rester avec lui.

— Ce soir, il y aura le deuxième test. Si elle réussit l'épreuve, elle prendra ma tente le temps de lui en trouver une à elle. Et à partir de maintenant, elle voyagera avec Greta et Jon. Au moins, elle sera plus discrète si les flics se repointent. S'ils la cherchent, on saura que c'est bien elle qu'ils veulent.

— Ça marche.

Mon boulot à présent, va être de retrouver Rosa le plus rapidement possible pour éviter que toutes les femmes du clan y passent.

Nous nous dépêchons de ranger toutes nos affaires alors que le reste des membres commencent à rejoindre leurs motos.

Nous gardons les mêmes groupes pour le trajet et une fois mon casque enfilé, je me tourne vers le camion pour apercevoir Tiara contre la vitre. Ses yeux me transpercent et malgré moi ma queue se dresse. Ses lèvres roses, pulpeuses, m'attirent plus qu'elles ne le devraient.

Je secoue la tête pour remettre mes idées en ordre, il va vraiment falloir que je la baise pour pouvoir passer à autre chose.

J'enclenche l'accélérateur, faisant résonner mon moteur et donnant le départ.

CHAPITRE 15
TIARA

Je suis ballottée depuis une bonne heure dans le camion et ne cesse de penser à Lakmar, ses lèvres, sa peau contre la mienne, sa langue inquisitrice qui prend possession de ma bouche... Je me suis enflammée comme une torche et il est à présent difficile de m'éteindre. Je ne m'y attendais pas du tout et je trouve qu'il me sauve un peu trop souvent. Ça ne m'aide pas à rester éloignée de cet homme.

— Tu es bien calme ma jolie, tout va bien ? me demande Greta assise à mes côtés.

Elle me ramène à l'instant présent et à la musique qui se diffuse dans l'habitacle. C'est un fond sonore pour combler les silences. Jon, son mari est plutôt avenant, mais je ne me sens pas à l'aise. Il a tenté de me faire la conversation, sauf que je ne sais pas faire ça. Me dévoiler n'est pas dans mes plans et j'ai toujours peur de trop en dire. Ne pas avoir d'ami dans le clan m'allait parfaitement. La seule chose que j'aimerais : être ignorée, c'est apparemment trop demandé.

— Oui oui.

Je reporte mon attention sur l'extérieur et ne peux que remarquer celui qui roule à nos côtés. Il est clair que les motards m'attirent, je ne me l'explique pas. Peut-être leur équipement, leur cuir... Ou simplement les hommes qui se trouvent en dessous. La moto n'est pas spécialement une de mes passions, donc c'est forcément lié à la personne qui la monte.

Tout à coup, une sonnerie résonne et la voix de Lakmar nous parvient.

— Y a les flics, on va se décaler pour qu'ils ne captent pas que le camion est avec nous. Avec un peu de chance, ils ne nous connaissent pas et ne savent pas qu'il nous appartient.

— Ça marche mec, répond Jon tendu avant de couper la conversation.

Une discussion silencieuse a lieu entre le couple et je me doute que ce n'est pas une bonne nouvelle. Je n'ai aucune certitude sur ce qu'ils transportent ni ce qu'ils font pour gagner de l'argent, bien que ce ne sont pas les idées qui me manquent. Durant les années que j'ai vécu parmi les « Bloody Butterfly », j'en ai vu de toutes les couleurs. Des trafics en tout genre, mais principalement de la drogue. C'est une des choses qui m'insupportait le plus, mais sur laquelle je n'avais aucun mot à dire. J'avais déjà la chance fabuleuse de savoir dans quoi trempait le cartel. Je n'étais qu'une femme, une moins que rien, uniquement là pour faire la boniche et assouvir les moindres désirs d'un homme.

Lakmar disparaît de mon champ de vision alors que le camion continue sur sa lancée. Je sens la tension envahir peu à peu le couple, me mettant moi-même en alerte.

Jon ne cesse de jeter un œil sur son rétroviseur. Et même s'il essaie de garder son calme, quand la sirène retentit et que la voiture de police nous dépasse, nous faisant signe de les suivre, je le vois clairement blêmir.

— Putain. Tiara, tu n'ouvres pas la bouche quoiqu'on te demande, me lance le chauffeur.

J'acquiesce, que veut-il que je leur dise de toute manière ? Je ne suis au courant de rien.

Nous continuons la route sur quelques kilomètres jusqu'à une aire de stationnement.

Une fois le moteur arrêté, les deux flics s'avancent vers nous. L'un d'eux se met devant le capot alors que l'autre vient à la vitre de Jon.

— Descendez tous du véhicule, nous allons faire un contrôle d'identité.

Il n'a pas l'air commode, plutôt agressif. Jon se tourne une dernière fois vers moi, inquiet. J'ai mes papiers en règle, je suis majeure et libre de mes actes, la police n'a rien à me reprocher, si c'est ce qu'il se demande.

Le second flic vient finalement ouvrir ma portière et me détaille avant de m'ordonner de le suivre. Je détache ma ceinture et sors du camion.

Nous nous retrouvons sur le parking, alignés comme des délinquants. J'observe les alentours et suis surprise de ne trouver aucune moto à l'horizon. J'ai pourtant bien vu qu'ils prenaient soin de l'avoir constamment à l'œil. Alors où sont-ils passés ?

— Vous n'avez rien de dangereux sur vous ? Pas de drogue ou d'arme ?

— Si, répondent chacun leur tour Greta et Jon.

Je ne peux m'empêcher de tourner la tête vers cette femme que je pensais la plus innocente du groupe. Un sourire fugace s'imprime sur mes lèvres lorsque chacun d'eux sort un pistolet. Et c'est de moi qu'on s'inquiète…

— Nous avons des permis, lance Jon, alors les flics n'ont pas l'air très surpris de la tournure des choses.

— Évidemment. Donnez-moi tous vos papiers, que nous contrôlions tout ça, répond l'un des hommes en uniforme.

Je fouille dans mon sac avant d'attraper mon passeport et de le tendre à un des policiers.

— Vous ne bougez pas, nous enjoins celui qui part dans sa voiture, pour effectuer les vérifications.

L'autre reste près de nous, guettant le moindre geste ou parole. Je suis oppressée. Je suis certaine que mon frère, Jean a signalé ma disparition. Mais je suis là de mon plein gré, ils ne peuvent rien faire, en dehors de le prévenir de ma position… Ce qui ne serait vraiment pas une bonne idée et compromettrait tout mon plan. Jean se sentirait obligé de se mêler de mes affaires, ça a toujours été le cas, et encore plus depuis quelques mois. Sauf que je n'en peux plus de vivre recluse. Lorsqu'ils m'ont ramenée à la maison, je savais que je ne pourrais pas y rester. Une partie de moi se trouve à des milliers de kilomètres, c'est inenvisageable que je l'oublie et ils en avaient conscience, même s'ils essayaient de se leurrer.

Le flic revient et me montre du doigt.

— Venez avec moi.

Un frisson glacé me traverse alors que je n'ai d'autre choix que de le suivre. Greta et Jon me dévisagent, ils sont sur leurs gardes. Je les sens fébriles, prêts à tout pour se sortir de ce merdier. Je sais de quoi sont capables les gangs, j'ai déjà assisté à ce genre de scène, mais j'espère que la fin ne sera pas aussi dramatique.

Il s'arrête près de son véhicule et me détaille des pieds à la tête.

— Votre frère, Jean Carson est à votre recherche… Êtes-vous avec ces personnes sous la contrainte ?

— Non, bien sûr que non. (Je passe une main sur mon front, tout ce que je redoutais est en train de se produire.) Je suis partie de mon plein gré.

Il observe mes camarades avant de reporter son attention sur moi.

— Vous pouvez me le dire, je ferais en sorte de vous emmener loin d'eux. Ce sont des criminels, ils ont tous les deux un casier judiciaire et leur appartenance à un groupe dangereux figure dans leur dossier.

— Vous n'êtes pas censé me dire tout ça…

Il dévoile leur vie sans aucune pudeur.

— Écoutez, votre frère s'inquiète beaucoup. Il est mentionné que vous avez disparu sans aucun moyen pour vous joindre et sans aucun message indiquant votre destination. Vous auriez pu vous faire kidnapper…

Je croise mes bras en dessous de ma poitrine et fronce les sourcils. Ce qu'il ne dit pas, c'est que Jean a dû faire un scandale pour qu'on me retrouve. Un agent du FBI a beaucoup de pouvoirs…

— Ce n'est pas le cas. J'ai le droit d'aller où bon me semble sans l'autorisation de qui que ce soit. Alors, arrêtez de vouloir me sauver de je ne sais quoi, vous perdez votre temps !

Toute cette situation commence à m'énerver. Je vais encore avoir des comptes à régler à cause de lui. Lakmar va apprendre que j'ai eu une discussion privée avec ce flic et va exiger d'en savoir plus, c'est une certitude. Sauf que je ne suis pas prête à lui dévoiler le boulot de mon frère, il douterait davantage de moi.

— D'accord, mais vous pensez bien que je dois le prévenir. Il a fait établir un avis de recherche. Et même si vous êtes libre d'aller et venir, vous imaginez bien que vu sa position, je n'ai pas d'autre choix.

Je souffle de dépit, il ne lui aura pas fallu trois jours avant de retrouver ma trace. J'avais conscience que lui échapper serait compliqué, mais j'avais espoir qu'il me laisse parcourir une plus longue distance.

— Faites ce que vous avez à faire.

Il me tend mon permis ainsi qu'une petite carte et me murmure :

— Si vous avez le moindre souci, n'hésitez pas à me joindre.

J'ai presque envie de rire sous cette remarque. Il ne sait rien de moi ou de l'endroit où je me rends. Pour un flic, il est vraiment naïf. L'appeler équivaudrait à une condamnation à mort. C'est d'ailleurs ce qui pèse sur moi si je n'arrive pas très vite à San Diego.

— Merci, me contenté-je de répondre, avant de rejoindre Greta et Jon.

— Que transportez-vous ? leur demande le second policier, en leur rendant leurs papiers à eux aussi.

J'ai soudain mon cœur qui se met à battre frénétiquement. L'adrénaline se répand comme une traînée de poudre. Je sens l'ambiance changer du tout au tout. Greta bouge légèrement, la main tout près de son arme. Je la voyais tellement gentille et sympathique que j'ai du mal à la reconnaître. Elle a une face cachée que je n'ai pas encore côtoyée, mais qui m'intrigue.

— Rien de bien excitant monsieur, juste nos affaires, lui répond Jon.

— Donc vous permettez que je contrôle ça ?

Comme s'il refoulait tout le stresse qu'il a pu ressentir un instant plus tôt, Jon sourit au flic avant de s'avancer vers la porte arrière. Il la déverrouille et l'ouvre en grand. Les deux agents ne font même plus attention à nous, trop concentrés à vérifier le contenu du camion.

Il y a un empilement de tentes ainsi que de nombreux sacs, renfermant les affaires de chaque membre.

— Vous avez beaucoup de choses pour trois…

— Je ne savais pas que la loi nous limitait dans nos bagages, lui rétorque Jon.

Le visage du flic se renfrogne et je sens que ça va dégénérer, c'est comme un sixième sens, une prémonition. Pour une raison qui m'échappe, ils n'ont pas l'air de vouloir nous lâcher. Pourtant, nous n'avons commis aucune infraction sur la route, il y avait plein d'autres voitures à contrôler, mais c'est sur nous que ça tombe. J'espère que c'est une coïncidence et qu'ils vont stopper là leurs investigations, parce que je me doute que protéger leurs marchandises est leur priorité. Et deux personnes, contre une quinzaine armées et prêtes à tout, ne feront jamais le poids.

— Non, en revanche je peux demander à une équipe de venir pour tout fouiller intégralement. Un camion dans ce genre est recherché pour trafic de drogue. Transportez-vous des choses illicites ?

— Bien sûr que non, monsieur l'agent.

Ils essaient chacun d'avoir le dessus sur l'autre, alors que le second flic garde le regard rivé sur moi. Il me met mal à l'aise. Je tourne la tête pour l'éviter et suis surprise par la personne qui s'approche de nous.

Lakmar, lunettes de soleil collées devant les yeux, apparaît comme par magie. Son cuir sur le dos, il serait parfait pour une pub. Ses gestes sont lents, calculés. Je suis hypnotisée par cet homme. Quelle merde !

Je dois avouer qu'il m'étonne. Il pourrait très bien se faire arrêter alors qu'il est le chef du clan, celui qui doit le plus être protégé. Sauf qu'au contraire, pour moi, il aime le danger et être au centre de l'action. Je peux le comprendre, mais ça donne l'impression que sa vie lui importe peu et ce n'est peut-être pas la meilleure chose pour rallier les troupes. Qui voudrait suivre un gars qui ne cesse de prendre des risques ?

Les flics ne mettent pas longtemps à le remarquer à leur tour. Après tout, on peut difficilement l'ignorer. Il a une aura, un charisme qui ne laisse personne indifférent.

Je jette un œil vers le couple qui est toujours stoïque. Ils sont d'un calme impressionnant. Ils gèrent bien mieux la situation que moi, je dois le reconnaître. Je suis fébrile, dans l'attente d'une suite que je suppose sanglante. Tout le monde a déjà sa main sur son arme, sauf Lakmar qui attrape une clope et l'allume tranquillement.

J'essaie d'imaginer autre chose qu'une tuerie pour nous sortir de ce merdier, mais n'en trouve aucune. Ces flics n'ont pas conscience de la dangerosité du nouvel arrivant et cette ignorance me fait presque pitié pour eux.

— Bonjour, messieurs, je suis perdu, pouvez-vous m'indiquer la route pour Las Vegas ?

Les policiers s'échangent un regard avant que l'un d'eux ne lui réponde.

— Nous ne sommes pas guides touristiques, vous avez certainement un portable avec GPS. Veuillez retourner à votre véhicule.

Lakmar sourit et leur lance :

— C'est dommage, ça m'aurait évité de vous tuer.

Avant que quiconque ne puisse réagir, sa cigarette tombe au sol et il tire une arme de son dos. Un des flics est très rapide pour dégainer la sienne. Je ne sais pas si c'est un réflexe, mais il vient se placer devant moi, comme pour me protéger. Il n'a pas compris que j'étais loin d'être la personne visée, du moins je l'espère. Il suffirait d'une fusillade pour se débarrasser de moi...

Soudain, les balles se mettent à fuser et je ne peux plus bouger, statufiée, au milieu du chaos. Le bruit est assourdissant et l'odeur désagréable. Mon instinct me hurle de me baisser, de m'allonger, pourtant je reste là, derrière ce flic qui joue encore les boucliers humains. Cette situation ne dure pas longtemps. Un liquide chaud m'éclabousse le visage. Je comprends tout de suite d'où il provient quand mon regard tombe sur le trou à l'arrière du crâne de l'homme qui a tenté de m'aider.

Mon cœur s'emballe, cogne à une allure hallucinante alors que ma respiration se coupe. J'ai envie de hurler, de courir loin de ce massacre, mais on ne m'en laisse pas le temps. Quelqu'un attrape mon bras pour me forcer à le suivre. Les pas sont trop rapides, je peine.

Mon regard est flou, la scène qui vient de se jouer se répète dans ma tête.

— Tiara !

Ce son perce mon brouillard et je distingue enfin Lakmar, ses yeux me fixant intensément, son nez presque collé au mien.

J'ouvre la bouche, sauf qu'avant que je ne puisse dire quoi que ce soit, il m'enfile son casque, trop grand, sur le crâne. Il grimpe sur sa moto et me force à prendre place derrière lui.

Il démarre en trombe et quitte cet endroit. J'ai l'impression de voler, de me trouver dans un autre univers, un autre monde. Tout est plus intense et mes doigts agrippent la veste de Lakmar si fort que si j'en avais la force, je la déchirerais.

C'est violent, déconcertant, mais mon envie de cet homme surpasse tous mes sentiments à cet instant. J'ai besoin de ça pour redescendre, pour reprendre le contrôle de mon esprit. Je veux sa peau nue contre la mienne, tellement que ça en est douloureux.

Le paysage défile à une allure impressionnante jusqu'à ce qu'il ralentisse pour emprunter un chemin de terre un peu chaotique. Nous sommes seuls, je ne sais pas où se trouve le reste du groupe. J'ai totalement perdu le fil des évènements.

Nous arrivons près de ce qui ressemble à une rivière. Il n'y a personne, tout à l'air serein, calme, tout le contraire de ce qui passe en moi.

Une fois garé, il se tourne pour enlever mon casque et me demande de descendre. Je peine à mettre un pied au sol et encore plus à tenir debout. Mes membres ont le contrecoup de tout ce qu'on vient de vivre et ont du mal à me maintenir.

— Déshabille-toi Tiara ! me souffle Lakmar toujours assis sur sa moto.

CHAPITRE 16

LAHMAR

Tiara est déconcertée par ma demande et je sais que je n'aurais jamais dû m'arrêter ici. C'est trop isolé, trop à l'abri des regards et rien ni personne ne peut me ramener à la raison. Nous sommes vraiment seuls. J'ai lâché les autres depuis cinq bons kilomètres. J'avais besoin de décrocher, mais dans ma fuite, je n'ai pas pensé que ça voulait dire : me retrouver en tête à tête avec Tiara.

Quel bordel ! Deux flics ont été liquidés, ce n'était pas du tout prévu au programme de ma journée. Et être au bord de cette rivière avec celle que j'exècre autant que je désire est la pire idée qui soit. Il faudrait que je lui dise de remonter sur ma bécane pour rejoindre le groupe au point de ralliement à Springfield.

Axel a bien tenté de me suivre, je l'ai remarqué dans mon rétro. Je lui ai fait signe de rester avec les autres. Il va me passer un savon et je le mériterais, je me mets en danger en me trouvant sans le clan, peu importe. Je n'aime pas tuer des innocents. Des salopards qui vivent du trafic, rien à foutre, mais eux, ils n'avaient rien demandé et n'ont même rien vu venir, ça me donne envie de gerber.

Si mon père était là, je me prendrais la branlée du siècle, parce que je ne serais jamais comme lui, sans pitié. C'est pour cette raison qu'il m'a toujours haï. Je suis très loin du fils à qui il a tenté d'inculquer ses règles telles que : abats quiconque se trouve sur ton chemin. Pourtant il y a mis toute son énergie, sauf que contrairement à lui, j'essaie d'avoir quelques principes. Ils sont discutables, mais mon éducation est difficile à gommer. Une part de moi reste le garçon conditionné à tuer alors que l'adulte qui sommeille a conscience que la vie n'est pas un jeu, qu'une fois prise, c'est définitif. C'est pour cette raison que j'ai fui le clan et surtout mon père.

J'étais entre deux univers totalement opposés. Je voulais une meilleure existence avec Elly et c'est ce que j'ai eu pendant huit ans. Huit années de joie absolue, sans craindre des représailles, des attaques, des morts. Nous étions dans notre bulle, dans notre routine qui me convenait parfaitement. Il a fallu qu'on arrache mon bonheur à coup de balle.

Depuis un an et demi, tout a changé, surtout moi. Tout ce que j'ai détesté est devenu ma survie, la seule manière de continuer à respirer. Ma soif de vengeance est omniprésente, même si plus j'approche du but, plus dans ma tête, c'est compliqué. Je ne sais plus où se trouvent réellement mes limites.

J'attrape mes clopes en gardant mon regard rivé sur cette femme qui met un peu plus le trouble dans mon esprit. Son visage, ses cheveux et même ses bras sont couverts de sang. Par chance, ses fringues sombres cachent le reste.

Ce flic ne la lâchait pas, je n'ai pas eu d'autre choix que de tirer dans son crâne, la seule partie de son corps que j'ai pu atteindre sans qu'elle ne puisse être également touchée. C'est étrange, la voir comme ça vulnérable, en dehors de son élément, embrase mes sens.

Contrairement à ce à quoi je m'attendais, je n'ai pas remarqué de peur dans ses yeux, juste de la surprise et ça m'intrigue. J'imagine qu'elle a déjà dû être témoin de choses assez similaires, c'est même une évidence au vu de sa réaction. Tout au fond de moi, une voix me souffle d'apprendre à la connaître, de lui poser des questions sur son passé... Alors que je dois garder en tête la raison de sa présence. Rien n'est dû au hasard et rien ne doit contrarier mes projets. C'est depuis des mois l'ultime but de ma vie, il ne faudrait pas que mes sentiments viennent interférer et foutent tout en l'air.

Je porte ma clope à mes lèvres alors que Tiara n'a toujours pas effectué le moindre mouvement.

— Tu as besoin d'aide ? lui demandé-je sarcastiquement.

Son regard capture le mien et un éclair de colère y transparaît clairement. Ce rapport chien et chat est bien plus approprié, je dois m'y tenir.

Soudain, mon téléphone se met à sonner au milieu du silence. Je le prends et décroche immédiatement. Les seuls à avoir ce numéro sont les membres du clan.

— Toujours en vie ? Pas de soucis à l'horizon ? me demande aussitôt Axel.

— Tout est OK. Vous êtes arrivés ?

Mon ami souffle avant de me répondre.

— Aurora et Baldwin étaient surpris de ne pas te voir, il ne faudrait pas trop traîner.

Nous ne nous trouvons qu'à une dizaine de minutes du point de chute, donc si Tiara se décide à obéir, ça devrait être rapide.

— Je fais ce que je peux, lui dis-je avant de raccrocher et de ranger mon portable dans ma poche.

Il sait que j'ai parfois besoin de m'isoler. Ce qui doit l'inquiéter est la présence de cette femme à mes côtés. Il a bien compris qu'elle me faisait un effet que j'ai moi-même du mal à gérer. Pourtant, plus les jours passent et moins j'arrive à me détacher d'elle.

Comme si elle avait conscience d'occuper mes pensées, Tiara se détourne en se mettant dos à moi et ouvre son sweat pour le laisser tomber au sol. Je suis hypnotisé par le spectacle, en attente de la suite, de revoir sa peau laiteuse, son cul bombé juste ce qu'il faut et ses seins qui ferait bander un moine.

Elle attrape son tee-shirt et le passe par-dessus sa tête. Son buste quasi nu s'expose à moi et sans même réfléchir, je m'avance vers elle. Ma main se pose sur son épaule alors qu'elle sursaute, j'ai besoin de plus. Je laisse glisser mes doigts jusqu'à l'agrafe de son soutien-gorge que je défais et qui rejoint le tas de vêtements.

Elle frissonne alors que j'en désire davantage. Je la veux entièrement à ma merci, dans son plus simple appareil. J'ai déjà pu l'admirer, mais ça ne me suffit pas.

Comme si elle lisait dans les pensées, elle déboutonne son jean et le baisse le long de ses jambes. Il faut qu'elle garde sa culotte, l'unique barrière infranchissable, seulement les mots restent coincés dans ma gorge et avant que je ne me réveille de ma léthargie, elle l'a enlevée.

Mon cœur et ma bite palpitent sous cette constatation, mes doigts ne m'obéissent plus. Ils courent lentement sur sa colonne vertébrale alors que je suis totalement envoûté par sa peau douce. Je descends jusqu'à arriver au creux de ses reins. Chaque parcelle de son épiderme est une invitation à en explorer davantage.

J'essaie d'imprimer chaque grain de beauté, chaque cicatrice ou imperfection jusqu'à un petit tatouage dessiné entre ses omoplates : un ange. Il est si discret que je ne l'avais pas repéré la dernière fois. Elle ne bouge pas, ne se décale pas non plus. Je ne sais pas si elle a envie de mes caresses elle aussi ou si elle est juste trop abasourdie par mes gestes que je ne contrôle pas moi-même. C'est comme si une entité avait pris possession de mon être et balayait tous mes soucis, toutes les choses qui font qu'elle et moi, c'est la pire idée qui soit. Bien sûr, je ne suis pas en train de la demander en mariage, je désire simplement la baiser une bonne fois pour toutes, mais c'est déjà trop. Mon envie d'elle est à un stade beaucoup trop élevé pour que j'en sorte indemne.

Je devrais juste la pousser dans l'eau pour qu'elle se lave, pourtant je n'y arrive pas. Je veux l'explorer, la découvrir, je suis en train de me perdre totalement. Elle est la sirène à laquelle il est impossible de résister.

Je baisse mon visage vers elle, je connais déjà le goût de ses lèvres, c'est simplement sa peau qui m'attire. Je pose la bouche dans son cou et comme si elle n'attendait que ça, Tiara penche la tête pour me donner un plus grand accès. Des points rouges parsèment son épiderme, ça ne me rebute pas, au contraire. Je l'embrasse longuement avant qu'elle ne souffle mon nom et que la situation m'explose à la gueule.

Je fais n'importe quoi ! Je me recule précipitamment tandis qu'elle se retourne pour me faire face.

Elle est dans l'incompréhension, pourtant je n'ai aucune envie de me justifier.

— Va te nettoyer, tu es pleine de sang.

Elle cligne des yeux, comme pour sortir d'un rêve, et sans aucune parole, elle s'avance vers la rivière.

Ses hanches se balancent, son cul appelle mon sexe déjà plus que prêt, sauf qu'au lieu de la rejoindre, comme je le désire, je vais vers ma moto et m'y affale. Elle est un poison terriblement tentateur auquel je dois m'imposer une distance.

Et dire que j'ai eu peur pour elle ! Quand j'ai vu les balles fuser de tous côtés, la seule chose que j'avais en tête était de surtout faire attention à ce qu'elle ne soit pas blessée. C'est tout de même comique étant donné mes intentions la concernant. Elles sont loin d'être louables et feront de moi son bourreau. Est-ce pour cette raison que je ne veux pas qu'on la touche, que je la surveille continuellement ? C'est ce dont j'essaie de me persuader. C'est à moi de finir le boulot et de la faire souffrir, à personne d'autre.

Je relève la tête et ne peux détourner les yeux de ce corps qui rendrait fou n'importe quel homme, j'en suis certain. Elle attrape de l'eau dans ses mains avec laquelle elle se frotte le visage. Ces doigts glissent sur sa poitrine et s'arrêtent un instant de trop sur ses tétons qui pointent. Mon souffle se raréfie alors que ma queue me tiraille, me fait souffrir de devoir la garder enfermée. Combien de temps vais-je encore tenir avant de la baiser ? Certainement pas très longtemps. C'est inhabituel chez moi de me contraindre à la patience, ça ne m'arrive jamais. Sauf qu'elle est différente de toutes les femmes que je côtoie, elle, je vais la tuer...

Cette pensée m'en envoie beaucoup d'autres qui me font mal, qui serrent mon cœur si fort que j'ai l'impression qu'on me l'arrache et toute excitation retombe comme un soufflet.

Mon téléphone vibre à nouveau dans ma poche et je me détourne enfin du spectacle que m'offre Tiara.

Deux SMS de Sten s'affichent et je m'empresse d'en prendre connaissance. J'attends de ses nouvelles, il faut qu'il trouve n'importe quoi qui pourrait nous rapprocher de Rosa.

Le premier contient des informations sur ce Juan. Il n'a pas été difficile d'obtenir son nom d'après son affiliation au gang des « Bloody Butterfly ». Il a fait de la taule, tout son casier défile devant mes yeux sans pour autant y apprendre quelque chose d'utile. Il n'avait aucune famille, ses parents sont morts et il ne s'est jamais marié, personne ne pourra nous renseigner sur lui en dehors de son clan. L'autre message est plus intéressant. Il contient la photo d'une maison, ainsi qu'une adresse. L'acte de propriété m'indique que celle-ci lui appartenait. C'est une piste, même s'il y a peu de chance que ce soit aussi simple. Nous devons tout tenter.

Comme si elle avait senti que c'était l'heure de partir, Tiara sort de la rivière et revient vers moi. L'eau perle sur son corps, dégouline le long de ses courbes jusqu'au sol. Je ne peux empêcher mon regard d'en suivre le chemin, je serre les poings. Je dois cesser de me faire avoir par ses formes qui réveillent mon désir. J'ai trop de problèmes à régler et dois arrêter de perdre mon temps.

— Rhabille-toi, on s'en va.

Sur ces paroles, j'attrape mon casque et remonte sur ma moto sans plus lui accorder la moindre attention.

J'entends le froissement du tissu avant qu'elle ne s'approche. Et dire que c'est la seule à rouler avec moi depuis des mois. Je m'étais juré que ça n'arriverait plus, que personne en dehors d'Elly ne s'agripperait plus à mon cuir. Pourtant ai-je vraiment le choix ?

J'aurais pu la laisser retourner au camion, mais si elle ne l'avait pas été à la base, je n'aurais jamais eu à m'inquiéter pour sa sécurité. Bien sûr que je n'en veux pas à Greta et Jon, ils n'y sont pour rien, malgré tout, elle s'est retrouvée au milieu d'une tuerie. Je ne peux pas le permettre. Pas tant que je ne l'aurais pas décidé.

Elle essaie d'éviter de me toucher, sauf qu'elle n'a d'autre option pour enjamber ma bécane et n'en aura pas non plus une fois que nous prendrons la route. Il n'y a rien pour s'accrocher en dehors de moi.

Une fois installé, je lui tends mon casque qu'elle ne tarde pas à accepter.

Je démarre et comme prévu, ses petites mains viennent s'agripper à ma veste. J'aimerais qu'elle le fasse à autre chose… Je divague. Il va vraiment falloir que je baise, je deviens nympho ! Comme si je ne l'étais pas déjà, me rappelle ma putain de conscience…

CHAPITRE 17
TIARA

Le fait d'être collée à Lakmar ne change rien, je suis glacée. L'eau de la rivière n'était pas chaude et les courants d'air sur la moto s'infiltrent sous mes vêtements mouillés, ajoutant sa part de froid.

Cette incartade était vraiment étrange. Je dois admettre que j'ai eu peur de ce qu'il comptait me faire. Cet homme est tellement changeant que c'est difficile de saisir où il veut en venir. J'ai l'impression qu'une partie de lui désire me baiser alors que l'autre souhaite me découper en morceaux. Cette dualité commence à sérieusement me mettre sur les nerfs. Il est comme inatteignable, dans son univers où lui seul se comprend, pourtant il est grand temps que je me l'avoue, j'aimerais le découvrir. Pouvoir entrer dans sa tête, qu'il me raconte son passé, ce qui fait de lui la personne qu'il est aujourd'hui. C'est une erreur qui me coûtera sûrement cher. Il m'attire beaucoup trop pour que je l'ignore.

Je sens encore ses doigts se balader langoureusement sur ma peau, la chair de poule m'envahir et l'excitation humidifier mon intimité. Ce n'est pour l'instant que physique, je ne sais rien de lui pour pouvoir dire que ce sont des sentiments. Il ne me dit rien de personnel, reste vague et même si ça me frustre, je dois l'en remercier. C'est ce qui me permet de ne pas m'attacher, parce que je suis certaine que ça serait le cas, je le ressens.

Nous entrons dans la ville, la civilisation se rappelle à nous. Il y a plus de voitures qui nous entourent. J'observe les bâtiments de cette agglomération qui m'est étrangère. J'ai bien compris que je n'étais pas là pour faire du tourisme quand mon chauffeur tourne dans une rue. Je suis surprise par la végétation qui est très présente. J'aime cet esprit nature.

La moto ralentit à l'approche d'un haut portail, devant lequel il s'arrête. Il s'approche de l'interphone et balance son prénom.

Ce lieu ressemble à une forteresse avec les barbelés qui surplombent les murs. C'est très différent des coins reculés où nous avons campé jusque-là. Et surtout, c'est assez similaire à l'endroit où j'ai vécu durant des années.

Une des portes finit par s'ouvrir et nous pénétrons dans ce site plutôt atypique. C'est comme un petit village à lui tout seul. J'admire les cabanes alignées les unes à côté des autres.

Lakmar roule au pas avant de se stationner devant l'une d'entre elles.

Il m'enjoint de descendre, et j'en suis soulagée, mes jambes sont en compote. De plus, j'ai vraiment besoin de me changer avant de tomber malade.

J'enlève le casque et le lui tends quand tout à coup déboule une grande brune, suivie d'un chien, qui se jette sur mon chauffeur.

Je fais un pas en arrière de surprise tandis que j'observe cette scène qui me paraît surréaliste. À part avec Louise qu'il baise, je ne l'ai encore jamais vu tactile avec quiconque. Il tient plutôt tout le monde à l'écart, du moins c'est l'impression qu'il donne. Pourtant là, c'est différent, ses bras entourent cette femme sans une once d'hésitation.

— Je comprends mieux ton retard, lui lance cette inconnue avec un petit coup de poing dans l'épaule, en me détaillant avec un grand sourire.

Elle est avenante et a l'air heureuse tandis que moi, je me sens totalement perdue dans ce nouveau lieu. Ça fait des mois que je suis enfermée dans un appartement et j'ai vécu des années dans le même cercle où personne n'osait m'adresser un mot. Alors toutes ces rencontres me font un peu tourner la tête.

— Non Aurora, arrête tout de suite de te faire des films, elle n'est absolument rien, la coupe Lakmar en attrapant vivement le casque qui pend à ma main sans même me jeter un coup d'œil.

Un malaise s'empare de moi et j'aimerais disparaître, c'est l'effet qu'il me fait chaque fois qu'il s'en prend à moi. Tout comme cette envie de lui répondre, de se la fermer, qui ne me quitte pas. Il a ce don pour me donner l'impression d'être une moins que rien, le même qu'un autre avant lui a su user à sa guise. Sauf qu'aujourd'hui, je ne veux plus me faire écraser par quiconque.

Alors que j'ouvre la bouche pour laisser sortir ma soudaine rage, elle reprend la parole.

— Axel t'attend à la balançoire, lui indique-t-elle. Je m'occupe de ta nouvelle recrue.

Lakmar me dévisage, il sait qu'Aurora vient de me couper, je le lis dans son regard, mais il ne fait aucun commentaire. Il hoche simplement la tête, me plantant là, comme si je n'étais qu'un pot de fleurs qu'on trimballe. Il y a tellement de différences dans son comportement quand nous sommes seuls et lorsque nous avons un public que je m'y perds. Si je ne suis rien alors pourquoi m'avoir embrassée ? Pourquoi m'avoir caressée de la sorte ?

— Comme tu as dû le deviner, moi c'est Aurora et toi ?

Je cligne des yeux, effaçant le corps de Lakmar de mon esprit. Il va falloir que je mette une distance, parce que ces réflexions commencent à me toucher bien plus qu'elles ne le devraient. J'avale ma salive, et tente de reprendre contenance.

— Tiara.

Je détaille cette fille qui est tout l'opposé du chef du clan, elle est joyeuse et a l'air sans jugement. Malgré ses cheveux bruns et ses yeux noirs si semblables… Sont-ils de la même famille ? Est-ce pour ça qu'il la laisse s'épancher autant ? Ou me fais-je trop de film et c'est simplement une femme de plus sur son tableau de chasse ?

— Je vais te montrer où tu vas dormir. Greta m'a dit que tu n'avais pas beaucoup d'affaires alors je me suis permis de mettre quelques trucs qui ne me vont plus dans la penderie.

Penderie ? Ce dernier mot résonne en moi. Il n'y en a pas dans une tente ! L'espoir d'un lit convenable, d'un espace rien qu'à moi, illumine soudain mon esprit. Je n'avais pas conscience avant ce séjour que j'aimais autant mon confort.

Je suis Aurora parmi les cabanes jusqu'à ce qu'elle s'arrête devant l'une d'elles. Tout est en bois entouré par des arbres, on n'a pas du tout l'impression d'être en ville.

— Alors tu es avec mon frère depuis combien de temps ?

J'évite son regard, je ne suis pas avec lui à proprement parler. Sa question est tendancieuse et elle aimerait que je plonge dans son piège, sauf que je ne suis pas une bimbo sans cervelle. De plus, c'est elle qui vient de me donner une information importante. Ils sont de la même fratrie. Ils se ressemblent, c'est vrai, mais sans confirmation, ça ne pourrait être qu'une coïncidence.

— J'ai intégré le clan il y a quelques jours...

Un plus large sourire s'épanouit sur son visage.

— Petite maline, je t'aime bien Tiara.

Elle ne me connaît pas, j'apprécie son accueil. Depuis que je suis arrivée, peu de monde s'est réellement soucié de moi alors ça me réconforte. Même si je n'oublie pas mon amie Rosa qui se trouve je ne sais où. Il va vraiment falloir que je déniche un téléphone pour contacter celui qui doit la détenir. Juan n'était que le sous-fifre de Nick, qui se chargeait des sales besognes. Ce dernier est forcément le principal responsable.

Le chien saute tout à coup sur le lit et prend le drap pour un jouet en la secouant dans tous les sens. Aurora le fait descendre en râlant gentiment.

— Il aime tester la literie… Alors, là tu as une salle de bain et dans le placard se trouve les vêtements, serviettes, couvertures. Fais comme chez toi. J'imagine que tu souhaites te débarbouiller ou te reposer un peu après le trajet. Le repas est servi dans la baraque bleue, tu ne peux pas la rater, elle est au bout de l'allée. Tu peux t'y rendre quand tu veux, il y a généralement toujours quelqu'un qui y traîne.

Je la fixe hébétée, je ne m'attendais pas à tout ça. Je n'ai pas le temps de dire quoi que ce soit qu'elle sort de la cabane. Cette fille est une tornade, pleine de vie, elle transmet toute sa bonne humeur.

Je fais rapidement le tour du logement et surtout découvre la fameuse penderie remplie de choses. Il y a des sous-vêtements, des chaussures, des jeans, shorts, hauts et même une robe rouge fabuleuse. Je suis désolée de le penser, je préfère nettement les fringues d'Aurora à celles de Rosa. Elles sont moins passe-partout, je l'accorde, plus dans mon style tout en restant assez discret.

J'attrape quelques trucs et me dépêche d'entrer dans la salle de bain pour virer mon tee-shirt imprégné du sang du policier. C'est petit, mais je n'en fais pas cas, bien heureuse de ne pas avoir à me doucher devant tous les autres.

Une fois réchauffée, je décide de découvrir les lieux et chercher de quoi manger. Ça me fait presque bizarre de me retrouver seule tout d'un coup. J'ai été entourée depuis le départ alors avoir mon propre espace est comme une toute nouvelle liberté que je ne suis pas sûre de réellement apprécier. Je ne suis pas une solitaire.

Après m'être recoiffée et avoir attaché mes cheveux sur le côté, j'ouvre la porte du chalet et descends l'unique marche avant d'avancer sur le chemin en terre.

À peine dehors, je surprends des rires qui viennent d'une cabane plus loin. Et alors que j'emprunte l'allée centrale, je remarque un attroupement de personnes que je ne connais pas, mélangées à d'autres qui font partie du groupe, mais qui ne m'ont jamais adressé la parole. L'ambiance est différente, c'est un peu comme s'il y avait un rassemblement familial et que tous retrouvaient des cousins qu'ils ne côtoient pas souvent.

Je continue mon chemin jusqu'à apercevoir la fameuse maison bleue. C'est très criard dans cet univers plutôt naturel. C'est étrange et à la fois, ça ressemble à Aurora, même si je ne l'ai vu que très peu de temps.

Tout l'espace est entouré par un mur bien plus haut que moi, il est certain qu'ici je ne pourrais pas tenter de m'échapper. Même si j'ai définitivement abandonné cette idée. J'ai bien compris que Lakmar ne me laisserait jamais faire. Il ne serait pas venu me secourir dans cette forêt si ça avait été le cas ni n'aurait risqué sa vie un peu plus tôt. Pour je ne sais quelle raison, il tient à me garder vivante, j'en suis convaincue. Il va falloir que je gratte la surface pour avoir une explication. Après tout, je ne représente rien pour lui alors pourquoi ne pas simplement m'abandonner au milieu de la route ? Il a bien dû comprendre que ma relation avec Axel n'était qu'utopie, s'il n'était pas déjà au courant d'ailleurs. Vu certaines de ses paroles, j'ai quelques doutes.

Tout à coup, j'ai l'impression que quelqu'un m'observe et quand je tourne la tête je n'ai pas de mal à imaginer qui ça peut être. Leah est enlacée par Solan, le regard fixé sur moi. J'aimerais m'expliquer, qu'elle comprenne qu'elle se méprend sur mon compte, après tout, ça va se savoir qu'avec Axel, nous avons pris nos distances. Je n'ai pas envie d'envenimer la situation et si elle me cherche, je ne pense pas pouvoir garder mon sang-froid. J'ai une revanche à prendre.

Je pousse la porte d'entrée et me retrouve dans une grande salle à manger avec des tables disposées un peu partout. L'espace est vide, pourtant j'entends des murmures dans la pièce qui doit être attenante.

Je m'avance avant de me stopper net quand le son de la voix d'Aurora me parvient :

— Elle est très jolie...

— Aurora, je t'ai déjà dit d'arrêter tes délires. Je n'ai besoin de personne dans ma vie et surtout pas d'elle. Si tu savais comme je la hais. Je ne supporte pas sa présence.

Quelque chose en moi se serre, même s'il n'a pas à m'aimer. Nous ne sommes que deux inconnus qui partage un bout de route et en prendront bientôt deux opposées, alors pourquoi ça me dérange malgré tout ?

— Pourtant j'ai bien constaté l'électricité qui passe entre vous. C'est vraiment torride, vous devriez baiser.

— Aurora ! gronde Lakmar, comme s'il était choqué.

Soudain, le silence se fait, car le chien vient de me griller en s'attaquant à ma basket qu'il mordille férocement.

— Rocky aux pieds ! tente de m'aider Aurora qui finit par carrément le prendre dans ses bras.

Lakmar me dévisage comprenant très bien que j'écoutais aux portes.

— Cette bestiole est une tête de mule ! J'ai dit à Baldwin que c'était une mauvaise idée, sauf qu'avant de me faire un gosse, il exige que je m'entraîne avec un chien. C'est totalement ridicule, ça n'a rien à voir. Comme si je n'étais pas capable de gérer un gamin ! Enfin bref, tu veux manger un truc ?

Aurora essaie de combler le silence qui s'éternise et je hoche simplement la tête. Je pourrais faire une scène, tenter de comprendre ce qu'il me reproche, mais je n'ai aucune envie d'être le centre d'attention que j'attirerais forcément. Même si intérieurement, je souhaite attraper l'un des couteaux qui traînent pour le planter dans ses yeux. Comment peut-il me détester sans me connaître ?

— Moi aussi je veux bien, me surprend Axel dans mon dos.

La sœur de Lakmar lui offre un immense sourire, c'est une habitude chez elle. Je sens qu'il y a plus que de la gentillesse envers ces deux hommes. Elle les aime profondément et quelque part je l'envie parce que les regards qu'ils posent sur elle en disent également long. Ça me rappelle que j'ai déçu mon frère à un moment donné et qu'ensuite, c'est lui qui m'a trahi. Je n'ai pas encore trouvé comment lui pardonner. Quand j'aurais récupéré mon unique amour, peut-être que je reconsidérerais la situation.

En attendant, j'attrape l'assiette que me tend Aurora et la remercie. Je m'apprête à rejoindre une table quand Lakmar me bloque le passage et me souffle tout bas :

— Je déteste les fouines… Il vaut mieux que je ne te reprenne plus à m'espionner.

Je suis à deux doigts de lui fracasser mon repas sur la tête, mais prends une profonde inspiration. Je ne m'attirerais qu'encore plus de rage de sa part. Au lieu de ça, je resserre mes poings autant que possible jusqu'à m'en faire mal.

— Tu as qu'à arrêter de parler dans mon dos, lui lancé-je tout de même en quittant la pièce sans lui laisser l'occasion de riposter.

Je l'insulte copieusement dans ma tête. Comment peut-il être aussi désagréable ? Fait-il un effort pour moi ou est-ce son tempérament ?

Alors que je m'installe, Greta entre dans la salle et scanne le lieu jusqu'à ce que ses prunelles capturent les miennes et qu'un soulagement extrême les traverse. Je le suis également de la voir saine et sauve. Cet épisode restera gravé en moi et j'ai tellement eu peur que ça se termine d'une tout autre manière.

Greta me saute quasiment dessus et m'entoure de ses bras alors que Jon tente de la retenir. Elle me serre fort contre elle, je suis touchée par cette marque d'affection. Malgré le peu de temps que nous avons passé ensemble, je me suis vraiment attachée à elle.

— Je vais bien, tenté-je de la rassurer.

— J'avais besoin de le voir de mes yeux. Tout est allé si vite…

Un raclement de gorge la sort de ses pensées et me fait lever les yeux.

Greta me lâche pour attraper le visage du nouvel arrivant et vérifier que lui aussi est entier, une véritable maman poule.

— Vous ne me faites plus de telles frayeurs tous les deux, nous lance-t-elle en s'éloignant pour rejoindre Aurora qui discute avec Axel.

Lakmar pose son repas sur la table et tire la chaise en face de moi avant de s'y asseoir tranquillement.

— La cabane te plaît ? me demande-t-il comme s'il n'avait pas dit à sa sœur toute la haine qu'il me vouait.

Je ne comprends pas son petit jeu. Je ne dois pas oublier qu'il est toujours maître de mon destin au sein de son groupe. Je triture la nourriture avant d'en prendre une bouchée et hoche simplement la tête.

— J'aime cet endroit, continue-t-il. Aurora a posé ses affaires à Springfield il y a trois ans pour rester avec celui qu'elle a épousé.

Je suis surprise par ses confidences, même si je les accueille avec plaisir.

— Tu viens souvent ici ? Elle doit te manquer…

Il tire une clope de son paquet de cigarettes et la garde entre ses doigts avant de planter les coudes sur la table en me fixant.

— Dès que mon emploi du temps me le permet. J'aimerais forcément la voir plus, mais j'ai fait des choix et ne peux que les assumer. Au fait, nous allons devoir partager la chambre, comme c'est la mienne…

Je tente de ne pas me décomposer sous ses paroles, bien que ce soit vraiment difficile. Je vais devoir passer la nuit avec lui... C'est surréaliste et terriblement dangereux.

CHAPITRE 18

LAHMAR

Je bande, rien qu'à voir sa tête. Et oui poupée, je t'ai installée avec moi. Comme on dit, il faut rester proche de ses ennemis, c'est ce que je compte appliquer à présent. Il était hors de question qu'elle retourne avec Axel et encore moins seule.

En revanche, je vais devoir mettre les points sur les « i » avec Aurora. Elle a bien compris qu'il y avait anguille sous roche. Après tout, ce n'était pas très compliqué à deviner. Elle l'a vu sur ma moto et sait pertinemment que je refuse quiconque depuis la mort d'Elly. C'est une des rares choses que je n'arrive pas à dépasser, pourtant je l'ai fait avec Tiara... Ma sœur aimerait que je trouve une femme, que je me case, me marie, aie des enfants, sauf que tout ça, est bien au-dessus de mes forces. J'ai déjà eu une famille et tout a volé en éclat, je n'ai aucune envie de recommencer. J'essaie de survivre seul, ce n'est pas pour impliquer d'autres personnes.

J'allume ma clope, je n'ai pas vraiment faim, c'était plus une excuse pour me retrouver seul à seul avec Tiara. Je ne peux m'empêcher de la dévorer des yeux.

Elle porte sa fourchette à ses lèvres et j'imagine tout de suite autre chose à la place, comme mon érection douloureuse par exemple…

C'est ce moment que choisit Axel pour débarquer, le roi du timing. J'ai l'impression que tout se ligue contre moi, que jamais je ne finirais ce que je commence avec cette femme. J'ai pourtant envie de retrouver sa bouche, de la caresser plus bas et d'enfin pénétrer son antre. Quand je pense qu'Axel est certain qu'elle est vierge… Je vois mal comment ça serait possible connaissant son passé, il est en plein délire. En tout cas, ce n'est que partie remise.

— Ça fait du bien d'être à la maison, lance-t-il en engloutissant la moitié de son repas.

Je dois avouer que cette parenthèse est bénéfique pour tout le monde. Nous retrouvons ici la majorité des membres du clan qui sont devenus sédentaires.

Ma sœur n'en pouvait plus des trajets perpétuels et il est clair que ce n'est pas une bonne façon de construire une famille, de plus je refuse qu'un enfant voyage avec nous. C'est bien trop dangereux, ils n'ont pas à vivre au milieu des armes. Ici en revanche, ils sont libres de procréer autant qu'ils le souhaitent.

— Baldwin veut te voir Lak, m'interpelle justement cette dernière alors que son chien vient demander une caresse.

Je ne perds pas de temps pour me lever et rejoindre ma sœur postée devant la porte. Je sens une embuscade...

— Louise te cherche, balance-t-elle sans préambule.

Elle la déteste, ça a d'ailleurs toujours été le cas de mes plans cul.

— Et ben elle attendra.

— Sérieux Lak, tu baises encore avec cette mégère ? Elle s'en fout de toi, tu le sais ? C'est uniquement parce que tu es le chef du clan qu'elle te trouve intéressant.

Je souris en tirant sur mon filtre, ma sœur ne cherche jamais à arrondir les angles, elle est directe et sans détour. Je crois que c'est un trait de famille.

— Et tu sais très bien que j'en ai conscience, Aurora.

Elle frappe du pied dans une petite pierre en continuant le chemin qui mène jusque chez elle.

C'est également une baraque en bois, bien plus grande que celles que nous occupons. Nous ne sommes que de passage, ce n'est pas la même chose pour elle. Baldwin étant menuisier, il a tout construit de ses mains.

J'entre dans la bâtisse et tombe sur son mari assis autour de la table, des documents dans les mains.

Je m'installe à mon tour et il les pousse vers moi.

— C'est tout ce qu'on a pu trouver. Apparemment, la résidence est abandonnée depuis des jours, je ne pense pas qu'elle y soit.

La maison de Juan ne se situe qu'à une trentaine de minutes d'ici, à Bolivar. J'ai donc demandé à Baldwin de chercher des infos, mais je suis déçu. Nous allons tout de même aller y faire un tour, ils n'ont eu que quelques heures pour vérifier les allées et venues, ils n'ont peut-être pas tout vu. Du moins, c'est ce dont j'essaie de me convaincre.

Je parcours les feuilles qui s'étalent devant moi et découvre sur les photos, un endroit relativement bien entretenu dans un lotissement. Nous allons devoir nous méfier des voisins. Il y en a toujours un pour surveiller les autres. Ils ont réussi à prendre quelques clichés de l'intérieur et effectivement, rien ne traîne sur le plan de travail de la cuisine, les placards ont l'air vides, le salon est dépourvu de meuble hormis un canapé. Je ne suis même pas sûr qu'il habitait encore ici. Il était peut-être mieux préparé que je ne l'avais imaginé…

— Vous restez quelques jours ? me demande Baldwin.

Je hoche la tête, mon équipe est bien dans cet endroit donc la pause sera un peu plus longue qu'ailleurs, même si dans trois jours maximum, nous devrons poursuivre notre route.

— OK, alors profite de ta soirée, on en reparle demain matin de bonne heure. Je t'accompagnerais.

C'est sur une bonne poignée de main que je quitte son bureau pour regagner l'extérieur.

De la musique me parvient, ils ont déjà commencé la fête. Je m'avance vers le brouhaha des conversations en attrapant un gobelet rempli de bière au passage. J'en prends une gorgée avant de rejoindre Axel. Il est posé sur un banc, à l'écart du groupe.

— Ça va ? ne puis-je m'empêcher de m'inquiéter.

Il est distant et ça ne me plaît pas. Je sais que les choses sont compliquées, je ne peux rien faire pour l'aider et j'en suis frustré.

— Ouais, répond-il laconique. Nos pères avaient raison. Ils nous ont forcés à jurer de ne jamais tomber amoureux, que ça ne nous causerait que des emmerdes...

La douleur avec laquelle il le dit me transperce le ventre. Ça me rappelle mes propres sentiments, ceux qui ont engendré mon plan totalement farfelu pour exterminer celui à l'origine de mon malheur.

— Ils nous foutraient dans un cachot sans boire ni manger pendant des jours s'ils étaient encore là, tenté-je d'alléger l'ambiance, même si ce n'est que la vérité.

— Et on nous balancerait des seaux d'eau sur la gueule avant de se faire électrocuter, ajoute mon ami.

Nous en savons quelque chose pour l'avoir réellement vécu. Nous avons pris le parti d'en rire, alors qu'au fond de nous, tous les traumatismes demeurent. Notre enfance n'a été que mépris et souffrance, rien ne peut l'effacer.

— Cette femme est vraiment différente..., me sort Axel de mes souvenirs.

Mes yeux captent immédiatement la personne dont il parle. Il est clair qu'elle n'est définitivement pas insignifiante, bien que je préférerais. Il faudrait qu'elle ne soit que mon jouet, qu'une fille parmi d'autres, malléable à ma guise, sauf qu'elle est très loin de cette description. Et c'est tout le problème, parce que c'est justement son caractère qui m'attire.

— Tu devrais la baiser.

Je ne peux retenir mon rire après l'affirmation qu'Axel vient de me balancer.

— C'est une mauvaise idée.

— Pourquoi ? Tu vas toi aussi tomber amoureux ?

Je lui frappe le bras en me marrant de ses bêtises. Jamais je ne pourrais, mon cœur est mort depuis un an et demi.

— Tu n'as rien à perdre. S'il faut, c'est elle qui va succomber à ton charme ravageur et te livrer tout ce que tu veux sur un plateau. Use de tes talents...

Je secoue la tête, comme si monsieur était un expert. Il n'a même pas su garder la femme qu'il désire plus que tout. Je me retiens bien de le lui dire. Il devrait appliquer ses conseils avant de les donner aux autres.

Tiara discute avec ma sœur comme si elles se connaissaient depuis toujours. Aurora est hyper sociable avec tout le monde, c'est une des plus grandes différences entre nous deux.

Je bois une nouvelle gorgée de ma bière alors que certains se mettent à danser en augmentant le son de la musique.

— Salut, les gars ! nous interpelle Louise.

Si elle se trimballait en sous-vêtements, l'effet serait identique. Sous son mini haut, les pointes de ses seins apparaissent clairement, laissant peu de place à l'imagination.

— Lak, tu veux faire un tour avec moi ?

Il faudrait que je baise, c'est vrai. Seulement ce n'est pas d'elle que j'ai envie. Plutôt d'une femme qui est en train de se faire draguer par un autre.

Je me redresse sans même y réfléchir et balance à Axel :

— On décale sa deuxième épreuve à demain. Ce soir, j'ai autre chose en tête.

Enfin, c'est surtout ma queue qui décide à cet instant. Il l'a très bien compris, pas besoin de lui faire un dessin. Il me sourit sachant pertinemment que je suis en train de céder à mes pulsions.

Louise se réjouit de me voir debout. Je ne lui accorde aucune attention avant de m'avancer jusqu'à Tiara.

Cette dernière capte mon regard et tente de s'y soustraire, sauf que cette fois, je ne laisserais pas tomber.

— Il faut que je te parle, l'interpellé-je, faisant bien comprendre à Iram que c'est mort pour lui.

Le message passe parfaitement. Il lève les mains en l'air et se recule avant de disparaître.

— Tu es le grand méchant loup, tout le monde a peur que tu les bouffes, me lance Tiara en m'observant.

Je pourrais m'énerver pour cette pique, alors qu'au contraire, plus elle me remet en place, plus mon excitation grimpe.

Tel l'animal qu'elle pense que je suis, je tourne autour de ma proie jusqu'à me trouver dans son dos. J'empoigne sa queue de cheval et tire un peu dessus pour la dégager de sa nuque. Tiara penche la tête et sa bouche se retrouve beaucoup trop près de la mienne.

— C'est toi que je vais « bouffer » Tiara.

— Tu ne doutes de rien...

Elle n'a pas le temps d'en dire plus que j'attrape sa main et la traîne à travers le camp. Je croise le regard surpris de Greta. Elle a plutôt l'air satisfaite qu'en colère. Elle ignore encore trop de choses pour me réprimander.

Tiara se laisse faire, pourtant j'aimerais qu'elle essaie de m'arrêter, qu'elle se rende compte que ça va trop loin, qu'elle soit ma raison.

Alors que nous arrivons devant ma cabane, je pile et l'attire dans mes bras.

— C'est ta dernière chance, si on entre tous les deux là-dedans, je vais te baiser tellement fort que tu auras du mal à marcher.

Elle explose de rire alors que je n'ai aucune envie de rigoler.

— Tu les emballes toutes comme ça ? Parce que c'est vraiment ringard.

Revoilà la femme qui m'énerve, celle qui a tellement de facettes que je ne sais pas laquelle est authentique. Sans lui laisser le temps de réagir, je me baisse et attrape ses jambes que j'enroule autour de ma taille. Ses bras viennent d'eux-mêmes s'accrocher à mes épaules pour parcourir les quelques mètres qui nous séparent du lit.

Je la balance sur le matelas et le choc lui coupe momentanément la respiration. Elle va vite comprendre que je ne joue pas, que ce n'est pas une blague. Mon sexe pointe déjà violemment vers elle. J'ai besoin de me fondre dans son corps, de la prendre fort, de lui faire payer tout ce que je connais d'elle et qu'elle me cache. Tout va bien plus loin qu'une partie de baise, je me venge en quelque sorte. Ce n'est qu'un début, une petite entrée très appétissante.

— Je veux te voir nue ! lui lancé-je, alors qu'elle me fixe, ne sachant pas trop si elle doit rester ou s'enfuir.

Le trouble dans ses yeux est la dernière motivation nécessaire qu'il me fallait.

Sans une parole, elle se redresse pour enlever son haut et dégrafe habilement son soutien-gorge qu'elle jette à mes pieds. Elle est de plus en plus à l'aise avec sa nudité, le changement est flagrant.

Se tortillant comme elle peut, son jean et sa culotte rejoignent le tas qui jonche le sol. Elle s'allonge ensuite au milieu du lit, tout en gardant un œil sur moi qui suis absorbé par sa peau qui se dévoile sous un nouvel angle. Je n'ai jamais pu prendre le temps de la détailler, ce que je compte bien faire cette fois-ci.

D'un mouvement, je vire mon tee-shirt et descends mon pantalon, tout en conservant mon boxer. J'ai besoin de cette barrière pour ne pas juste me jeter sur elle et la pénétrer jusqu'à la garde. Je veux y aller doucement, la déguster avant de m'en emparer.

Je m'accroupis au bord du lit et passe lentement mes doigts le long de sa cheville jusqu'à son genou, en remontant vers sa cuisse. Elle a plein de grains de beauté que j'essaie de relier les uns aux autres, traçant des dessins imaginaires.

Plus je m'approche de sa féminité, plus je découvre de petites lignes blanches pas très larges ni longues. Ce sont à mon avis des cicatrices… Comment a-t-elle pu les obtenir ?

Elle ressent mon trouble et tente de refermer ses jambes pour me cacher ses intrigantes imperfections, sauf que je ne la laisse pas continuer. Ce n'est pas le moment pour discuter de ça. Je note mentalement cette question dans un coin de mon esprit. Je ne pensais pas qu'elle puisse encore me surprendre, et pourtant…

Mon pouce glisse le long de sa fente, la faisant sursauter et se tendre vers moi. Elle est intégralement épilée, ce que j'apprécie je dois l'avouer.

Alors que ma main passe une nouvelle fois de haut en bas, elle agrippe un de ses seins et se met à le malaxer. Mon cerveau s'éteint à ce moment précis et ma queue prend tout pouvoir.

Cette vue est si belle que je me penche sur elle pour attraper son autre téton dans ma bouche. Je l'aspire, le titille longuement et ses soupirs sont loin de me calmer. Je scrute chacune de ses respirations, adaptant le rythme de mon doigt qui frotte son clitoris et mes succions.

— Lakm... Je...

C'est à ce moment que je passe entre ses lèvres pour m'enfoncer dans la chaleur de son sexe.

Son cri de jouissance perce le silence de la cabane et je ne tiens plus.

À contrecœur, je quitte son corps pour enlever mon boxer et choper un préservatif dans le tiroir de la table de nuit.

Une fois enfilé, je capte le regard anxieux de Tiara fixé sur mon membre fier qui n'attend que de la posséder. Ça en devient une obsession telle que je ne l'ai jamais connue. Il me faut cette femme, tout de suite.

Je m'avance près du lit, écarte ses jambes et la tire d'un coup sec jusqu'à moi avant d'attraper mon sexe pour le positionner contre le sien. Rien que ce frottement lui arrache un gémissement et je m'enfonce d'un coup brutal dans ce paradis. Un cri de douleur et non de plaisir, me fait immédiatement relever mon regard sur elle. Son visage est crispé, ses mains serrant de plus en plus mes épaules. Je me force à ne plus effectuer aucun mouvement quand les paroles d'Axel me reviennent en mémoire. Le doute m'assaille, comment serait-ce possible ? Non, je suis certain que c'est des conneries.

Malgré mon envie de m'enfouir encore plus profondément, j'attrape sa mâchoire.

— Tu n'es pas vierge ?

Un éclair d'incompréhension traverse ses traits avant qu'elle se mette à rire.

— Non ! Quelle idée ! Je n'ai eu personne depuis plusieurs mois et aucun d'eux ne possédait un piercing au bout de leur membre déjà conséquent.

Fierté masculine oblige, je suis assez content d'avoir souffert pour ça. À la base, c'était un pari stupide avec Axel qui m'a empêché de baiser pendant des semaines, mais finalement, les femmes aiment ce bijou.

Je sors doucement de son fourreau, qui je dois l'avouer est assez étroit en me jetant sur ses lèvres. Malgré notre proximité, il m'en faut encore plus. Ma langue force sa bouche à s'ouvrir et m'y faufile. Bientôt, elle gobera mon érection comme une grande fille, chaque chose en son temps. D'une main, j'agrippe sa hanche et reviens plus lentement à l'assaut de sa chatte. Elle attrape mes cheveux alors que je m'enfonce totalement en elle.

Chaque coup de reins nous propulse un peu plus vers la délivrance. Elle doit jouir une nouvelle fois, ainsi, je la hanterais pour les prochains jours. Mes doigts reprennent du service pour caresser chaque parcelle de sa peau.

Nos baisers s'approfondissent tandis que je la pilonne avec force. Je perds le fil de mes pensées, oubliant mon malheur, ma vengeance. Tout s'arrête alors que nos corps s'emboîtent à la perfection et que nos âmes se connectent.

Perdant patience, je recule et attrape une de ses jambes pour la retourner.

Elle glapit de surprise alors que son magnifique cul s'étale devant mes yeux. En une fraction de seconde, je m'enfouis à nouveau dans son intimité qui luit de désir pour moi. Cette position me fait perdre le peu de réflexion qui me reste et à Tiara également, car elle me supplie d'y aller plus fort, plus vite. Elle n'a pas besoin de le dire deux fois pour que je la ravage si puissamment que je ne sais pas comment elle réussit à le supporter. Malgré ça, je continue de la torturer jusqu'à la sentir se contracter autour de moi.

— Lakmar !

Ses spasmes engendrent les miens et l'orgasme qui me submerge n'a aucun équivalent à tout ce que j'ai connu. Je peux mentir aux autres, pas à moi-même. J'ai parfaitement conscience que même dans l'intimité, tout est différent avec cette femme.

Je finis par me retirer à contrecœur alors qu'elle s'étale sur le matelas, à bout de souffle.

— Tu ne fais jamais de promesse en l'air, me dit-elle en tournant le visage vers moi.

— Jamais !

Je n'argumente pas plus et file dans la salle de bain, parce que cette phrase me rappelle celle que j'ai faite il y a un an et demi. Celle de tuer tous ceux qui ont participé de près ou de loin au meurtre d'Elly. Et malgré mes émotions qui partent à la dérive après cette séance de baise intensive, rien n'a changé, je ne dois pas l'oublier.

Je jette le préservatif et entre dans la douche en laissant l'eau couler longuement sur mon corps. L'odeur de Tiara me recouvre, je dois absolument m'en débarrasser.

Au bout d'une éternité, je me décide enfin à revenir dans la chambre et c'est une Tiara endormie que je retrouve. Elle est sur le côté, le drap recouvre ses jambes jusqu'à sa taille, laissant sa poitrine généreuse darder vers moi. Elle est belle, je ne peux malheureusement pas dire le contraire. Mes doigts me démangent, j'ai envie de la caresser, de la prendre à nouveau ou simplement de la tenir fermement contre moi. Je dois sortir d'ici, au moins le temps de remettre mon cerveau en marche.

Un gémissement m'attire machinalement à elle alors je m'avance et m'accroupis à son niveau quand soudain, mon cœur cesse de battre. Tout s'écroule et le retour à la réalité est bien plus brutal que je ne l'attendais.

— Nick…

Elle prononce ce prénom comme elle l'a fait avec le mien un peu plus tôt alors qu'elle jouissait dans mes bras et je pète un plomb.

Je me redresse si vite que je manque de tomber. Je récupère mes vêtements que j'enfile à la va-vite et me dépêche de quitter cette pièce avant de regretter un geste malheureux.

L'étrangler de mes mains, sortir mon couteau et la labourer de toutes mes forces, attraper mon flingue et le braquer sur sa putain de tête. Voilà toutes les images qui me traversent et me font si mal que je porte ma main à mon cœur.

L'air frais de la nuit me percute, ne suffisant pas, rien ne le peut. Il m'a pris Elly, me l'a arraché, il l'a tué et je suis certain qu'il n'a jamais éprouvé aucun remord à son geste.

Sans même le vouloir, Tiara vient de me rappeler ce qu'elle est, et à quel point elle mérite de souffrir.

CHAPITRE 19

TIARA

Je suis totalement hypnotisée par l'herbe verte qui s'étale devant moi à perte de vue. Nous nous trouvons au milieu d'un champ pas très loin de la maison et surtout à l'intérieur de la forteresse qui entoure la propriété.

C'est la première fois qu'il m'emmène ici depuis qu'il m'a convaincue de venir habiter avec lui et je ne peux que sourire devant ce sublime paysage.

Soudain, les mains de Nick passent autour de ma taille et il me plaque dos à son torse. Son souffle balaie mes cheveux avant qu'il ne dépose un baiser derrière mon oreille.

— Je voulais que cette journée soit spéciale, que nous ne soyons que tous les deux.

Mon cœur explose d'amour pour cet homme. Je l'aime plus que je ne l'aie jamais ressenti pour quiconque et suis prête à tout lui donner.

Il me retourne d'un coup pour me regarder dans les yeux. Cet instant est tellement beau que j'ai l'impression que c'est un songe, que la réalité va nous rattraper et nous faire redescendre de ce nuage.

— Je désire plein d'enfants avec toi Tiara, une famille unie et surtout une femme qui obéit à tout ce que je lui demande, exactement comme toi mon papillon. Tu es la seule avec qui je peux partager ma vie, alors veux-tu te marier avec moi ?

Je suis totalement déconcertée, jamais je n'aurais cru que les choses aillent si vite. Nous ne sommes ensemble que depuis six mois, pourtant, je n'arrive pas à imaginer le reste de mon existence sans lui. J'ai trouvé mon équilibre, quoi qu'en disent mon frère et mon père.

L'homme qui se situe face à moi est le seul dont j'ai besoin, celui qui je le sais, comblera tous mes désirs, pourquoi hésiter ?

— Oui, soufflé-je.

Nick attrape mon visage pour me sonder, il fait toujours ça quand il essaie de déceler mes sentiments parce qu'il m'apprend comment les cacher. J'adore jouer avec lui.

— Alors, offre-moi ta virginité, tout de suite.

J'avise le champ dans tous les sens pour être certaine que nous sommes isolés tandis que l'appréhension et l'angoisse s'emparent de tout mon être. Ça devait bien arriver un jour, d'autant plus que je viens d'avoir vingt et un ans. Toutes mes copines ont déjà passé cette étape cruciale et je me sens un peu à part.

Après tout, ce n'est pas mortel, je ne risque pas ma vie à coucher avec un homme, c'est naturel, alors pourquoi être effrayée ?

— D'accord, balancé-je, avant de le regretter.

Il est plus que temps et ce sera avec celui qui va m'épouser, quoi de plus beau ?

Comme un affamé, Nick se jette sur ma bouche et la dévore alors que nos vêtements tombent les uns après les autres.

Ses caresses sur tout mon corps font grimper quelque chose en moi, des picotements parcourent mes extrémités, je suis à la fois nerveuse et excitée.

Nick me lâche et je suis un instant paniquée avant de le voir confectionner une sorte de lit avec nos habits qu'il étale au sol. Une fois terminé, il me tend la main en détaillant mes courbes et je l'accepte sans plus de réflexion. Je n'ai encore jamais été observée de la sorte et c'est un sentiment étrange. Nue, je me sens plus vulnérable et pas très à l'aise, même si le regard qu'il porte sur moi est insatiable et devrait me suffire.

Il m'aide à m'allonger par terre au milieu de l'herbe et écarte mes jambes pour s'y faufiler. J'ai à la fois envie qu'il me prenne pour en finir *et le repousser pour m'enfuir à toutes jambes. Il ne me laisse pas plus de temps pour réfléchir. Son membre appuie contre mes chairs. Il commence à s'enfoncer et j'aimerais dire que j'apprécie ça, mais ce serait mentir. C'est désagréable et je veux qu'il s'arrête, sauf que malgré mes suppliques, il continue de me pénétrer toujours plus loin jusqu'à ce qu'une douleur fulgurante me fasse hurler. J'ai l'impression d'être charcutée de l'intérieur et me mets à crier son prénom pour qu'il cesse cette torture.*

Mes yeux s'ouvrent d'un coup alors que je ressens encore cette brûlure atroce en moi. Je balaie la pièce du regard et tout ce qui s'y est passé me revient en mémoire. Ce mal qui me ronge est très vite remplacé par le plaisir intense qu'un autre homme a su me prodiguer.

La porte claque, me faisant sursauter et en tâtant le lit, je me rends compte que Lakmar n'est plus là. Après tout, je n'en attendais pas moins de lui. Je n'étais certainement qu'un moment d'égarement et il faut que ça le reste. Plus jamais je ne me laisserais avoir par un homme, plus jamais je ne lui donnerais autre chose que mon corps. J'ai appris la leçon par le pire d'entre eux.

Je me tourne pour prendre ma montre sur la table de chevet et découvre que nous sommes au beau milieu de la nuit.

Il aurait pu attendre que le jour se lève, où va-t-il dormir ?

Je passe une main dans les cheveux, la fatigue commence à s'accumuler, je devrais arrêter de me poser des questions sur Lakmar et me rendormir. Il est grand, il fait ce qu'il veut, ce n'est pas mon problème après tout et qui sait, il est peut-être allé rejoindre sa bimbo pour un deuxième round…

C'est sur cette dernière pensée que j'attrape le drap pour me couvrir jusqu'au cou et me pelotonne contre l'oreiller. Je me laisse bercer par un doux visage qui me manque affreusement, je dois uniquement me battre pour *lui*, le reste ne compte pas.

Le soleil tape dans l'unique vitre du chalet et se reflète directement dans mes yeux alors que je suis assise sur le lit, lavée et habillée. Je ne sais pas vraiment ce que j'attends, je n'ai aucune envie de sortir pour tomber sur Lakmar.

Il n'est pas revenu, ce qui confirme mon pressentiment, il doit regretter. Et moi qu'en pensé-je ? Et bien, c'est le flou total. Je ne peux pas mentir, c'était vraiment bien et j'ai pris beaucoup de plaisir, mais c'était une mauvaise idée. La preuve, je suis cachée dans cette chambre depuis de longues minutes sans arriver à me décider de sortir.

Soudain, un coup dans la porte me fait sursauter.

— Tiara ? Tu dors ?

Comme un ressort, je me lève et vais ouvrir à Aurora.

Elle m'offre son plus beau sourire avant d'attraper mon bras et de me tirer à elle pour un câlin improvisé. Je suis si déconcertée que je ne le stoppe pas. Je ne suis pas du tout habituée à ce genre de familiarité.

— Alors, bien dormi ? Les autres n'ont pas fait trop de bruit ? Ce sont de véritables gamins quand ils se retrouvent.

Même de bon matin, cette femme est une vraie pile électrique. Elle a trop d'énergie pour moi qui suis crevée par ma nuit entre plaisir, cauchemars et questionnement. Elle fut courte, beaucoup trop pour que ma fatigue s'atténue.

— La chambre est très bien, tenté-je d'éluder. Et je n'ai entendu aucun bruit.

Elle garde mon bras prisonnier alors qu'elle emprunte le chemin menant vers le réfectoire. Une grosse dose de café sera la bienvenue, voire deux…

— Comme je ne te voyais pas arriver, j'ai décidé de venir te chercher, tu ne m'en veux pas ?

— Non.

Elle parle trop, sa bonne humeur serait presque contagieuse.

— Je suis contente que vous restiez quelques jours avec nous, les nouvelles connaissances sont rares alors on pourra discuter.

Elle pousse la porte du bâtiment et mon regard est tout de suite attiré par cet homme qui perturbe mes pensées. Une cigarette à la main, il me fixe lui aussi sauf que je ne peux pas manquer Louise, installée sur ses genoux.

Je ne devrais rien ressentir, me foutre de ce qu'il peut faire, alors que mon cœur se serre violemment. J'inspire longuement et détourne les yeux de ce spectacle minable. Si je n'avais pas déjà compris que je n'étais qu'un jouet, il vient de me le rappeler de la pire manière qui soit. Ai-je été si insignifiante pour lui cette nuit ? Ne lui ai-je pas fourni la jouissance qu'il attendait ?

Greta s'avance vers moi pour me prendre contre elle, pourtant c'est comme si mon esprit était ailleurs. Je bloque mes émotions, tente de replacer mon masque inexpressif et me recentre sur mes objectifs. Il veut jouer à ce petit jeu, et bien qu'il se fasse plaisir.

Aurora me pose une tasse dans les mains et je m'empresse de goûter à ce fabuleux nectar qui embaume déjà mes narines.

La première gorgée me brûle, me remet les pieds sur terre. J'ai bien entendu Aurora qui me disait que nous restions ici, il va donc falloir que je sorte de la forteresse pour effectuer quelques courses, et trouver un portable en priorité. Je suis certaine que c'est une de mes seules chances d'avoir un peu d'espace.

Les conversations autour de moi vont bon train et je guette la table de Lakmar pour m'assurer qu'il ne s'envole pas.

On me fourre un paquet de biscuits dans les mains et plus par automatisme que réelle faim, j'en prends deux.

Quand je reporte mon attention sur les personnes qui m'entourent, je remarque le regard de Greta qui a l'air soucieuse. Elle finit par se lever en me faisant signe de la suivre.

Je n'en ai aucune envie, sauf qu'elle ne laissera pas tomber alors je m'avance jusqu'à elle dans un coin de la pièce où personne ne peut nous entendre.

— Que se passe-t-il, Tiara ? Tu contemples Lak comme si tu voulais lui sauter dessus, autant que de lui planter une fourchette dans la tête.

L'image me plaît beaucoup, pourtant je dois éloigner cette femme. Je l'admire et l'adore, mais elle se mêle beaucoup trop de ma vie.

— Ça ne te concerne pas, lancé-je. Je n'ai rien à te dire. Et ne t'en fais pas, je ne risque pas de le blesser.

— Et toi, tu devrais arrêter de te barricader derrière cette façade de pimbêche trop sûre d'elle et au-dessus de tout le monde, ça ne te va vraiment pas ma jolie.

Sur ces derniers mots, elle tourne les talons pour rejoindre la cuisine attenante.

Je serre les dents et les poings, parce que cette critique me dérange plus que je ne veux l'admettre. Elle a touché dans le mille.

À présent sur les nerfs, mon courage déborde et je me laisse emporter. Je traverse la salle pour me poster à côté de Lakmar.

Je sais qu'il me sent arriver, pourtant, il ne me jette pas un regard et porte sa cigarette à sa bouche avant de souffler tranquillement la fumée en l'air.

— Je dois sortir faire des courses, balancé-je assez fort pour couvrir toute conversation.

Ses yeux se tournent finalement vers moi et me dévisage des pieds à la tête, tout comme ceux de la pétasse toujours sur lui. J'aimerais tellement les lui arracher...

— Demande à Jon, il t'apportera ce dont tu as besoin, me répond-il sèchement comme si je l'emmerdais et qu'il n'y avait aucune discussion possible.

— Non, je veux y aller moi-même.

Il ne me connaît pas, je peux me montrer têtue et tant qu'il y a du public, il ne me touchera pas, du moins je l'espère.

C'est avec un plaisir malsain que j'observe la bimbo se faire éjecter et Lakmar me surplomber de toute sa hauteur.

— À quoi joues-tu ?

Je ne peux m'empêcher de sourire. Au même jeu que toi, connard.

— Ce n'était pas une requête, seulement une information que je te donnais pour ne pas que tu sois surpris. Je ne disparais pas, je m'éclipse juste une heure.

Son point de rupture est proche, ses yeux me balancent toute l'animosité dont il est capable, mais je ne reculerais pas aussi facilement. Me baiser m'a offert un pouvoir sur lui, du moins je l'espère. Cette nouvelle intimité l'empêche de m'attraper par les cheveux pour me traîner dehors.

Alors qu'il avance d'un pas, se rapprochant beaucoup de ma petite personne, une voix sortie de nulle part interrompt notre duel.

— Je peux l'accompagner.

Nous tournons tous les deux la tête vers Leah qui est postée contre un mur. Mes yeux s'écarquillent, il n'en est pas question ! Je ne vais pas rester seule avec elle ! Lakmar nous observe à tour de rôle et je vois déjà un rictus fendre ses lèvres. Il a très bien compris que ça ne me plaisait pas et me punit en quelque sorte.

Je ne saisis pas pourquoi elle propose ça alors qu'elle me déteste. Veut-elle s'en prendre à moi sans témoin ?

— Quelle bonne idée, lance celui qui devient mon ennemi. Vous n'avez qu'une heure et pas une minute de plus.

J'ai envie de le frapper, pourtant je ne fais rien et reste mortifiée quand Louise s'agrippe à nouveau à lui pour s'emparer de ses lèvres. J'attends désespérément qu'il la repousse, alors qu'au contraire, il approfondit ce baiser et à cet instant, quelque chose se fracture en moi.

— Tu te bouges, me balance Leah en me fixant trop intensément.

Je hoche simplement la tête avant que nous sortions de la salle, désertant cet endroit devenu trop étouffant. C'est comme si tout l'air de mes poumons m'avait quitté, j'ai mal, bien plus que je ne le devrais.

Je prends soin de claquer la porte, même si c'est puéril.

Leah met les mains dans ses poches et reste concentrée sur ses pas qui nous mènent vers le portail. Dire que je vais devoir supporter sa compagnie pendant une heure... Rien n'assure que nous rentrions toutes les deux en bon état.

Un homme est posté près de l'entrée, une arme en bandoulière sur l'épaule. Des souvenirs que je préférerais oublier me percutent. Combien de fois m'a-t-on empêché de sortir ? Je ne les ai jamais comptées. Il y en a eu un grand nombre, toujours soldé par des coups plus violents les uns que les autres.

Leah s'avance vers le gars et il n'hésite pas à nous laisser passer, même si son regard s'attarde sur moi.

Une fois à l'extérieur, je me sens un peu perdue. Je ne connais pas cette ville et ne sais donc pas où trouver ce qu'il me faut. Je tourne la tête d'un côté, puis de l'autre avant de me décider.

— Si tu me disais ce que tu cherches, je pourrais t'indiquer le chemin.

Je n'ai pas besoin d'elle, ni qu'elle me chaperonne.

— Va faire ce que tu veux et laisse-moi tranquille. Je ne pense pas que tu souhaites réellement jouer la baby-sitter.

Sa mâchoire se contracte alors qu'elle garde les yeux rivés sur moi.

— T'es vraiment une pétasse, je me demande bien ce qu'ils peuvent tous te trouver !

Je suis déjà sur les nerfs et il ne m'en faut pas plus pour que mes idées se voilent, laissant les plus sombres prendre le dessus.

Sans lui prêter attention, je m'engage dans la rue de gauche. Je l'entends me suivre comme un chien, je jubile.

Je dépasse un magasin de fringues, un coiffeur et quelques maisons avant de voir apparaître une ruelle déserte dans laquelle je n'hésite pas à m'engouffrer. Viens petite souris, il est temps que les compteurs soient vraiment remis à zéro.

Elle continue de me talonner jusqu'à ce que j'arrive près du mur qui bloque tout accès, un cul-de-sac.

— Qu'est-ce que tu fous ? Je ne te laisserais pas seule Tiara, même si je te déteste. Lakmar me démembrerait si tu disparaissais.

J'explose de rire tellement c'est ridicule. Il n'en a absolument rien à foutre de moi. Je suis juste l'attrait de la nouveauté, rien de plus.

Je serre le poing et sans lui donner plus de temps pour réfléchir, je le lance vers son visage, atteignant son nez qui éclate en sang, se propageant sur ses lèvres.

— Sale pute ! se met-elle à crier, mais je ne réponds plus de rien.

Mes coups se fracassent sur son corps de plus en plus fort. Je ne me contrôle pas, laissant une partie de moi enfouie depuis trop longtemps reprendre le dessus. Elle n'essaie pas de riposter, juste de se protéger au maximum.

— Bordel arrête ! Il faut que je te parle de Nick !

Sa voix perce ma bulle et je m'effondre à genoux. Son prénom m'est toujours insupportable à entendre. Je tente de retrouver ma respiration alors que Leah explose de rire. Je redresse la tête et l'aperçois assise contre un mur, ses vêtements froissés, du sang et des bleus défigurant son visage.

— Je ne pensais pas que tu savais cogner, autrement, je ne me serais jamais fait avoir en te suivant à l'abri des regards.

Je passe mes doigts dans mes cheveux emmêlés et les repousse.

— Parle Leah, on a perdu assez de temps.

Ses yeux fixent les miens et je vois qu'elle hésite, elle en a déjà trop dit.

— Je prends d'énormes risques à te raconter tout ça, rien ne m'assure que tu ne vas pas aller me balancer ?

Ne comprenant rien, je lui souffle seulement :

— Tant que je ne sais rien, je ne peux rien te promettre.

Après une longue inspiration, elle se lance :

— Un ami s'est mis dans une immense merde à cause de la drogue et j'ai voulu rembourser. C'était évidemment loin d'être aussi simple. Je suis tombée dans un piège. En gros, c'était soit je me retrouvais enfermée dans un bordel pour le restant de mes jours, soit j'infiltrais dans le clan de Lakmar.

Je cligne des yeux, espérant avoir mal compris. C'est énorme comme confidence, bien plus que ce à quoi je m'attendais. Elle me dit tout ça alors qu'il me suffirait d'en toucher un mot à la bonne personne pour me débarrasser d'elle.

— Je ne veux plus de ce marché, mais il y a quelque temps Nick m'a contactée pour exiger que je garde un œil sur toi. De faire en sorte que tu restes en vie jusqu'à rejoindre San Diego.

Je suis abasourdie. Elle m'a frappée si violemment que j'en ai perdu connaissance et elle pense pouvoir me faire croire qu'elle désire me protéger... C'est à mon tour de rire. C'est tellement énorme pour être vrai.

— Je souhaite me débarrasser de Nick, ne plus rien lui devoir. J'ai besoin de ton aide.

— Que veux-tu que je change à ça ? Un pacte avec lui est impossible à rompre ! commencé-je à m'énerver.

J'angoisse totalement. Je n'ai aucune envie d'être liée à cette histoire. J'ai déjà mon compte à régler avec lui, pas la peine de m'en rajouter. Je ne peux pas me permettre de m'immiscer dans cette affaire qui ne me regarde en rien.

— Non ! lancé-je plus fort que je ne voulais. Hors de question que je t'aide !

— Tu vas quand même le faire, Tiara. Sinon je balance à Lakmar que tu es la femme de Nick Almondo, l'un des plus grands chefs de cartel mexicain. Je suis sûre qu'il serait ravi de l'apprendre...

Salope ! Je me redresse vite alors qu'elle peine avec tous les coups qu'elle a déjà reçus.

— Si je ne rentre pas avec toi, tout le monde se posera des questions et Solan me cherchera.

Je m'avance jusqu'à elle et agrippe ses cheveux avec force.

— Que crois-tu ? Que je vais te tuer là, au milieu de cette impasse ? ricané-je.

Je ne sais pas pour qui elle me prend, je ne vais pas me faire avoir aussi facilement. Être mariée à un homme dangereux a tout de même l'avantage de savoir comment se comporter pour ne pas être accusée.

— Je dois effectuer une course importante. Tu vas sagement m'attendre ici, craché-je en la lâchant. On a toutes les deux à perdre. Celle qui a trahi son clan, c'est toi, ne l'oublie pas.

Je tire un élastique de ma poche et attache mes cheveux sur le côté avant de regarder mes mains abîmées. Ça en valait la peine, même si elle n'est pas autant amochée que je l'aurais voulu...

Une fois au bout de la rue, je continue le trajet que j'avais commencé et tombe rapidement sur un supermarché. J'en fais le tour pour trouver le téléphone dont j'ai besoin, ainsi que des bricoles comme du maquillage, du gel douche, pour que ce soit plus crédible si on me demande des comptes.

Je me dépêche de rejoindre la caisse, quand la clochette qui indique l'entrée d'un client tinte. Je tourne instinctivement la tête. Mes yeux se posent sur ceux noirs de Lakmar.

Il reste planté là à examiner les articles qui sont dans mes mains. Il ne fait aucun commentaire, n'ouvre même pas la bouche, pourtant je sens sa désapprobation. Néanmoins, je prends le dessus sur ma surprise et paie ce que je dois avant de m'avancer vers la sortie.

— Tu m'as caché tes talents de guerrière…

— Tu ne me connais pas !

— Toi non plus, si tu crois réellement que je vais te laisser utiliser un portable dans mon dos.

La pensée fugace de le pousser et de courir loin d'ici me traverse. Au lieu de ça, un duel de regards commence entre nous.

CHAPITRE 20
LAHMAR

Tiara me dévisage et je sais qu'elle donnerait tout pour s'enfuir, sauf que je ne la laisserais jamais m'échapper. En premier lieu parce qu'elle est la pièce principale d'un plan qu'elle ne soupçonne même pas et parce qu'une partie de moi refuse qu'elle s'éloigne. Je ne cherche pas à analyser ce que je ressens pour le moment, c'est un tel foutoir que je mets tout de côté pour me concentrer sur mon but ultime, la seule chose qui compte réellement.

— Elle l'a méritée, chuchote Tiara plus pour elle que pour moi.

Quand j'ai découvert Leah en sang dans cette ruelle, j'ai cru avoir des hallucinations. C'est une des meilleures combattantes du groupe et n'a encore essuyé aucun forfait. Donc je ne comprends pas comment Tiara qui est toute frêle et pas vraiment bagarreuse a pu avoir le dessus.

Je sentais que les choses n'allaient pas forcément bien se passer entre les deux. Après tout, c'est de ma faute, c'est moi qui ai autorisé Leah à s'en prendre à elle. Je n'ai aucune envie que ça se reproduise. C'est pour ça que j'ai demandé à Axel de m'accompagner pour les surveiller. Peut-être que Tiara a raison au final, je ne la connais pas comme je le pensais. Et si je m'étais leurré sur elle ? De quoi est-elle capable encore ? Elle a des ressources que je ne soupçonnais pas...

— On réglera ça plus tard, en attendant, donne-moi ce portable.

Son regard est mauvais, elle cherche une solution, mais personne ne lui viendra en aide. Si quiconque se met sur mon chemin, je l'écraserai comme une mouche et elle le sait.

— C'est un jetable, personne ne pourra remonter jusqu'ici, tente-t-elle de se justifier.

Axel a trouvé un prétexte pour qu'elle nous rejoigne sans aucun moyen de communication et même si j'ai douté que ça puisse marcher, il a réussi son coup. Elle devait être vulnérable, seule et sans soutien qui pourrait débarquer.

Je tends la main pour qu'elle me le remette, pourtant, elle ne fait aucun geste.

— Y a-t-il un problème ? demande soudain le commerçant qui assiste à cette scène plutôt hors du commun et qui nous fixe avec trop d'insistance.

Comme pour prévenir Tiara, je soulève légèrement mon cuir pour laisser apparaître mon flingue accroché à ma ceinture. Je ne tuerai pas ce type, du moins tant qu'il ne m'y obligera pas, mais ça, elle l'ignore. Elle aussi est loin de tout savoir de moi.

— Alors, est-ce qu'on a un problème ? lui chuchoté-je à mon tour, un rictus arrogant aux lèvres.

— Mademoiselle ?

Elle a toujours les yeux rivés sur moi. Je la sens baisser les armes, perdre la partie.

— Non, tout va bien, finit-elle par lui lancer en souriant le plus faussement du monde.

Elle pose le téléphone dans ma paume et me contourne pour sortir du magasin. Je range son précieux dans la poche de mon jean avant de récupérer une cigarette. Je suis accro à la nicotine, c'est un fait, mais cette femme me met tellement sur les nerfs, que je fume encore plus depuis son arrivée.

Tiara ne desserre pas les dents de tout le trajet qui nous ramène chez ma sœur. Son corps est très tendu, elle doit contenir sa rage. J'aime la voir comme ça… Un lionceau en cage.

J'appuie sur le visiophone près du portail et nous n'attendons que quelques secondes avant qu'il s'ouvre.

Tout le long, je n'ai cessé de reluquer ses formes en me tenant légèrement derrière elle et malgré moi, ma queue réagit seule en la désirant fermement. Je n'en peux plus, j'ai l'impression d'être dans un piège dans lequel il m'est impossible de sortir. Sa présence me fait perdre la boule.

J'ai essayé de baiser Louise, de faire abstraction de Tiara avec qui j'ai pris un plaisir inégalé, sauf que même sa fellation ne m'a pas donné satisfaction. Ce lien que je peux avoir avec Tiara est totalement surprenant et n'équivaut à rien de ce que j'ai vécu. Tout me paraît fade en comparaison. C'est un excellent coup au lit, je ne peux pas le nier. J'ai connu beaucoup de femmes avec qui c'était l'alchimie sur ce plan-là. Ce n'est pas pour autant que je n'arrivais pas à bander pour une autre.

Sans même un regard, elle continue son chemin jusqu'à la cabane. Pense-t-elle réellement que je vais la laisser tranquille aussi facilement ? Nous devons discuter de cet achat, elle en a conscience. J'ai besoin de savoir qui elle désirait contacter.

Alors qu'elle franchit le seuil, j'en fais de même et referme brutalement la porte. Elle reste plantée au milieu de la chambre, les bras entourant son corps, dos à moi.

Tout mon être me démange, mes doigts réclament de se faufiler entre ses vêtements, la mettre à nue, parcourir sa peau douce alors que mon membre ne souhaite que la pénétrer. Je retiens mes gestes avec difficulté quand elle souffle un grand coup.

— C'est pour Rosa. Je voulais tenter quelque chose.

Un ricanement m'échappe, il serait temps qu'elle s'en préoccupe.

— Et comment ? Tu m'as dit que tu ne savais rien.

Je fais un pas vers elle, j'ai envie de la retourner vers moi, de la bousculer pour qu'elle parle. Ce ne serait certainement pas une bonne solution. Elle a un don pour m'énerver qui est assez impressionnant.

— Je ne suis pas ta prisonnière Lakmar.

Un sourire qu'elle ne voit pas s'affiche sur mes lèvres. Si elle savait...

— Ça, c'est ce que tu crois princesse. Et tu veux connaître le pire... C'est que tu es consentante.

À chaque moment où elle aurait pu disparaître, elle ne l'a pas fait. J'hésite entre la bêtise ou l'inconscience, sûrement les deux.

Cette fois, elle tourne la tête et me dévisage.

— Tu désires être celui qui dirige tout, qui trouve toutes les solutions, qui protège son clan, tu te prends pour un super héros que tu n'es pas. Tu dis que je me crois le centre du monde. Alors, regarde-toi bien dans un miroir Lakmar, insiste-t-elle sur mon prénom.

Mes poings me démangent, parce que je sais qu'elle a raison. J'ai envie de la plaquer contre un mur et de lui montrer que oui, je suis le chef et décide de tout. Pense-t-elle m'apprendre quelque chose ?

Sans pouvoir m'en empêcher, mes jambes avancent seules vers Tiara. Elle garde son air revanchard alors que je me trouve maintenant tout près de son visage. Elle veut me tenir tête, c'est honorable, bien que totalement stupide.

— Tu as échappé à Leah je ne sais comment, mais tu rêves si tu imagines réussir avec moi.

Et pourtant malgré ma prévention, elle tente de me fuir. Elle essaie de passer à côté de moi, de se faufiler. Je suis plus rapide et l'attrape sans grande difficulté avant de la balancer sur le matelas.

Le choc est rude, même si elle se redresse vite.

— Qu'est-ce que tu veux ? me crie-t-elle.

— Que tu arrêtes de te foutre de ma gueule !

Elle se calme aussitôt et prend son visage entre ses mains alors que je fais les cent pas et surtout m'empêche de la rejoindre. Un lit n'est pas adapté pour cette conversation et il y a beaucoup trop de risque pour que ça dérape. Que quoi que j'en dise, mon érection est douloureuse !

— Que veux-tu savoir ? me lance-t-elle simplement.

Je ne m'attendais pas à ce qu'elle abdique aussi vite. Il y a tellement de choses que j'aimerais entendre, des détails auxquels je n'ai pas eu accès, les questions se bousculent, je dois les canaliser.

Je fais quelques pas de plus pour attraper une chaise et m'y asseoir.

— Commençons par le début, pourquoi avoir rejoint notre clan ?

Elle humecte sa bouche, me rappelant beaucoup trop le goût de ses lèvres.

— J'ai déjà répondu à cette question.

— Trouve une meilleure explication.

Elle hausse un sourcil et son regard va s'attarder sur la fenêtre.

— Ma famille n'est pas d'accord avec certains de mes choix et ils me cloîtraient dans un appartement. J'avais besoin de respirer, je n'en pouvais plus. Je devais essayer de m'enfuir.

Je peux croire cette partie de l'histoire, seulement je suis certain qu'il y a plus que ça.

— Pourquoi San Diego ?

— Une de mes connaissances habite là-bas, il saura me faire disparaître pour que personne ne me retrouve.

— Ton mec ? ne puis-je m'empêcher de balancer.

Ses yeux se braquent sur moi et cherchent une faille dans mon armure sans émotion. Je la pratique depuis bien trop longtemps pour laisser mes sentiments transparaître.

Je ne suis pas jaloux, jamais, alors pourquoi lui ai-je demandé ça ? Je ne jure aucune fidélité et n'en réclame pas en retour.

— Non, je n'ai personne.

Son mensonge augmente ma colère. Peut-être arrive-t-elle à se convaincre de ça. Nick ne serait certainement pas de cet avis. C'est d'ailleurs sur ça que repose mon plan, qu'elle me mène à lui. C'est aussi pour cette raison que je ne dois surtout pas m'attacher à cette femme.

— Alors, qui espérais-tu appeler ?

— Et si te le dévoiler équivalait à prononcer moi-même ma peine de mort ?

Tu es déjà morte Tiara, même si tu ne le sais pas encore…

— Que veux-tu ? Que je te garantisse que je te garderais en vie jusqu'à San Diego ?

— Oui, me dit-elle en hochant la tête. Il me faut ta parole que quoi que je dise, tu ne t'en serviras pas pour te débarrasser de moi.

Je pose mes coudes sur mes genoux et lève ma main droite en le jurant. Elle est si naïve...

— J'ai fait partie des « Bloody Butterfly ». (Elle marque une pause, comme si elle me laissait le temps de digérer la nouvelle alors que je le sais déjà.) Je voulais contacter quelqu'un qui est encore dans le clan et qui pourrait peut-être m'aider à avoir des informations sur ce kidnapping.

— Moi j'en ai, déclaré-je alors qu'elle me fixe abasourdie. On a été fouiller la baraque de Juan, sauf que c'était vide et il n'y avait aucune trace de Rosa.

Très tôt ce matin, après ma nuit mouvementée, Baldwin m'a retrouvé au réfectoire et nous avons décidé d'aller y faire un tour, juste lui, Axel et moi, au moins pour repérer les lieux. Elle est isolée, donc nous avons poussé notre audace jusqu'à tenter d'ouvrir la porte. Bien sûr, tout était fermé, sauf les volets, nous avons donc cassé une des vitres. La maison était vide, nous avons visité toutes les pièces sans trouver aucune trace de Rosa. Tout ce que j'espère et redoute à la fois, c'est que quelqu'un d'autre veille sur elle, parce que sinon elle risque de ne pas survivre longtemps sans eau ni nourriture.

La main tremblante de Tiara passe sur son visage. Je vois les rouages de son cerveau se mettre en branle. Elle pourrait la retrouver plus facilement que moi en connaissant leurs habitudes, mais ce serait lui être redevable et je n'arrive pas à l'accepter.

— Tu savais déjà mon appartenance… (Je ne le lui confirme pas et elle n'en a apparemment pas besoin.) Alors quoi ? Tu t'es donné comme défi de me baiser ? Quand l'as-tu découvert ? Lorsque tu m'as fait tabasser ou quand tu m'as embrassée ?

Je suis surpris par sa soudaine animosité. Croit-elle vraiment que j'ai des comptes à lui rendre ?

Elle se lève et s'avance vers moi en gardant une distance respectable.

— Et Leah, elle fait aussi partie de tes manigances ? C'est pour ça qu'elle m'a parlée de Nick, pour que tu sois certain de qui je suis ?

Je cligne des yeux, ne comprenant rien de ce qu'elle me raconte. Tiara est enragée, elle tourne dans la pièce, attrape son sac et le jette sur le lit ainsi que quelques-unes de ses affaires.

— Je m'en vais. T'es qu'un connard ! Tu m'as fait ta morale à deux balles sur les mensonges alors que tu ne balances que ça depuis le départ. J'espère que tu t'es bien amusé, moi j'en ai assez.

— Tiara, grondé-je.

Elle ne me porte plus attention, ne cherche même pas à avoir des réponses à ses questions.

— Je te déteste. Bordel ! Ne t'inquiète pas, je vais tout faire pour retrouver et libérer Rosa, quitte à me mettre en danger, mais après ça, je ne veux plus entendre parler de vous. Dans quoi je me suis encore fourrée ?

Je crois qu'elle est en train de craquer totalement et ses pensées fusent dans tous les sens.

Alors qu'elle enfourne des robes dans son bagage, je m'avance jusqu'à elle et attrape son bras. Elle tente de se dégager, sauf que son petit manège est terminé.

Je bloque ses poignets en l'obligeant à reculer jusqu'au mur.

— Tu vas te taire et m'écouter. Si tu m'insultes encore une fois, je vais te donner une fessée si puissante que tu ne pourras plus t'asseoir durant des jours. Et arrête de croire que je vais te laisser partir, parce que tu rêves. Maintenant, tu vas te calmer et me raconter cette histoire avec Leah.

Ses lèvres restent closes alors que mon instinct me supplie de me pencher pour les dévorer.

— Si tu ne dis rien, je vais la chercher et vous ne sortirez pas d'ici avant de m'avoir expliqué le problème.

Comme si elle était soudain épuisée, elle tombe assise sur le lit et attrape sa queue de cheval pour y entortiller ses doigts.

— Alors ce n'est pas toi qui lui as demandé de me parler de Nick ?

Je secoue la tête, ça aurait été possible, mais pas cette fois. Je sais déjà tout ce que je souhaite sur leur relation grâce à Sten. Elle n'en a pas conscience, mais je la connais depuis des mois. Je la fais suivre et Rosa m'a beaucoup aidée dans cette entreprise. En plus de devenir son amie, elle devait retourner le cerveau de Tiara et faire en sorte qu'elle s'enfuit, avec nous bien entendu. Pour ça, j'ai dû faire certaines confidences à Rosa sur ma vie, ce que je ne pensais pas être dangereux, car elle restait en arrière-plan, j'avais tort. Maintenant, Nick doit certainement la détenir quelque part et tenter de la faire parler.

— Elle m'a dit qu'elle travaillait pour Nick en tant qu'espionne.

Mon esprit se reconnecte aussitôt au présent après les paroles de Tiara. Elle se fout de ma gueule ? Le visage de Leah s'imprime devant moi et je ne peux croire une telle chose. C'est Solan qui s'est porté garant pour elle quelques semaines après qu'il ait réussi ses tests. Il ne m'aurait jamais trahi, ce n'est pas possible !

Cette fois, le lion c'est moi. Si l'un d'entre eux m'a pris pour un con durant des mois, il en paiera le prix fort, ils le savent. Il n'est même pas midi que déjà les emmerdes pullulent.

Je tire mon portable de ma poche et préviens Axel de se ramener illico.

Tiara ne me regarde plus, trop concentrée sur ses affaires.

— Il est hors de question que tu partes et si je dois t'attacher pour ça, je n'hésiterai pas. Notre conversation est mise en pause, on a encore beaucoup de choses à se dire.

Elle fixe ses yeux aux miens et je peux nettement lire son agacement. Elle attrape les fringues dans la valise puis se lève pour les replacer dans la penderie.

— C'est clair que toi aussi tu me dois quelques explications..., me lance-t-elle en se postant devant moi.

Je ne lui dois absolument rien ! Un coup à la porte m'empêche de lui répondre.

Axel entre avant même que je ne l'y invite et nous détaille l'un après l'autre.

— Il n'y aurait pas un peu de tension ici ? souffle-t-il en nous observant.

Tiara pince les lèvres, mais je ne perds pas plus de temps.

J'agrippe le bras d'Axel pour qu'il ressorte et lui expliquer la situation. Nous allons devoir faire le ménage…

CHAPITRE 21

TIARA

C'est tellement facile de les manipuler...

Je jubile intérieurement. Lakmar croit vraiment que je lui ai balancé des infos à mon insu, j'ai presque failli en rire. Je devais me dénoncer, je n'avais pas d'autres choix après ce que m'a dit Leah. Je ne lui accorde aucune confiance et je ne sais pas exactement ce qu'elle connaît de moi. Très peu de monde est dans la confidence pour *lui*, mais je dois me montrer prudente.

Maintenant, Leah ne sera plus un problème. Je m'étais promis de me venger, c'est chose faite et sans même avoir eu à me salir les mains. Balancer son nom a été jouissif, tout comme la surprise qui s'est affichée sur le beau visage de Lakmar. Moi aussi je connais quelques secrets...

Par contre, qu'il soit déjà au courant pour Nick et moi m'a vraiment mise sur les nerfs. Il n'a jamais fait aucune allusion et je comprends mieux son comportement quand Juan nous a trouvés. Il a dû croire qu'il était avec moi…

Il y a tout de même une chose qui me perturbe. Pourquoi avoir couché avec moi tout en sachant que j'étais la femme de son ennemi ? Je ne doute pas qu'il connaisse notre union, même si de mon côté, elle n'existe plus. Si je le pouvais, je demanderais le divorce, sauf que Nick refusera et cherchera encore plus à me nuire. Je ne souhaite pas remuer le couteau, plutôt tenter de me faire oublier. Peut-être que Lakmar s'est rapproché de moi seulement pour provoquer mon ex ? Mais ça voudrait dire que ce moment ne signifiait rien pour lui alors que de mon côté, je me suis totalement laissée emporter. Je ressens encore chaque caresse, le goût de ses lèvres, son membre qui s'emboîte à la perfection dans mon corps. Je ne peux pas nier que cet instant a été magique malgré ce que nous sommes et surtout ne serons jamais. Je ne me fais aucune illusion, lui et moi, c'est voué à l'échec avant même d'avoir commencé.

Je sais maintenant que je vais devoir chercher une porte de sortie pour disparaître, c'est la seule solution pour que je reste en vie. Il doit forcément se douter que San Diego n'est pas anodin. Ce n'est pas le lieu où est basé le QG des « Bloody Butterfly », je ne vais tout de même pas donner d'indice aussi gros. Mais je sens qu'une fois là-bas, Lakmar me suivra et je ne peux pas permettre une telle chose. Jamais je ne mettrais en danger la seule personne que je souhaite protéger à n'importe quel prix.

Il me reste encore quelques jours pour faire le point et trouver une issue. Et dire que je me suis moi-même fourrée dans ce piège... Ils étaient mon unique espoir, mais celui-ci est en train de s'éteindre.

Un coup de feu me fait soudain sursauter et avancer instinctivement vers la porte. Mon cœur tambourine violemment tandis que je ne peux m'empêcher d'ouvrir le battant en bois.

Des cris résonnent dans le campement et même si ce n'est pas forcément une bonne idée, je continue de marcher dans l'allée principale. Je ne suis qu'une idiote, je n'ai aucune arme et suis sans défense, pourtant, la curiosité prend le pas sur ma raison.

Alors que j'arrive presque au bout, je remarque l'attroupement qui se forme près du réfectoire. Quasiment tous les membres sont réunis en cercle et quand l'un d'eux bouge, je ne peux pas rater Leah à genoux, au sol et Solan entouré par deux hommes qui le maintiennent en place.

Je m'approche encore, je ne pensais pas que Lakmar allait régler ça en public, devant tout le monde et encore moins aussi rapidement. Solan vocifère et insulte copieusement son chef.

Je réussis à me faufiler entre deux personnes et repère aussitôt Axel, du sang qui dégouline de son bras. Cette vision étreint ma poitrine et j'ai envie d'aller jusqu'à lui pour l'aider à se soigner, mais mes membres s'engourdissent quand Lakmar, torse nu, s'avance un couteau à la main, vers Leah.

— Tu m'as trahie, tu nous as tous trahis pour pactiser avec l'ennemi.

— Je ne leur ai rien dit, seulement des banalités sans importance.

Les murmures de la foule se font entendre de plus en plus fort jusqu'à ce qu'un premier coup vienne se loger dans l'épaule de Leah. C'est malsain, pourtant j'apprécie la douleur qu'elle doit ressentir. Son sang commence progressivement à se faufiler et imprégner son haut. Elle tente de ne rien laisser paraître, je l'admire pour ça. Des larmes envahissent ses joues et elle tourne son regard vers Solan qui continue de hurler.

— Je te donne une chance de te défendre, ce sera la dernière, la prévient Lakmar.

— Je n'avais pas le choix, dans les deux cas j'étais condamnée. Ce groupe est ma vie, je suis tellement désolée pour ce que j'ai fait.

Sa réponse ne plaît pas à son chef qui la regarde comme un insecte à exterminer. Tout son corps est tendu, prêt à l'attaque, torride.

— M'en parler en était un troisième auquel tu aurais survécu, souffle-t-il en se penchant à son niveau.

Il retire vivement sa lame avant de la planter dans le ventre de cette femme qui s'effondre de douleur. Elle se tortille, ne pouvant retenir un cri.

Solan devient de plus en plus enragé et les deux hommes commencent à avoir du mal à le maintenir en place. Je comprends sa souffrance, assister à ça est une torture atroce. Je ne sais pas réellement les liens qu'ils entretiennent, mais même s'ils ne sont qu'amis, il ne devrait pas avoir à subir ça.

— C'est à cause d'elle ! beugle-t-il en me montrant du doigt, alors que je suis statufiée.

Tout le monde me dévisage et je ne souhaite qu'une chose : m'enfuir. Je détourne la tête, ne pouvant supporter son jugement. Mon regard croise celui d'Aurora qui a l'air perdu, désarçonnée par la situation et les actes de son frère. Je suis désolée qu'elle le voie comme ça, renfermé sur lui-même, sans âme, mais il en va de la sécurité de la personne qui compte le plus à mes yeux. Je n'avais pas d'autres choix et il ne faut tout de même pas oublier que Leah a accepté de se mêler au clan pour pouvoir fournir des informations à Nick. Si elle avait été blanche comme neige, nous n'en serions pas là. Alors malgré la culpabilité qui me ronge vis-à-vis de Lakmar, je garde la tête haute.

Je reporte mon attention sur ce dernier, le seul qui n'a pas les yeux rivés dans ma direction. Son visage est totalement fermé, concentré à prouver qu'il est un bon chef et qu'on ne plaisante pas avec la loyauté.

Leah se met soudain à tousser, du sang lui sort de la bouche. Je suis tellement surprise qu'aucun d'eux ne s'interposent, tente de la sauver. Même Greta est immobile au côté de son mari. Je me rends compte que malgré sa bienveillance, elle n'en reste pas moins une femme dévouée au clan avant tout.

Lakmar attrape les cheveux de Leah lui faisant relever le visage.

— Tu as juré fidélité aux « Black Eagles », tu n'as pas tenu parole alors tu mérites la pire des sentences. L'un de vous a-t-il quelque chose à y redire ? demande-t-il à chacun des membres.

Solan tente de parler, mais un des gorilles bâillonne sa bouche, l'obligeant au silence. Personne n'ose s'opposer et je sais que sa fin est proche, pourtant je reste bloquée sur Leah alors que Lakmar positionne son couteau contre son cou.

Sans aucune autre parole, il appuie sa lame et tranche brutalement sa peau, faisant couler beaucoup trop de sang. Tout autour d'eux devient rouge si vite que c'en est impressionnant. Sa vie s'arrête en un instant. Elle disparaît de ce monde aussi simplement.

Lakmar lâche le corps de la jeune femme qui s'affale face contre terre puis se redresse. C'est à ce moment que ses yeux haineux capturent les miens. Il doit me détester pour ce qu'il vient de faire, mais ce n'est pas moi qui l'ai contraint à ce choix, je n'en avais même aucune connaissance avant qu'elle me le balance. Et je lui renvoie son regard, car moi aussi je lui en veux de me mentir depuis le départ.

Un drap est mis sur la dépouille de Leah tandis que tout le monde se disperse.

Sans que je la voie arriver, Aurora attrape mon bras et me force à la suivre. Elle emprunte un chemin en terre à l'écart des autres.

— C'est fou cette histoire ! Je ne la connaissais pas vraiment, mais Lakmar lui faisait totalement confiance. J'ai peur qu'il se renferme maintenant. Je le trouvais pourtant plus ouvert, moins grognon.

Soudain, des parterres de fleurs apparaissent des deux côtés. J'aime beaucoup cet endroit, mais n'ai pas le temps de l'admirer parce qu'elle continue de me tirer dans une direction que j'ignore.

Le tout débouche sur une cabane bien plus grande et plus aménagée que les autres. J'imagine donc que c'est chez elle.

— J'ai fait quelques provisions de bière, je crois qu'on va en avoir besoin. Les trahisons sont rares, mais elles marquent généralement le clan d'une façon indélébile. Chacun avait une histoire avec elle, je n'en reviens pas.

Je ne sais pas quoi lui répondre. Je ne vais pas mentir en disant qu'elle va me manquer… Mais il est clair que leur groupe ressemble un peu à un huis clos. Tous les jours, ils côtoient les mêmes personnes, alors la disparition de l'un d'entre eux, doit provoquer des dégâts. De plus, Solan va certainement avoir envie de régler ses comptes et je suis celle de qui il va vouloir se venger... En espérant qu'elle ne lui ait pas tout raconté sur moi, que lui soit réellement loyal envers son clan.

Un détail me revient soudain en mémoire. Étant arrivée trop tard pour assister au début de la confrontation, qui de mieux placé que la plus bavarde du groupe pour me le relater ?

— Aurora, c'était quoi le coup de feu et la blessure d'Axel ?

Elle prend un air triste avant de me dire :

— Solan n'a pas compris qu'on s'attaque à Leah et a voulu jouer au chevalier servant. Il a braqué son arme sur Lak, mais Axel s'est interposé et la balle l'a égratigné. Par chance, il n'y a rien de grave.

Je suis soulagée de l'entendre. Pour une raison qui m'échappe, je l'apprécie. Aurora m'invite à entrer chez elle et je m'empresse de la suivre à travers les pièces. Tout est moderne, même assez luxueux. Nous passons le salon donnant sur la cuisine pour rejoindre un couloir. Elle ouvre une des portes et descend quelques marches pour arriver jusqu'à une sorte de cave. L'endroit est assez spacieux. De nombreux cartons sont stockés dans un coin.

— Nous devons avoir pas mal de provisions. Nous sommes un peu le centre névralgique du clan. C'est ici que les grosses réunions se déroulent, que tous les nomades se rallient. Beaucoup de membres sont dispersés dans tout le pays, nous sommes le camp de base. Nous avons tout l'espace nécessaire pour les accueillir.

— Tu ne voyages plus ?

Elle est surprise par ma question et je crois avoir touché un point sensible, elle fuit mon regard pour se tourner vers la boisson qu'elle cherche.

— Non. J'ai tout ce qu'il me faut ici.

Je n'insiste pas alors qu'elle fait glisser vers moi une caisse qui a l'air bien trop lourde pour nous deux.

— Bon, je vais avoir besoin de bras plus costauds, ricane-t-elle en me détaillant. Nous on va prendre la viande pour le déjeuner.

Elle ouvre un des frigos pour attraper plusieurs barquettes en m'en fourrant la moitié entre les mains.

— Tu vas m'aider à tout préparer, décrète-t-elle. C'est le rôle de la femme d'un chef…

Je stoppe net mes pas sous ce commentaire. Je suis déjà la « femme d'un chef » et ne souhaite en aucun cas le devenir à nouveau. Je ne dirais pas que ça ne m'a rien apporté de bon, ce serait mentir, mais ils restent les pires moments de ma vie.

Elle repère mon trouble, ça ne doit pas être difficile, car je ne m'attendais absolument pas à une remarque du genre et je suis prise aux dépourvues.

— Je sais que je m'emballe, je m'imagine toujours le meilleur pour Lak. Mais il va se voiler la face et toi aussi peut-être, pourtant vous êtes faits l'un pour l'autre, c'est une évidence.

C'est à mon tour de ricaner, si elle connaissait toutes les merdes qui m'entourent et la relation qu'entretient son frère avec les femmes, je pense qu'elle en serait moins certaine.

Elle reprend son chemin pour retourner au réfectoire. Je la suis en silence et lorsque nous approchons, je remarque que le corps a tout simplement disparu. Seules quelques traces de sang nous rappellent le meurtre qui a eu lieu. Mon regard s'attarde un instant avant de rejoindre Aurora à l'intérieur.

Louise est installée à une table avec deux femmes que je n'ai jamais vues. Mon entrée leur fait lever les yeux et me scruter avec beaucoup d'attention, sauf que ça n'a rien d'amical. J'ai l'impression qu'elle cherche mon principal défaut pour me critiquer durant des heures. J'ai déjà tellement côtoyé ce genre de personne que je les ignore simplement.

Aurora pousse la porte et pose son chargement sur le plan de travail. J'en fais de même et attends ses instructions.

— Voilà la tribu des Barbies siliconées. Elles ont toutes essayé de garder mon frère, mais aucune d'elles n'y est encore arrivée. Du coup, elles servent de joujoux à tous les célibataires du clan.

Il y en avait des comme ça chez les « Butterfly » et Nick me trompait régulièrement avec, je n'avais pas mon mot à dire. Mais au moins, cette leçon m'aura appris à ne plus rien attendre d'un homme. La preuve, Lakmar s'est jeté sur Louise quelques heures seulement après que j'ai été dans son lit. Ils sont tous pareils.

— Aurora ! crie soudain un type qui entre en courant dans la pièce. Faut que tu viennes !

Cette dernière fronce les sourcils, mais ne demande aucune explication avant d'attraper ma main.

— Les morues, faites cuire ce qu'il y a dans la cuisine, balance-t-elle avant que nous abandonnions le réfectoire.

J'ai envie de rire devant leurs têtes décomposées, mais n'en ai pas le temps.

Nous quittons l'allée centrale et empruntons un chemin boueux avant de nous retrouver face à quelques mètres carrés de pelouse déjà envahie par les curieux.

Aurora joue des coudes pour se faufiler à travers la foule et je suis pétrifiée quand je distingue Lakmar et Baldwin en train de se battre. Mais que leur arrive-t-il ?

Alors que je m'apprête à m'avancer pour les stopper, un bras s'enroule autour du mien pour me retenir.

Je fixe Aurora, ne comprenant pas. C'est son mari et son frère ! Elle devrait les séparer !

— Ce sont de grands gamins. Ils adorent se donner des coups pour décompresser et c'est ce dont Lak a besoin. Depuis petit, c'est la seule possibilité qu'on lui offre pour évacuer la pression et se vider totalement l'esprit. Mon père était loin d'être le meilleur de la planète, il doit même figurer dans les derniers du classement. Son éducation laisse à désirer et nous aurons toujours des boulets aux pieds que nous essayons de détacher de temps à autre. Les moyens qu'a trouvés Lak sont de se battre et de rouler sur sa chère moto.

Baldwin vient de se prendre un coup dans l'épaule, mais se remet rapidement en position, on les croirait sur un ring. Leurs poings frappent le corps de l'adversaire jusqu'à épuisement. J'imaginais que ça irait vite, mais ce n'est pas le cas. Les minutes défilent sans qu'aucun des deux ne laisse le dessus à l'autre, c'est un véritable duel.

Je sais que ce n'est pas le moment d'avoir ce genre de pensées, pourtant, j'aimerais que Lak se débarrasse de son tee-shirt, comme plus tôt, pour pouvoir observer ses tatouages. Depuis le départ, ils m'intriguent. Il en a sur presque tout le corps, ça représente bien quelque chose pour lui.

— J'espère que c'est Lak que tu regardes comme ça, sinon je risque de faire une crise de jalousie ! me lance Aurora.

Son mari est vraiment séduisant, pourtant, il ne m'intéresse pas. Il n'y a pas cette alchimie que je ressens avec son frère.

— Lak restera le premier homme de ma vie. Je n'ai qu'un peu plus d'un an de plus que lui alors notre relation a toujours été fusionnelle. Notre mère a enchaîné les grossesses et c'est peut-être pour ça qu'elle s'est barrée après sa naissance... (Je suis désolée d'apprendre une telle chose. La mienne est décédée, mais au moins je l'ai connue.) Je me doute qu'il ne s'est pas épanché sur sa vie, ce n'est pas son genre, pourtant, pour le comprendre, il faut savoir ce qu'il a vécu.

Je suis tout ouïe, même si j'ai peur de ses révélations, peur qu'elles me fassent m'attacher à cet homme. Le mystère a quelque chose d'attractif, mais je devine que tout est loin d'être rose et je crains que ça me touche encore davantage.

Aurora me montre un banc que je n'avais pas remarqué jusque-là.

— On va patienter ici, ce sera plus confortable, m'indique-t-elle. Notre vie a toujours tourné autour du clan. Notre père en était le chef, de notre naissance à sa mort. Lak était destiné à cette vie, pourtant il n'en a jamais rêvé. Son éducation a consisté à résister à la douleur, aux tortures, aux privations. Je m'en veux de ne jamais avoir réussi à le protéger. On me tenait à l'écart, je n'étais qu'une fille, bonne à s'occuper des tâches ménagères et à apprendre à soigner les blessés.

Je me retrouve dans ce qu'elle dit, mais pas par rapport à mon enfance, plutôt à ce que j'ai vécu à ma majorité.

Le combat s'intensifie et le sang commence à parsemer leurs vêtements.

— Il n'a toujours eu qu'un objectif : être assez fort pour pouvoir se mesurer à notre père et surtout quitter le clan. J'ai été si fière de lui le jour où il a réussi, mais il s'est passé quelque chose de terrible qui a tout remis en question.

Alors que je vais l'interroger, les deux hommes s'effondrent au sol.

— Et voilà, il y a plus qu'à les mettre au lit, ricane Aurora, apparemment habituée à ce genre de scène.

Elle se lève du banc, et instinctivement je la suis jusqu'à ce qu'elle se positionne au-dessus de son mari, les mains sur les hanches.

— Ça y est les enfants, vous vous sentez mieux ?

Un simple grognement lui répond tandis que les deux hommes se redressent. Lakmar me fixe avant de descendre le long de mon corps. Son regard est comme un laser qui me scanne, me donnant beaucoup trop chaud.

Son visage est tuméfié, il n'en reste pas moins terriblement beau.

Il se relève et s'avance tout près de moi. Tellement que l'odeur du sang mêlé à la sueur imprègne mes narines.

— Il faut qu'on parle, me dit-il, le souffle encore court.

Je ne trouve pas que ce soit le meilleur moment, alors je m'abstiens de le lui dire et hoche simplement la tête. Aurora soutient son homme pour le ramener chez eux quand nous quittons les lieux.

— C'est une drôle de façon de s'amuser, lancé-je, tandis que nous avançons sur le chemin.

Lakmar pouffe, sans répondre et ça m'agace. Je n'aime pas ce silence. Il devrait me tenir rigueur d'avoir dénoncé un de ses membres, vouloir ma peau à moi aussi pour avoir fait partie du clan ennemi. Est-ce pour ça qu'il m'emmène à l'écart ? Pour pouvoir m'étriper sans témoin ?

Nous sommes seuls à présent, uniquement entourés par la nature, que je trouve toujours improbable en plein centre-ville.

— Tu devrais retrouver Louise, tenté-je de le piquer pour le faire réagir.

Il ne me doit rien et inversement. Il faut tout de même qu'il comprenne que je ne serais pas son jouet. Nous avons eu un moment d'égarement qui ne se reproduira pas.

— Tu me déçois Tiara. Je ne te pensais pas possessive…

— Ce n'est pas le cas.

Ma réplique n'a pas l'air de le satisfaire, mais il ne la commente pas.

— Qu'attends-tu de moi, Lakmar ? Si tu sais depuis le départ que je suis la femme de Nick, tu as bien une idée derrière la tête… Tu espères que je te mène à lui ?

Son sourire répond à sa place, sauf que même si j'aimerais voir Nick entre ses mains, c'est impossible. Il y a tellement de choses qu'il ignore, tellement de choses qui font que cet homme est pour le moment intouchable.

— Je te le dirais en temps voulu. Pour l'instant, tu t'intègres au groupe pour que personne ne doute de toi, c'est tout ce que j'attends de toi.

Croit-il réellement que ce soit possible ? Solan me hait et il a balancé à tous que c'était de ma faute si Leah était morte. Je ne suis même pas sûre qu'il me reste un seul allié.

— Je n'ai que des ennemis ici.

Il me fixe si intensément que je pourrais me consumer. Il fait comme s'il réfléchissait alors que je sais qu'il jubile d'avance avant de lancer son idée certainement tordue.

— On ne touche pas à la copine du chef, sous aucun prétexte et c'est ce que tu vas devenir.

Je manque de m'étouffer avec ma salive. Il ne me laisse pas le temps de lui répondre et me plaque contre un arbre. Je tente de le repousser, sauf qu'il attrape ma mâchoire pour s'emparer brutalement de ma bouche.

La tension explose entre nous. J'ai envie de l'insulter, de lui dire qu'il prend ses rêves pour une réalité, quand sa langue qui se faufile contre la mienne me fait perdre toutes pensées cohérentes. Je le veux plus proche, j'en ai besoin alors j'agrippe son tee-shirt pour le plaquer contre mon corps qui se retrouve emprisonné.

Ses doigts en profitent pour se glisser insidieusement sous mon haut, qu'il soulève sans ménagement pour trouver mes seins déjà lourds de désirs. L'unique certitude à cet instant est qu'il faut que je me fonde en lui.

Il titille mes pointes dures, humidifiant mon intimité. Alors, sans lui laisser le choix, j'attrape une de ses mains pour l'amener vers mon point le plus sensible. Il ne fait rien pour m'en empêcher tandis que je me bats avec mon jean pour en ouvrir la fermeture. Ses baisers sont ravageurs et me font perdre l'esprit. Mon cœur pulse fort contre son torse.

Quand enfin mon bouton saute, je crie presque de soulagement. Je passe un des doigts de Lakmar sur ma culotte avant de la pousser pour que sa peau entre en contact avec la mienne. C'est un tel tsunami de sensations que je gémis contre ses lèvres.

Nous ne sommes pas à l'abri des regards, n'importe qui pourrait nous surprendre et au lieu de me terroriser, c'est comme si je l'attendais, le désirais. Cet homme me fait devenir exhibitionniste. Si je peux le remercier, ce serait pour m'avoir réconcilié avec ce corps qui m'a tant dégoûté.

Je n'ai pas vécu que dans une bulle dorée comme il l'imagine, loin de là et j'ai subi des choses innommables qui m'ont pourri la vie jusqu'à maintenant.

Il bouge sa main contre mon sexe et en vient à me pénétrer, mais trop peu. Maintenant que j'ai découvert son membre, je ne pense qu'à ça. Et je ressens encore son bijou frotter contre ma chair, délicieux…

Sa bouche quitte mes lèvres et ses doigts sortent de mon jean alors que je suis alanguie par ses caresses.

— Maintenant, je vais aller prendre une douche et nous rejoindrons les autres, je suis sûr que tu joueras la comédie à la perfection. Et je ne suis pas Axel, si tu fais un faux pas, je te le ferai payer, ne l'oublie pas.

La frustration est l'un des pires sentiments qu'on puisse ressentir. Il va le regretter, qu'il en soit certain.

CHAPITRE 22
LAHMAR

Bordel que c'est dur de ne pas baiser, Tiara. J'aime la confiance qu'elle a, le fait qu'elle me montre ses désirs, mais mon cerveau n'arrive pas à se déconnecter. L'adrénaline du combat coule encore dans mes veines et j'aurais pourtant bien besoin de décompresser.

Se battre est mon mode de fonctionnement. Quand je dois faire quelque chose qui me dérange, comme tuer une femme, en contrepartie, il faut que je me défoule. Mon père était ravi de mon passe-temps, même s'il n'en a jamais su la véritable raison. Pour lui, je souhaitais être prêt à n'importe quelle attaque, pouvoir me défendre de mes poings, alors qu'il a toujours été l'unique cible que j'aurais voulu atteindre. Celui que j'espérais massacrer et que je voyais dans toutes les personnes qui se trouvaient face à moi. Il ne m'a pas laissé l'occasion de l'achever de mes mains, il a crevé avant.

Nous arrivons devant la cabane où je compte bien me rafraîchir et tenter de refouler cette érection de plus en plus douloureuse.

Tiara s'assoit sur le lit alors que je fonce dans la salle de bain sans un mot. Je dois vraiment reprendre le dessus sur mes émotions.

Les derniers évènements ne m'y aident pas, c'est aussi pour ça que je me suis jeté sur elle. L'oubli, voilà ce que je cherchais sauf que je n'arrive pas à me sortir Leah de la tête.

J'ouvre l'eau qui coule à grand jet sur mon corps, laissant se répandre le sang, la sueur et un peu de ma culpabilité d'avoir pris la vie d'un de mes membres. Je suis le juge et le bourreau, même si c'est la partie du job qui me dégoûte le plus.

Après un temps indéterminé, je finis par sortir totalement à poil et découvre Tiara allongée sur le lit, endormie.

J'attrape de quoi me vêtir tout en gardant un œil sur elle. J'hésite à la réveiller, mais après tout, au moins je n'ai pas à m'en faire pour elle ni à la surveiller alors autant en profiter.

Je quitte la cabane en m'allumant une clope quand je remarque Axel assis devant la sienne sur un banc.

— T'en veux une ? l'interrogé-je en prenant place près de lui.

Il hoche la tête alors que je lui demande silencieusement s'il va mieux après la balle qui l'a effleuré. Il me montre le bandage, me rassurant sur son état.

— Je n'en reviens pas que Leah nous ait fait ça, lance-t-il. Putain, on s'est vraiment fait baiser comme des bleus.

Je souffle longuement, le pire c'est qu'elle n'a pas nié, n'a pas cherché d'excuses. Elle m'a simplement tout avoué et balancé que Tiara était avec Nick au passage. Elle ignorait que j'étais déjà au courant... C'était trop facile, pourtant bien réel. Elle ne m'a pas supplié de l'épargner, elle savait parfaitement les conséquences qui en découleraient, alors pourquoi ne s'est-elle pas plus battue ? J'ai eu l'impression qu'elle a été soulagée d'être démasquée. Il est clair que la traîtrise n'est pas de tout repos et elle pourrait remporter un Oscar parce que je n'ai absolument rien vu venir. Je me sens vraiment comme le dernier des abrutis.

Je pense encore à Solan qui a refusé de partir lorsque je le lui ai demandé. Il n'avait pas à assister à ça et je le regrette grandement quand j'observe le bras écorché d'Axel. Toutes les révélations qu'il a entendues étaient trop pour lui. Il ne se doutait de rien, je l'ai vu dans son regard. Mais au moment où il a compris que le sort de celle pour qui il devait avoir des sentiments était scellé, il a pété un plomb. Il voulait me viser et si Axel ne m'avait pas poussé au bon moment, j'aurais assurément une balle dans le corps.

Tout ça fait que je me retrouve avec un membre du clan en moins et avec l'une des personnes qui m'était le plus proche qui souhaite très certainement ma mort. Je ne peux plus lui faire confiance en l'état. Sauf que je ne peux pas le tuer, il ne m'a pas trahi, du moins pas comme je l'entends. Il a simplement laissé parler ses sentiments, je ne peux pas le blâmer.

De la fumée s'envole dans les airs tandis que je souffle longuement.

— On fait quoi de Solan ? me demande mon ami.

C'est la question que je me pose sans cesse, mais à laquelle je ne trouve aucune réponse.

— On le laisse se calmer et on voit ce qu'il en est demain. Dans tous les cas, il ne peut pas partir, il sait trop de choses.

— C'est clair. On l'a mis au sous-sol en attendant.

J'acquiesce. Nous avons quelques salles prévues pour des prisonniers, c'est le seul endroit où tout est parfaitement sécurisé.

— Tu crois que c'est elle qui a tué Juan ?

Je tourne la tête vers Axel qui se frotte le visage. La fatigue commence à marquer ses traits, entre ses crises et la disparition de Rosa, il est certain qu'il ne doit pas beaucoup se reposer.

Je l'ai demandé à Leah, mais elle a nié y être pour quelque chose. Qu'elle soit ou pas responsable n'aurait rien changé alors pourquoi ne pas avouer si c'était de son fait ?

— Je n'en sais rien, je vais considérer que non.

— Ça aurait été trop beau. On avait enfin une piste.

Un lourd silence s'installe. C'est clair que concernant Rosa, on est toujours au point mort et je comprends que ça l'énerve, je le serais à sa place.

— Quelle est la prochaine étape ? me demande-t-il soudain.

Mon regard balaie les alentours déserts. Le corps de Leah a été emporté et va être brûlé. Les autres doivent être auprès d'elle, je n'ai pas interdit une quelconque cérémonie. Je ne suis définitivement pas le monstre que mon père a tenté de faire de moi. Même si je suis incapable d'y assister, je ne peux pas les priver de ce dernier recueillement. D'ici peu, elle ne sera plus que des cendres que nous pourrons reléguer au passé.

— Demain après-midi, on se fait la route jusqu'à Amarillo. On a des glocks à récupérer.

— OK et pour Tiara ?

Je fronce les sourcils. Que veut-il savoir exactement ?

— Rien n'a changé, on maintient le plan.

Il lève les yeux au ciel comme s'il admirait les nuages qui passent au-dessus de nous.

— Pourquoi t'avoir tout raconté comme ça ? Elle n'était pas acculée, elle aurait encore pu garder ses secrets pendant des jours. Je l'aime beaucoup, même si je ne le devrais pas, quelque chose me touche en elle, me balance-t-il alors que mes poings me démangent malgré moi. Elle n'avait aucun intérêt à tout t'avouer.

Je le sais et pour moi aussi c'est louche, sauf que le désir que je ressens pour elle me met des barrières pour lui parler, brouille ma lucidité. Coucher avec elle était la pire des décisions, parce que j'en veux à nouveau, ça m'obsède.

— Elle n'a peut-être pas trouvé de mensonge adéquat.

Même moi je n'y crois pas, mais il ne répond rien.

— Je dois retrouver Rosa, j'ai besoin que ça avance. Maintenant que Tiara est au courant de nos informations sur elle, on peut l'utiliser pour ça.

Ses paroles font écho à celles qu'elle m'a dites quand j'ai découvert le téléphone qu'elle a acheté. Son aide est presque une de nos seules options et je n'aime pas ça. Je n'ai pas envie de lui devoir quoi que ce soit.

— Elle veut contacter quelqu'un des « Butterfly » pour trouver des indices sur sa localisation...

Axel tourne aussitôt le visage vers moi et me fixe un peu comme si c'était le matin de Noël.

— Je sais que tu ne souhaites pas que Tiara balance des infos sur nous aux « Butterfly », mais nous n'avons aucun autre moyen. Je vais lui passer mon portable pour qu'elle les appelle, il est intraçable. Et si nous restons présents pendant la conversation, elle ne peut pas nous la faire à l'envers.

L'espoir transparaît dans ses mots et j'ai peur qu'il en attende trop. Rien ne dit qu'on lui donnera le moindre renseignement. Après tout, ça fait des mois qu'elle a quitté le clan et nous n'avons aucune preuve qu'elle est encore en contact avec eux.

Avec Axel, nous avons déjà parlé de cette possibilité et il avait compris ma réticence, je pensais que l'affaire était réglée. Je sais que c'était une décision égoïste de ma part. Mon boulot est de protéger le groupe dans son ensemble, pas une personne en particulier. Sauf que la fouille de la maison vide de Juan remet les choses en discussion.

Ce qu'il me manque avec Tiara, c'est un moyen de pression. Ne pas l'emmener à San Diego en est un, même si je suis certain qu'elle trouvera comment s'y rendre autrement. Je dois découvrir sa faiblesse. Malgré toutes les informations que Sten m'a envoyées, rien ne peut me servir. Elle est toujours mariée à Nick, sauf qu'elle habite maintenant à Chicago. Elle a un père juge, autoritaire, mais juste, et un frère qui bosse au FBI. Je me demande vraiment comment elle a pu tomber aussi bas en épousant un chef de gang et surtout vivre avec lui durant des années, sans que quiconque s'en mêle. Elle reste un mystère, mais je tente de garder une distance pour ne pas m'attacher. Moins je la connais, moins j'aurais de difficulté à m'en débarrasser, c'est un mantra que je ne cesse de me foutre dans le crâne.

— OK, mais au moindre mot de travers, je coupe la communication.

Il hoche la tête, soulagé. Je ne peux imaginer le souci qu'il se fait. Il est mon frère et je n'arrive pas à me résoudre à lui refuser ça.

— Je vais la chercher, indiqué-je à Axel.

Il me lance un regard dont lui seul a le secret. Il se trompe s'il croit que je vais la toucher. Je dois la tenir à distance autant que possible.

Je monte la marche qui mène au chalet et ouvre la porte, sauf que la scène qui se déroule devant moi est tellement inattendue que je m'arrête net.

Tiara est toujours allongée, sauf que ses jambes sont écartées et que deux de ses doigts s'activent sur son sexe luisant. Elle est totalement nue et son autre main pince un de ses seins. Ce spectacle est un supplice, comment lui résister ?

Je claque le battant avant de m'avancer vers elle. Elle m'a forcément entendu, pourtant elle garde les yeux fermés et continue à se donner du plaisir comme si je n'étais pas là, à la regarder.

Ma queue s'affole tout de suite, déjà prête à transpercer mon pantalon pour se faufiler entre ses replis humides. Ses va-et-vient sont hypnotisant, j'ai à la fois envie de la rejoindre pour la prendre férocement et rester à l'observer.

Sans y réfléchir, ma main ouvre ma braguette et je baisse juste assez mon boxer pour sortir mon membre de sa prison. Je caresse lentement mon érection douloureuse. Cette femme est un démon qui m'a attrapée dans ses filets avec une facilité déconcertante.

Oubliées les bonnes résolutions, je ne suis plus maître de moi, mon cerveau s'est mis sur OFF.

Je resserre ma poigne et active le mouvement, faisant du même coup grimper mon excitation. Le souffle de Tiara devient court, un faible gémissement passe ses lèvres et je perds la tête.

Je me libère de mes vêtements en les jetant en tas sur le sol avant d'attraper une capote que je n'ai jamais enfilée aussi vite. Et sans qu'elle s'y attende, je m'installe entre ses jambes, dégage ses doigts pour la pénétrer profondément.

Mon grognement fait écho à son cri que je fais taire par ma bouche sur la sienne. Elle est humide à souhait alors que je vais et viens sauvagement. Elle s'accroche à mes épaules, me griffant, décuplant mon envie d'elle.

Soudain, je la sens se resserrer et perds pied à mon tour. Je me laisse totalement aller contre elle, libérant un peu de ma tension continuelle.

Nos souffles encore mêlés sont erratiques alors que nos cœurs battent à l'unisson. Ses lèvres bougent, m'embrassent si tendrement que je ne sais comment réagir. C'est lent, intime, beaucoup trop pour ce que nous sommes : rien !

Je me recule en réalisant la bêtise que je viens de commettre, jamais je n'aurais dû faire ça. Je descends précipitamment du lit sans un regard pour rejoindre la salle de bain.

J'ouvre l'eau de la douche après m'être débarrassé de la capote et pose mes deux mains contre le mur en la laissant couler sur moi.

Je fais vraiment n'importe quoi, depuis quand ma queue me dirige-t-elle ? Ma tête entre mes bras, le liquide encore froid se déverse sur ma nuque, espérant que ça me remette les idées en ordre pour la seconde fois de la journée.

Axel va me faire la morale, il savait que je ne lui résisterais pas. Mais comment aurais-je pu me douter qu'elle était en train de se donner du plaisir ? J'avoue qu'elle m'a pris à mon propre piège, même si elle ne m'attendait pas. Son geste n'était pas entièrement calculé.

Je sens soudain une présence dans la pièce. Je reste dos à elle, j'ai trop peur que la voir ravive mon envie d'elle. La faire mienne est ma nouvelle lubie à laquelle je vais devoir me freiner. J'ai des choses à faire, un groupe à diriger, je ne peux pas me permettre de les mettre en danger parce que je ne suis pas suffisamment concentré.

Après de longues secondes, je prends mon gel douche et m'en badigeonne avant de me rincer et de sortir.

Tiara est toujours nue, postée contre le mur. Alors que j'attrape une serviette, je peux voir son regard parcourir mon corps lentement, tout comme je le fais avec elle. Elle s'attarde sur mon torse puis remonte vers mon visage. La lueur qui brille dans ses yeux m'indique que je lui plais et il est clair que ma fierté l'en remercie, même si je garde le silence. Ses courbes m'appellent également, me supplient de leur donner encore un peu d'attention. Je m'y refuse. Mes poings se resserrent sur le tissu entre mes doigts et je me dépêche de m'essuyer. Sauf qu'en passant près de Tiara, son odeur mélangée à celle du sexe me retient. J'inspire longuement avant de lui souffler à l'oreille :

— Tu as cinq minutes pour me rejoindre dans la chambre. Tu as une mission à accomplir et on a déjà assez perdu de temps.

Je ne m'attarde pas, n'attends pas sa réponse, elle est inutile.

Les draps sont en pagaille sur le lit. Je m'en détourne pour attraper mes vêtements et me rhabiller. Je ne dois en aucun cas oublier mon objectif final qui se fait pourtant la malle à chaque fois que je me retrouve seul avec elle. Cette femme me fait douter, met à mal mes convictions même si elle n'a pas arrêté de me cacher des choses. Je ne lui fais pas confiance, alors pourquoi mes pensées ressemblent à un tourbillon qui ne cesse de tourner ? Je n'arrive pas à me fixer sur une idée, à chaque fois, elle remet tout en cause, c'est insupportable. Quand je m'avance vers la sortie, son reflet dans le miroir accroché sur la porte de la penderie me stoppe net.

J'ai envie de lui jeter des vêtements à la figure. Au lieu de ça, la bête en moi se délecte de chaque parcelle de sa peau. Elle ne me remarque pas l'observer, ne constate pas le voyeur que je suis et c'est mieux ainsi. Il ne faudrait pas qu'elle continue son jeu de séduction voué à l'échec.

Je détourne le regard et m'oblige à ouvrir la porte de la cabane que je referme aussitôt.

Je suis surpris par la personne qui s'avance vers moi.

— Axel m'a dit de ne pas vous déranger, mais je n'ai pas sa patience.

Je souris à ma sœur et m'assieds sur la marche du chalet en attendant que Tiara en sorte.

— Tu sais, ce n'est pas parce que je couche avec elle que nous allons nous marier ? C'est même la dernière personne à qui je penserais pour ça...

— Tout ce que je constate c'est que tu mets Louise à l'écart et rien que pour ça, je vais la remercier chaleureusement.

Je ne peux m'empêcher de rire à sa remarque. Elle ne l'a jamais appréciée et je vois que ses sentiments n'ont pas évolué. Louise est frivole et je la prends pour ce qu'elle est. Elle non plus, je ne l'épouserais jamais.

— Est-ce qu'on peut parler d'autre chose que des femmes que je baise ?

Soudain, la porte s'ouvre et ma sœur explose de rire alors que Tiara passe à côté de moi.

— J'espère ne pas avoir trop fait attendre Sa Seigneurie, balance cette dernière en me fusillant du regard.

Je me redresse avant de me poster tout près d'elle.

— Si j'étais seigneur, je te fouetterai et jetterai dans un cachot pour me parler comme tu le fais.

Ses yeux dans les miens me défient, elle est trop sûre d'elle. Avant qu'elle ne puisse réagir, je la retourne et attrape brutalement sa gorge pour la plaquer contre moi. Ses doigts tentent de décrocher ma poigne.

— Tu aimes me provoquer, mais prends tout de même garde. Je t'ai promis de te garder en vie, je n'ai rien dit sur ta manière de voyager jusque là-bas...

Je la relâche d'un coup et commence à remonter le chemin, ma sœur sur mes talons.

— T'es dans la merde petit frère, t'es déjà accro, me lance-t-elle, alors que je ne lui prête plus aucune attention.

Elle se fait beaucoup trop de films. Je la laisse dans son délire et retrouve Axel qui est installé dans le réfectoire, son portable dans les mains.

Il lève à peine ses yeux avant de me balancer :

— Je savais que j'aurais dû aller la chercher moi-même...

Je lui fais un signe, la discussion est close.

Tiara nous rejoint et s'assoit à côté de mon ami qui lui tend son téléphone. Elle le regarde ahurie, percutant assez vite.

— Tu vas appeler ton contact et tu mets le haut-parleur, je veux entendre chaque mot qui sortira de vos bouches. Si une parole me déplaît, tu regretteras la tente qui t'a abrité jusque-là, la prévins-je.

Elle hausse un sourcil sous ma menace, me croit-elle incapable de la laisser dormir dehors, attachée et seule au milieu d'un bois ? De ne pas la nourrir et la faire boire que le strict nécessaire ? Je ne suis pas aussi gentil qu'elle le pense. Il y a du relâchement, je l'accorde. Je vais me reprendre et ça va lui faire drôle.

— Quel intérêt aurais-je à vous la faire à l'envers ? Je veux autant la retrouver que vous.

— Tu restes une intruse, une personne du camp ennemi.

Ma remarque la touche. Elle se dépêche de baisser les yeux et de composer le numéro.

Deux sonneries se font entendre avant que la voix d'un homme brise le silence.

CHAPITRE 23
TIARA

— Allo !

L'homme au téléphone commence à s'impatienter alors que ma voix reste bloquée dans ma gorge. Ça fait presque deux ans que j'ai disparu du camp sans aucune explication, à moins que Nick leur en ait servi une de son cru. Ce n'est pas que je ne l'ai pas voulu, c'est qu'on m'en a empêché. De ce fait, je crains sa réaction, même si avec le recul, je réalise qu'il est le seul pour qui j'ai vraiment compté. Mais aussi à qui ça a dû faire le plus de mal. Il avait des espoirs pour nous deux, des projets pour nous enfuir qui n'ont jamais pu se concrétiser et je n'ai pas envie de rallumer la flamme de ses sentiments. Sauf qu'aujourd'hui, il est l'unique personne envers qui je puisse me tourner.

— Julian, finis-je par murmurer sous les regards inquisiteurs de mes nouveaux compagnons de route.

Un silence interminable m'accueille au bout du fil, j'ai peur qu'il m'ait raccroché au nez et ne sais quoi dire pour briser la glace.

— Attends, me souffle-t-il.

Lakmar me dévisage. Cette fois, il ne trouvera rien. J'ai fermé la porte de mes émotions et ne laisse rien paraître du trouble qui gronde en moi. L'entendre fait remonter tout ce que j'ai vécu en sa présence, le bon comme le pire et c'est un cataclysme.

— Bordel, où es-tu Tiara ?

Son inquiétude me serre le cœur. Il est le bras droit de Nick, pourtant les deux sont comme le jour et la nuit, je n'ai jamais réellement compris leur relation. Nick est brutal, sans concession, il détruit tout sur son passage alors que Julian est tendre, prend le temps d'écouter chacun des membres, est calme et posé. Ils s'opposent aussi bien qu'ils s'accordent...

— Je ne peux rien te dire Jul, sauf que je suis en sécurité... J'ai besoin de toi pour retrouver une amie, lui balancé-je rapidement.

Un ricanement me répond. Il est blessé, je le comprends et m'y attendais. Il aurait préféré que je lui dise de venir me chercher et m'aider à me cacher quelque part où lui seul aurait accès. Il me l'a déjà proposé à de nombreuses reprises, cependant, ma vie était avec Nick malgré les tortures et les humiliations. Il avait une emprise sur moi bien trop forte, jamais je n'aurais pu lui désobéir ni penser à m'enfuir. Du moins jusqu'à ce jour où tout a changé, où tout mon amour s'est déversé sur quelqu'un d'autre. Même Julian ne doit pas être au courant, il était trop proche de moi pour que Nick le mette dans la confidence. Il s'en méfiait, il était terriblement jaloux, pas seulement de lui d'ailleurs... C'est ce qui m'a valu d'être jetée dans une cellule et battue si fort qu'il n'a pas eu le choix de m'envoyer à l'hôpital. C'est là-bas que mon frère m'a retrouvée et ramenée à Chicago.

Tout se mélange dans ma tête, passé et présent s'entortillent et je ne sais plus réellement où je me trouve.

— Ça fait dix-huit mois et vingt jours que j'attends d'avoir de tes nouvelles, que je t'imagine morte...

Je n'ai pas envie de discuter de ça devant les autres, pourtant, j'avais conscience qu'il y avait un risque.

— Il m'a enfermée et j'ai réussi à m'échapper. Surtout, ne lui dis pas qu'on s'est parlé.

— Putain Tia ! Je t'ai cherchée, je lui ai même demandé des comptes, mais il m'a juré que tu avais disparu. Il avait l'air vraiment sincère et peiné.

Les larmes s'accumulent aux bords de mes yeux, je ne suis pas sûre de supporter encore longtemps cette conversation. J'ai envie de tout lui raconter, lui connaît mon histoire, il m'est familier et je sais qu'il m'aiderait, sauf que des oreilles qui n'ont pas d'aussi bonnes intentions scrutent la moindre parole.

— Où es-tu ? Je peux t'emmener dans un lieu sécurisé.

Les deux hommes à mes côtés se tendent et Lakmar me fusille du regard, il a dû comprendre que nous avons une relation particulière, qu'il est plus qu'un ami, même si nous n'avons jamais rien fait. Il a été la bouée qui m'a empêchée de me noyer. Sans lui, j'aurais sombré dans des travers desquels je ne serais certainement jamais ressortie. La drogue était omniprésente et m'a bien soulagée. Julian m'a aidée à ne pas m'enliser là-dedans, je le remercie aujourd'hui.

— Je ne peux rien te dire. J'ai besoin de savoir si tu es au courant de l'enlèvement récent d'une femme.

Seul son souffle me répond.

— Tu m'appelles sous la contrainte ? Est-ce qu'on t'y oblige ?

— Non Julian, je dois absolument la retrouver, elle est mon amie.

— Ton amie Tia ! Tu déconnes ! Elle fait partie des « Black Eagles », elle en porte le tatouage. Tu as réussi à échapper au gang pour entrer dans un autre ? Je vais avoir besoin de réponses Tia.

Mon cœur s'arrête, il l'a aperçue ! Rosa est avec eux ! Si c'est Nick qui s'occupe d'elle, je crains le pire et surtout de ne jamais la revoir. Sa violence n'a aucune limite pour quiconque. Mes yeux vont naturellement vers Axel dont l'espoir vient de renaître alors que le mien s'amenuise, elle est sûrement encore en vie, bien que son temps soit compté. Je n'ai plus le choix, je vais devoir trouver des réponses qui lui conviendront.

— Jul, j'ai besoin de ton aide pour la sortir de là, je ferais ce que tu veux.

Il ricane avant de lancer :

— Je ne suis pas ton toutou Tiara, tant que tu ne me racontes pas ce qui t'est arrivé en détail, je ne ferais rien. Il va vraiment me falloir de bons arguments !

Il ne sait pas que je suis entourée. J'ai confiance en lui et suis prête à me livrer, mais pas en face de Lakmar et Axel, c'est trop dangereux. Ils auraient un pouvoir sur moi tellement grand que jamais je ne leur concéderais certaines révélations.

— Je... Je ne peux rien te dire au téléphone.

Lakmar pose brutalement ses poings sur la table et je sais que c'est un avertissement, pourtant mon choix est déjà fait. S'ils veulent la retrouver, ils devront m'accorder ce rendez-vous avec Julian.

— D'accord, je ne demande qu'à te voir, dis-moi où et quand.

Soudain, Lakmar attrape le téléphone et met fin à la conversation.

— Tu me prends pour un con Tiara ? C'est quoi cette merde ? On n'a jamais parlé de rencontre ! Et qui est ce type ? C'est ton prince charmant ?

Je décèle sans mal une pointe de jalousie dont j'aimerais profiter, mais Axel ne m'en laisse pas le temps.

— C'est le seul moyen.

— Non ! répond son ami. Elle pourrait balancer tout ça devant nous, derrière ce putain de téléphone. Que veux-tu nous cacher ? Que refuses-tu de nous dire ? Tu as forcément un secret, sinon ça ne te dérangerait pas.

Cet homme est bien trop intelligent, ce qui explique son rôle de meneur. C'est aussi mon plus gros problème. Il faut que je trouve quelque chose d'assez important pour être plausible sans pour autant lui divulguer la vérité. J'ai trop peu de temps pour réfléchir. Ils me fixent tous deux sans possibilités de reculer.

— Tu protèges ton clan de toutes tes forces, et c'est louable, mais permets-moi de faire de même avec le mien.

— En quoi leur es-tu redevable ? De t'avoir enfermée ? lance-t-il en cognant son poing contre le bois qui résiste avec peine. En plus, tu ne fais plus partie de leur groupe, arrêtes de te voiler la face.

Il se rassied au fond de son siège avant de tirer une cigarette de son paquet et de la porter à ses lèvres. Il échange un long regard avec Axel qui me met mal à l'aise. J'ai l'impression d'être une voyeuse de leur intimité. Ils se comprennent sans même se parler.

Après avoir soufflé sa fumée une dernière fois, il repose le téléphone devant moi.

— OK, à Amarillo dans deux jours. Dis-lui bien qu'il a intérêt d'être seul.

Je hoche la tête et compose à nouveau le numéro.

Julian est soulagé de m'entendre et accepte aussitôt le rendez-vous sans même rechigner.

Je mets rapidement fin à la conversation, l'écouter me fait mal. Je l'ai aimée alors que Nick me délaissait pour s'amuser avec d'autres femmes, lui était toujours présent. Il me tenait compagnie, s'inquiétait pour moi et mes sentiments se sont troublés. Il était l'homme idéal, celui dont tout le monde rêve, mais on ne nous a pas laissé le temps d'aller plus loin.

— Retourne à la cabane, on viendra te chercher pour le dîner.

L'ordre sec de Lakmar tombe comme un couperet et je n'ai aucune envie de me battre avec lui, je n'en ai plus la force après ces souvenirs qui ont chamboulé mon esprit.

Je recule ma chaise et me dépêche de quitter la salle. Je commence à étouffer, j'ai besoin d'air.

J'emprunte directement le chemin menant à la chambre. Les regards de certains se font curieux et m'observent avec trop d'insistance. Je ne sais pas comment je vais pouvoir continuer dans ce groupe. Tout le monde va me fuir maintenant. Je n'ai aucune idée de ce qu'a raconté Leah, ni à qui, en dehors de Solan.

Trop de choses se mélangent dans ma tête et j'ai besoin de me poser, d'oublier tous ces problèmes pour me concentrer uniquement sur mon but final. Tous ces obstacles ne font qu'interférer, mais seront bientôt balayés. Une fois que je l'aurais retrouvé, je disparaîtrais avec *lui* pour nous construire une toute nouvelle vie. Plus de danger, plus de violence, seulement l'amour, l'un pour l'autre.

J'ouvre la porte et me jette presque sur le lit. Quand l'odeur qui imprime les draps me rappelle à la réalité. J'ai couché avec Lakmar, et pas qu'une fois.

Après qu'il m'ait excitée, je n'arrivais plus à me l'enlever de mon esprit et c'est à ce moment que j'ai décidé de me donner moi-même du plaisir. J'ai pris ce qu'il me refusait. Sauf que je n'avais pas prévu qu'il me rejoigne. Je ne pouvais plus arrêter, j'avais besoin de cette délivrance et avec lui, ce fut au-delà de mes espérances.

Je m'entortille dans les draps toute habillée et attrape un coussin pour le caler sous ma tête. Le sexe est partout ici. Chaque image de son corps nu me revient, ses épaules larges, ses bras musclés, son ventre si bien dessiné et son membre épais qui se termine par un bijou brillant, le rendant encore plus imposant...

C'est sur cette dernière image que je ferme les yeux pour me laisser entraîner dans de doux songes.

La porte qui claque me fait sortir de la brume et je me rends compte qu'il fait déjà nuit dehors. Je suis surprise, je ne dors généralement pas si longtemps. Peut-être est-ce l'environnement sécurisant qui me permet de vraiment me reposer. Je n'ai pas l'habitude d'être protégée, plutôt de me trouver continuellement en danger.

Je me tourne sur le côté, prête à voir apparaître Lakmar. Je ne dois pas oublier que c'est sa cabane, mais dans l'obscurité, je ne remarque personne. Est-il parti ? J'essaie de diminuer ma respiration et laisser mes oreilles tenter d'apercevoir le moindre son, sauf que tout est silencieux.

Je me remets sur le dos et fixe le plafond. J'ai dû rater le repas même si je ne sais pas exactement l'heure qu'il est.

Je frotte mon visage. J'aimerais rester ici encore des heures, malgré ça, je me force à me redresser. Mon reflet se devine sur le miroir accroché à la porte de la penderie et il faut vraiment que je m'arrange avant de sortir.

Je tire sur ma queue de cheval pour en défaire l'élastique et file dans la salle de bain en appuyant sur l'interrupteur.

Un frisson me parcourt avant même que je ne le voie. Un homme, grand, cagoulé me fait face. Je ne réfléchis plus, laisse mon instinct prendre le dessus et m'enfuie vers la chambre. Je dépasse le lit à toute vitesse et quand ma main agrippe la poignée, on me jette violemment en arrière et me pose quelque chose sur la bouche. L'odeur est infecte, je me débats autant que je le peux. Je n'ai pas le temps d'avoir peur que ma conscience se faufile, m'échappe totalement, tout devient flou autour de moi. Mon corps ne m'obéit plus, je n'ai plus de force et me sens tomber, retenue par cet inconnu.

Le réveil est rude, ma gorge me brûle atrocement et mes yeux peinent à s'ouvrir. Je me sens mal, j'ai la nausée et tout mon corps n'est que douleur.

Au prix d'un énorme effort, je finis par réussir à soulever mes paupières, sauf que c'est le noir qui m'accueille. Je me force à tourner la tête, ne rencontrant aucune forme, rien. Que m'arrive-t-il ? Où suis-je ?

— Enfin réveillée la marmotte, me souffle-t-on à l'oreille.

Je tente de bouger, mais comprends rapidement que je suis attachée aux mains et aux pieds alors qu'un bandeau doit bloquer ma vision.

J'essaie de me concentrer sur cette voix qui ne me dit rien, je ne la reconnais pas.

— Que... (Ma gorge est comme écorchée, parler est un supplice.) Que me voulez-vous ?

Seul un ricanement plus lointain me répond.

— Tu traînes avec un groupe très intéressant et il me faut des informations sur eux.

Je ne comprends pas. Comment a-t-il pu pénétrer la forteresse ? Ça ne doit pas être évident... À moins de déjà se trouver à l'intérieur... Est-ce une autre taupe ? Y a-t-il tellement de personnes peu fiables dans ce clan ? S'il en faisait partie, pourquoi avoir besoin de moi ? Je ne suis là que depuis quelques jours, je ne sais rien d'important au final.

Je suis totalement perdue en plus de ma tête qui cogne si fort que c'est insupportable. Mes paupières se font à nouveau lourdes, j'ai l'impression de tomber, que tout mon corps se ramollit pour ne devenir qu'une flaque.

Soudain, mon visage est ramené en arrière et je sursaute alors que ce que je devine être de l'eau glacée se vide sur moi. Je n'arrive pas à éviter que le liquide entre dans ma bouche et mon nez. Je m'étouffe jusqu'à ce que tout s'arrête et qu'on lâche mes cheveux. Je recrache tout ce que je peux et tousse longuement.

— Tu baises avec leur chef... Alors tu dois bien avoir quelques secrets à me raconter.

Je rirais bien, mais le ton de sa voix me retient. Après tout, je ne sais ni qui il est, ni ce qu'il me veut vraiment. Une chose est sûre, il ne connaît pas Lakmar qui est une tombe.

— Il me suffit d'une info qui les ferait tous aller en taule et ne plus entendre parler d'eux, c'est tout. Tu me racontes un truc et tu es libre. Autrement, je vais devoir me montrer moins gentil avec toi…

Évidemment, c'est aussi simple que ça... Sauf que j'ai besoin de ce groupe pour arriver à bon port. Et croit-il vraiment que sa menace me fasse peur ? Si Lakmar apprend que j'ai balancé quoi que ce soit sur eux, je suis morte dans tous les cas. Ce qu'il a fait à Leah est encore bien imprimé dans ma mémoire.

Mes pensées tournent à plein régime, essayant de me souvenir d'un détail, d'une personne qui m'a paru louche, mais rien ne me vient en dehors de Solan. Je ne reconnais pas sa voix et dans quel but voudrait-il que je lui donne des informations alors qu'il sait déjà tout ?

— Ils ne me disent rien, je suis nouvelle dans leur groupe, tenté-je de gagner du temps.

Ma réponse ne doit pas le satisfaire au vu de son grognement. Tout à coup, une gifle phénoménale vient frapper ma joue dans une douleur atroce. Ma tête part sur le côté sans que je ne puisse rien faire. Mon visage me brûle et des souvenirs de mon passé jaillissent dans mon esprit.

Je me revois attachée aux montants du lit, les jambes et les bras écartés, entièrement nue. Nick adorait ce genre de jeux. Me faire poireauter des heures dans cette position jusqu'à ce que mes membres me fassent si mal que le moindre petit geste devienne une torture. Et parfois, ça ne lui suffisait pas, il voulait regarder les traces rouges de sa ceinture parsemer mon corps, ça l'excitait de m'entendre hurler, le supplier, mais ça ne l'arrêtait pas, loin de là. Lorsque son besoin de sang était trop important, il m'entaillait les cuisses. C'est ça qui lui plaisait le plus, me baiser alors que le liquide chaud coulait encore de ma peau meurtrie et se répandait sur lui.

— C'est ta dernière chance, je n'ai pas de temps à perdre. Soit tu donnes ce que je demande, soit je te tue.

Quelque chose de froid se pose sur ma gorge et un frisson d'effroi me traverse.

— Qui êtes-vous ? Vous pouvez me le dire vu que je vais mourir...

Il ricane quand tout à coup, une main agrippe un de mes seins par-dessus mon haut et le tâte sans ménagement. J'essaie de me soustraire, sauf que les liens qui m'entravent sont bien trop solides.

— Ton pire cauchemar, souffle-t-il presque contre mes lèvres.

Sur une impulsion, je pousse sur mes jambes et la chaise sur laquelle je me trouve tombe à la renverse. Le choc est brutal, me coupant la respiration. Je tente tout de même de dégager ce qui me bloque la vision. Je frotte mon visage contre le sol pour soulever, ce qui doit être un tissu, de mes yeux, et ce que je réussis à voir me cloue sur place, me laisse totalement abasourdie.

Je cesse de me débattre parce qu'il a lui aussi le regard fixé sur moi, attendant certainement que je réagisse. Je suis statufiée, incapable de croire que c'est réel.

Même si je ne voulais pas me l'avouer, je lui faisais confiance, sauf qu'il vient de tout foutre en l'air...

CHAPITRE 24

LAHMAR

Ses yeux clairs me fusillent littéralement. Il faudrait que j'avance vers Tiara pour la redresser et la détacher, quand Axel prend les devants, c'est mieux ainsi.

Baldwin se tient à côté d'eux. Il ne dit pas un mot alors que je suis assis sur une chaise près de la porte.

En général, ça dure plus longtemps. Je savais qu'avec elle ce serait différent. D'un côté, je suis déçu qu'elle se soit libérée aussi vite, c'était excitant d'observer sa peur. D'un autre, je suis soulagé que plus aucun homme ne doive l'approcher. Je ne pouvais pas jouer ce rôle de bourreau, elle m'aurait tout de suite reconnu, même si voir mon beau-frère quasiment contre elle, la toucher m'a vraiment agacé. Je l'ai choisi justement parce qu'il est terriblement amoureux de ma sœur et que je suis certain qu'il ne la tromperait jamais.

Tiara finit par se redresser et alors qu'Axel essaie de l'aider, elle le repousse brutalement. Son visage est encore rougi par la gifle et ses cheveux sont en pagaille, pourtant, elle n'en est pas moins attirante.

— C'est quoi tout ça ? demande-t-elle les yeux dans les miens en nous désignant du doigt un par un.

– Ton deuxième test.

Ma réponse la fait exploser de rire, mais ce son a une fausse note, il n'a rien de joyeux. Je dois être masochiste, parce que j'attends avec impatience sa répartie cinglante.

— Tu te fous de ma gueule ? À quoi ça te sert ? Tu arrives mieux à dormir en sachant que je réussis tes tests de merde ?

La rage prend totalement possession de son corps. Elle se retrouve devant moi si vite qu'Axel n'a pas le temps de l'arrêter. Baldwin en revanche est aussi rapide qu'une flèche. Il enroule un bras autour de sa taille pour la plaquer contre lui. Malgré ses entraves, ça ne l'empêche pas de vociférer et de se débattre comme une lionne. Quelque part, j'ai envie de la laisser m'approcher, de voir ce qu'elle ferait, jusqu'où irait-elle ?

— T'es vraiment un connard ! Me faire croire que je suis en danger t'apporte quoi ? Réponds ! hurle-t-elle.

Je me lève pour lui faire face. Ma stature est imposante, je le sais et c'est également une des raisons pour lesquelles on me craint de prime abord. Sauf qu'elle ne se laisse pas amadouer, elle cherche le conflit.

— Pour être certain que tu ne nous dénonceras pas à la première occasion.

— Parce que tu crois que ta petite comédie m'a vraiment fait peur ? Tu penses me connaître, mais il n'en est rien ! Tu devrais revoir tes mises en scène débiles ! J'espère que tu t'es bien amusé et vous aussi !

Elle se dégage de la poigne de Baldwin qui la laisse filer, comprenant qu'elle ne va rien tenter contre moi, du moins physiquement.

Nous l'observons sortir de la pièce telle une furie avant que je ne croise le regard d'Axel. Il m'avait prévenu qu'elle le prendrait mal et j'en avais parfaitement conscience. Cette épreuve est subie par chaque membre, je ne vois pas pourquoi elle passerait outre. C'est une étape indispensable, même si je sais pertinemment qu'elle ne reflète pas vraiment la réalité, je ne peux pas non plus les torturer à mort...

— Épouse-la vieux, balance Baldwin en aidant Axel à ranger les cordes qui ont servi de liens.

C'est déjà la femme d'un autre. Je comprends maintenant tout l'attrait qu'il lui trouve. Elle ne se soumet pas aussi facilement qu'on pourrait le penser. Elle a de la ressource, un côté bagarreur qui me plaît de plus en plus.

— Tu parles, elle risque de lui couper les couilles dans son sommeil et de les faire rôtir, lance Axel en se marrant.

Ça n'est pas grand-chose, mais je suis tout de même heureux de le voir plaisanter même si c'est à mes dépens. Je sais que la situation n'est pas joyeuse, pourtant il fait tous les efforts qu'il peut pour ne rien laisser paraître et essayer de mettre ses crises en pause.

— La femme parfaite, ajoute le mari de ma sœur.

— Vous avez fini vos délires ? grogné-je pour la forme.

Plus que quelques jours à la supporter et tout prendra fin. C'est ce qui me donne la force de tenir, la seule qui me fait avancer.

Mes deux amis continuent de divaguer. Je ne les écoute plus et préfère sortir.

Les reflets de la lune m'accueillent, tout est sombre, ténébreux, comme mon humeur.

Je suis le chemin me ramenant vers la vie, vers les autres qui vu l'heure peu tardive, doivent encore être au réfectoire.

Les cris et bavardages qui me parviennent confirment ma pensée et au détour d'un arbre, comme si elle était en embuscade, Louise me fait face.

— Lak... Ça fait trop longtemps, j'ai envie de toi.

Sans attendre une quelconque réponse de ma part, elle vient se frotter contre moi et agrippe ma queue à travers mes vêtements.

— Elle me manque trop, il me la faut.

J'attrape sa main pour qu'elle arrête de me palper, sans pour autant la dégager. Elle essaie de capturer mon regard, sauf que je suis bien trop concentré sur Tiara qui se trouve avec ma sœur, entourée par des hommes.

Elle fait comme si elle ne sentait pas mes yeux posés sur elle, comme si elle ignorait ma présence alors que moi je suis obsédé par cette femme.

La meilleure solution serait de me servir auprès de Louise, de la laisser me baiser. Pourtant une partie de mon cerveau refuse cette idée. Il me rappelle la sensation que je ressens quand Tiara me caresse, m'embrasse, jouit sur ma queue. C'est infernal, je ne me suis jamais retrouvé dans une telle situation.

Tiara remarque très vite la main de Louise, difficile de la rater... Rien ne s'affiche sur son visage, elle reste froide, distante et ça me dérange.

Je finis par virer ses doigts qui tentent de m'exciter et attrape une clope, mon seul moyen de décompresser.

— J'en ai marre Lak. Tu ne me regardes plus, et pire que tout, tu la fais monter sur ta moto ! J'étais prête à attendre le temps qu'il fallait, alors que tu ne cesses de me mettre à l'écart !

— Louise…

Je n'ai aucune envie d'avoir cette discussion, elle se fait trop de films depuis le départ et ce n'est pas faute de l'avoir prévenue.

— Non, tu ne fuiras pas, je réclame des explications. Dis-moi clairement les choses, tu veux me quitter ?

Je souffle ma fumée en prenant mon temps. Je savais que ce jour arriverait et apparemment c'est pour maintenant.

— On n'a jamais été ensemble, il n'y a rien à « quitter ».

Son regard se voile et je sens qu'elle va pleurer. Je dois me barrer, et en même temps, il faut qu'elle comprenne la leçon une bonne fois pour toutes.

— Je tiens à toi Lak, beaucoup…

— Et moi non. Je ne t'ai jamais rien promis Louise, ce n'était que du sexe. Tu l'as accepté depuis le départ et je n'ai aucune envie d'en changer. Si ça ne te convient plus, soit tu te trouves quelqu'un d'autre, soit tu dégages.

Comme je m'y attendais, les larmes strient ses joues. Ça ne m'atteint pas, elle ne représente rien.

Je cherche une personne à qui aller parler dans la foule et c'est sur ma sœur que je m'arrête. Elle nous observe et doit sentir que ce n'est pas habituel, parce qu'elle reste concentrée sur nous. Mes yeux la supplient de me sortir de ce merdier et elle doit le deviner, car elle stoppe sa discussion et avance jusqu'à nous.

Elle a toujours été celle qui me comprenait le mieux et inversement, c'est la raison pour laquelle je remarque tout de suite son petit air sournois qui me met aussitôt sur mes gardes.

— Alors les amoureux, on s'éclate ?

La garce ! Je fusille Aurora du regard tandis que Louise continue son cinéma et explose en sanglots. Maintenant qu'elle a un spectateur, elle va s'y donner à cœur joie.

— Il ne veut plus de moi alors que c'est l'homme de ma vie, réussit-elle à souffler.

J'en ai marre de ses conneries de gamine et me demande encore ce qui m'a pris de l'inclure dans le groupe. Elle est bandante et est totalement débridée niveau cul, j'avoue que c'est ce qui m'a plu chez elle, mais il n'y a que ça, c'est uniquement physique et charnel. Elle ne sait rien de ma vie, comme je suis ignorant de la sienne.

Le problème c'est qu'elle ne représente qu'un jouet et que quand on en trouve un meilleur, on en change. Je me lasse vite et c'est ce qui se passe avec elle.

— Oh, ma belle, les hommes sont tous des goujats et mon frère ne fait pas exception à la règle.

Comme s'il avait lu dans mes pensées, Jon débarque près de nous.

— Il faut que je te parle une minute, c'est urgent.

J'acquiesce, bien trop content qu'il me sorte des griffes de Louise et de ma sœur qui admire le spectacle et a l'air de s'amuser comme une folle à mes dépens. Je lance un dernier regard assassin à Aurora qui me renvoie son sourire éclatant en pleine tronche. C'est l'unique femme à avoir le pouvoir de m'apaiser et de me rendre plus humain, sûrement parce que c'est la seule que j'aime, la seule pour qui je sacrifierais ma vie.

Nous faisons quelques pas avant qu'il ne s'arrête et se tourne vers moi, le visage grave.

— Ty et Trish sont au portail, ils arrivent.

En une phrase, il ruine ma soirée. C'est le couple maudit, celui qui ne vient qu'en de rares occasions et qui a décidé que c'était aujourd'hui, alors que je suis présent. Malgré les années, la rancœur est toujours intacte et la haine de les imaginer ensemble est déjà assez douloureuse, je n'ai vraiment pas besoin de les voir.

— Et tu ferais bien de surveiller Tiara, elle enchaîne les verres, j'ai peur qu'elle nous fasse un coma éthylique.

Je ferme les yeux une seconde pour tenter de mettre de l'ordre dans mes idées et me tourne vers le groupe. Je la remarque tout de suite qui danse sur la musique qui passe en fond, toujours encadrée par plusieurs mecs qui attendent le bon moment pour attaquer. Je soupçonne même que ce soit eux qui la saoulent.

Je remercie mon ami et choisis de m'occuper en priorité de cette femme qui ne quitte pas mes pensées. Ensuite, je ferais en sorte de rester éloigné de Trish.

Tiara balance sa tête et ses bras dans tous les sens, manquant d'éborgner ceux qui l'entourent. Mais ce que je remarque le plus est le sourire qui est imprimé sur ses lèvres. Elle a l'air heureuse, insouciante, je ne l'ai encore jamais connu comme ça.

J'essaie de prendre une de ses mains dans la mienne pour la calmer, sauf qu'elle se débat vivement et finit même par se reculer. Voyant mon intérêt pour elle, plus personne ne fait attention à nous ni ne tente plus de la draguer. Je marque mon territoire, c'est une très mauvaise idée. En même temps, mon corps ne me laisse pas le choix. Après tout, c'était mon plan débile de faire croire à une idylle pour la protéger.

— Tiara bordel! grogné-je, alors qu'elle se met à rire comme une folle.

— Ne sois pas rabat-joie, c'est la fête ! me lance-t-elle en attrapant un verre posé sur une caisse, que je lui enlève et jette au sol avant qu'il n'atteigne sa bouche.

Elle me dévisage, mais à bout de patience, je passe un bras autour de sa taille pour la plaquer contre moi. J'ai fini de jouer, Trish va débarquer et je n'ai aucune envie de la croiser. Tiara me fait perdre un temps précieux et ma nervosité augmente proportionnellement. Ça fait des mois que je réussis à l'éviter, ce n'est pas pour que cette pimbêche alcoolisée fasse tout foirer.

— Maintenant, tu vas me suivre comme une gentille fille.

Elle ricane beaucoup trop fort, attirant les regards. J'ai envie de plaquer ma main sur son visage, seulement ça envenimerait les choses.

D'un coup, son cul vient se frotter à mon membre alors qu'elle exécute une danse approximative qui ne consiste qu'à se déhancher contre moi.

J'essaie lentement de la tirer en arrière pour quitter le groupe. Elle met toute sa mauvaise volonté et tente encore de prendre plusieurs verres que je dois systématiquement lui arracher.

Pourquoi choisit-elle ce soir pour me faire ce genre de plan ? Un autre, ça ne m'aurait pas dérangé, voire amusé, mais mon cerveau n'est connecté que sur une information : Trish.

Quand nous atteignons presque le réfectoire où je ne peux nous planquer, une voix me stoppe net.

— Lakmar !

Je ne peux pas y échapper, lorsque je tourne la tête vers celle qui fut un jour la femme de ma vie.

Ses yeux bleus me transpercent comme elle sait si bien le faire et même si j'aimerais me barrer sans lui parler, je ne peux pas. Elle ne mérite pas que je l'ignore de la sorte, sauf que la voir me rappelle Elly, ma perte, ma douleur. Tous les sentiments que je refoule à longueur de temps explosent dans ma tête.

Sans m'en rendre vraiment compte, je relâche ma prise sur Tiara et celle-ci en profite pour se tourner et découvrir qui m'a interpellé.

Les deux femmes ne se quittent pas du regard alors que le mien examine Tyler, le nouveau mari de Trish, lui aussi membre du clan. Il évite de trop se montrer. J'ai accepté qu'il reste, uniquement si je ne suis pas obligé d'être en leur présence.

Trish a parfaitement le droit de refaire sa vie, je ne l'aime plus depuis bien des années. Trop de mauvais souvenirs nous lient à présent. Trop de choses que jamais je n'oublierais et qui me rappellent tout ce que j'ai perdu.

Je ne sais pas comment briser le silence qui s'éternise alors que Tiara pose sa main sur mon épaule et se met sur la pointe des pieds pour pouvoir atteindre mon oreille.

— Elle aussi tu la baises ?

Vu le volume sonore auquel elle le dit, si elle voulait être discrète, c'est loupé. On est très loin du chuchotement. Mon regard noir lui répond. Elle est totalement désinhibée et n'y prête aucune attention.

— Non, rassure-toi, il ne me baise plus depuis longtemps !

La réplique de Trish claque comme une gifle. Au lieu de calmer Tiara, ça la fait exploser de rire.

— Il n'y en a pas une qui n'y est pas passée, tout le monde connaît ton bijou magique.

Il faut qu'elle se taise et surtout que je mette fin à ce moment plus que gênant.

— Excuse-là, elle a beaucoup trop bu, tenté-je de lui expliquer.

— Tu as toujours eu un goût sûr pour choisir tes putes.

Tiara se détache de moi et je sens la situation m'échapper, tout devient hors de contrôle, et même si Trish a toutes les raisons de m'en vouloir, elle pourrait pour une fois fermer sa grande bouche.

Telle une tigresse, Tiara se faufile entre nous et se positionne face à Trish qui est loin d'en avoir peur. C'est une guerrière, quelque part, elles se ressemblent, j'en prends tout juste conscience.

— Je ne suis pas venue ce soir pour me battre, alors range les griffes. Lakmar est tout à toi.

Mes doigts glissent sur les bras de la femme qui fait face à mon ex pour la retenir si jamais elle se sentait pousser des ailes.

— Tant mieux, mais je ne veux pas de lui, d'aucun homme, c'est tous des connards !

Tiara se dégage de mes mains et sans rien ajouter, elle emprunte le chemin qui mène à la cabane.

— Tu es devenu un vrai toutou…

Tyler essaie de calmer sa femme, mais je comprends que la conversation que j'évite depuis des mois n'a que trop tardé.

— Vas-y Trish, balance-moi à quel point tu me détestes, à quel point j'ai tout foiré, à quel point tout ce qui est arrivé est uniquement ma faute parce que je n'ai pas su la protéger.

Ses yeux s'humidifient quand je tente de contenir ma peine. La culpabilité me ronge sans cesse. Seule la mort pourra me soulager. Sauf que je dois survivre encore quelques jours.

— Tu m'as abandonnée, souffle mon ex.

Un coup de poing dans l'estomac m'aurait fait le même effet. Je ne m'attendais pas à ce reproche, d'autant plus qu'elle est entourée. Son mari veille sur elle constamment, elle a de nombreux amis, je ne comprends pas.

— Tu m'accuses de lui ressembler, alors qu'elle avait aussi certains de tes traits. Ce soir n'est pas le bon moment. Tu as mon numéro, nous avons besoin de discuter, ne serait-ce que pour mettre un point final à tout ça. Il est temps de tourner la page Lakmar.

Il en est hors de question, pas pour l'instant. Quand tout sera réglé et que je serais prêt, j'accepterais sa demande et lui rendrais sa vie. Elle est plus forte que moi et ça me fait presque enrager que ce soit si facile pour elle.

Jamais je n'oublierais, jamais je ne pourrais « tourner la page ».

Mon téléphone se met soudain à vibrer dans ma poche et je remercie cette personne qui interrompt cette conversation.

— Allo !

— Lak, on a besoin de toi. Tiara est au portail et veut qu'on la laisse sortir.

Je passe une main nerveuse dans mes cheveux. Elle m'en fait voir de toutes les couleurs !

— J'arrive, réponds-je en raccrochant.

Trish me dévisage et semble songeuse.

— N'oublie pas de me contacter, souffle-t-elle.

Je lui fais un signe de tête avant de parcourir les quelques mètres qui me séparent de l'entrée.

Je ne suis pas du genre à me préoccuper des femmes qui traversent ma vie. Je m'en sers simplement jusqu'à ce qu'elles me soient inutiles, mais je ne leur cours pas après. Sauf que Tiara est différente, elle est ma prisonnière, celle dont j'ai besoin pour assouvir ma vengeance.

Arrivé au portail, je découvre la tigresse se débattre entre les mains d'Ezio qui, je le sens, commence à perdre sérieusement patience.

— Si tu continues, je te bâillonne, l'entends-je gronder en m'approchant.

— Qu'est-ce que tu fous là ? me contenté-je de balancer à Tiara qui se tourne dans ma direction.

Ses yeux se fixent aux miens et je n'y vois aucun énervement comme je le pensais, plutôt de la tristesse. Je crois que sa phase joyeuse est passée pour céder la place à celle grognon.

— Laisse-moi partir ! Je ne peux plus rester avec toi.

Sans lui demander son avis, je m'approche d'elle et la jette sur mon épaule malgré ses protestations. Ce n'est pas le lieu pour parler, trop d'oreilles traînent.

Elle s'amuse à taper ses poings dans mon dos, mais n'y met pas vraiment de force.

J'ouvre la porte du chalet et parcours les quelques pas qui nous séparent du lit avant de la déposer et de m'y asseoir.

— Tu devrais arrêter de picoler, ça ne te va vraiment pas.

Elle bouge pour s'éloigner un peu de moi tandis que j'attrape une clope.

— J'ai vexé cette femme avec qui tu as été ?

Sa possessivité est mal placée. En même temps, ça arrange bien mes affaires. Plus elle s'attachera à moi, plus je pourrais la modeler comme je le souhaite et faire du mal à Nick...

— Elle ne compte plus.

— J'ai vu comment tu la regardes, il y a quelque chose de plus qu'avec Louise. Tu tiens à elle.

Je ne devrais rien lui dire, elle ne peut pas comprendre. Pourtant, mes lèvres sont déjà prêtes à lui avouer ce qui a fait de ma vie un enfer. Je suis même surpris que personne dans le groupe n'ait lâché cette information. Ils sont tous au courant, bien que ce soit un sujet que je me refuse à aborder, sauf avec Axel. Il est le seul à tout connaître de moi.

— Va la retrouver.

Elle est ridicule. Si elle savait que c'était la dernière chose que je souhaitais... Trish et moi ça s'est fini bien avant que tout dérape, que mon avenir soit compromis. Il est clair que je ne pourrais jamais oublier notre relation. Pour une raison toute simple...

— C'est la mère de ma fille, mais à présent, plus rien ne nous lie.

CHAPITRE 25
TIARA

Ma bouche est pâteuse, ma gorge me tiraille et ma tête pulse violemment alors que mes yeux sont encore fermés. Je me sens vraiment mal, je ne peux m'en prendre qu'à moi-même.

Je n'ose croire aux images qui s'impriment sous mes paupières, souvenirs de la veille très certainement. Je me suis ridiculisée d'une façon lamentable et crains déjà la réaction de Lakmar.

Bordel la mère de sa fille ! Ai-je rêvé ces dernières paroles ? Pourtant cette femme était bien réelle.

Il a une gamine !

J'étais à des années-lumière d'imaginer une telle chose. Et je comprends encore moins la raison pour laquelle il ne souhaite aucun enfant avec eux.

Bien sûr, certains hommes se foutent royalement de leur progéniture, j'en suis parfaitement consciente, mais lui... Je sens qu'il n'est pas comme ça. Me serais-je encore trompée ? Ce ne serait pas la première fois...

— Je sais que tu es réveillée, me dit-on bien trop près de mes oreilles.

Je grogne en m'obligeant à ouvrir un œil et remarque Axel, avachi sur une chaise, le regard fixé sur moi. Je le referme aussitôt, la lumière du jour me brûlant la rétine.

— Tu ferais mieux de bouger ton cul. On s'en va dans une heure et demie que tu sois prête ou non.

Je sens un oreiller sous mes doigts et sans une hésitation, je l'attrape fermement pour lui balancer à la figure.

Je ne comprends pas pourquoi. En sa présence, j'ai l'impression de redevenir une petite fille insouciante. Cet homme m'apaise, me rassure, et ce depuis le départ. Pourtant avec sa personnalité complexe, il devrait me faire peur, c'est une logique de protection... Mais au contraire, ça le rend encore plus attachant, car il a dû avoir un sérieux traumatisme pour en arriver à de telles extrémités.

Évidemment, ma petite farce le fait rire, mais il me renvoie l'objet avec bien plus de vigueur. En voulant l'éviter, je manque de peu de m'étaler contre le parquet. Je parviens à agripper les draps qui m'aident à me rattraper juste au moment où la porte s'ouvre et qu'une silhouette se dessine derrière moi. Je sais qui il est dès qu'il fait un pas dans la cabane. Cette attraction quand il est là ne me quitte pas, mon corps réagit de lui-même comme s'il était doté d'un sixième sens.

— On s'amuse bien ici ? gronde Lakmar alors qu'Axel garde son sourire en coin.

Il se moque de lui, le provoque même. Il est le seul qui ose d'ailleurs. Axel se redresse alors que je suis accroupie sur le matelas avec mon cerveau qui ne demande qu'à s'expulser de ma tête.

— Dépêche-toi d'aller te laver, tu sens l'alcool à trois mètres.

Malgré le brouillard qui encombre mon esprit, un air de rébellion flotte. Je n'aime pas son ton cassant. Pourtant, je garde les lèvres closes et tente tant bien que mal de me lever du lit. L'opération est délicate et heureusement, me voyant empêtrée dans les draps, Axel vient me sauver. Il me soulève avec une aisance impressionnante jusqu'à la porte de la salle de bain.

Je le remercie avant de claquer le battant derrière moi. J'ai encore mes fringues de la veille et j'avoue que l'odeur qui m'entoure est désagréable.

Je m'arrête un instant devant le miroir et reste interloquée par mon allure. Mes cheveux ressemblent à un hérisson alors que des cernes commencent à apparaître sous mes yeux.

J'attrape la brosse à dents qui m'est destinée en insistant lourdement sur le dentifrice avant de me déshabiller et d'entrer sous l'eau chaude qui balaie cette soirée.

Je hais Lakmar, c'est pour cette raison que je me suis entourée d'hommes, pourtant même en le détestant, je n'arrivais qu'à penser à lui. Cette fausse prise d'otage a été terrible pour mon moral. Il ne sait pas ce que j'ai vécu, tous les souvenirs que son petit jeu a ravivés en moi. Et tout ça pour quoi ? Prouver que je suis capable d'intégrer son groupe ? N'a-t-il pas encore compris que je n'en ai rien à faire ? Qu'à la première occasion, je m'enfuirais !

Un bruit trop proche de moi me fait sursauter et sans même y faire attention, je bloque ma respiration. J'essaie de distinguer quelque chose, la vitre opaque m'en empêchant. Je me rince rapidement avant de quitter la douche et ne peux louper Lakmar posté contre la porte de la salle de bain.

Je ne peux arrêter de le détailler, même si ma raison me hurle d'attraper une serviette et de sortir de cet espace restreint.

En trois pas, je serais contre lui, en trois pas, il pourrait faire ce qu'il veut de moi. Malgré ma haine à son égard, je n'arrive pas à oublier son sexe dans le mien, le plaisir qu'il réussit à me donner... Le seul qui avait ce pouvoir était Nick jusqu'à ce que notre mariage soit prononcé. Il m'a fait connaître la passion, l'amour et m'a tout repris sans remords en m'offrant à d'autres, en me contraignant à certains actes. Il a été mon paradis avant de devenir mon enfer et j'ai peur que ce soit la même chose avec l'homme qui se tient devant moi.

Je ressens son pouvoir sur moi, la puissance avec laquelle il pourrait me détruire, pourtant, je reste là, immobile, attendant qu'il parle, qu'il agisse.

— Je t'ai apporté des fringues pour la route, tu montes avec moi.

Ses yeux s'accrochent au mien et j'y vois son désir, son envie de mon corps nu.

Prise par une force supérieure, je ne peux m'empêcher d'avancer vers lui.

Un pas, et l'eau dégouline sur le sol, formant une flaque sur mon passage.

Deux pas, la serviette est à portée de main, je ne m'en préoccupe même pas.

Trois pas et me voilà devant lui, exposée, mon cœur battant bien trop vite.

Il serre les poings, me désirant autant qu'il se le refuse, mais notre temps est compté et c'est aussi peut-être pour ça que je laisse ma partie animale prendre le dessus. D'ici quelques jours, je disparaîtrais et toute cette alchimie ne sera plus que souvenir alors pourquoi ne pas en profiter tant qu'on en a l'occasion ?

J'aimerais le détester réellement, ce serait bien plus simple, pourtant une flamme nouvelle brûle en moi, me consumant. S'il n'était pas lui, si je n'étais pas moi et si nous vivions dans une autre vie, je suis certaine que j'en serais tombée amoureuse. Nous savons tous les deux qu'aucun sentiment ne peut interférer, il me l'a bien fait comprendre et il est vrai qu'il a raison.

Alors que je m'apprête à reculer, il attrape mon visage à deux mains et l'approche du sien.

Sa bouche percute brutalement la mienne, réveillant mon corps de sa léthargie alcoolique. C'est comme s'il était le remède à mes excès. Ma langue part à l'aventure, tandis que je m'accroche à ses épaules. Son tee-shirt est de trop, il bloque cette sensation que je recherche de sa peau contre la mienne. La passion est quelque chose de rare et c'est ce que je ressens avec lui. Chaque petit geste engendre une envie de plus, me fait tout oublier durant un instant.

Ses doigts lâchent mes joues pour attraper mes fesses et il m'assoit de force sur le lavabo. C'est précaire et dangereux, pourtant je ne m'en préoccupe plus quand il se détache de moi pour passer son tee-shirt au-dessus de sa tête. Son ventre athlétique s'étale à ma vue et je ne peux m'empêcher de dessiner les contours de ses muscles.

Il me laisse faire, même si je sens le poids de son regard sur moi. Il est à la fois le feu et la glace, troublant mes pensées.

Je dois le repousser pour ce qu'il me fait subir, mais tout mon être le désire. Je suis perdue entre mes envies et ma raison. Plus nous créerons une intimité, plus il sera dur de m'en séparer, pourtant c'est l'unique choix possible.

Et puis, nous devons avoir une discussion sur sa fille. Je n'ai pas oublié cette bombe à laquelle j'étais à mille lieues d'imaginer.

— Où se trouve ton tatouage ? me surprend-il.

Je ne m'attendais pas à ce genre de question. Je pourrais faire l'innocente, faire celle qui ne comprend pas. Il saurait que je me fous de lui. Il connaît très bien les codes de ce milieu. En étant femme du chef de cartel, il est évident qu'il m'a marquée. Contrairement à ce qu'on pourrait penser, il a fait en sorte que ce soit discret, pour pouvoir mieux me faufiler partout sans éveiller de soupçons, je suppose...

— À toi de le découvrir...

Je ne lui faciliterais pas la tâche. C'est un des rares secrets que j'ai encore pour lui alors je compte bien le faire durer.

Ses doigts entourent un de mes poignets avant de le tourner dans tous les sens, remontent le long de mon bras jusqu'à mon cou puis en font de même avec le second. La tension grimpe entre nous, ses effleurements ont pour effet de me liquéfier et c'est pire quand il englobe un de mes seins et baisse la tête pour l'examiner. Sans que je m'y attende, ses lèvres titillent mon téton, envoyant directement une décharge dans mon sexe qui pulse d'envie.

Comme s'il l'avait compris, il me soulage avec des caresses appuyées juste où il faut pour me procurer du plaisir. Je le veux, son membre emboîté dans mon intimité.

Ayant certainement le même besoin, il se redresse et fouille l'unique placard. Il jette tout au sol et grogne en ne trouvant pas ce qu'il cherche.

— Bordel !

— Qu'est-ce qui se passe ?

Il cogne son front au meuble et met quelques secondes avant de croiser mon regard.

— Il n'y a pas de capotes et dans la chambre non plus.

Je suis grandement frustrée, mais il y a d'autres façons de se soulager même si j'avais déjà anticipé cette sensation d'être comblée au maximum, de mes parois qui se referment à la perfection sur son érection.

Prenant les choses en main, je descends de mon fauteuil improvisé et tombe à genoux sur le carrelage. Je n'attends pas pour attraper le jean de Lakmar et l'ouvrir avec une assurance feinte. Je le fais un peu glisser ainsi que son boxer pour me retrouver en face de son membre dur, tendu.

Cet acte a toujours été effectué sous la contrainte pour moi et cette nouveauté me fait peur. Je n'ai pas envie de voir réapparaître mes fantômes alors que je ne cherche qu'à donner du plaisir.

Tentant de fermer mon esprit, j'approche ma langue de son bijou. C'est un contraste considérable qui me permet de garder les idées claires, je dois me concentrer là-dessus. Je lèche cette pièce métallique et Lakmar ne met pas longtemps à réagir à mes attentions. Il pose une main sur ma tête, mais pas pour me guider, simplement me caresser les cheveux. C'est vraiment différent, d'ordinaire, on me force à aller plus loin, plus vite, et je n'ai surtout pas intérêt de me rebeller, sinon c'est un tabassage en règle qui m'attend.

Son grognement me rappelle au moment présent et réveille ma propre excitation. Cet homme est un mystère pour moi. À cet instant, il me fait confiance, m'accorde ce pouvoir sur lui et je suis tout de suite plus sereine. Il est toujours sur ses gardes, ne me laisse pas l'approcher, sauf dans l'intimité, j'aimerais tant que ça ne cesse jamais... Je sais que c'est absurde, pourtant, avec lui, je me sens différente, plus femme, plus amante, plus libre.

J'englobe son membre et le prends dans ma bouche le plus loin possible, le faisant tressaillir. Je veux qu'il perde pied grâce à moi. Sans y réfléchir, mes doigts viennent s'activer sur mon point sensible. Je me caresse au même rythme que mes va-et-vient sur son sexe.

— Re... Regarde-moi ! m'enjoint-il.

J'ai peur de ce que je peux y lire, mais je fais tout de même ce qu'il me demande. Ses prunelles transpercent les miennes. Je ne sais pas vraiment ce qu'il pense, tout est remplacé par le désir. Il me convoite, c'est une certitude et c'est réciproque.

— Tu es belle Tiara.

Ces mots me font perdre tout contrôle et je m'acharne sur sa queue tout en insérant un doigt dans mon intimité trempée. Je ne vais pas tenir longtemps et Lakmar me prévient que lui non plus.

Je refuse de le lâcher, je veux enfin graver un bon souvenir de cette pratique, que tout s'efface après ça.

Ses mains s'accrochent au lavabo et dans un grondement sourd, il se laisse aller dans ma bouche. Tout mon corps se raidit, explosant sous ma jouissance.

Il se retire de mes lèvres et tombe à genoux devant moi, son visage près du mien.

J'ai du mal à reprendre mon souffle. Nous nous dévisageons et j'ai envie de lui dire ce que je ressens, ce qu'il fait naître en moi : l'espoir d'un jour pouvoir être heureuse avec un homme. Mais je me tais parce que le seul avec qui j'aimerais avoir une chance, c'est lui et c'est impossible. Je peux me voiler la face autant que je veux, il est certain que je commence à m'attacher à cet homme, à avoir des sentiments.

J'ai des espoirs infondés, tout ça doit cesser. Il faut que je le tienne à l'écart. C'était une fabuleuse parenthèse qui doit très vite se refermer.

Ses doigts caressent ma joue et la raison exigerait que je me dégage, sauf que je ne bouge pas, trop absorbée par son regard. Je dois me reprendre, le repousser, me lever et mettre fin à ce moment, mais au lieu de ça, mes lèvres vont se coller aux siennes.

Il attrape mon visage pour me donner un baiser ravageur. Nos bouches se reconnaissent, se battent et surtout s'aiment.

Le temps s'égrène sans que nous ayons envie de nous éloigner, jusqu'à ce qu'un coup de klaxon nous sorte de notre bulle.

Je suis toujours nue et lui débraillé, pourtant, nous devons quitter le camp.

Lakmar jure en se relevant et m'aidant à en faire de même.

— Habille-toi, j'ai posé des fringues sur le lit.

Il attrape un gant de toilette pour se nettoyer sommairement tandis que je retourne dans la chambre.

Je découvre toute une tenue complète de cuir qui n'attend que moi. Je ne suis vraiment pas fan de ce style, mais pour rouler en moto, j'ai bien compris que c'était la meilleure option.

J'enfile tout et quand je passe la veste, je sens la présence de Lakmar dans mon dos.

Il décale mes cheveux d'un côté pour poser ses lèvres dans mon cou. L'envie de lui est quasi immédiate, c'est impressionnant.

Il se penche de l'autre côté et instinctivement, je me raidis. Il va le voir, c'est obligé. Je m'efforce de le cacher, cette fois, rien ne peut y faire. Je n'ai pas le temps de me retourner qu'il me souffle :

— Trouvé !

Sa façon de le dire écorche mon cœur. Ça le dégoûte. Il me lâche aussitôt, puis passe à côté de moi sans plus un regard. Il s'est totalement refermé et c'est comme s'il me mettait une gifle, ça a le même effet.

Il savait pourtant que je leur appartenais, ce tatouage derrière mon oreille n'est pas une surprise, alors pourquoi le prendre ainsi ? Qu'y a-t-il que je ne comprends pas ?

Un nouveau coup de klaxon m'empêche de réfléchir plus longuement.

Je balance mon sac sur le lit et attrape les piles de vêtements dans la penderie pour les enfourner dedans.

Au prochain campement, je lui demanderais des explications. Je ne peux plus supporter son chaud et froid. Nous devons mettre les choses au clair pour que je sache réellement à quoi m'en tenir. En attendant, ce que j'essayais d'occulter me revient en pleine poire. Je vais retrouver Julian et j'appréhende beaucoup. Que vais-je pouvoir lui révéler ? Lakmar me laissera-t-il seule avec lui ?

La porte de la cabane s'ouvre en grand quand Aurora entre toute excitée.

— J'ai été ravie de te rencontrer, j'espère qu'on se reverra…

Je lui offre mon plus beau sourire d'actrice avant qu'elle ne se jette sur moi pour me faire un câlin. Je la serre en retour et la remercie chaleureusement pour son accueil que je ne suis pas prête d'oublier. Elle aura marqué mon voyage, c'est certain.

Je la suis dehors et aperçois tout de suite les motos alignées les unes derrière les autres. Chacun salue ceux qui demeurent ici alors que j'avance jusqu'au camion pour poser mon sac.

Greta m'offre une longue bise que je ne peux refuser. Elle aussi sera une des personnes que je regretterais, mais il n'est pas encore l'heure de m'apitoyer. Il me reste quelques jours avant d'arriver au but.

— Il t'attend…, me souffle-t-elle en désignant Lakmar du doigt.

Il est posté contre sa moto, en train de passer ses gants. Je redoute cette proximité autant que je la désire, mais il ne me laissera pas le choix. Alors à contrecœur je le rejoins.

Sans une parole, il me tend un casque à ma taille que je me dépêche d'enfiler avant que nous montions sur son engin. Je m'accroche à sa veste, seul endroit où c'est possible et il démarre.

Nous quittons une grosse partie des « Black Eagles » et un léger pincement m'étreint. Tout ce que je craignais se produit, je commence à m'attacher à eux…

CHAPITRE 26

LAHMAR

Putain de tatouage !

Je commençais à me dire qu'elle n'en avait peut-être pas, qu'il l'avait épargnée, qu'elle n'était pas souillée par ce maudit dessin, qui voulais-je leurrer ? Bien sûr que Nick l'a marquée. C'est vraiment discret et elle sait comment le dissimuler avec sa coiffure, mais il est bel et bien imprimé sur sa peau.

J'accélère encore alors que la limitation de vitesse est déjà dépassée depuis bien longtemps. J'ai changé de plan de route et ai exceptionnellement laissé la charge du camion à Axel et Ezio, j'ai besoin de me défouler, de donner libre cours à la rage qui se diffuse dans mes veines. Je ne serais pas bon à protéger quoi que ce soit, ma tête est ailleurs.

Depuis que j'ai vu ce signe sur elle, ma haine est revenue, identique à celle que j'ai eue il y a des mois. Il me faut cette adrénaline engendrée par le danger, de l'oubli que ça m'apporte. Je risque ma vie et aujourd'hui celle de Tiara, pourtant je ne peux pas m'arrêter, j'en ai besoin, c'est comme une drogue. Une petite erreur de manipulation et c'en est fini de nous. Il y a très peu de chance que nous survivions à un crash à près de 200 km/h. Je me suis toujours promis de ne rien faire de ce genre tant que vengeance n'aura pas été exécutée. La sentir dans mon dos me fait perdre toute raison. La dernière à avoir eu ce privilège a été Elly, ma fille. J'ai bien tenté d'y faire abstraction les fois précédentes. Là, je n'y arrive pas. Pas après m'être rappelé qui est cette femme.

La moto a toujours été mon unique moyen de transport, alors depuis qu'Elly était petite, je la faisais grimper dessus à l'arrêt. J'ai attendu qu'elle grandisse pour faire quelques tours de quartier ou l'emmener à l'école de cette manière. Je me souviens encore du premier jour. C'était son anniversaire, sept ans. En ouvrant ses cadeaux, elle a découvert un casque flambant neuf, ainsi que toute la panoplie du parfait motard : des gants, un pantalon, une veste et des bottes en cuir. Elle était folle de joie et a tout enfilé en quelques secondes, prête pour son premier tour.

J'avais une bécane prévue pour accueillir un passager et je n'ai pas résisté à son excitation. Je l'ai aidée à grimper dans mon dos et ses petites mains se sont immédiatement accrochées à mon gilet. Elle me tenait vraiment fort, je savais qu'elle était anxieuse, même si elle n'attendait que ça depuis des années. Elle ne cessait de me bassiner qu'elle était suffisamment grande, mais je ne voulais rien précipiter. Je dois avouer que j'avais peur. Peur de la mettre en danger, qu'elle tombe, elle était ma fille, mon sang, le seul et unique amour de ma vie. Elle était un ange, la pureté qui recouvrait mon passé, mes actes de cruauté. Avec elle, c'est comme si j'étais un autre homme. Jusqu'à ce qu'on me prenne tout, jamais je ne pourrais le supporter.

Dans un virage serré, j'entends Tiara gueuler, même si le son est faible. Ses doigts me broient les côtes. Pendant un instant, tout a disparu au profit de mes souvenirs, sauf que ça ravive mes rancœurs. Je dois les mettre de côté pour le moment, je n'ai pas d'autres choix. Je ne peux pas décevoir Axel. Il est mon frère, il doit pouvoir compter sur moi alors je ferais en sorte qu'aujourd'hui, nous trouvions une piste sérieuse pour retrouver celle qui fait battre son cœur. Ce Julian va parler, de gré ou de force.

Nous traversons le centre-ville d'Amarillo pour nous avancer vers les champs. Soudain, la zone est complètement dévastée par la dernière tornade qui a dû frapper la région. Des pylônes électriques sont encore allongés sur le bord de la chaussée, certaines maisons sont entièrement détruites. C'est apocalyptique, raccord avec ce qui se passe dans ma tête.

L'endroit est de plus en plus désertique, mais la route s'achève pour nous. Je vois apparaître le panneau indiquant le vignoble qui va nous accueillir pour la nuit. Le chemin que nous empruntons se trouve au milieu des vignes et se termine par une grande bâtisse tout en longueur avec un entrepôt à l'écart.

Je me gare sur le parking et avant que je ne puisse faire quoi que ce soit, Tiara me bouscule pour descendre de la moto. Elle me jette presque son casque dans les bras et s'éloigne comme si le diable la poursuivait. J'ai réveillé la furie, elle n'a peut-être pas apprécié ma conduite quelque peu dynamique...

Je délaisse ma bécane à mon tour et enlève mon équipement. Mon regard est immédiatement attiré par une petite fille assise sur un muret qui me dévisage. Forcément, mon esprit s'envole à nouveau vers Elly, sauf qu'elles n'ont rien en commun et c'est ce qui m'aide à ne pas faire de parallèle entre les deux.

C'est la première fois que nous venons ici, je suis donc sur mes gardes. Je suis arrivé seul, je sais que c'est imprudent, mais la présence de cette enfant m'indique qu'ils ne devraient rien tenter sous ses yeux. Du moins, je l'espère.

Tiara s'arrête plus loin devant le champ qui entoure la propriété alors que j'entends une porte s'ouvrir dans mon dos. La main sur mon arme, je me tourne lentement pour découvrir une femme très élégante. Elle doit être à peine plus âgée que moi et me détaille brièvement avant de s'avancer.

— Bonjour, vous avez fait bonne route ? me demande-t-elle avec un fort accent étranger, que j'attribuerais à la France.

— Oui, aucun souci.

Je n'ai pas reçu d'appel du groupe, c'est que tout doit rouler.

La femme n'est pas à l'aise, ne sait pas quoi dire alors je me lance.

— Je suis Lakmar et ma compagne Tiara.

— Je suis Sophie, la propriétaire du lieu, me sourit-elle maladroitement.

— Est-ce que je peux voir le campement ?

— Bien sûr, suivez-moi.

Je jette un œil vers Tiara ne voulant pas prendre le risque de la laisser seule. Elle pourrait profiter de mon absence pour s'évaporer, elle m'a déjà fait le coup et je n'ai aucune envie de perdre encore des heures à jouer à cache-cache.

Je demande à mon hôte de m'attendre une minute et me dirige droit sur la gamine. Son regard s'agrandit de stupeur en m'observant m'arrêter près d'elle. Je dois être bien éloigné de son monde habituel, mais elle devra s'y faire. Sa famille a choisi de dealer, et une fois entrée, impossible d'en sortir indemne.

— Bonjour princesse, est-ce que tu pourrais surveiller la femme qui est avec moi ?

Si elle disparaît de ta vue, je veux que tu viennes me trouver.

Elle triture ses mains avant de hocher la tête. Je crois que je l'effraie et dans un sens, ça m'arrange. Si seulement Tiara était comme ça... C'est un doux rêve absolument utopique. Moi j'ai plutôt hérité d'une lionne qui sort beaucoup trop les griffes.

— Merci, soufflé-je à la fille avant de rejoindre celle que je pense être sa mère.

Le silence règne durant le court trajet jusqu'à un champ derrière la maison, totalement désert.

— Nous avons tout arraché il y a quelques mois et avons arrangé au mieux pour pouvoir vous accueillir. Et cette pièce, m'indique-t-elle du doigt un plus petit bâtiment indépendant, c'est une salle d'eau avec un dortoir réservé d'ordinaire aux vendangeurs. Vous pouvez vous en servir comme vous le souhaitez.

Nous en faisons le tour ; tout est propre et en bon état, nous serons bien, même si nous repartons demain.

Soudain, le bruit des motos envahit l'endroit, ma troupe est arrivée !

Je remercie Sophie avant de rejoindre mon clan qui débarque en fanfare. Tiara n'a pas bougé d'un pouce. Je vais droit vers le camion pour trouver Greta.

— Dis, t'as pas des bonbons quelque part ?

Son rire explose d'un coup alors qu'elle me détaille.

— Tu es malade ? Tu as de la fièvre ? Ou tu retombes en enfance ?

Je lève les yeux au ciel, elle cherche toujours à tout interpréter.

— Y a une gamine à qui j'ai demandé un service, j'aimerais juste la dédommager.

— En bonbons… finit-elle en continuant à ricaner. Attends que je regarde.

Elle fouille un peu partout jusqu'à trouver un sachet avec plein d'emballages. Elle en tire une poignée puis me les tend. Je récupère rapidement mon présent avant de tourner les talons vers la petite fille qui est elle aussi restée dans son coin, comme si tout s'était figé.

— Merci d'avoir veillé sur elle, lancé-je en lui offrant ces friandises.

Ses pupilles s'illuminent et malgré un léger doute, elle finit par accepter et prend tout ce que je lui donne.

Un simple sourire me remercie et je n'en demande pas plus.

— Lak, il faut qu'on parle ! me balance Axel que je n'ai pas entendu arriver.

Je m'attendais à ce qu'il débarque furax. J'ai laissé tout le monde en plan, c'est logique

que je subisse des remontrances, mais j'ai autre chose à régler avant.

— Le champ derrière la maison est pour nous, installez-vous, je te rejoins après.

Ses yeux me lancent des éclairs. Il abandonne la bataille pour le moment et acquiesce d'un hochement de tête.

Mes pas me guident vers cette femme statique devant le paysage qui s'offre à nos regards. Nous nous trouvons un peu à l'écart de la route et pouvons observer les montagnes au loin. Je me poste derrière elle alors que mes mains me démangent de l'attirer contre moi. Elle est mon obsession, me bouffe l'esprit, squatte mes pensées et s'incruste même dans mes rêves, mais je ne peux l'accepter. Nous n'avons aucun avenir, mes objectifs y sont contraires.

— Tu es suicidaire ? me demande-t-elle tout à coup avant que je n'aie ouvert la bouche.

Je ricane en sortant une clope de ma veste. Je la porte à mes lèvres et m'apprête à l'enflammer quand Tiara se retourne pour me l'arracher. Elle la pose dans la sienne et mes fantasmes prennent le dessus sur toute autre pensée. Je la revois à genoux, mon membre coulissant en elle tandis que sa langue et ses caresses me rendaient fou.

Elle sort un briquet de sa poche pour l'allumer et je ne peux m'empêcher de la trouver sexy et encore plus avec ce cuir qui l'habille à la perfection. Son cul forme un cœur, sa taille est marquée…

— Moi non en tout cas ! T'es vraiment un malade ! balance-t-elle, coupant court à mon excitation et me soufflant sa fumée au visage.

Elle passe près de moi, sûrement pour rejoindre le groupe. Je la stoppe en attrapant son bras fermement. Elle ne m'échappera pas aussi facilement, qu'elle assume ses paroles.

— Ce n'est pas parce que je te baise que tu peux tout te permettre. Je pensais que tu en avais terminé avec le style pimbêche. Apparemment, je me trompais…

— Et moi je croyais que tu avais arrêté d'être un connard. C'était trop te demander.

Elle me cherche, le défi est clairement imprimé sur son visage et elle sait pertinemment que je ne peux pas laisser passer cette insulte.

Je lui retire ma clope de ses doigts et la balance au sol pour l'écraser avant de l'entraîner derrière la bâtisse. Le groupe est déjà en train d'installer les tentes. Axel nous voit arriver et essaie de me parler, mais je ne l'écoute pas, ne fais même pas attention à lui. Je continue mon chemin amenant Tiara jusque dans la pièce où sont disposés quelques lits de camp.

Je la plaque brutalement contre un mur et pose mes doigts sur son cou pour la garder à sa place. De mon autre main, j'ouvre sa veste et la lui enlève avant de tirer de toutes mes forces sur son haut qui se déchire trop facilement. Son soutien-gorge se dévoile, noir en dentelle, laissant deviner ses tétons qui pointent.

— Tu n'imagines même pas à quel point je dois me contenir pour ne pas t'en coller une. J'ai tellement envie de te faire du mal... Avec Nick aussi tu étais caractérielle ? (Son corps se fige sous mes paroles.) Je comprends mieux qu'il ait essayé de te dresser, tu es insupportable !

La rage ruisselle dans mon être, des images de Tiara nue, à ma merci totale, faisant d'elle mon objet, ne cessent de s'imprimer dans ma tête. Elle mérite une punition, je ne peux plus laisser passer ses rébellions, pourtant je ne bouge pas alors qu'elle a arrêté de se débattre. Ses bras sont retombés le long de son corps et son regard est vide, ailleurs. Des larmes coulent à présent sur ses joues et au lieu de m'attendrir, elles m'agacent encore plus. C'en est fini de m'apitoyer sur elle.

Pour ne plus voir son visage dévasté, je la retourne, face contre le mur. J'attire son bassin contre mon sexe pour me frotter allègrement contre son cul. J'ai tellement envie de la baiser là, sous la contrainte, chose qui a toujours été une de mes limites infranchissables. Cette femme me rend plus mauvais, dangereux, elle me donne des idées perverses, me faisant de plus en plus ressembler à l'être que je hais depuis mon enfance : mon père. Tiara est néfaste pour mon état mental, pourtant au lieu de m'en éloigner, je ne cesse de la ramener à moi. Mon érection est douloureuse, j'ai tellement besoin de m'enfouir en elle...

Soudain, la porte s'ouvre, je n'ai pas pensé à la fermer, je me laisse beaucoup trop aller.

En tournant la tête, je tombe sur le regard plein de reproches de Greta. Je me recule instinctivement, Tiara ne tient pas sur ses jambes et s'effondre au sol. Je ne peux plus m'en approcher pour le moment.

— On a un rendez-vous dans deux heures, soit prête !

C'est tout ce que je lui lance avant de sortir de ce bâtiment dans lequel j'étouffe. Greta tente de m'arrêter, elle veut des explications. Elle attendra que j'aie évacué toute cette tension qui me donne envie de tuer quelqu'un.

Telle une furie, je traverse le camp, mais Axel ne me laisse pas en paix, il a compris que mes nerfs étaient sur le point d'exploser.

— Je suis désolé, j'ai dit à Greta de se mêler de son cul, mais tu la connais, elle n'en fait toujours qu'à sa tête.

Pour une fois, je penserais à la remercier. Elle a évité que je n'aille trop loin, que mon âme se perde avant d'être arrivée au but de ma vengeance. J'ai failli tout foutre en l'air.

— J'ai besoin d'un combat, tout de suite !

Axel ricane et soulève son tee-shirt qu'il balance à ses pieds.

— Ça tombe bien, j'ai envie de me défouler après toute cette route, me dit-il en se mettant en position. Et puis tu mérites une bonne raclée pour t'être barré de cette façon.

CHAPITRE 27
TIARA

Je sais que je suis allée trop loin. L'insulter était une mauvaise idée, mais il ne cesse de me faire sortir de mes gonds. Lui aussi a franchi une limite en parlant de Nick. Je me suis revue des mois en arrière, sous sa coupe à subir toute cette violence. C'est comme si j'étais retournée dans cette pièce où j'étais enfermée et le sentais encore sur moi à me torturer.

Greta se jette à mes pieds alors que Lakmar s'en va. Elle me serre contre elle et je ne peux m'empêcher de l'entourer de mes bras telle une bouée de sauvetage. J'essaie constamment de refouler mes émotions, mes sentiments, à cet instant, je ne retiens plus rien.

Je ne m'attendais pas à ce que mon entrée dans ce groupe soit aussi difficile psychologiquement. Lakmar est un adversaire bien plus coriace que je ne le pensais.

— Doucement, ma jolie, que se passe-t-il ?

Mes sanglots m'empêchent de parler et de toute façon, je n'ai aucune envie de m'étaler sur le sujet. Elle aime cet homme, j'en ai la certitude et elle n'apprécierait pas que je déblatère sur lui. De plus, elle serait capable de lui rendre des comptes et je suis déjà assez en disgrâce pour en rajouter.

De longues minutes passent, juste à me tenir serrée et me bercer. Elle n'insiste pas pour obtenir des réponses, elle reste simplement près de moi. Elle doit avoir mille choses à faire, je m'en veux de l'accaparer ainsi. Après tout, je ne fais même pas partie de leur clan.

J'essuie rageusement mes yeux et finis par me lever pour avancer vers un des trois lavabos disposés contre un mur. Le reflet que me renvoie le miroir est chaotique. Je le fuis pour ouvrir l'eau et m'en asperger longuement. Le froid me saisit. Ça a le mérite de couper court à ma crise de larmes. Il est temps que je reprenne mon masque de femme forte, capable de tout supporter.

C'est comme si deux personnalités s'affrontaient en moi et c'est ce que Nick aimait. Avoir une compagne docile, exécutant chacun de ses ordres quand il en a envie, se rebellant parfois pour pouvoir exercer son pouvoir et sa vengeance. C'est ce qu'il a trouvé chez moi et sûrement la raison pour laquelle il n'arrive pas à me laisser en paix. Il m'a toujours dit que les autres étaient trop malléables pour vraiment s'amuser…

— Je vais t'apporter tes vêtements, me dit Greta en avisant l'état de ma tenue, mécontente.

Je hoche simplement la tête alors qu'elle sort rapidement de la pièce.

Je ferme les yeux, fais le vide, il faut que je balaie ces pensées néfastes et ne me concentre que sur ce qui m'attend.

Julian… Je vais enfin le revoir. Il est l'unique personne que je regrette, le seul qui me portait un réel intérêt. Malheureusement, je dois l'utiliser. Je suis sûre que s'il savait toute l'histoire, il m'aiderait, mais comment faire sans que Lakmar ne soit également au courant ? J'ai la certitude qu'il ne me laissera pas l'approcher sans avoir accès à chacune de nos paroles. Il calcule tout, je dois me montrer plus maligne. Et c'est en balayant la pièce des yeux qu'une idée me vient. Je dois tout tenter. Je me dépêche d'attraper un carnet et un stylo qui se trouve sur une des tables de nuit et le planque comme je peux entre mon pantalon et mon haut à moitié déchiré. J'ai à peine le temps de me redresser que Greta revient. Elle me sourit. Je me sens incapable de le lui rendre, heureusement elle n'en fait pas cas.

Cette femme m'impressionne par sa force, sa douceur dans cet univers glauque.

— Tu n'as pas eu peur d'entrer chez les « Black Eagles » ?

Ma question la désarçonne, elle ne devait pas s'attendre à ça. Elle met mon sac sur un des lits et s'y assoit à côté.

— Vient près de moi ma jolie. (Je fais quelques pas. Je ne peux pas me poser sur le matelas sans que le carnet bouge de sa place, alors je reste droite.) La mère de Lakmar était ma meilleure amie. Nous vivions dans un coin reculé des États-Unis sans vraiment d'activités pour nous amuser. Nous connaissions chaque personne du village, c'était monotone, jusqu'au jour où Adrian a débarqué avec sa moto, son style mauvais garçon. Rachel a tout de suite su que son échappatoire, sa porte de sortie à une existence fade et sans saveur se trouvait avec cet homme redoutable. J'ai tout tenté pour la garder sur le droit chemin. J'avais deviné que la vie avec ce type était dangereuse, qu'elle risquerait la sienne à le suivre, pourtant elle n'a rien écouté. Nous nous retrouvions chaque jour au banc près d'une fontaine. C'est là que nous avions nos habitudes, là que nous discutions de tout et de rien, nous dévoilions nos secrets, sauf qu'un matin, elle n'est plus venue. Je me suis inquiétée, comme toute sa famille, mais j'ai vite compris qu'elle avait tout abandonné pour Adrian et son clan.

Ça me fait tellement penser à moi. J'ai tout quitté sans me retourner. Mon père et mon frère l'ont subi et malgré tout, ils essaient encore de me protéger. Jusqu'à quand ? Quelles sont leurs limites ? J'ai toujours espoir de m'en sortir seule, bien que je craigne d'à nouveau tomber dans le piège de Nick. Je me suis promis que cette fois serait la dernière où il verrait mon visage, même si je sais que je suis naïve de croire que ce sera aussi simple.

Julian pourrait m'aider. Il est prêt à donner sa vie pour que je sois libre, il me l'a déjà dit, il est mon échappatoire, en espérant qu'il n'ait pas changé d'avis...

Greta se lève, je ne peux pas la laisser partir comme ça. Elle n'a pas répondu à ma question.

— Et comment y es-tu entrée ?

— L'amour te fait faire n'importe quoi. En cherchant ma meilleure amie des années plus tard, je suis tombée sur Jon. Ça a été un coup de foudre comme celui qu'a eu Rachel. Je ne voulais pas vivre sur la route. Je n'aspirais qu'à la ramener au village et continuer notre train-train quotidien, sauf que j'ai découvert deux petits garçons, dont l'un était le portrait craché de cette femme que j'avais toujours connue. Rachel avait à nouveau disparu, elle était devenue une toxicomane, accro à la cocaïne entre autres. Elle ne supportait plus Adrian qui avait montré son vrai visage d'homme violent et qui refusait de la laisser s'en aller. C'était d'ailleurs un miracle que Lakmar n'ait aucune séquelle de sa consommation. Je ne pouvais pas moi aussi abandonner ce petit bonhomme. Je n'étais pas sa mère, pourtant je me sentais responsable de lui, alors je suis restée. J'ai épousé mon âme sœur et élevé du mieux que j'ai pu deux garçons dont l'existence était loin d'être belle.

J'essaie d'assimiler toutes ces informations, j'ai encore plein de questions pour elle, mais elle me coupe directement en me disant qu'il est temps que je me change. Je suis déçue de ne pas en savoir davantage et à la fois impatiente de revoir Julian.

J'attends qu'elle sorte pour attraper le carnet et me mettre à écrire. Je me dépêche et ne lui marque que le minimum.

J'enlève mes vêtements à la va-vite pour enfiler les premiers trucs qui me passent sous la main. Je glisse mon message dans l'une de mes poches, refais ma queue de cheval sur le côté et quitte cette pièce, mon sac à la main.

Je découvre que les tentes sont déjà quasiment toutes montées. Chacun s'affaire alors que je me rends compte que je ne sais pas où je vais dormir cette nuit.

J'avance jusqu'au camion pour déposer mon bagage, sauf qu'en me retournant, je tombe nez à nez avec la bimbo qui était avec Lakmar. Je pensais qu'après Leah, les choses s'apaiseraient, mais vu le regard glacial auquel j'ai droit, je me trompais. Elle me détaille de la tête aux pieds comme si je n'étais qu'un insecte à exterminer et je ne peux m'empêcher de sourire. J'en ai tellement connu des filles dans son genre, elle me fait pitié.

— Tu m'excuseras, je suis attendue, je n'ai pas le temps de faire mumuse avec toi, lancé-je en me décalant pour passer à côté.

Elle a la mauvaise idée d'empoigner mon bras. Je la laisse me tirer contre elle quand mon regard s'accroche à celui de Lakmar qui nous observe un peu plus loin.

— Ne crois pas qu'il ait des sentiments pour toi. Il va te jeter comme toutes les autres, tu es si insignifiante…

— Comme il l'a fait avec toi ? deviné-je.

Sa poigne se raffermit, tandis que mon sauveur s'avance vers nous.

— Lâche-moi tout de suite…

— Ou sinon quoi ? me demande-t-elle, inconsciente.

Elle se pense indispensable, alors qu'elle se fera certainement virer du groupe un jour ou l'autre et que personne ne la regrettera.

Je fais mine de grimacer de douleur et me tortille, comme si je me débattais, sans y mettre aucune force pour le faire. Je n'ai pas besoin de l'amour de Lakmar. Il y a une chose dont je suis sûre, c'est que pour une raison que j'ignore, je suis importante pour lui. Il ne cesse de me défendre et vu son visage colérique, miss bimbo va se faire recadrer et j'en jubile d'avance.

— Louise, gronde mon homme des cavernes, la pétrifiant sur place.

Ses doigts s'évaporent de ma peau, avant qu'elle ne se tourne vers Lakmar. Elle se décompose, elle lui est soumise, bien plus qu'elle ne le pense. Elle doit très certainement être amoureuse de lui et ce n'est clairement pas réciproque.

— Si je te revois t'approcher de Tiara, tu dégages du clan. Et retiens le bien, parce que ce sera l'unique avertissement que tu auras.

Elle est sonnée, ouvre la bouche, mais aucun son n'en sort. Et oui, ma cocotte, j'ai gagné et je ne peux m'empêcher de lui sourire avant que Lakmar n'attrape ma main et me tire à sa suite jusqu'à une voiture que je ne connais pas.

— La proprio m'a prêté sa bagnole, on passera plus inaperçu qu'avec les motos, me dit-il en ouvrant la porte arrière.

Je ne me fais pas prier pour y monter tandis qu'Axel va à l'avant avec son ami.

L'électricité entre nous est palpable. Nous avons besoin de régler beaucoup de choses avec Lakmar. Nous allons devoir prendre un instant pour discuter, mais tout est précipité. Après ce rendez-vous, je ferais en sorte d'avoir un moment seul avec lui. Son ex, sa fille, sont notamment deux sujets importants que nous n'avons pas eu le temps d'aborder. Je sais qu'au fond, ça ne me regarde pas, pourtant je me sens impliquée. Nous couchons ensemble, et même si ce n'est pas une vraie relation, j'ai envie de le connaître.

— Je viendrais dans le café avec toi, et Axel restera dans la voiture, prêt à démarrer.

La voix de Lakmar brise le silence et je ne peux qu'acquiescer. Il ne demande pas mon avis, il m'informe simplement et je me doutais déjà qu'il ne me laisserait pas profiter pleinement de ce moment.

Le trajet est assez court, à peine dix petites minutes. Lakmar se gare devant et il se dépêche de sortir de la voiture pour me rejoindre.

Ses doigts crochètent les miens alors qu'il s'avance vers la porte vitrée.

— Si tu tentes quoi que ce soit, je n'hésiterais pas à te tirer dessus Tiara.

Cette remarque me touche. Est-il vraiment prêt à me tuer aussi facilement ? Son visage est totalement fermé, je n'y trouverais pas ma réponse.

— Assieds-toi ici, me lance-t-il en me désignant une banquette.

L'endroit est désert. Il me lâche avant d'aller commander une boisson alors que j'attrape ma tête entre mes mains et souffle un bon coup. Je ne sais pas vraiment ce qui va se passer maintenant. Julian va débarquer, mais si malgré tout il ne veut pas m'aider ? Il ne me doit absolument rien. Je n'ai aucune certitude, je n'ai pas envie qu'il soit blessé ou pire, sauf que je ne pourrais rien faire pour lui. Je n'ai aucune arme ni rien pour me défendre contre les deux colosses qui m'accompagnent.

Un verre apparaît devant moi. Ma gorge est trop contractée pour le remercier. Il ne s'en offusque pas et s'installe derrière moi. Je sens sa chaleur se répandre dans mon dos, pourtant tout mon être se glace d'un coup.

Julian se matérialise. Nos yeux se croisent, se détaillent avidement, et je remarque tout de suite son inquiétude pour moi, même si son masque se remet vite en place. Il scanne le reste de la salle et ne prend qu'une seconde pour repérer Lakmar. Il faut dire qu'il a une prestance qu'on ne peut ignorer.

Dans un mouvement, il attrape ma main et me fait me lever pour m'étreindre fort contre lui. Il inspire longuement, le nez sur mes cheveux et je me dépêche de sortir mon mot de ma poche pour le glisser dans l'une des siennes. Je sais qu'il a senti mon geste parce qu'il se raidit légèrement, mais il m'enserre encore un peu plus avant de déposer un baiser sur mon front.

— Tu m'as tellement manqué Tia !

Mes larmes m'échappent. Je me rends compte que lui aussi. Nous étions très proches et du jour au lendemain, tout s'est arrêté. Un raclement de gorge nous interrompt.

Julian se contient, il a dû comprendre que s'il ne souhaitait pas que tout se termine maintenant, il devait accepter de suivre les règles d'un autre.

— Tu pourrais nous laisser seuls, je ne vais pas l'enlever. Je veux simplement lui parler et m'assurer que vous la traitez bien.

Lakmar étant démasqué se tourne vers nous, un sourire en coin.

— Vu qu'elle baise avec moi, je pense qu'elle reçoit le meilleur traitement possible.

Il suffit d'une fraction de seconde pour que tout parte en vrille. Julian dégaine son arme en visant la tête de son adversaire, sauf que je sens dans un même temps un objet métallique se poser contre ma tempe.

— Tu ferais mieux de rester sage, à moins que tu veuilles que je repeigne l'endroit de son sang, ricane Lakmar.

Julian a le souffle court, il a envie de le massacrer, il ne s'en cache pas. Après ce qui me semble une éternité, il baisse son flingue pour le remettre dans son étui sous sa veste.

— C'est facile de se servir d'elle, c'est lâche…

— Je dirais plutôt « malin », mais prends-le comme tu veux, je m'en tape.

Lakmar range à son tour son arme et je respire à nouveau. Il me pousse sur la banquette pour que je me décale et lui laisse une place. Il ne nous accorde même pas un moment pour nous parler seul, je le hais ! À cet instant, je me rends compte qu'il s'est uniquement servi de moi pour avoir un rendez-vous avec Jul.

— Qu'est-ce que tu veux ? crache ce dernier.

— C'est assez simple, que vous relâchiez le membre de mon clan que vous retenez.

Julian se réinstalle au fond de son siège et me fixe longuement.

— Je n'ai pas ce pouvoir. En revanche, j'ai pu la voir et elle m'a raconté des choses assez intéressantes...

Lakmar ne bronche pas, alors que moi je désire savoir dans quel état se trouve Rosa. Qu'elle soit vivante me rassure déjà grandement, même s'il m'en faut plus.

— Je ne comprends pas pourquoi tu veux la sauver, Tiara.

— Je te l'ai dit, elle est mon amie Jul.

Ce dernier passe une main sur ses cheveux et en tire les pointes comme je l'ai toujours vu faire.

— Pourtant elle ne t'a approchée que pour te faire entrer chez les « Black Eagles ». C'était sa mission.

Je fronce les sourcils ne comprenant pas ce qu'il me raconte. C'est impossible. Je me tourne vers Lakmar attendant qu'il réfute, la défende, mais rien ne vient.

Je ferme les yeux une seconde et ses paroles me reviennent en mémoire. Elle ne cessait de me parler de ce groupe, qu'avec eux, je serais en sécurité, qu'il fallait que je quitte ma vie morose. Elle ne pouvait pas savoir que j'allais recevoir une lettre de Nick, qu'après ça, tout serait différent.

— Tu dis n'importe quoi ! commencé-je à m'énerver.

— Ah oui ! Et ben demande à ton prince charmant…

Lakmar explose de rire, sans répondre. Il pose ses mains sur la table et se penche en avant.

— Soit tu nous aides à retrouver Rosa, soit tu nous es totalement inutile et tu vas finir avec un trou dans la tête, à toi de choisir.

Julian le dévisage alors que je regarde ce spectacle comme si je n'étais plus là. Je tente de trouver des arguments, elle est mon amie, celle sur qui je peux compter. Elle a même essayé de me faire partir le premier soir…

— Je ne vous donnerai des infos que si j'ai du temps seul avec Tiara.

— Pour quelle raison ? La montée contre nous ? Lui bourrer le crâne afin qu'elle me bute à la première occasion ?

Cette fois, c'est Julian qui ricane.

— Tu ne la connais vraiment pas... Elle n'est pas aussi influençable que tu le penses.

— Je suis là ! lancé-je sur le point d'exploser.

La haine qui grimpe en moi promet un beau feu d'artifice, mais ce n'est pas le lieu pour ça.

Si Rosa m'a trahie, alors pour quelle raison devrais-je me battre pour elle ? Ce qui me calme est la proposition de Jul pour avoir une entrevue.

Lakmar semble réfléchir et d'un regard dehors, je comprends que pour Axel, il est prêt à tout.

— Je te recontacterais pour te dire où et quand, là on doit partir. Par contre, je resterais à proximité, même si je vous laisserais discuter seuls. Bien entendu, si tu me prends pour un con, je vous flingue tous les deux.

Julian a l'air satisfait et moi aussi.

Lakmar pense pouvoir s'amuser avec moi, sauf qu'à partir de maintenant, c'est terminé. Nous allons avoir une conversation parce qu'il y a trop de non-dits entre nous. Ensuite, je tenterais de me fermer à toutes émotions. Il se fout totalement de moi depuis le départ. Je ne suis qu'un jeu, auquel je ne connais pas l'issu. S'il a introduit Rosa pour me recruter, il doit bien avoir une raison et la seule plausible est qu'il veut Nick. Ce sont deux clans rivaux, ils ont sûrement des comptes à régler, sauf qu'il manque un détail à Lakmar. Je suis prête à tout pour protéger celui-ci, même s'il m'en coûtera probablement la vie. Je me sacrifierais s'il le faut et j'emporterais avec moi chaque personne qui pourrait lui faire du mal.

Lakmar se lève et j'en fais autant, malgré mes jambes en coton.

Julian a envie de me prendre une nouvelle fois contre lui, mais n'en fait rien. Après un dernier regard, il sort du café, me laissant avec celui qui représente à présent un ennemi.

CHAPITRE 28
LAHMAR

Je me force à me contenir, à ne pas exploser dans cet endroit qui reste un lieu public, même si j'ai grassement payé le barman pour fermer les yeux sur ce qui pourrait arriver.

J'évite le regard de Tiara et m'avance vers la sortie sans vérifier si elle me suit. Je suis assez sur les nerfs d'avoir dû leur accorder un tête-à-tête afin d'obtenir des informations sur Rosa. Mais je n'avais pas d'autres choix. Il a parfaitement conscience d'être ma seule option avant de foncer dans le tas et de tout démolir sur mon passage. J'espère pour lui que ce n'est pas un piège, parce que je suis prêt à le recevoir. Cette rencontre se fera sous haute sécurité et je vais devoir mettre les choses au point avec Tiara. Au moindre écart, elle le regrettera.

Je rejoins la voiture, pressé de partir de là. Axel attend que je le rassure, a besoin d'entendre que ça évolue. C'est essentiellement pour lui que j'ai accepté.

— Il n'a rien voulu dire, sauf qu'elle est vivante. On doit convenir d'un nouveau rendez-vous où il balancera des infos, l'avisé-je, après avoir ouvert la portière.

Il acquiesce d'un signe, conscient que ce n'est pas le moment de débriefer. Je n'aime pas être en ville sans le groupe. Il serait facile de nous attaquer. Nous sommes plus discrets avec ce véhicule, bien que nos têtes soient connues et certainement mises à prix par d'autres gangs.

Tiara finit par nous rejoindre, le visage totalement fermé. Je sais qu'à cet instant, elle me hait, pourtant mon plan est loin d'être exécuté, ce n'est rien en comparaison de ce qui l'attend. Voilà la raison pour laquelle, entre nous, c'est voué à l'échec malgré notre attirance. Je vais la détruire et je ne compte pas laisser de survivants.

Elle monte dans la voiture en m'évitant et j'en fais de même. Il est temps que nous dégagions d'ici.

Axel prend le volant, il sait qu'il doit rester sur ses gardes. Quelqu'un pourrait nous suivre, comme ça a déjà été le cas de nombreuses fois. Notre réputation fait que peu tentent d'aller plus loin, même si ça peut arriver à tout moment. Et je me méfie d'autant plus avec ce Julian qui traîne dans les parages. Il pourrait essayer de localiser notre camp ou nous tendre une embuscade.

Cette fois-ci, le trajet se passe tranquillement. Nous arrivons aux portes du domaine sans encombre.

À peine le moteur s'éteint que Tiara sort de la voiture. Elle fonce vers le campement et je m'apprête à la suivre quand une main agrippe mon bras.

— Qu'est-ce que t'as encore foutu ? me demande Axel sur un ton de reproche.

— Je lui ai simplement rappelé que je n'étais pas un gentil garçon, avec mon flingue sur sa tête.

Axel manque de s'étouffer et finit par me lâcher.

— Je ne t'ai jamais vu autant dérailler avec une meuf. C'est incroyable à quel point tu es con en sa présence.

Sa remarque lui fait gagner une tape à l'arrière du crâne. Il ne s'en formalise pas, nous nous chamaillons souvent.

— Et Julian, il veut quoi ?

— Un rendez-vous seul avec elle.

Rien que le dire m'agace. Je pourrais simplement l'attirer jusqu'à nous et l'enlever. Il serait une parfaite monnaie d'échange... C'est aussi un risque pour qu'ils fassent encore plus souffrir Rosa. Nous allons devoir y réfléchir.

— OK. On en reparle plus tard, va retrouver ta dulcinée.

Il se prend une nouvelle tape pour la forme, avant que je ne quitte, à mon tour l'habitacle.

Les tentes sont toutes montées. Jon et Ezio s'activent à préparer un feu, alors que d'autres attendent près des sanitaires. Je scanne l'endroit sans trouver la trace de celle que je cherche. Je continue mon avancée jusqu'à tomber sur Greta.

Je m'apprête à lui demander si elle l'a vue, quand elle me coupe avant même d'avoir commencé.

— Elle est de l'autre côté de la maison, m'indique-t-elle en me montrant la direction du doigt.

Je la remercie et me dépêche de faire le tour. Tiara apparaît sous mes yeux, postée contre un arbre, le visage rivé vers les collines environnantes.

Sans une parole, je m'avance jusqu'à elle. Je ne sais pas comment briser le silence. Je préférerais que ce soit elle qui le fasse. J'ai envie de lui crier dessus, autant que de plaquer mes lèvres sur les siennes et la prendre si fort qu'elle ne désirerait plus jamais personne d'autre que moi. J'essaie d'occulter mes pensées, de les enfermer dans une case de mon cerveau. Pourtant, aujourd'hui, en la voyant avec cet homme, j'ai bien ressenti la jalousie m'envahir. Elle l'a enlacé, s'est collée contre lui, je ne pouvais pas la laisser faire.

— Tu as posé ton arme sur moi…, souffle-t-elle soudain. Tu as promis de me garder en vie et tu as menacé de me faire exploser la tête !

Je ne la regarde pas, je ne peux pas. Elle a raison, mais je ne suis pas certain que j'aurais réussi à appuyer. Et chaque moment passé à deux rend encore plus difficile cette tâche que je devrais effectuer un jour.

Je souhaiterais tellement être comme mon père. Ne rien ressentir, ne pas m'attacher aux autres, ne pas aimer. Je n'ai jamais compris comment il pouvait être aussi indifférent, sauf qu'à cet instant, je l'envie. C'est sûrement pour ça que je n'ai jamais été à la hauteur de ses espérances. Je n'ai pas cette capacité et je réalise que ça me rend faible.

— Tu crois vraiment que j'allais le laisser me buter sans réagir ?

— C'est toi qui l'as cherché ! Pourquoi lui dire qu'on couche ensemble ? À quoi ça te sert ? Tu souhaites qu'il le répète à Nick c'est ça ? Tu es inconscient…

Je sais que j'ai fait une erreur. Si Nick apprend ça maintenant, il voudra ma tête en trophée. Dans tous les cas, ça finira par une confrontation.

— Je ne crains pas ton cher mari…

Tiara tourne le visage vers moi et m'observe.

— Peut-être que tu devrais.

Avoir peur de quelqu'un serait la fin de tout. Je ne suis pas arrivé chef du clan par hasard, tout comme lui j'imagine. Bien entendu, certaines choses m'effraient, je reste un humain. C'est surtout pour les autres membres que je me fais du souci. Moi, un seul but m'anime, l'unique à atteindre avant de sombrer. La mort je l'attends, je ne la redoute pas, ce sera mon point final.

— S'il l'apprend, tu peux oublier Rosa.

C'est pour ça qu'il me faut un meilleur plan pour la retrouver rapidement. Et m'emparer de Julian l'empêcherait à la fois d'aller bavasser et me donnerait le moyen de pression idéal. Bien sûr, je ne peux pas lui en parler, je n'ai aucune confiance en elle. Par contre, j'ai remarqué l'attirance que cet homme a pour Tiara, il ne ratera pas ce rendez-vous, c'est une certitude.

— Qui est Julian pour toi ?

Tiara inspire à fond tandis que je m'allume une clope.

— Une personne que j'aime depuis des années.

Un uppercut ne m'aurait pas fait plus mal à l'estomac. Je tire frénétiquement sur mon filtre.

— Ton amant ?

— Non, il n'y a jamais rien eu de sexuel entre nous.

Je fronce les sourcils et me tourne vers elle. Aimer un homme sans baiser avec... Je ne comprendrais jamais ce concept. C'est la base d'un couple, l'essentiel même. Pour moi, tout repose sur cet acte intime. Pendant ce laps de temps, tout disparaît pour ne laisser que nos corps se découvrir. Se mettre à nu est bien plus parlant, que n'importe quelle parole. On ne peut pas tricher.

La gamine de la propriétaire passe en courant devant nous, mais ne s'arrête pas jusqu'à une cabane en bois.

— Tu as une fille ? me demande soudain Tiara, observant elle aussi la petite qui s'amuse toute seule.

Je n'étais pas sûr qu'elle se souvienne de ça. Elle a tellement bu durant cette soirée que j'espérais qu'elle ait oublié, sauf qu'apparemment non.

— Je n'ai aucune envie d'en parler.

— Où est-elle ? Tu refuses les enfants et elle n'était pas chez ta sœur. Elle vit avec sa mère ?

— Tiara..., grondé-je.

En discuter avec elle est impossible. Elle est mariée au mec qui lui a mis une balle dans la tête. Et comme si ça ne suffisait pas d'y penser, les images de cette tragédie s'impriment dans mon esprit. Son petit corps allongé, le sang qui l'entoure, mes hurlements, mes doigts tentant de prendre son pouls et qui en sont incapables tellement mon cœur tambourine dans ma poitrine. Il n'y avait plus rien à faire, même si on croit tout de même à un miracle. Il est impensable de perdre sa fille alors qu'elle est sortie pour voir le chat des voisins. J'avais quitté mon clan, banni de ma vie toute violence pour qu'Elly soit en sécurité. J'ai emménagé dans un appartement au milieu de personnes plus ou moins fréquentables. En revanche, elles ne s'en seraient jamais prises à un enfant innocent. Tout le monde nous connaissait depuis le temps, nous avions su nous faire aimer. Enfin surtout Elly. Comment ne pas craquer devant une jolie poupée qui vous sourit de toutes ses dents à chaque fois que vous la croisez ? Elle était mon soleil, mon univers et on me l'a arrachée.

Une main se pose sur mon bras, me rappelant brutalement au présent. Des prunelles claires me font face, me détaillent.

Je ne peux bien sûr pas lui expliquer tout ça et surtout je n'en ai pas envie. Rien que d'y repenser, toutes les émotions que j'ai ressenties, toutes celles qui m'ont détruit, me reviennent en mémoire et menacent d'exploser.

— Elle est morte, et je refuse d'en discuter, balancé-je.

Je reste concentré sur le champ devant nous, ne voulant rien voir sur le visage de Tiara qui pourrait me faire flancher. Elle bredouille un « désolée » avant de faire quelques pas.

Elle se poste en face de moi et attrape mes joues pour que je n'aie d'autre choix que de la regarder. Je pourrais la dégager sans difficulté, pourtant, je ne bouge pas, la laissant planter ses yeux dans les miens.

— Tu es déstabilisant Lakmar. Tu ne cesses de me surprendre.

Je ne peux qu'observer ses larmes perler aux bords de ses yeux, bien qu'elle fasse tout pour les contenir. Ce qu'elle me dit vaut aussi pour elle. Je pensais l'avoir cernée durant les mois où nous l'avons suivie, il n'en est rien. Cette fille qui se trouve sur plusieurs photos de mon téléphone n'a finalement rien à voir avec celle qui partage mon lit. Sa fougue, sa ténacité, son répondant, son courage, rien de ce que nous avions aperçu d'elle ne me préparait à ça. Elle est bien plus dangereuse qu'elle n'en a l'air et je suis en train de me laisser entraîner vers des sentiments que je ne devrais pas éprouver.

Ses lèvres se posent délicatement sur les miennes. C'est subtil, tentateur et je ne peux qu'accéder à sa demande quand sa langue essaie d'envahir ma bouche. C'est à la fois terrible et délicieux. J'aime ce contact et chaque petit geste me donne toujours envie de plus. Malheureusement, l'avenir que je nous réserve est funeste.

Ma raison me dit de mettre fin à ce jeu de séduction immédiatement alors que mon corps ne souhaite que profiter tant que j'en ai la possibilité.

Tiara finit par se reculer et me chuchote :

— Je ne te pardonnerai jamais pour Rosa.

Elle souffre, je le ressens, pourtant, sur ça non plus, je ne peux rien lui dire. Je dois trouver une parade, quelque chose qui n'a rien à voir avec mon plan.

— Et je ne te le demande pas.

Son corps s'éloigne du mien alors qu'elle commence à s'énerver.

— Elle était l'une des rares personnes à qui je faisais confiance alors que ce n'était que de la comédie. Je suis terriblement désolée pour ta fille, je n'ose imaginer ce que ça doit être, sauf que tu n'auras plus rien de moi tant que je n'aurais pas des explications. Pourquoi me l'avoir envoyée ? Pourquoi souhaiter que j'intègre ton groupe ? Tu veux t'en prendre à Nick à travers moi ? Pourquoi ne pas m'avoir enfermée quelque part dès le début ?

— Et toi, pourquoi être revenue à Chicago sans ton mari ? Que me caches-tu qui mérite un tête-à-tête avec Julian ?

— Rien qui ne te concerne.

Ses larmes ont disparu, alors que tout son corps se tend. Je fais les quelques pas qui nous séparent avant d'attraper un de ses bras pour éviter qu'elle ne s'enfuie.

— Si tu veux que je t'enferme, y a toujours moyen, n'hésite pas à me le dire... Je ne suis pas sado-maso, même si pour toi je pourrais faire une exception. Enchaînée, totalement à ma merci... Arrête de me tenter !

Ma bouche s'empare violemment de la sienne. Elle me mord et malgré la douleur, je continue jusqu'à ce que je sente quelqu'un arriver dans mon dos.

— Espèce de salope ! résonne dans un hurlement.

J'ai à peine le temps de me tourner pour voir Louise débouler comme une folle. Son regard est bloqué sur Tiara qui ne fait même pas mine d'être inquiète.

— De quel droit poses-tu ta sale bouche sur lui ?

Je m'interpose entre les deux, il est hors de question que je laisse cette situation dégénérée. D'autant plus que c'est de ma faute si on est là.

— Au moins avec moi, il n'a pas peur d'exploser l'un de mes seins chaque fois qu'il me touche ! riposte Tiara, ne me facilitant pas la tâche.

Elles sont toutes les deux assez grandes, la comparaison s'arrête à ça. Elles n'ont rien en commun que ce soit physiquement ou mentalement.

Les cris ont dû alerter les autres, parce qu'Axel débarque nonchalamment.

— Je comprends mieux pourquoi tu veux te débarrasser de moi, me dit Louise les larmes aux yeux. Et toi t'es vraiment qu'une pute ! ajoute-t-elle à l'attention de Tiara.

Je n'ai même pas le temps de l'attraper que cette dernière se faufile et qu'une gifle retentissante s'abat sur Louise. Ça ne s'arrête pas là. Profitant de la faiblesse de sa proie, Tiara se déchaîne sur elle. Les coups commencent à pleuvoir et j'hésite. Dois-je la stopper ou la laisser donner une leçon à celle que j'aimerais voir dégager ?

— C'est dommage qu'il n'y ait pas de boue…, me lance Axel qui est maintenant près de moi. On ferait mieux de les séparer, j'ai peur que Louise ne s'en relève pas.

Alors que Tiara se décale un peu pour reprendre son souffle, je passe mon bras autour de sa taille et malgré ses protestations, je réussis à la porter quelques mètres plus loin.

— Je ne suis pas une pute ! me crie-t-elle avant de faire quelques pas, échappant à mon contact.

Je ne comprends pas ce qui lui arrive et lui laisse le temps de se calmer, mais il va me falloir une explication. Pour quelle raison a-t-elle vrillé de cette façon ?

Alors qu'elle reprend peu à peu sa respiration, mes mains se mettent à tremblent et ma curiosité l'emporte.

— Qu'est-ce qui se passe Tiara ?

Elle réfléchit, doit se demander ce qu'elle peut me dire ou non, preuve qu'elle a des secrets que je dois percer.

— C'est Nick qui me qualifiait comme ça quand il m'offrait à d'autres hommes…

Je reste un instant figé par sa réponse qui me déconcerte. C'est quoi encore cette merde ? Alors pourquoi fait-elle tout ce trajet ? Pourquoi irait-elle retrouver ce type immonde ? Me serais-je trompé ? Et s'il n'était pas au bout du chemin ? Si je suivais une mauvaise piste qui ne me mènerait pas à lui ? Je devrais modifier des choses, faire en sorte de le faire venir à moi… Mes idées s'embrouillent alors qu'elle s'effondre au sol, les mains sur son visage.

CHAPITRE 28
TIARA

— *Prenez là cette pute, elle n'attend que ça ! Elle aime se faire baiser dans tous les sens.*

Ces paroles ne veulent pas quitter mon esprit, j'ai l'impression que Nick est présent, à mes côtés.

Je regarde tout autour de moi et vois Lakmar me dévisager. J'ai totalement perdu mes moyens devant lui. Louise mérite que je lui arrache la tête pour m'avoir traitée de la sorte, sans témoin.

Mes larmes coulent sans que j'arrive à les stopper. J'aimerais tellement réussir à refouler mes traumatismes, à faire en sorte que ce mot n'ait plus d'influence sur ma vie. Pourtant chaque fois qu'il m'est destiné, j'ai l'impression d'être à nouveau propulsée dans ce passé qui m'a tant fait souffrir. Je revis chaque seconde. Ces hommes qui me touchent, me pénètrent, me salissent avec l'accord de celui à qui j'ai tout donné.

Une main se pose sur mon épaule et je me dégage d'instinct. Ce contact qui se veut apaisant m'enrage. Je refuse qu'il s'apitoie sur moi, même si je mentirai en disant que je ne désire pas me jeter contre lui pour qu'il me prouve que je ne suis pas une moins que rien. Il me rend plus forte, plus battante et bien que j'essaie de ne pas laisser mes sentiments prendre le dessus ce n'est pas chose aisée. Il m'attrape sous les épaules pour me relever et me plaquer contre lui.

— Tiara, j'ai besoin que tu me parles…

Je dois le repousser, lui échapper, pourtant ce qui sort de ma bouche ne correspond en rien à ce que souhaite ma raison.

— Pas ici.

Il observe les alentours, quelques personnes sont un peu plus loin et nous détaillent alors qu'Axel tient Louise à distance. Elle ne paie rien pour attendre…

— Tu peux marcher ?

Je hoche simplement la tête tandis que sa main attrape naturellement ma hanche pour rejoindre le campement.

Nous déambulons parmi les tentes jusqu'à parvenir devant la sienne. Je ne pose pas de questions et m'y engouffre avec lui.

— Assieds-toi, m'enjoint-il.

Je ne me le fais pas dire deux fois et m'installe sur son matelas. Ses sacs ainsi que le mien se trouvent dans un coin. Je n'aime pas qu'il m'impose de dormir avec lui. Pourtant en pensant à son corps contre moi, à ses doigts qui parcourent ma peau, je ne vois pas comment m'en offusquer. Il réussit à effacer mes tourments durant nos instants intimes qu'il m'offre.

— On n'a pas vraiment pris le temps d'en discuter. J'ai envie d'en savoir plus sur ta relation avec Nick.

Je ferme les yeux une seconde. Si je lui raconte mes pires cauchemars, peut-être me considérerait-il un peu moins comme son ennemie... Il ne m'a toujours pas dit pour quelle raison il a souhaité m'intégrer au clan. Avec mes révélations, il verra que je ne veux plus rien avoir à faire avec mon mari. Je dois simplement éviter les derniers mois que j'ai vécu auprès de lui. Il y a une chose que je ne lui dévoilerais pas, quoi qu'il m'en coûte.

— Je ne sais pas vraiment quoi te dire.

— Commence par votre rencontre.

Je le dévisage un instant, ne comprenant pas en quoi ça peut l'intéresser. Il ne montre aucune émotion, rien qui ne puisse m'indiquer son état d'esprit.

Je passe mes mains sur mon visage et me replonge dans cette histoire qui fut aussi belle que chaotique. Elle m'a à la fois apporté le meilleur et le pire.

— J'approchais de la majorité, mon père était constamment sur mon dos. Lui et mon frère me surprotégeaient après le décès de ma mère. Moi je ne pensais qu'à mon indépendance. J'étouffais et j'ai accepté d'aller à une fête. Ce jour-là, j'ai bu bien plus que de raison, je voulais profiter de tout à fond, je ne me suis pas rendue compte que je me mettais en danger. Alors que je commençais à prendre le chemin pour rentrer chez moi, un homme m'a proposé de me raccompagner. Il était charmant et avait tout du gendre idéal…

En me remémorant toute cette histoire, je comprends ma bêtise. Tout a débuté à cette soirée et j'en subis encore les conséquences aujourd'hui.

— C'était Nick ?

Je souris, même s'il n'y a rien de drôle dans ce qui va suivre. Mais imaginer Nick en chevalier servant est vraiment comique.

— Non. L'autre type m'a embrassée de force une fois près de sa voiture et si personne ne l'avait arrêté, il m'aurait certainement violée sans impunité. C'est à ce moment que Nick a déboulé comme une tornade, sauvant ma vertu. C'est finalement lui qui m'a ramenée à la maison. Tout le monde avait peur de cet homme. Il était dans la même université que moi, mais nous n'avions aucun cours en commun. Sa réputation faisait le tour des étudiants. Il pouvait se montrer violent, colérique et ses parents qui habitaient au Mexique faisaient souvent des séjours en prison. Il était tout ce que mon père détestait, parfait pour une jeune adulte rebelle.

Me souvenir de ma famille me serre le cœur. Ils n'ont jamais mérité les soucis que je leur cause, bien que le dernier choix qu'ils ont fait pour moi est impossible à accepter. Ils ne se rendent pas compte que ce sacrifice me coûterait la vie.

— Tu étais amoureuse de lui…, souffle Lakmar.

Cette affirmation comprime mon cœur. Je ne peux pas lui mentir, j'ai aimé cet homme de toute mon âme et je me plais à penser que c'était réciproque, même si au final, je n'ai aucune certitude.

— Oui. Nous avons rapidement emménagé ensemble. C'était une décision difficile et mon père refusait catégoriquement, sauf que je ne voulais pas écouter, je me trouvais dans une bulle où seul Nick m'importait. Six mois après notre rencontre, il m'a demandée en mariage. Il était l'homme de ma vie, je n'ai presque pas hésité même si j'ai dû abandonner mes études et quitter mon pays. Avec moi, il se montrait gentil, blagueur, doux, tendre, mais toutes ces facettes se sont disloquées une fois nos vœux prononcés. Après ça, je suis devenue sa chose, sa propriété dont il pouvait disposer à volonté. Je représentais un trophée qu'il exhibait, jusqu'à ce que ça soit plus que cela… (J'avale difficilement ma salive alors que d'autres souvenirs, bien moins heureux, s'impriment dans ma tête.) Il m'offrait pour une nuit à des hommes, seuls ou à plusieurs. L'unique condition était de pouvoir rester dans la chambre pour nous observer. J'ai été battue et violée tant de fois que j'ai arrêté de les compter.

Du rêve au cauchemar, voilà comment pourrait s'intituler ma vie… La mâchoire de Lakmar se contracte et ses poings blanchissent à force d'être serrés. Lui raconter tout ça est une épreuve, parce que je ressuscite chaque moment passé avec mon tortionnaire.

— Tu es tout de même restée avec lui…, constate Lakmar.

Je le dévisage pour vérifier qu'il est sérieux avant de pouffer sous ses paroles. Et c'est moi qu'il pense naïve ?

— Tu crois réellement que j'avais le choix ? Je ne sais pas qu'elles sont tes connaissances sur les « Bloody Butterfly ». Ils vivent en dehors de tout, dans une propriété totalement isolée. Je peux t'assurer que j'ai cherché la moindre faille qui me permette de m'enfuir. Je n'ai essuyé que des échecs et des tortures supplémentaires.

— Et ton Julian ne t'a pas aidée ? Il tient pourtant à toi…, crache-t-il.

On pourrait croire que la jalousie coule dans ses veines… Ses questions se font de plus en plus pointilleuses et la conversation dévie vers un sujet que je ne souhaite pas aborder avec lui.

— Si Axel te faisait une chose pareille, comment le prendrais-tu ?

Il réfléchit, même si ma réponse n'a pas l'air de lui convenir, toutefois, il garde la bouche fermée. Nous connaissons tous les deux le sort réservé aux traîtres...

— Le gang a toujours été toute sa vie, je n'avais pas le droit de lui demander une telle chose. Il n'a jamais su le quart de ce qu'il se passait. Bien sûr, les coups étaient visibles, mais les viols ne le sont pas. Ils ne continuent à demeurer que dans mon esprit.

— Tu as fini par réussir à fuir...

Effectivement, en abandonnant ma raison de vivre. Si j'avais eu le choix, jamais je ne serais partie. Ça, il n'a pas à le savoir. Il en découlerait trop de questions auxquelles je ne peux pas répondre.

— Un jour, je me suis réveillée à l'hôpital sans en connaître les détails. Il m'avait tellement frappée que j'imagine qu'il a eu peur que je n'y survive pas. C'est là que mon frère a retrouvé ma trace. Il m'a fait transférer dans un établissement près de chez lui et m'a gardée sous surveillance. En fait, je suis passée d'une prison à une autre...

Cette dernière était dorée, il n'empêche que je considérais l'appartement comme tel.

Lakmar sort son paquet de cigarettes, moi aussi j'en aurais bien besoin. Je le lorgne et il le remarque tout de suite, me le tendant pour que j'en attrape une. Je me tortille pour récupérer le briquet dans ma poche. Il est gravé aux initiales de ma mère. C'est le seul objet qu'il me reste d'elle. Mon père n'a pas accepté sa mort et a décidé de se débarrasser de toutes ses affaires. Il n'est pas plus heureux et ce n'est pas plus supportable, mais je ne peux pas lui en vouloir. Chacun essaie de surmonter le deuil comme il le peut.

J'allume la clope que j'ai déposée entre mes lèvres, illuminant la tente alors que le soleil a disparu. La nicotine qui se répand dans mon corps est bienfaitrice. Tous ses souvenirs me donnent des courbatures tellement je suis tendue. Ils sont le rappel constant de mes erreurs.

— Donc tu as un frère ?

Je cligne des yeux, réalisant que j'ai trop parlé. Voilà pourquoi j'aurais dû conserver mes distances, le fuir. J'ai envie de lui raconter, de m'apitoyer sur mon passé, seulement je dois garder en tête qu'il est dangereux pour mon avenir.

— Oui, est l'unique réponse que je suis capable de lui donner.

Lakmar s'apprête à ouvrir la bouche quand son nom est crié dans le camp. Je peux dire que ça tombe à pic !

Il se relève immédiatement et sort, me laissant en plan. Sauf que j'ai besoin de me dégourdir alors je le suis à l'extérieur.

— Qu'est-ce qui se passe ? demande-t-il à Ezio qui arrive en courant.

Je n'ai croisé cet homme que quelques fois, j'ai l'impression qu'il m'est hostile et fait tout pour ne pas se trouver en ma présence. Il est d'ailleurs loin d'être le seul. La première fois que je l'ai aperçu, j'ai cru l'avoir déjà vu, comme un visage qui nous rappelle une connaissance, mais qui finalement ne mène à rien. J'ai vite compris que je faisais fausse route.

La pénombre commence à envahir le camp qui est à présent éclairé par quelques lanternes.

— C'est Axel...

À l'évocation de ce nom, mon regard se dirige directement vers Lakmar. L'inquiétude imprègne ses traits alors que les deux partent rapidement vers la direction que lui indique Ezio.

J'ai envie de savoir, c'est une curiosité malsaine, mais c'est plus fort que moi. Mes pas me guident vers eux.

Des cris de douleurs, d'autres de détresses se mélangent, avant que la scène n'apparaisse devant moi.

Louise est recroquevillée sur le sol, les cheveux devant son visage, comme se protégeant du monde. Ses tremblements ne peuvent échapper à quiconque.

En relevant les yeux, je tombe sur ceux d'Axel qui n'a plus rien de l'homme blagueur que je connais. Il est dur, tranchant, prêt à faire un carnage. C'est comme si quelqu'un avait pris possession de son esprit, un être maléfique.

Je n'en ai aucun droit, pourtant, j'aimerais avoir une idée de son histoire, savoir la raison pour laquelle il fait ce genre de crise.

— Je vais la massacrer ! hurle-t-il en essayant de passer le barrage que forment trois autres hommes autour de lui.

— Tiara, fait la dégager ! m'enjoint soudain Lakmar.

C'est plus une supplique qu'un ordre et je renonce à tergiverser. L'instant est grave et je comprends bien que si Axel réussit à se libérer, une nouvelle mort viendra s'ajouter à la liste.

En quelques enjambées, je me retrouve auprès de Louise. Je pose une main sur son épaule, la faisant sursauter.

— Il faut que tu te lèves, on doit partir d'ici. Si tu tiens à ta vie, suis-moi !

Elle soulève légèrement ses cheveux pour m'observer et je ne peux pas rater son visage tuméfié. Il l'a frappée et pas qu'un peu. Sa lèvre et son arcade sourcilière sont fendues, laissant le sang maculer sa peau alors que des hématomes se forment sur ses pommettes.

— Je ne sais pas si je peux marcher…, souffle-t-elle en grimaçant.

Elle a dû prendre d'autres coups. Axel avance petit à petit malgré les paroles de

Lakmar que je distingue à peine et qui tente de le ramener à lui.

Sur une impulsion et sans tenir compte de ses râles, j'attrape un des bras de sa victime pour la mettre assise. Sa main se pose instinctivement sur son ventre. Nous n'avons pas le temps pour faire un état des lieux de ses blessures. Je dois l'emmener dans les sanitaires. Je ne sais pas si la porte ferme, mais c'est la meilleure solution qui traverse mon esprit.

Je continue de tirer sur le membre de Louise, le fais passer autour de mon cou et tente de la soulever pour qu'elle se mette sur ses jambes.

— Tiara dégage ! me crie Lakmar et comme si ma vie en dépendait, j'embarque cette femme abîmée.

Ses pas sont difficiles et lents. Nous finissons tout de même par arriver devant la pièce. J'ouvre la porte et jette presque Louise à l'intérieur. Sauf que quand j'attrape le battant, je ne peux pas louper Axel qui court vers nous. J'ai tout juste le temps de trouver le loquet, qu'il tambourine sur le bois, me faisant instinctivement reculer.

— Vous êtes toutes des salopes ! Je vais vous massacrer ! Je ne vous donnerais rien ! Rien !

Louise sanglote violemment alors que je réalise la puissance de la fureur de celui que je commençais à prendre pour un ami.

Nous devons nous éloigner, nous cacher. Nous n'avons aucune arme pour nous défendre, il pourrait mettre ses menaces à exécution sans difficulté. Même à deux, nous ne faisons pas le poids, c'est certain et ce battant en bois est trop mince comme rempart.

J'aide de nouveau Louise afin de l'installer sur un des matelas avant de faire le tour de la salle. Il n'y a aucune autre issue ni fenêtre par laquelle nous enfuir, nous sommes coincées dans cet espace. Les lits sont trop légers pour bloquer l'entrée, ça ne le ralentirait pas.

Tandis que j'essaie de trouver une solution, un sifflement anormal s'échappe de la bouche de Louise. Je me tourne vers elle et la découvre la bouche ouverte, une main sur sa gorge. Elle cherche de l'air alors qu'une petite voix dans ma tête me dit que si je ne fais rien, elle va mourir. Ai-je réellement envie de l'aider ? L'occasion est trop belle pour me débarrasser d'elle et en plus je n'aurais rien à faire, juste la regarder s'étouffer…

Les coups sur la porte me stoppent net dans mes réflexions et le silence revient. Dans mon cerveau, c'est l'ébullition. Je dois pourtant me dépêcher. L'aider ou la laisser mourir ? Le choix est cornélien…

CHAPITRE 30

LAHMAR

J'ai tout de suite senti l'urgence dans l'appel d'Ezio et j'ai compris ce qu'il se passait en entendant le prénom de mon meilleur ami. Il ne faut pas être Einstein pour deviner qu'Axel a une crise.

Après un temps interminable, nous avons enfin réussi à lui attacher les bras alors qu'il tambourinait comme un fou sur la porte des sanitaires. Il nous a échappé et s'est précipité sur les filles. Quand il a une proie, il ne la lâche que lorsqu'elle ne respire plus. Quelques minutes supplémentaires auraient suffi pour que le battant cède, sauf que Tiara était à l'intérieur. Je ne pouvais pas le laisser s'en prendre à elle.

Contre toute attente, c'est Solan, rapide et puissant qui a réussi à le faire reculer pendant que nous lui avons attrapé les bras pour les encercler d'une corde. Avant de partir de chez ma sœur, nous avons eu une sérieuse discussion. Il ne sait pas ce qu'il ressentait pour

Leah et à cause de moi, il n'a pas eu le temps de le découvrir. Bien sûr, il m'en veut terriblement, mais il a compris que c'était mon rôle, que ce qu'elle avait fait ne pouvait subir aucune autre sentence. Les traîtres n'ont de place qu'en enfer. Solan m'a avoué qu'il ne souhaitait plus faire partie de la troupe nomade. Il est hors de question qu'il quitte le clan, il est au courant de beaucoup trop de choses. Mais je peux approuver qu'il se pose à un endroit et ne nous retrouve qu'en cas de besoin. Il a pris conscience que c'était l'unique choix que je lui accordais et l'a accepté. De ce fait, il fait la route avec nous jusqu'à Holbrook que nous atteindrons d'ici deux jours. Il a de la famille là-bas et s'y sent chez lui.

Le grognement de mon ami me rappelle à l'instant présent.

— Emmenez-le au camion et il y a intérêt qu'il y reste.

Je suis à cran, nerveux. Ses crises prennent de plus en plus d'ampleur, ça m'inquiète et me met de mauvaise humeur. Durant toute son histoire avec Rosa, il n'en a fait aucune… Je vais devoir activer les choses avec Julian.

Demain, je lui donnerais rendez-vous sur la route. Il vaut mieux pour lui qu'il ait des infos à nous transmettre.

Une fois seul et que tout est sécurisé, je frappe la porte en bois des sanitaires.

— Tiara ouvre !

Je ne peux pas me voiler la face. Les révélations qu'elle m'a faites m'ont atteinte plus que ça ne le devrait. Je me suis inquiété pour elle en voyant Axel partir en courant les rejoindre. Je ne pensais qu'à le rattraper avant qu'il ne puisse la toucher. Elle occupe constamment mon esprit, mais surtout le pollue. S'attacher à quelqu'un vous rend vulnérable et c'est ce qui est en train de se passer. Ses paroles me hantent encore. Des rumeurs sur Nick me sont revenues aux oreilles concernant le traitement qu'il inflige aux femmes. Je croyais naïvement qu'avec elle, il avait été plus clément. Après tout, c'est la seule qu'il ait épousée... Sauf qu'il a profité de sa jeunesse pour l'enrôler dans son gang. Il se l'est accaparée et l'a utilisée de la pire des manières. Le fait qu'il puisse l'offrir à d'autres hommes me répugne. Rien que d'imaginer son calvaire me hérisse les poils, pourtant ce que j'ai prévu de lui faire n'est pas moins abject. Je le juge alors que je suis loin d'être meilleur que lui.

Mais j'ai fait une promesse qu'il m'est impossible d'oublier. Ma fille passe avant tout, même avant cette femme qui hante mes pensées. Qu'importe ce que je peux ressentir pour elle, qu'importe les émotions qu'elle me transmet. Chaque souvenir des moments vécus avec Elly me rappelle qu'elle n'est plus et surtout que c'est la faute d'un homme que je dois abattre. J'ai conscience que c'est l'unique responsable de nos tourments. Il sait bien trop se protéger pour que je l'atteigne autrement que par elle. Sa seule erreur est d'avoir laissé sa femme se faire la malle… Elle sera sa perte et peut-être la mienne. J'en prends le risque.

Les secondes ont défilé sans que je n'entende aucun bruit derrière la porte et malgré mon insistance sur la poignée, elle ne cède pas.

— Bordel ! commencé-je à sérieusement perdre patience.

C'est alors qu'elle s'ouvre d'un coup sur Tiara, le visage sombre, tourmenté.

Je me dépêche d'entrer pour voir dans quel état se trouve Louise. Cette dernière est allongée sur un des lits que je m'empresse de rejoindre.

Elle ne bouge plus, inconsciente. Mes doigts plongent vers son cou, cherchant son pouls et malgré mon cœur qui bat fort, je réussis à sentir quelque chose de très faible. Il ne lui reste plus longtemps à vivre, je dois faire quelque chose.

Je la déshabille en un temps record pour trouver la cause de son état sauf qu'il n'y a rien en dehors des bleus qui s'étalent un peu partout sur sa peau. Ça doit être interne et je n'ai personne d'assez compétent pour l'aider dans le groupe. Je vais devoir l'emmener à l'hôpital ou la tuer... Ça serait d'ailleurs le plus simple, elle ne pourrait rien dire à notre sujet ni accuser Axel. Après tout, elle a de quoi m'en vouloir et me porter du tort.

Je dois prendre une décision et rapidement avant que ça ne soit de toute manière irréversible.

Comment me verrait Tiara si je laissais crever une femme ? Et depuis quand en ai-je quelque chose à foutre de son avis sur moi ?

J'attrape ma tête entre mes mains alors que Louise a un dernier sursaut de vie et se met à cracher du sang. Elle souffre et j'ai le pouvoir d'arrêter ça. C'est triste à dire, mais Axel est ma famille, il m'est indispensable pour continuer ma bataille, elle non…

— Va dans ma tente, ordonné-je à Tiara.

Elle me fixe longuement, cherchant à lire en moi des choses qu'elle ne trouvera pas. Mon esprit est fermé, je dois me couper de tout, c'est la seule manière de supporter le meurtre que je vais commettre.

— Non, me répond-elle calmement.

Elle commence à m'agacer à toujours n'en faire qu'à sa tête. J'essaie encore de la protéger, mais après tout, je ne le devrais pas. Elle veut faire la forte qui peut tout encaisser, et bien jouons un peu…

— Soit tu dégages, soit tu la tues toi-même ! la provoqué-je.

Son regard passe de Louise à moi avant de faire quelques pas jusqu'à un autre lit et d'attraper un coussin.

— Tu ne m'en crois pas capable ? me défie-t-elle à son tour.

Sans me laisser le temps de répondre, elle pose l'objet qu'elle tient sur le visage de Louise. Elle est tellement mal en point qu'elle se débat à peine. C'est presque trop facile, mais jamais je n'aurais imaginé que Tiara puisse faire une telle chose avec un sang-froid pareil. Son regard est vide, dépourvu d'émotions. Et j'ai même l'impression que ça ne la touche pas, que la vie qui se finit sous ses doigts est insignifiante. Un peu comme si elle faisait ça tous les jours, je suis perplexe. Cette partie d'elle m'est étrangère.

Elle maintient fermement l'oreiller des deux mains et au bout de quelques minutes, le retire pour vérifier qu'elle a bien fait son boulot.

— Moi aussi je sais me salir les mains Lakmar, n'en doute pas, me lance-t-elle en jetant le coussin au sol avant de quitter la pièce.

Je suis dubitatif, un peu ahuri par ce qui vient de se passer. Me serais-je trompé à ce point sur elle ? Est-elle devenue comme son mari, une grande manipulatrice ? A-t-elle déjà tué quelqu'un de sang-froid ? Pour cette dernière question, j'ai la réponse sous les yeux. Moi qui la pensais innocente… Jamais je n'aurais parié sur elle, même pas un centime.

Je détaille le corps sans vie d'un de mes membres. Elle nous a quittés prématurément, c'était la seule solution. Je ne lui faisais plus confiance, plus après notre accrochage, bien que je ne lui souhaitais pas la mort pour autant.

Je tire le drap d'un des lits pour la recouvrir, nous allons devoir nous occuper de ça au plus vite parce que demain nous repartons et nous avons encore les armes à récupérer. J'ai le pressentiment que ma nuit va être courte.

Je quitte les sanitaires à mon tour alors que le camp commence à s'animer. Le feu a été allumé et le repas ne devrait pas tarder à être servi.

Je dois rejoindre le camion pour prendre des nouvelles d'Axel. En passant, je ne peux rater Tiara qui se tient près de Greta et l'aide à empiler les assiettes. Cette femme est un mystère, je n'aime pas ça. Je déteste les surprises.

Tiara n'en a pas conscience, elle vient de franchir la troisième épreuve d'intégration avec brio : tuer quelqu'un.

J'ai cette règle en horreur, même si ça nous donne un potentiel moyen de chantage en gardant des preuves du meurtre. C'était la préférée de mon père, il adorait ce test plus que tout alors que je ne le perpétue que pour témoignage ultime de loyauté. C'est normalement l'étape la plus compliquée, apparemment pas pour elle. Cette constatation me désarçonne et quelque part m'excite. Elle est parfaite comme membre du clan. Parfaite comme femme de chef, me souffle mon esprit.

Je comprends que ce salopard de Nick l'ait épousé. Elle est le feu et la glace à elle toute seule.

Je me détourne d'elle pour continuer mon chemin. De l'autre côté de la bâtisse, tout est bien plus calme. Le silence règne, comme si tout était déjà endormi.

Axel est assis au sol encadré par Ezio et Solan qui restent sur leurs gardes.

Je m'accroupis pour me trouver à sa hauteur et quand nos regards se croisent, je retrouve mon ami, celui que j'aime. Je souffle de soulagement, même si nous n'en avons pas encore fini avec ses crises. Je suis heureux qu'il ait repris ses esprits.

Je fais signe aux autres de partir, il n'y a plus aucun risque et m'empresse de détacher ses bras avant de m'asseoir contre le camion près de lui.

— Que s'est-il passé ?

Il lève la tête vers le ciel qui est nuageux aujourd'hui.

— J'ai tenté de la calmer, de la raisonner, rien n'y faisait. Jusqu'à ce qu'elle attrape ma queue et me supplie de la baiser pour t'oublier. Ses doigts s'accrochaient à moi. Je l'ai repoussée, je sentais que je perdais pied, pourtant ça avait l'air de l'exciter. Elle a essayé d'ouvrir ma braguette de force et tout s'est arrêté dans ma tête. C'était trop, ce n'est plus elle que je voyais.

Je sors un joint qui se trouve dans mon paquet de clopes, j'ai au moins besoin de ça pour cette conversation.

Sa mère était une salope, la pire que je connaisse. Axel ressemble terriblement à son père et lorsqu'à ses dix ans, ce dernier a été retrouvé mort égorgé dans une ruelle, elle a totalement déraillé. Mon paternel a pris mon ami sous son aile, lui a offert la même éducation que moi. Sauf que pour « réconforter » son fils, comme elle se plaisait à le dire, elle le violait. Elle voyait en lui le substitut de son défunt mari. Ce n'est qu'à seize ans, lors d'une soirée où nous étions bien éméchés, qu'il a vidé son sac et m'a avoué le pire. Jamais je ne me serais douté d'une telle chose. Malgré mon jeune âge, j'ai tout de suite agi et ai fait déguerpir sa mère qui était constamment sous l'emprise de la drogue. On ne l'a plus jamais revue après ça, et c'est à partir de là que les crises d'Axel ont commencées. Je lui ai promis de veiller sur lui lorsque ça arrive et je tiendrais parole.

— Elle est morte, lui dis-je en soufflant ma fumée.

— Putain ! jure Axel en attrapant sa tête entre ses mains.

Je sais qu'à chaque fois il s'en veut. Il regrette de tuer ces femmes innocentes, mais c'est plus fort que lui, plus fort que sa raison. La réalité lui échappe, alors que le visage de sa mère remplace celui de chacune d'elles. Il leur fait ce qu'il aimerait lui infliger à elle. Il vaut mieux qu'elle soit déjà morte dans un caniveau. Parce que si un jour on croise sa route, c'est à l'homme torturé et désireux de vengeance qu'est devenu son fils qu'elle aura à faire. Et non plus le petit garçon dont elle a abusé.

— On va se prendre un verre ? Il va nous falloir des forces pour creuser, lancé-je en me relevant.

Axel en fait de même et hoche juste la tête.

La tombe de Louise sera quelque part dans un des champs du domaine. Personne n'a besoin de savoir qu'elle ne respire plus. Pour le moment, il n'y a qu'un unique témoin de ça, les autres la pensent blessée. Les seuls que je vais mettre au courant seront Ezio et Jon, mes piliers. Pour le reste, elle aura simplement disparu. Du moins si Tiara ferme sa grande bouche...

Et en parlant du loup, elle porte une bière à ses lèvres et en prend une longue gorgée. Sa tête est légèrement penchée en arrière, faisant ressortir son joli cou. Elle est de profil et mon membre se dresse quasi instantanément.

Plus les jours passent, plus je la désire, plus j'ai envie d'en connaître sur elle. Tellement que je ne sais plus comment faire pour mettre une distance nécessaire entre nous. La fuir serait une option, mais je dois tout de même la surveiller. Elle est comme le lait sur le feu, prête à déborder à tout moment. La contenir est compliqué, encore plus avec mes sentiments qui s'embrouillent.

J'aimerais qu'elle me soit indifférente, sauf que depuis le premier jour où je l'ai vu, je l'ai voulu et ça, je ne peux pas le contrôler.

Axel me fourre une bouteille dans les mains alors que j'ai toujours le regard fixé sur Tiara.

— Tu vas réussir à suivre ton plan ? me demande Axel qui me dévisage.

— Bien sûr.

Je ferais tout ce qui sera nécessaire, il le sait.

— Alors arrête de la baiser des yeux ! me balance-t-il avant de s'avancer droit sur elle.

Si seulement je le pouvais...

CHAPITRE 31
TIARA

Cette impression de déjà vue, de répétition de mon passé me noue l'estomac. J'avale malgré tout le liquide ambré que Greta m'a mis dans les mains, tentant d'apaiser la tempête qui fait rage dans tout mon être. Je ne pouvais pas aller sagement dans la tente de Lakmar et attendre. Pas après ce que je venais de faire. Alors quand j'ai vu ma nouvelle amie installer sa table, j'ai trouvé plus utile de l'aider et en même temps, ça me permettait de ne plus être seule avec mes pensées.

Sauf que maintenant Greta n'a plus besoin de moi donc elle m'a refilé à boire en me disant de discuter avec le reste du clan. Mais je ne suis pas comme ça : avenante, sociable. Je me méfie de tout et de tout le monde.

Et si les membres du groupe apprenaient que j'ai tué Louise, une innocente finalement ? Entre ça et Leah, ils ont largement de quoi me haïr… Elle était simplement là au mauvais endroit, au mauvais moment. Je sais d'expérience qu'Axel est imprévisible. Un petit rien peut le rendre fou et moi j'ai fini son travail… J'ai attrapé ce coussin et l'ai maintenu, étant parfaitement consciente qu'elle ne s'en relèverait pas. J'ai décidé que sa vie devait se terminer, alors que je n'en avais pas le droit. Et je ne peux même pas le reprocher à qui que ce soit. Personne ne m'a forcé à le faire. Lakmar m'a dit de partir, sauf que mon instinct ou mon ego a pris le dessus sur tout le reste. Ce qui me console un peu, c'est que dans tous les cas, elle serait morte. Jamais Lakmar ne l'aurait laissée disparaître comme ça, j'en suis certaine.

Après une énième gorgée, mon regard se pose sur deux hommes dont la prestance est impossible à ignorer. Axel a l'air d'avoir retrouvé ses esprits, il est calme. Le brouhaha ambiant s'efface quand mes yeux sont capturés par ceux de cet homme qui fait griller mes neurones. J'ai vraiment l'impression d'être une midinette, une gamine qui découvre les sentiments. J'essaie de toutes mes forces de refluer tout ça, mais sa proximité bombarde mes tentatives.

J'aimerais tant pouvoir lui expliquer, lui raconter toutes ces choses qui me rongent, lui révéler le véritable motif de ma présence, pourtant je n'y arrive pas. Il en veut à Nick pour une raison que j'ignore et compte se servir de moi. En dehors de ça, lui non plus ne me dévoile rien. Trop de secrets nous entourent pour imaginer une quelconque relation. Je ne sais même pas comment ça pourrait être possible, il ne m'acceptera pas dans son clan, pas avec *lui*.

— Est-ce qu'on peut discuter ? me surprend Axel que je n'ai pas vu me rejoindre, tellement perdue dans mes pensées utopiques.

Je finis ma bière et la pose sur une caisse où traînent déjà d'autres cadavres avant de hocher la tête. Je le suis alors qu'il m'entraîne un peu à l'écart, plus au calme. Il a les mains dans ses poches et n'a pas l'air à l'aise. Il a failli me tuer pour la deuxième fois, je crois que je serais aussi tendue à sa place. Je devrais le fuir, avoir peur de lui, pourtant ce n'est pas le cas. Je suis simplement plus attentive pour éviter de me retrouver dans une nouvelle situation incontrôlable.

— Je suis désolé, encore une fois. Je regrette que tu aies assisté à ça…

Je souffle longuement avant de le stopper, ma main sur son bras.

— Tu n'es pas toi-même dans ces situations.

— Peut-être, mais il n'en reste pas moins que je brutalise des femmes. Tu devrais me détester pour ça.

Je souris faiblement, même s'il n'y a rien de drôle.

— Rassure-toi, je ne suis pas une grande féministe, lui réponds-je, en le bousculant gentiment.

— Vous êtes unique en votre genre, mademoiselle Tiara.

Je ne peux cette fois retenir mon rire devant son air si solennel.

La situation n'a rien de comique, je m'en veux d'être si légère. Une femme est morte de mes mains, pourtant discuter avec Axel me fait oublier l'atrocité de ce qu'il s'est passé. Après tout, on ne peut pas retourner en arrière, alors autant tourner la page. J'ai conscience que ce que je suis en train de penser est horrible, bien que j'aie laissé de côté des images bien plus épouvantables.

— Je suis également désolé pour autre chose, reprend-il sérieusement. Lakmar m'a informé de ce que tu as fait. La tâche ne te revenait pas. Je ne comprends même pas comment tu t'es retrouvée là, je n'ai jamais voulu te mettre dans cette position.

— Le karma sans doute, réponds-je, en haussant les épaules.

Nos regards s'accrochent et il me laisse voir son trouble, sauf que le chemin que prend la discussion ne me convient pas. Je ne souhaite pas m'étaler sur Louise ni sur ma vie. Je veux juste tout caser dans un coin de ma tête et l'oublier.

— D'où te viennent ces crises ?

Il devine parfaitement mon changement de conversation et m'invite à m'asseoir sur un muret où il prend également place.

— C'est une longue histoire dont je n'ai pas non plus très envie de parler. Ce sont des souvenirs de certains sévices que j'ai subis qui réapparaissent comme si je les endurais une nouvelle fois.

Je peux comprendre, bien plus qu'il ne doit le penser. Je n'en arrive pas au même point que lui, mais des images qui ne cessent de nous hanter, je connais bien.

— Bon, on devrait aller se coucher, il se fait tard et nous avons de la route demain.

Mes yeux balaient le campement, avec tous les évènements de la journée, je ne suis pas certaine de trouver le sommeil.

Nous nous relevons et retournons près du groupe qui commence à s'éparpiller et retrouver leur tente. Je ne peux en revanche pas louper Lakmar, une assiette dans les mains, qui picore de la viande et quelques chips.

— Je vous laisse en amoureux, me chuchote Axel en déposant un baiser sur mon front.

Mon poing part tout seul dans son ventre. Il se décale juste au bon moment pour que je ne fasse que brasser l'air. Je lui envoie un regard mauvais auquel il répond par un sourire. Cet homme m'impressionne. Il essaie de toujours être de bonne humeur, optimiste, alors que sa vie est loin d'être un cadeau et que la femme qu'il aime est emprisonnée, sûrement même torturée. Il est un exemple de force incroyable.

Et je ne saurais l'expliquer ; avec lui, je me sens bien.

Axel me plante là, ne me laissant aucune autre solution que Lakmar pour m'indiquer où je vais passer la nuit. Mes affaires sont dans sa tente, même s'il ne m'a pas clairement dit que je devais m'y installer.

Je dois avouer que je l'évite. Je ne sais pas ce qu'il pense de mon acte et n'ai aucune envie de subir à nouveau sa foudre. Malgré tout, j'ai besoin de me poser quelque part, au calme alors j'avance jusqu'à lui.

Relevant les yeux extrêmement doucement, me détaillant, il finit par les accrocher aux miens.

— Tu en veux ? me propose-t-il en me montrant son assiette.

Je refuse, je ne peux rien avaler, je suis trop tendue.

— J'aimerais aller me coucher.

Il continue de me fixer sans dire quoi que ce soit, laissant ma gêne augmenter plus encore.

Au bout de ce qui me semble une éternité, il se lève pour aller mettre son repas sur la table toujours en place avant de revenir vers moi.

Son regard se pose sur mes cheveux alors que son pouce et son index attrapent une mèche et joue avec. Je ne devrais rien ressentir, pourtant, ce geste aussi infime soit-il, me soulage. C'est comme si le contact de cet homme faisait s'évanouir mes problèmes, disparaître mes névroses.

Ses doigts se décalent sur le flanc de mon oreille et je sais qu'il a conscience de ce qui se trouve en dessous. Ce dessin qui le rend orageux et doit le dégoûter parce qu'il représente l'ennemi.

— Tu as achevé le troisième test, il ne reste plus qu'une broutille pour que tu appartiennes au clan. Je me doute que ça n'était pas ton objectif, pourtant tu l'as réussi bien plus facilement que je ne l'aurais pensé.

Je ne comprends pas tout ce qu'il me dit et ne cherche pas d'explications quand son doigt descend le long de mon cou et glisse entre mes seins. L'envie de lui est primaire, sauvage et je ne lui résiste pas. Mes deux mains se plaquent d'elles-mêmes sur son torse juste avant que ma bouche trouve le chemin vers la sienne.

La discussion n'est plus à l'ordre du jour. Je me frapperais de réagir de cette manière en sa présence. Mon instinct prend le dessus sur chacune de mes pensées, sur chaque moment qui fait que plus nous créons une intimité, plus nous allons souffrir au bout du compte. J'ai conscience qu'il est déjà trop tard pour moi. Cette passion qui me dévore ne veut dire qu'une chose : je suis tombée amoureuse de lui. Je ne sais pas quand ça s'est produit ni comment il a bien pu s'emparer de mon cœur, mais c'est un fait que je ne peux plus ignorer.

Nos bouches se délectent alors que nous tentons de palper le maximum de peau de l'autre. Nous sommes deux animaux à la recherche du plaisir et quand mes doigts passent à la lisière de son boxer, il quitte mes lèvres pour attraper ma main et me tirer jusqu'à sa tente. Je me laisse entraîner, avide de la jouissance qu'il va me donner.

Comme je l'imaginais, la nuit fut courte alors que le soleil pointe déjà son nez. Nous avons une véritable alchimie sexuelle. Je n'ai pas beaucoup de points de comparaison, parce que le seul autre homme que j'ai voulu et qui a réussi à me donner du plaisir est Nick. Avec Lakmar, c'est vraiment différent. Il me laisse prendre le contrôle, me laisse le rendre fou d'envie et même le chevaucher sans rien y trouver à redire.

Son bras est enroulé autour de ma taille, possessif et je dois avouer que j'aime ça. Nos corps enlacés, sa chaleur, son odeur, tout m'attire chez lui. Bien sûr, il a un caractère complexe, mais je ne suis certainement pas la mieux placée pour le juger.

Quelques mèches de cheveux lui retombent sur le visage et c'est plus fort que moi, je les attrape, les caresses et les dégagent avec douceur.

— Coucou, chuchote-t-il.

Je ne m'attendais pas à ce qu'il soit réveillé alors je laisse mes doigts dérivés sur son épaule et son bras.

— Coucou, réponds-je en retour.

Sans me donner le temps de réagir, il me repousse pour venir s'installer entre mes jambes qui s'accrochent naturellement autour de sa taille.

— Ça faisait des années que je n'avais pas dormi avec une femme avant que tu ne débarques...

Sa confidence me fait sourire et à la fois, me remue l'estomac. Il ne faut pas trop qu'il s'habitue, tout comme moi d'ailleurs, même si pour ma part, il est déjà trop tard. J'apprécie beaucoup trop cette intimité.

Lakmar vient déposer un baiser sur un de mes seins avant de l'attraper à pleine main pour s'amuser avec. Je devrais être lassée avec toute la jouissance qu'il m'a donnée cette nuit, pourtant, mon corps s'abandonne une nouvelle fois à lui. Je vibre, je ressens, je vis.

Il délaisse ma poitrine pour descendre lentement le long de mon ventre, laissant traîner sa langue malicieuse. Lorsqu'il s'approche de mon pubis, il se recule pour observer mes cicatrices. Il est trop près et la lumière bien présente. J'aimerais me soustraire à son analyse, mais je n'en ai pas le temps. Il attrape mes cuisses pour les maintenir ouvertes.

— Que t'est-il arrivé ?

Il est en train de gâcher ce moment de plénitude et quelque part je lui en veux. Je refuse de replonger dans mes souvenirs, je désire uniquement le plaisir qu'il a à m'offrir.

Ses doigts tracent les lignes alors que je ressens la douleur que m'a infligée chacune d'elle.

Je bloque sa main quand ça devient insupportable. Toute mon excitation s'en est allée et je n'ai qu'une seule envie : fuir.

J'essaie de me dégager pour pouvoir sortir de cet espace confiné. Il ne m'en laisse pas l'occasion en venant appuyer son buste sur le mien, son visage se retrouvant à quelques centimètres du mien.

— Tant que tu ne répondras pas, je te garderais prisonnière, à toi de voir…

— Qu'est-ce que ça peut te faire ? Tu t'en fous de moi, je ne suis rien, tu ne cesses de le répéter.

Ses yeux brillent d'une nouvelle lueur. Plus orageuse qu'il y a quelques minutes.

— Tiara..., souffle-t-il. Tu ne peux pas simplement me donner une explication ? Je ne te demande rien de bien compliqué.

Je me tortille, rien n'y fait, il me tient prisonnière.

— Tu ne sais pas tous les souvenirs qui ressurgissent. Ça l'amusait ! Il riait de ma souffrance ! C'est ça que tu veux entendre ? Que pendant qu'il me baisait, il me tailladait par plaisir !

Sans que je ne puisse les arrêter, mes larmes dévalent les joues, mouillant le coussin sur lequel je repose.

Lakmar cale ma tête dans son cou et nous fait pivoter pour que je sois à moitié allongée sur lui. Comme par instinct, tout mon corps se fond contre le sien, comme s'il pouvait m'aider, me sauver de mes démons. C'est utopique et pourtant j'ai besoin de ça pour continuer à me battre. Il est évident que je ne rêve que de la mort de Nick, c'est mon point d'orgue, mais pas avant d'avoir retrouvé la dernière chose qui nous lie. Il est le seul à savoir où *il* se trouve, le seul à pouvoir me soutenir dans mon ultime quête. Et pour ça, je vais devoir éloigner Lakmar de sa piste, de moi. Mon unique option est Julian. Je dois d'abord obtenir plus d'informations sur lui, sur ses plans et sans le vouloir, Lakmar a commencé à ouvrir une porte dans laquelle je vais me dépêcher de m'engouffrer.

CHAPITRE 32

LAHMAR

— Je suis désolé, soufflé-je, alors que les sanglots de Tiara commencent à se tarir.

Sans qu'elle en ait conscience, sa haine en parlant de Nick fout mes plans en l'air. Je voulais qu'elle me mène à lui, c'était la seule raison de l'impliquer. Je sais maintenant qu'elle ne compte pas le rejoindre. Je vais devoir me résoudre à prendre une décision que je refuse depuis des jours. Elle va devenir ma prisonnière et je vais l'obliger à me conduire jusqu'à son mari de gré ou de force. Nick est malin. Il se planque dans sa forteresse d'où il ne sort que rarement, mais les choses changent. Sten est un fouineur et aux dernières nouvelles, la police commence à fouiller plus profondément dans les affaires qu'il possède aux États-Unis. Et ceux qu'il paie pour fermer les yeux le lâchent petit à petit. C'est comme s'il s'était mis à dos quelqu'un de bien plus influant, comme un agent du FBI par exemple…

— Moi aussi j'aimerais en savoir plus sur toi, me lance Tiara en effaçant les dernières larmes de ses yeux.

J'inspire longuement, je n'ai pas envie de m'attarder sur mon passé. Pourtant, une petite voix me souffle que peut-être, c'est justement ce que je devrais faire. Tout lui raconter pour qu'elle comprenne mon désarroi, et surtout mon esprit de vengeance. Si je lui avoue vouloir tuer Nick, elle pourrait être plus conciliante à me venir en aide...

Remuer mes souvenirs et surtout les exposer peut me rendre vulnérable ou désamorcer une situation qui s'enlise. Axel me dit depuis le départ de tout déballer à Tiara, mais ce n'est pas aussi facile. Pour moi, elle reste la femme de mon ennemi, même si je ne peux plus dissimuler mon attirance pour cette sorcière envoûtante. J'ai toujours un manque de confiance en elle que je n'arrive pas à dépasser. Elle me cache des choses, j'en suis persuadé et tant que tout n'aura pas été mis à plat, je continuerais à me montrer méfiant. Lui parler de moi serait un premier pas qui l'aiderait peut-être à se révéler en retour.

J'attrape mon portable pour vérifier l'heure. Nous avons encore un peu de temps avant que le camp ne se réveille.

Le regard de Tiara est concentré sur moi alors que mes doigts la tiennent serrée contre mon torse. Cette alchimie entre nous est vraiment incroyable, jamais je n'ai ressenti une telle chose et c'est effrayant. J'ai horreur de me dévoiler, pourtant c'est ce que sa présence m'induit à faire.

— OK, je vais te raconter, soufflé-je en tendant le bras pour attraper une clope.

C'est loin d'être assez fort pour ce que je vais faire, mais je n'ai aucune envie de me lever alors je devrais faire avec.

— J'ai rencontré Trish à seize ans. Elle a été mon premier amour, comme j'ai été le sien. Ses parents venaient d'intégrer le clan et mon père était ravi que je m'intéresse à elle. Tant que ça restait « en famille », comme il disait, il n'y trouvait aucune objection. Avec elle, tout a été très vite. Nous avons découvert le sexe ensemble, c'était beau, tendre et nous étions fous l'un de l'autre. Ça a duré des années jusqu'à ce qu'on fasse une erreur. (Je passe une main dans les cheveux de Tiara qui m'écoute attentivement.) Je lui faisais confiance pour gérer sa pilule, sauf qu'elle l'oubliait souvent et a fini par tomber enceinte.

Le jour où elle me l'a annoncé restera gravé dans ma mémoire pour toujours. Nous avions à peine dix-neuf ans et ça faisait un moment qu'elle m'évitait alors que nous étions constamment collés l'un à l'autre. Je l'ai coincée dans un sanitaire, c'est là que ses larmes ont commencé à dégringoler le long de ses joues. Elle était complètement chamboulée et entre deux sanglots, j'ai réussi à comprendre qu'elle attendait mon bébé. Je n'arrivais pas à y croire, j'étais à la fois heureux et terrifié. Je n'étais pas préparé à cette nouvelle, mais je l'ai assumée du début à la fin.

— Nous nous sommes mariés rapidement, ordre de mon père et de ses parents qui refusaient que nous élevions un enfant sans ce bout de papier. Notre jeunesse nous a fait défaut alors nous ne nous y sommes pas réellement opposés. Le truc, c'est qu'elle n'était pas faite pour être mère. Tout a basculé à la naissance de la petite. Trish délaissait sa fille, voulait sortir s'amuser comme avant, retrouver ses copines. Notre couple n'a pas survécu plus de quelques mois et j'ai pris la responsabilité de garder notre enfant. Tant qu'elle conservait un droit de visite, elle s'en fichait. En revanche, le divorce est très mal passé auprès de mon paternel. Il m'a fait un scandale et j'ai abandonné le clan. Il m'a toujours pourri la vie, il était hors de question qu'il décide de quoi que ce soit dans l'éducation de ma fille. C'était le moment pour que je coupe net le cordon qui nous reliait. Je me suis installé en ville avec Elly et c'est là que nous avons vécu jusqu'à ses huit ans et demi.

Mon enfant passait avant tout et c'est ce que mon père n'a jamais compris. Il était furieux que mon temps lui soit consacré et lorsque j'ai décidé de l'élever quasiment seul, ça a été la goutte d'eau. Je me suis opposé à sa volonté, lui le grand chef des « Black Eagles », et ça lui était insupportable. Il m'avait éduqué comme son successeur, avait tout fait pour que je lui ressemble, en vain.

— Ça n'a pas dû être facile de quitter cette existence, souffle Tiara en dessinant les contours des tatouages qui décorent mon torse.

— Non, c'est certain, mais quand on a un enfant, il devient notre priorité, l'unique personne pour qui tu donnerais ta vie. Mon choix était fait à la seconde où mon regard s'est posé sur elle.

Elle baisse les yeux pour se reconcentrer sur l'encre.

— Que s'est-il passé ensuite ?

C'est comme un flash. L'horreur se matérialise dans ma tête rien qu'en énonçant cette question. Je n'ai pas envie de revivre ce drame, pourtant je suis déjà allé trop loin pour m'arrêter ici. C'est comme un pansement, il faut l'arracher d'un coup sec pour espérer ne pas trop souffrir.

— Un soir, après avoir fini ses devoirs, elle ne tenait pas en place dans l'appartement. Elle avait pris l'habitude de rendre visite au chat des voisins qui se baladait dans la ruelle. Elle m'a bassiné pour lui acheter quelques friandises. Je ne pouvais pas lui résister, elle savait y faire avec son petit regard triste. Elle est descendue et moins d'une minute plus tard, j'ai entendu un coup de feu. Je connais ce bruit par cœur, j'y ai été confronté toute ma vie. Je ne peux pas l'expliquer, je l'ai deviné, j'ai senti que ma fille me quittait avant même de la rejoindre. Je suis sorti en vitesse et je ne pouvais pas la rater. Mon bébé, étendu sur le sol, une balle dans la tête. Il n'y avait plus personne, seulement une voiture qui a démarré. Elly était morte, je ne pouvais rien y faire à part la serrer contre moi, comme si ça la rassurait, qu'elle n'ait pas peur de partir.

La douleur de ce jour se répand immédiatement dans tout mon corps, c'est atroce, irréel. Pourquoi est-ce que c'est tombé sur moi ? Pourquoi ma fille ?

Soudain, une goutte s'étale sur mon ventre et mon regard se dirige sur Tiara en larme alors que je retiens les miennes.

— Elly n'était pas seule dans la rue. Un dealer gisait à quelques mètres d'elle, continué-je.

Tiara se redresse d'un coup, le visage blanc comme un linge.

— Je vais…

Elle se lève et quitte la tente comme si elle avait le diable aux trousses. J'aimerais m'en foutre, mais ça n'est pas le cas. Je ne pensais pas que mes révélations la toucheraient autant. De plus, elle est nue et je me sens possessif, chose qui ne m'est pas arrivée depuis des années.

Malgré les tremblements de mes membres, je me redresse pour la suivre. Après tout, c'est elle qui a voulu savoir, elle sera peut-être moins curieuse à l'avenir.

Je passe un jean et attrape une de mes vestes qui devrait être assez longue pour la couvrir.

D'un regard, je la remarque aussitôt, pliée en deux, les mains sur les genoux près d'un arbre. Je m'avance en gardant une légère distance. J'entends déjà du mouvement dans certaines tentes et vais devoir abandonner Tiara pour charger les caisses que nous sommes venus chercher ici. Je me suis trop attardé avec elle et j'ai surtout besoin de me recentrer sur mes objectifs. J'ai tendance à laisser mon boulot de côté en ce moment, je ne dois pas oublier que c'est ce qui nous permet de vivre.

Mon esprit est encore encombré par mes souvenirs, par Elly. Je n'arrive plus à me détacher de ce jour et de tous ceux qui ont suivi. Ils tournent en boucle dans ma tête, me retournant également l'estomac. Comme une mélodie qui refuse de se taire, une musique que l'on déteste et qui pourtant ne nous quitte pas.

Tiara se redresse en passant une main sur sa bouche.

— Ça va aller ? lui lancé-je d'un ton bourru en lui collant ma veste sur le dos.

Elle hoche légèrement la tête et me remercie faiblement. Il manque une partie à mon histoire. Je pense qu'elle en a assez entendu pour le moment. Je n'ai pas encore pu lui raconter le lien avec son mari, ça viendra. En attendant, je vais la laisser souffler et reprendre mon rôle.

— On ne va pas trop traîner ici, tu devrais te préparer.

Son regard reste fixé sur l'horizon qui commence à s'éclairer, en même temps que le soleil apparaît. C'est comme si elle mettait une barrière entre nous et je suis déçu par son attitude. Mes confidences étaient censées nous rapprocher, faire en sorte qu'elle me comprenne. Au lieu de ça, on dirait qu'elle me fuit. J'aimerais la secouer, la forcer à m'ouvrir ses pensées, mais je n'ai le temps de rien avant qu'Axel débarque.

— Hello la compagnie ! nous lance-t-il en meilleure forme que la veille.

Tiara se retourne en tenant serré les deux pans de la veste pour éviter qu'Axel la voie à poil et le salue sans pour autant croiser mon regard. Je n'ai plus de doute, elle m'esquive et ça m'interpelle. Elle devrait plutôt avoir pitié de ma pathétique existence, c'est la réaction logique, pourtant je n'en observe aucune trace sur son visage.

— Vous devriez peut-être vous changer…, nous lance mon ami en nous détaillant chacun notre tour. Le style après baise c'est pas mal. Pas sûr que ce soit le top à moto en revanche !

Il explose de rire à sa blague et je ne peux m'empêcher d'imaginer Tiara totalement nue sur ma bécane, faisant réapparaître mon érection. Sauf que ça n'est plus le moment pour l'amusement. On a du boulot, je ne dois pas oublier mes priorités.

Tiara frappe le bras d'Axel en passant près de lui alors qu'elle regagne la tente. Il faudrait que je la suive, j'en ai terriblement envie. Elle me doit une explication sur son changement d'humeur. Je me retiens, inspire longuement pour la laisser prendre ses affaires, et rejoindre, les sanitaires.

— T'es vraiment accro mec! Lâche-la des yeux cinq minutes.

— Je dois bien la surveiller…, tenté-je de me justifier.

Lui et moi savons que ça va bien au-delà, beaucoup plus loin que ça ne le devrait et que je suis en train de m'enliser dans des sentiments toxiques.

Comment suis-je passé de la haine à l'envie en si peu de temps? Comment a-t-elle fait pour me devenir indispensable? Je ne peux pas dire que je l'aime, la situation est bien trop complexe. Si je continue à nous créer une intimité, je vais me perdre et oublier la raison de sa présence. Tiara est l'unique femme que je dois tenir à l'écart de mon cœur, alors pourquoi est-ce la seule qui arrive à l'approcher? L'univers doit me jouer un mauvais tour.

Un claquement de doigts près de mon visage me ramène sur terre.

— Tu devrais aller enfiler un tee-shirt, il faut qu'on aille vérifier les caisses avant de les monter dans le camion.

J'acquiesce, je dois arrêter de rêvasser, il a raison. Je me dépêche d'aller dans ma tente pour passer un sweat. L'odeur qui se répand dans mes narines est le plus délicieux des nectars, mélange de nos corps, de sexe et de son parfum. Je dois stopper ça, c'est à présent ma seule certitude. Elle est en train de m'attraper dans ses filets, de s'accaparer mon esprit sans mon autorisation, je ne peux le permettre.

Je sors de la tente et même si mes yeux sont naturellement attirés par Tiara, je reste concentré et l'évite pour rejoindre la grange.

Toute l'équipe est déjà devant, il ne manque plus que moi. J'avise la propriétaire qui n'a pas du tout l'air à l'aise. C'est la première fois pour elle alors ce n'est pas évident, mais ça me met moi-même sur mes gardes. Je lance un regard à Jon qui comprend le message et se rapproche d'elle discrètement.

— Bonjour, on vérifie le matériel et on vous laisse tranquille.

Elle nous observe chacun notre tour avant de hocher la tête et d'ouvrir la porte.

Nous entrons dans ce qui devait être une écurie. Des selles et harnais sont encore pendus sur le mur de gauche alors qu'à droite, se trouvent des enclos. Je n'ai pas de mal à repérer les caisses qui sont au sol.

Axel s'y avance et commence à mettre le code quand une sirène à l'extérieur résonne. Il refait tourner le cadenas, effaçant les chiffres déjà enregistrés, avant de sortir son arme, me rappelant que j'ai laissé la mienne dans ma tente. Je deviens vraiment négligent !

La propriétaire tente de nous fausser compagnie. Jon la rattrape assez aisément. Pense-t-elle réellement que ça va être aussi simple ? Si elle est à l'origine de l'arrivée de ce que j'imagine être les flics, elle va le payer cher.

— Lâchez-moi ! Je vous en supplie ! se met-elle à geindre avant que Jon ne la bâillonne.

Je me fous de ses plaintes et vais vers le battant qu'Ezio a ouvert.

— Ils ne sont que deux, m'informe-t-il.

C'est quand même bizarre qu'ils viennent faire une visite juste quand nous sommes présents…

— Vous restez-là pour le moment, essayez de planquer les caisses, je vais voir ce qu'ils veulent.

Axel grogne sous mes paroles, il n'aime pas que je m'expose. Il sait aussi que je dois jouer mon rôle. Je suis le chef du clan et les flics ne sont pas demeurés, ils me connaissent. Ce n'est pas de la vantardise, notre groupe est assez célèbre et encore plus par eux.

Je referme derrière moi pour leur laisser du temps avant d'être rejoint par Greta.

— C'est quoi l'embrouille ? me souffle-t-elle alors que les deux policiers me remarquent.

— On va bientôt le savoir…

J'avance jusqu'à eux en les détaillant longuement, tout comme ils le font avec moi. Un duel se met en place et c'est à celui qui aura le dessus sur l'autre. Ils se croient toujours les maîtres du jeu, mais j'ai des cartes en mains qui peuvent leur faire fermer les yeux. À moi de savoir quand les utiliser…

CHAPITRE 33

TIARA

Tout mon être se tend devant la vision des flics qui sortent de leur voiture. Ils me rappellent mon frère et son avis de recherche. Si je pouvais lui parler, peut-être comprendrait-il que je suis partie de mon plein gré et que je n'ai aucune envie d'être retrouvée. Mais l'accepterait-il ? J'en doute. Jean s'en est voulu en me découvrant à l'hôpital, dans un état préoccupant, après des années à m'avoir perdu de vue. J'avais des plaies sur tout le corps, un traumatisme crânien, deux côtes et un poignet cassés, des brûlures et coupures sur les jambes ainsi que des traces de viols, entre autres. Il n'y était pour rien, mais il s'est juré qu'à partir de ce jour, il me garderait à l'œil.

J'ai disparu avec Nick sans leur donner plus de nouvelles qu'une lettre par an, c'est tout ce dont j'étais autorisée. Mon mari avait connaissance du boulot de mon frère et refusait qu'il s'immisce dans ses affaires. Et ça a fonctionné jusqu'au moment où son accès de colère m'a mise en danger vital. Il aurait pu me laisser crever, il ne s'embarrasse jamais de remords. Pourtant, cette fois, quelque chose a dû être différent. Mes souvenirs de ce jour restent vagues, je ne me rappelle que des urgentistes qui crient autour de moi alors que je suis allongée au milieu de la rue. De ce qu'on m'a dit, j'ai été abandonnée devant l'hôpital, en revanche personne n'a vu par qui. Je me demande encore si c'est Nick le décisionnaire ou si un de ses sbires a pris cette initiative osée.

— Messieurs ! lance Lakmar aux flics, avec l'arrogance qui le caractérise.

Je me reconcentre sur l'instant présent et me rends compte que je n'ai pas bougé alors que je devrais m'être cachée. Si l'un d'eux a vu l'avis de recherche, ça pourrait mal finir une nouvelle fois et ce n'est pas pensable. Ils ne font que leur boulot et ne méritent pas de perdre la vie. Je suis déjà responsable de la mort de deux d'entre eux, c'est largement suffisant.

Ils se recentrent sur le chef du clan qui s'avance nonchalamment jusqu'à eux.

Les deux hommes ont les mains sur leurs flingues, prêts à toute éventualité, et je dirais qu'ils ont bien raison de se méfier. Chaque membre du groupe est armé... Sauf moi. Non, moi je suis sa prisonnière ! La seule qui ne puisse pas se protéger.

— Que faites-vous ici ? demande un des policiers.

Lakmar se met à ricaner en sortant tranquillement une clope et en prenant le temps de l'allumer.

— On nous a gentiment proposé de nous installer. Comment refuser ? Le cadre est charmant.

— Vous ne voyez donc pas d'objection à ce que nous fassions le tour pour vérifier que tout est en règle ?

Lakmar ne laisse rien paraître et tend simplement les bras, leur donnant son autorisation. Pourtant, s'ils fouinent, ils trouveront forcément le camion... Je ne comprends pas sa réaction et ai envie de le lui crier. Sauf que je ne souhaite pas être remarquée.

Ma nervosité grimpe en flèche alors qu'un des flics me reluque un peu trop longuement. Je me détourne et aperçois Greta qui me fait un signe discret pour que je la rejoigne. Je ne me fais pas prier, elle saura quoi faire en cas de soucis. Il est hors de question que ma fuite se termine comme ça. Mon but approche de jour en jour et tant que je n'y suis pas, je me battrais.

— Ça va ma jolie ? Il va falloir t'habituer à les rencontrer souvent, ils ont du mal à nous lâcher la grappe.

J'acquiesce en silence tandis qu'ils passent rapidement le camp en revue. Ils ne fouillent pas les tentes, c'est comme s'ils n'étaient ici que pour nous faire perdre notre temps. Quelqu'un a dû nous suivre, comment auraient-ils pu nous trouver aussi loin de la route ? L'endroit est désert tout autour...

Une fois leur tour terminé, ils retournent auprès de Lakmar et l'un d'eux demande :

— Il se passe quoi là-dedans ?

Sans émotion, il leur répond qu'ils n'ont qu'à aller voir, mais je sais qu'il doit y avoir des armes, serait-ce un piège ? Et s'ils se faisaient tous arrêter, comment pourrais-je avancer ? Je ne peux pas finir en prison, pas si près de *lui* !

Mon instinct me dit de fuir, sauf que Greta doit avoir un sixième sens parce qu'elle s'accroche soudain à mon bras.

— Reste avec moi, tu es en sécurité, me dit-elle tout bas.

Si elle savait comme je m'en fous...

Le flic ouvre la porte en grand, laissant apparaître Axel, Ezio et Jon devant ce qui ressemble à des malles. La propriétaire du lieu est un peu plus loin, les bras croisés. C'est fugace, pourtant, j'ai vu son soulagement en apercevant les agents. J'ai été modelée pour manipuler les gens et surtout repérer mes ennemis ; cette femme en fait partie sans aucun doute.

— Qu'avons-nous là ? demande l'un des policiers l'air de rien.

Il s'accroupit et tente d'ouvrir, sauf qu'un cadenas bloque son geste. Ses yeux se dirigent vers Lakmar qui a un léger sourire aux lèvres. Il le nargue ostensiblement et ça m'agace. Se pense-t-il si invincible ? Ce n'est pas parce qu'il est chef de ce clan qu'il est intouchable. La justice se rappelle à chacun d'entre nous, qui que nous soyons. C'est la phrase favorite de mon père, lui le juge qui énonce la sentence.

— Ouvrez-moi ça où je vous embarque tous !

Lakmar explose soudain de rire alors que je suis mortifiée et essaie de me dégager de la poigne de Greta. Je veux au moins pouvoir tenter de m'enfuir.

— Putain, c'est que tu me ferais presque flipper Georges ! Je ne savais pas que tu bossais ici maintenant !

— Une promotion que je n'ai pas pu refuser…

Le flic qui gardait son sérieux jusque-là se met à son tour à ricaner. Je ne comprends rien alors que Lakmar lui serre la main, suivi par Axel.

Je pense ne pas être la seule à tomber des nues. La propriétaire du domaine tente de s'éclipser, très vite rattrapée par Jon, toujours à l'affût. Elle se débat, alors qu'il la pousse hors de notre vue. Je n'ai que peu de doute sur son implication dans cette histoire. Si elle a eu le malheur de dénoncer les « Black Eagles », Lakmar ne va pas laisser passer cette trahison.

En tout cas, pour moi, c'est un soulagement inattendu que l'agent soit à leur botte.

— C'est une nouvelle ? Elle est charmante…, balance soudain ce dernier en me fixant intensément.

— De passage ! rectifie Lakmar en attrapant l'homme par l'épaule pour l'emmener à l'écart.

L'autre policier sort de la grange pour retourner à son véhicule quand les membres du clan reprennent leurs activités matinales. Il faudrait également que je dégage de là pour préparer mes affaires, pourtant, quelque chose me dit de rester. Peut-être ma curiosité sur la suite que Lakmar va donner à cette dénonciation…

— Tu viens, j'ai le petit déjeuner à installer, m'ordonne Greta.

— Je te rejoins plus tard.

Je ne lui laisse pas l'occasion d'objecter et retrouve Axel qui est toujours près des caisses.

— Qu'est-ce que tu fais là ? grogne-t-il sans pour autant se tourner vers moi.

— Qu'allez-vous faire à la proprio ? rétorqué-je.

Il se redresse pour me dévisager et réfléchit à ce qu'il doit dire. Je peux tout entendre, même si je ne considère pas qu'elle mérite de mourir pour ça. J'ai tout de même du mal à comprendre la raison qui l'a poussée à appeler la police. Lakmar a été correct avec elle... Celui-ci revient vers nous, avant d'obtenir ma réponse.

À peine, les flics démarrent, que Lakmar ordonne aux gars de vérifier les caisses et de les mettre dans le camion. Son visage tumultueux n'annonce rien de bien. Toute sa bonne humeur apparente a déserté tandis qu'il sort de la grange en vitesse. Mon instinct me hurle de le suivre. En passant près d'elle, Greta me souffle que c'est une mauvaise idée. Je me fous de son avis. Lakmar risque de me virer, pourtant j'ai besoin de voir ce qu'il compte faire. Pas pour me repaître de la douleur de cette femme, plutôt pouvoir intervenir au besoin. Sans me l'expliquer, j'ai de l'empathie pour elle. Je n'ai aperçu personne d'autre qu'elle et sa fille, elle doit tout faire pour son enfant et ça me touche. Ses choix sont stupides, je l'accorde, l'erreur est humaine.

Lakmar marche d'un pas rapide jusqu'à la bâtisse. Il ne m'a pas lancé un seul regard, me laissant le suivre. Il pousse la porte et je ne peux pas rater la femme à genoux au sol, avec l'arme de Jon sur la tempe.

Lakmar s'arrête net et tourne la tête sur le côté.

— Dégage Tiara, ça ne te concerne pas.

Pour unique réponse, je m'avance dans ce qui semble être une entrée et rabats le battant derrière moi. Il a raison, je devrais simplement fermer les yeux, mais la situation est délicate et je ne cesse de me mettre à la place de cette femme. J'aimerais que quelqu'un me vienne en aide, même si j'ai conscience que Lakmar ne se laisse pas dicter ses actes et qu'il est bien plus dangereux que moi.

Je me poste face à lui, fixant mon regard au sien, lui faisant comprendre que je ne partirais pas sans en être forcée. Il attrape ma mâchoire fermement et par instinct, mes mains s'accrochent à la sienne.

— Très bien. Par contre, je ne veux pas entendre une seule parole qui sorte de ta bouche, sinon je te bâillonne. C'est bien compris ?

Je n'ai pas d'autre choix alors je hoche la tête et il me libère immédiatement pour reprendre son chemin qui nous mène vers un grand salon. Jon est posté là, près de sa prisonnière. Cette dernière lève les yeux à notre arrivée et la vue de Lakmar la terrifie instantanément.

Son plan a échoué et elle se retrouve dans une position des plus inconfortables.

— C'est bien tenté, je dois le dire. Ça faisait longtemps que personne n'avait été aussi stupide.

Des larmes commencent à couler sur les joues de la pauvre femme, jusqu'à ce qu'elle me fixe. Elle implore la pitié, seulement je ne suis pas la personne à convaincre. Je n'ai aucun pouvoir ici.

— Je... Je suis désolée !

— Évidemment, ils le sont tous quand ils réalisent que j'ai leur vie entre mes mains...

Lakmar attrape une chaise qu'il pose devant elle et s'y assoit tranquillement.

— J'aimerais jouer avec toi plus longtemps, mais nous avons de la route à faire alors je vais devoir être expéditif. Dis-moi quel est ton intérêt à me voir sous les barreaux ?

Ses sanglots redoublent, sauf que je sais d'expérience que ça ne le touchera pas comme elle le voudrait. Le silence s'éternise et il perd patience.

— Où est ta fille ? demande-t-il calmement alors que mon palpitant s'emballe tout à coup.

Il ne va quand même pas s'en prendre à elle ? Pas après ce qu'a vécu son propre enfant ? Mes pensées se percutent à vive allure alors que tous mes sens se mettent en alerte.

— Non, je vous en supplie, ne lui faites pas de mal. Elle est innocente, pitié ! implore sa mère.

— Jon va la chercher ! ordonne Lakmar.

Je veux intervenir, l'empêcher de faire une grosse connerie, mais ma gorge est complètement nouée. Et dans un élan de panique, la propriétaire tente de s'enfuir. Elle contourne la chaise où se trouve Lakmar. À peine a-t-elle effectué trois pas que ce dernier l'attrape par la taille et la plaque au sol d'un mouvement. Je suis aussi sonnée qu'elle vu la rapidité de la scène.

— Tu as voulu me priver de ma liberté, en contrepartie, je ne prends que ta fille. C'est un faible prix à payer, tu devrais me remercier, grogne-t-il avant de se redresser.

D'un geste brusque, il la soulève pour la remettre sur pied. Naïve, elle essaie de se débattre et ça ne sert à rien. La force de Lakmar est bien supérieure à la nôtre.

— Vous ne pouvez pas faire ça ! hurle-t-elle, juste avant que Jon débarque avec la petite.

Cette dernière chouine et appelle sa mère impuissante.

— Si tu réponds à mes questions, je te donnerai du temps avec elle avant que nous partions. Par contre, si tu me prends pour un con, sa vie pourrait se terminer ici...

Mon sang se glace, rien qu'en imaginant une telle horreur. Je m'interposerais, c'est une évidence. Plus jamais je ne laisserais un petit être mourir devant mes yeux sans m'y opposer. Ma raison veut que je reste à l'écart, que je me fasse discrète jusqu'à atteindre mon but, mais mon cœur ne supporterait pas une barbarie de plus.

— Pourquoi avoir appelé les flics ?

— Ce n'est pas moi !

Ses paroles transpirent la sincérité, pourtant, elle avait l'air coupable dans la grange.

— Je ne suis pas patient, tu as deux minutes pour tout déballer avant que ta fille en fasse les frais.

Elle scrute la pièce et son regard se fixe sur moi. Je suis une femme, la seule sûrement qui puisse comprendre ce qu'elle vit. La plus amène à me rendre compte de l'horreur de perdre un enfant, pourtant elle se trompe. Je ne connais pas cette douleur, Lakmar si. Son unique chance est qu'il s'en rappelle avant de commettre l'irréparable.

Les minutes défilent sans que rien ne se passe. Chacun est en suspens, attendant une parole ou un geste de l'autre et c'est Lakmar qui brise le silence.

— Très bien, c'est toi qui l'auras voulu.

— Non ! Je vais parler, c'est bon, laissez-la tranquille ! crie-t-elle avant de s'effondrer au sol.

Lakmar fait un signe à Jon pour qu'il sorte de la pièce. Il est clair que la petite n'a pas besoin d'entendre la suite.

— J'écoute !

— Ils retiennent mon mari. Je ne sais pas comment ils ont découvert que nous avions intégré votre clan. Le lendemain de la livraison, ils ont déboulé et nous ont menacés. Il serait relâché quand les flics vous aurez embarqué. Il va mourir !

Ses sanglots repartent de plus belle alors que Lakmar contient la rage que je vois couler dans son corps.

— Qui sont-ils ?

— Les « Bloody Butterfly »…

Ce nom que je ne tolère plus ne cesse pourtant de se trouver sur ma route et ça en devient insupportable.

Lakmar se détourne de nous et attrape son portable.

— Rejoins-nous dans la baraque, ordonne-t-il avant de se tourner vers moi et de me faire signe de le suivre.

Il continue à pianoter sur son téléphone alors qu'Ezio se matérialise au moment où nous franchissons l'encadrement de la porte d'entrée.

— Surveille là de près, indique Lakmar en montrant la femme toujours accroupie par terre.

Elle me fait vraiment pitié. Son mari est entre les mains d'un clan qui n'a aucune indulgence. En apprenant que leur plan a échoué, ils vont le tuer, c'est une certitude et ça sera ensuite leurs tours. Ils savent où elles se trouvent, ça sera un jeu d'enfant.

Je continue de le suivre même s'il ne me lance pas un seul regard pour s'en assurer.

— Lakmar ! tenté-je de le calmer.

S'en prendre à cette femme est une perte de temps. Si elle reste ici, elle est condamnée de toute manière.

Ses pas sont rapides et déterminés, je ne sais pas comment l'atteindre pour qu'il reprenne pied. Depuis que le nom de mon ancien clan a été prononcé, c'est comme s'il s'était à nouveau retranché derrière sa façade impénétrable.

Marchant plus vite pour le rejoindre, j'arrive à attraper son bras, mais il le secoue sans ménagement pour que je le lâche.

— Parle-moi, Lakmar…

Il s'arrête net et tourne uniquement son visage dans ma direction, le regard meurtrier.

— Je ne laisserais pas une autre gamine mourir sous les mains de ton mari.

Ma respiration cesse un instant, accablée par la souffrance qui ressort dans ses paroles. La nausée remonte le long de ma gorge en recréant la scène qu'il m'a décrite plus tôt. J'imagine Nick pointer une arme sur cette fille et sans une once de remords, appuyer sur la détente.

Jon passe soudain près de nous avec la main accrochée à celle de la petite qui se débat de toutes ses forces. Sur une impulsion, j'avance, jusqu'à ce qu'un bras s'enroule autour de ma taille, me gardant prisonnière.

Mon regard reste rivé vers eux et encore plus sur Lakmar qui se détourne. J'essaie de bouger, je ne veux pas abandonner cette enfant.

— Calme-toi Tiara, me souffle Axel à l'oreille alors que mes membres ne m'obéissent plus et deviennent cotonneux.

Je me sens tellement responsable... Mes sentiments m'embrouillent l'esprit et portent un sacré coup à ma détermination. Je savais que je devais me tenir éloignée de cet homme, pourtant, je me suis laissée entraîner dans mes travers. J'ai consenti à ce qu'il s'empare de mon corps et surtout me faire connaître des instants de complicité qu'on ne m'a jamais offerts. Je repense à sa tendresse d'il y a quelques heures, de cette nuit toute en sensualité. Avec lui, je me réapproprie ma confiance en moi. Même si j'ai conscience que tout n'est qu'illusion, qu'il aperçoit encore la femme brisée et mutilée que Nick a faite de moi. Je comprends maintenant la complexité que nos rapprochements peuvent apporter à son esprit.

Je serais toujours l'épouse de l'homme qui a assassiné sa fille, rien ne pourra effacer ce fait. Alors même si lui aussi apprécie nos moments à deux, les reproches ne sont jamais loin. Comment pourrait-il en être autrement ? Peut-on réellement faire le deuil de son enfant ? Je n'en suis pas certaine.

— Il ne peut pas l'enlever à sa mère…, soufflé-je. Elle ne s'en remettra pas.

Je sais de quoi je parle ! Ça vous détruit de la pire des façons et vous rend différent…

CHAPITRE 34
LAHMAR

Je suis Jon et la gamine jusqu'au hangar qui a été vidé des caisses. Les armes étaient bien là, prêtes à être utilisées. Quelle chance que nous soyons tombés sur Georges ! Ça m'a coûté trois mille dollars. Au moins, je sais qu'il tiendra sa langue. Le seul bémol est l'intérêt qu'il a porté à Tiara. J'ai vaguement discuté avec lui et il n'a pas craché le morceau. J'ai le pressentiment qu'il a vu l'avis de disparition. Je ne suis pas idiot, il pourrait me planter un couteau dans le dos si ça devait l'avantager. Et je ne sais pas exactement ce que pourrait lui apporter d'avoir retrouvé la sœur d'un agent du FBI…

— Contacte Aurora pour qu'elle trouve un moyen de ramener la fille au campement, ordonné-je à Jon.

— Je ne veux pas quitter ma maman ! s'écrie-t-elle soudain.

Sauf que partir de cet endroit est le mieux qui puisse lui arriver. Déjà parce que sa mère n'est pas en état de veiller sur elle et qu'en plus, Nick pourrait débarquer n'importe quand pour les exécuter. Si Sophie ne m'avait pas trahi de la sorte et expliqué sa situation, j'aurais envisagé de la mettre également en sécurité, mais elle a perdu ce droit en me la faisant à l'envers. Encore un ennui de plus à annoncer au grand patron. Cette fois, il n'aura à s'en prendre qu'à lui-même, c'est lui qui l'a acceptée dans la combine et me l'a imposée.

Je passe près du camion garé à l'intérieur et vérifie le chargement, qui est en ordre, avant de retrouver l'extérieur. Le camp est quasiment entièrement démonté. Greta s'est occupée de mes affaires, comme elle en a l'habitude. Je n'ai pas toujours le temps pour le rangement, privilège de chef, dirons-nous...

J'ai vraiment hâte de rejoindre ma moto et le bitume. J'envoie un rapide message à Julian que je n'ai pas oublié. Il devra se rendre chez un de mes contacts à Santa Fé. Ce dernier est souvent absent, il ne vient à la cabane que lorsqu'il a des choses à nous dire ou donner, ce qui n'est pas le cas aujourd'hui. Je sais que l'endroit est désert, assez éloigné de la route principale, idéal pour être discret.

Je n'ai à avancer que de quelques pas pour que Tiara capture mon regard. Je ne peux pas nier que sa détresse pour cette gamine me touche. Pourtant, elle ne la connaît pas... Même si elle l'ignore, je suis incapable de faire du mal à un enfant. Chacun d'entre eux me rappelle ma fille, mon plus grand bonheur, ce qu'il y a de plus précieux au monde. Un adulte est vicieux, pervers, menteur, cherche à avoir le dessus, alors que ce sont de petits êtres innocents.

J'ai accepté que Tiara assiste à ça pour qu'elle aperçoive ma cruauté, arrête de me regarder comme elle le fait, se détache de moi. Ce n'est pas ce que je veux, mais c'est ce que ma raison m'ordonne. J'espère qu'en l'éloignant, mes sentiments s'effacent et que je puisse reprendre ma vie telle qu'elle était avant qu'elle n'y débarque. Pourtant, la voir les larmes aux yeux, déboussolée par mes actes, la rend irrésistible. J'ai envie de la serrer contre moi, de fondre sur ses lèvres, de plonger dans son sexe étroit. Mais au lieu de ça, je vais devoir la dégoûter par mes paroles et mes actions.

— Je passe aux sanitaires, fais en sorte que tout soit prêt quand j'ai fini, indiqué-je à Axel.

Je ne lui laisse même pas me répondre avant de retrouver Greta. J'ai besoin de mes cuirs et de quoi enlever l'odeur persistante de Tiara sur ma peau. Celle-ci fait renaître dans mon esprit, les instants que nous avons partagé ensemble. Nos corps emboîtés se donnant du plaisir sont des moments hors du temps, hors de toute autre préoccupation, mais ne peuvent malheureusement pas durer. Il y a toujours un retour à la réalité qui peut être plutôt brutal, comme aujourd'hui.

— Monsieur le grand manitou, m'accueille Greta.

Telle une routine bien huilée, elle tend la joue pour recevoir un baiser qu'elle réclame chaque fois qu'elle joue à la maman avec Axel ou moi. Je ne peux m'empêcher de sourire alors que je me redresse et qu'elle me passe mes affaires bien pliées.

— Merci madame, lui lancé-je avec une petite révérence.

Elle est un rayon de soleil. Malgré toute l'obscurité qui nous entoure, elle réussit à toujours être de bonne humeur, tranchant avec les minutes qui précèdent. Je sais qu'elle tente de garder un équilibre pour que nous ne perdions pas totalement pied dans la violence de notre monde.

Je me dépêche de rejoindre la douche sous laquelle je ne m'attarde pas, pressé de quitter cet endroit. En plus, notre premier arrêt risque d'être distrayant…

Je sors de la pièce et me dirige vers le camion qui est maintenant garé devant moi. Chacun y range ses bagages avec attention.

Je profite qu'Axel soit le suivant pour lui refiler ma trousse de toilette et mes fringues sales. Il râle pour la forme, comme il sait si bien le faire. Il est du genre maniaque obsessionnel, mais je n'ai pas le temps de me chamailler. J'attrape une corde et quelques accessoires qui sont accrochés à l'intérieur du véhicule avant de me détourner du groupe et tombe nez à nez avec Tiara qui me dévisage. Son regard descend lentement sur mon corps paré de mes vêtements de moto et vu la petite lueur qui y brille, je dirais que ça lui plaît. Je peux en dire autant du blouson de cuir noir qu'elle a enfilé… De toute manière, qu'elle soit nue ou habillée, je la prendrais bien dans tous les sens !

Comment puis-je m'éloigner d'elle quand ce genre de pensée ne cesse de me venir à l'esprit ?

Je tire mon paquet de clopes de ma poche, le besoin de nicotine devenant trop fort.

Je quitte Tiara des yeux à contrecœur pour m'avancer vers la bâtisse. Je dois libérer Jon de son baby-sitting.

L'entrée est spacieuse. Elle mérite une bonne restauration, comme le salon dans lequel je pénètre.

Sophie est assise sur un des canapés et mon ami dans un autre, son arme dirigée sur sa tête. Ce dernier remarque ce qui se trouve dans ma main et sourit. Nous avons tous nos compétences, la sienne, c'est d'attacher les gens avec des cordes.

Notre hôte comprend également ce qui l'attend et cherche une échappatoire. Je n'écoute plus ses suppliques et laisse Jon faire son boulot pour la rendre inoffensive. Elle ne doit pas quitter cet endroit !

En encerclant ses membres, il la fouille au passage et je récupère son téléphone que j'explose contre un mur. Je parcours entièrement la maison pour en faire de même avec les fixes et ajouter une petite touche de déco dans plusieurs pièces. Elle peut toujours en avoir caché quelque part. Elle ne devrait pas avoir le temps de le trouver si tel est le cas. C'est un risque que nous devons prendre. Elle ne me le dira pas de toute manière et il est l'heure de partir.

Jon finit un dernier nœud avant d'admirer son œuvre. Les bras et les jambes de Sophie sont maintenus dans son dos, tout ça relié à son cou. Si elle tire, elle s'étrangle, c'est assez ingénieux.

Je me penche vers elle alors que son regard pourrait me transpercer le crâne.

— Il est évident que je ne te donne pas le fric qui était convenu et que je vais déclarer cet endroit comme compromis. Dans tous les cas, tu vas mourir, alors adieu.

— Ma fille, je vous en supplie… Je vous tuerai si vous lui faites du mal !

Je ne réponds pas, c'est inutile. Nous quittons la baraque quand mon regard se pose directement sur la gamine assise dans le camion, collée à la vitre. Je ne sais pas ce qu'elle espère, mais elle ne reverra jamais sa mère. Je la prive de quelque chose, elle sera une orpheline. Mieux vaut ça que des parents qui la mettent en danger.

Je rejoins mes troupes pour faire un point sur le trajet. J'ai un arrêt à faire et ne veux pas que tout le monde m'escorte. Donc malgré les protestations d'Axel, il restera avec le camion tandis qu'Ezio m'accompagnera. Je ne serais pas seul et en même temps, je serais certain que la marchandise sera bien protégée. Le point de ralliement est Santa Fé, avant de parcourir les derniers kilomètres jusqu'à Taos que nous devrions atteindre juste avant la nuit. Là-bas, les tentes ne nous sont pas utiles, deux grands dortoirs ainsi que cinq chambres individuelles nous attendent. Un petit luxe appréciable.

Chacun rejoint son véhicule et sans aucune parole, j'attrape la main de Tiara pour l'embarquer avec moi. Par chance, elle ne parlemente pas et me suit sagement. C'est surprenant et reposant à la fois. Je ne peux pas nier que j'aime me disputer avec elle, mais ce n'est vraiment pas le moment, je n'ai pas de temps à perdre.

Je lui donne son casque qu'elle enfile maintenant facilement et je grimpe sur ma moto. C'est fou comme cet acte est devenu naturel pour moi comme pour elle. Son corps se colle au mien et ses mains agrippent fermement ma veste. Le reconnaître est difficile, pourtant, sa présence me fait du bien.

Le premier groupe prend le chemin qui rejoint la route, suivi cinq minutes plus tard par le camion et ses protecteurs.

J'ai les yeux rivés sur ma montre, attendant le dernier moment pour m'élancer. Ezio est à mes côtés, ainsi que deux membres qui resteront sur l'itinéraire prévu quand nous ferons notre pause.

Je lève le bras pour signaler que c'est notre tour. Nous empruntons le chemin et avant que nous arrivions au bout, un bruit assourdissant nous fait nous arrêter. La bâtisse est en flammes, elle vient d'exploser…

Tiara veut descendre, mais je la retiens et redémarre aussitôt jusqu'à rejoindre la route principale. Le domaine est bien isolé, espérons que les pompiers ne soient pas appelés trop vite…

Sans plus un regard en arrière, nous parcourons les kilomètres jusqu'à Santa Rosa sans encombre. Aucun flic à l'horizon ni clan ennemi, une journée tranquille à profiter du beau temps.

Je fais un signe aux autres pour qu'ils continuent leur chemin tandis qu'Ezio me suit à travers la petite ville. Ça fait un moment que je ne suis pas venu ici. Quoi qu'il en soit, Will se rend toujours disponible pour moi. C'est la raison pour laquelle, il s'occupe de tous mes membres.

Je me gare devant un entrepôt qui ne paie pas de mine. De l'extérieur, ça ressemble à une usine. Dedans, en revanche, tout a été aménagé et décoré façon western.

Nous quittons nos engins alors que Tiara me lance un regard noir avant de balancer rageusement son casque contre mon torse.

— Qu'est-ce qui ne va pas chez toi? se met-elle à gueuler comme une furie. Tu as fait exploser la maison!

Elle prend sa tête entre ses mains en faisant les cent pas. On n'a pas le temps de s'éterniser ni de débattre de ça maintenant, d'autant plus que des oreilles mal intentionnées pourraient traîner.

J'attrape un de ses poignets pour la ramener à moi et bloque son bassin contre le mien.

— Arrête tes conneries Tiara, soufflé-je calmement. On en discutera autant que tu veux quand on aura rejoint le camp. On n'est pas là pour ça! Tu sais très bien cacher tes émotions, sers-t'en!

Son pouls bat fort sous mes doigts, elle est réellement contrariée et la suite risque de la mettre davantage sur les nerfs…

Je dois trouver comment la calmer un minimum, sauf que je ne fais pas ce genre de chose. D'habitude, je m'enfuis simplement et la laisse respirer. Cette fois, c'est impossible avant plusieurs heures.

Ezio est posé contre sa moto, il nous scrute avec cet air ombrageux que j'ai déjà remarqué lorsqu'il nous observe. Il va falloir que je lui demande quel est son problème. C'est une étrangère qui n'a pas sa place, mais ça n'est pas à lui d'en décider.

En attendant, nous nous donnons en spectacle et j'ai horreur de ça.

— Tu l'as tuée…, chuchote tout à coup Tiara.

Je ne peux pas nier, elle le sait très bien.

— Dans tous les cas, elle était morte. Si je ne l'avais pas fait, ça aurait été les « Butterfly » ou les personnes pour qui je bosse. On ne trahit pas un clan sans en subir les conséquences.

Quand je dis que l'amour est dangereux… Elle a voulu protéger son mari et en a payé de sa vie. Je suis déjà généreux en sauvant leur fille et ça, c'est grâce à Elly. Je la retrouve forcément un peu en elle et il m'était impossible de simplement l'abandonner. C'est stupide je le sais, mais je ne voyais pas d'autre option pour lui offrir un avenir.

— Faut qu'on y aille, nous interrompt Ezio alors que le silence commençait à s'éterniser.

— Qu'est-ce qu'on fait ici ? me demande Tiara qui, comme je le lui ai ordonné, revêt son masque insensible.

— Tu vas bientôt le découvrir.

Sans perdre une seconde de plus, j'attrape sa main et nous contournons le bâtiment où nous trouvons Will devant la porte, une cigarette à la bouche. Il est surpris, même si un sourire s'affiche sur son visage. Il détaille longuement Tiara qui en fait de même. Je dois avouer que c'est un phénomène. Sa figure et son crâne sont partiellement recouverts de tatouages. Ce n'est pas fréquent, c'est ce qui le rend unique.

Il nous accueille chaleureusement et nous fait aussitôt entrer.

— Alors qu'est-ce qui vous amène ?

— On a un nouveau membre…, réponds-je, en désignant Tiara.

— Je vois. Je crois que je vais postuler aussi…

Je secoue la tête en ricanant, ne cherche pas mon gars, elle te mettrait en pièce. Et puis, il est bien trop gentil et aime trop sa vie pour prendre le risque qu'elle se termine prématurément.

Tiara agite sa main pour que je la lâche et je la maintiens fermement. Elle doit maintenant avoir compris le but de notre visite. Ce n'est pas très compliqué vu le bruit qui nous parvient des box disséminés dans la salle, cachés par des rideaux.

— Je peux te parler s'il te plaît ? me demande-t-elle le visage complètement fermé.

Je fais signe aux autres que nous revenons. Je ne compte pas lui imposer, seulement si elle veut continuer avec nous, elle devra porter notre emblème. Sinon, elle deviendra ma prisonnière comme ça aurait dû être le cas depuis le départ. Elle n'en a pas conscience, son choix va être déterminant pour la suite de sa route. Si elle accepte notre marque sur sa peau, alors j'essaierais de parler avec elle, de faire en sorte qu'elle me mène vers son mari sans abuser de ma force, j'en fais la promesse.

— C'est quoi encore cette histoire ? Tu veux que je me fasse tatouer ?

— Oui.

Elle ricane avant d'attraper sa queue de cheval pour la remettre en place.

— Il en est hors de question. Je ne fais pas partie du groupe.

— Tu as pourtant passé la dernière étape avec succès...

Elle fronce les sourcils en me dévisageant.

— De quoi parles-tu ?

— Tuer quelqu'un...

Ses traits deviennent livides et comme pour se soutenir, elle s'appuie contre le mur. Je ne peux m'empêcher de la rejoindre et d'attraper sa mâchoire pour qu'elle ne quitte pas mes yeux. Je veux pouvoir la sonder, savoir ce qui se passe dans sa tête même si elle est très forte pour me le cacher.

— Je n'ai aucune envie de me retrouver dans un clan une fois de plus. J'ai appris de mes erreurs et ne compte pas remettre ça.

Qu'elle me compare à Nick me révulse et me donne des désirs de violences que j'ai du mal à maîtriser. Elle doit accepter ma proposition, alors je retiens mes pulsions aussi fermement que possible.

— Et si tu n'as qu'une seule mission et que je te libère pour toujours ?

Cette fois, c'est à elle de chercher des réponses dans mes yeux. Je ne lui mens pas. Je ne convoite qu'une chose et de toute manière, si elle y survit, plus jamais elle ne voudra de moi...

— Tu ne te rends pas compte de ce que tu me demandes...

Si, je le sais parfaitement et ce n'est pas si terrible, elle a bien un papillon ensanglanté incrusté pour toujours derrière son oreille...

— Qu'est-ce que tu attends de moi ?

— Je ne te le dirais que lorsque tu intégreras le clan.

Des larmes commencent à perler aux bords de ses yeux et je ne peux m'empêcher d'en attraper une qui se met à dévaler sa joue.

— À quoi penses-tu, Tiara ?

Elle ferme brusquement les paupières en prenant une longue inspiration.

— À la première fois où l'on m'a forcée à me faire tatouer.

— Raconte-moi !

Je ne devrais pas avoir envie de savoir, pourtant c'est vraiment le cas. Je pourrais trouver cette excuse pour la rallier à ma cause, mais ce n'est pas mon but. Je veux simplement connaître les détails de sa vie pour mieux la comprendre. Putain de sentiments à la con, comme dirait mon père !

CHAPITRE 35
TIARA

Mes membres tremblent, rien qu'au souvenir du jour où Nick a décidé de me marquer comme un animal, pour montrer à tous que je lui appartenais. La brûlure sur mon crâne revient me hanter comme si l'aiguille transperçait à nouveau ma peau pour injecter son encre.

« Une faible lumière perce dans la chambre. La journée commence tout juste à se lever. Je tends le bras et rencontre le vide. Nick n'est pas là, comme chaque matin depuis un moment. Je sens l'isolement et la solitude me gagner. J'ai conscience qu'il a du travail et des obligations qui lui demandent beaucoup d'investissement. Je le savais avant de l'épouser, mais j'avais espéré qu'il prenne du temps pour que nous nous retrouvions seuls et profitions de notre nouveau bonheur. C'est certainement à cause de ça que j'ai l'impression d'être délaissée, comme si maintenant, il me considérait comme acquise. De plus, j'ai tout

abandonné pour le suivre, quitté ma famille et au fond de moi, ça me peine. Même si mon frère et mon père ne sont pas en accord avec mes choix de vie, ils n'en restent pas moins les personnes les plus importantes pour moi.

Je me redresse et avance vers la fenêtre. Celle-ci est sans teint m'a-t-il dit un jour, pour empêcher que quiconque ne nous observe. Je sais que ses activités ne sont pas toutes légales et vu l'équipe armée qui surveille la propriété, j'imagine que c'est surtout pour éviter qu'il nous arrive quoi que ce soit. Il ne s'est jamais caché de la dangerosité de son monde et je dois dire que c'est excitant. Je n'ai pas envie de souffrir ou pire, mais ça le rend sexy. Son côté mauvais garçon est ce qui m'a tout de suite attiré.

Alors que je m'apprête à aérer la pièce, la porte s'ouvre, me faisant sursauter.

Je tourne la tête pour voir apparaître mon mari dans un de ses sublimes costumes. Il a l'air déjà bien en forme pour l'heure matinale.

Ses pas le guident jusqu'à moi alors qu'il soulève mon menton pour que nos regards se fixent. Je dois tout de même avouer que je suis vraiment chanceuse. Cet homme est magnifique, ses traits sont fins et harmonieux, tout en délicatesse. Son corps est légèrement musclé, juste ce qu'il faut sans être exagéré, il est parfait pour moi.

— Bonjour mon papillon ! J'ai une surprise…, me souffle-t-il avant de s'emparer de ma bouche.

J'ai un peu honte, car mon haleine ne doit pas être terrible, pourtant, il n'a pas l'air d'en faire cas. Il me dévore, m'enflamme, me désire avec tant d'ardeur que j'en ai la tête qui tourne. Ses mains parcourent mon corps, laissant une traînée de feu derrière elles.

Il me retourne face à la vitre et se plaque brutalement contre mon dos. Ses doigts glissent sur le tissu de ma nuisette au niveau de mon ventre puis remontent sur mes seins, les palpant trop vite à mon goût. J'ai terriblement envie de lui.

Son souffle derrière mon oreille se fait plus rapide, l'excitation le gagne aussi. Alors que j'essaie de me tourner, il pose un de ses avant-bras sur ma gorge et serre d'un coup si fort que ma respiration se bloque. Je panique et tente de m'échapper, sauf que je ne bouge même pas d'un millimètre avant que tout ne devienne noir autour de moi. »

Une caresse sur ma joue me ramène à l'instant présent.

— Je ne suis pas lui, me murmure Lakmar. Je ne te forcerais pas.

J'aimerais le croire, mais je la vois au fond de ses yeux, cette lueur de déception. Je ne sais pas si me livrer à lui changera quoi que ce soit, mes mots n'ont jamais servi à rien. Nick s'en fichait éperdument et faisait ce que bon lui semblait, peu importe mes états d'âme.

— Qu'a-t-il bien pu te faire pour te mettre dans cet état ?

Sa question me fait prendre conscience que je sanglote. Je me sens tellement idiote ! Je m'étais promis de ne lui montrer aucune faiblesse et pourtant, c'est ce que je fais pour un simple tatouage ! Il faut vraiment que je me ressaisisse.

— Il m'a fait perdre connaissance pour m'attacher sur une table. Le pire, c'est que j'aurais fini par tout accepter pour lui... Il ne m'en a juste pas donné l'occasion.

« Je me réveille brutalement, comme si l'air entrait d'un coup dans mes poumons. Je tente de remuer, j'ai besoin de me redresser, mais des entraves lient chacun de mes membres. C'est alors que mes souvenirs reviennent. Nick, ses gestes tendres et surtout son étranglement. Je frissonne, la chair de poule ne quittant plus mon corps glacé.

La seule chose que je puisse encore faire est de bouger la tête, c'est alors que je réalise être toujours en nuisette. Celle-ci remonte dangereusement sur mes cuisses, je suis incapable d'y faire quoi que ce soit.

Mon cœur bat à toute vitesse et même si j'essaie d'entendre un son qui m'indiquerait la présence de quelqu'un dans la pièce, rien ne me parvient.

— *Enfin, tu es réveillée !* me surprend d'un coup une voix que je reconnais tout de suite.

C'est Juan, un ami de mon mari que je n'apprécie pas. *Il me reluque toujours avec un air pervers et il n'est jamais sympathique avec moi, comme si je n'étais qu'une moins que rien.*

— *Tout est prêt, lance un homme.*

— *Parfait, je reviens.*

Le bruit d'une porte me fait penser que Juan est parti et c'est tout ce qu'il me faut pour reprendre espoir. Malgré ma gorge qui brûle, je me mets à supplier l'inconnu de m'aider. Il représente ma seule chance de sortir de cette pièce. Je ne sais pas ce qui va se passer, ce que Nick a prévu, mais mon instinct me dit que je préférerais être très loin d'ici. Pourquoi m'aurait-il attaché de la sorte autrement ?

— *Je suis désolé, madame, je ne fais que mon travail. Je ne peux rien pour vous.*

Ses paroles sont comme des poignards. Comment le lui reprocher ? Il sauve simplement sa peau.

Ce sont cette fois des pas qui m'indique une arrivée avant que je ne distingue Julian. Il ne m'a jamais appréciée non plus. Depuis le départ, il tente de m'éloigner de Nick et le regard noir qu'il pose sur moi, me confirme mes pensées. Je ne sais pas ce que je lui ai fait, il me connaît à peine…

— Enfin, mon papillon est parmi nous !
me surprend mon mari, le sourire aux lèvres.

— Pourquoi ? demandé-je, malgré la peur qui me tord les boyaux.

J'aime cet homme, plus que tout et j'ai confiance en lui. Malgré tout, j'ai besoin de comprendre ce qui m'attend.

Il s'approche de moi et passe une main tendre sur mon visage. Son toucher me rassure, même si je n'arrive pas à me débarrasser de cette angoisse.

— Tu vas porter mon emblème. Tu fais maintenant partie des "Bloody Butterfly" et comme chaque membre, tu dois pouvoir prouver ton appartenance. »

Lakmar patiente le temps que je réussisse à trouver les mots pour lui expliquer. Je ne sais pas comment lui faire comprendre. Son corps est recouvert d'encre, il aime ça, alors que je n'en ai jamais souhaité. La scène se répète et malgré moi, la peur me paralyse. Même si le lieu et les personnes sont différents, je n'arrive pas à me raisonner.

Je ne veux plus être marquée, mais si je ne le fais pas, que se passera-t-il ? J'ai parcouru la plus grosse partie du chemin, je refuse que tout s'arrête maintenant.

— Un des membres du clan m'a maintenu le visage sur le côté pour que le tatoueur fasse son job. Il avait tout prévu et ne me laissait pas le choix… Cette brûlure qui m'a surprise, suivie d'un mal de tête terrible, je ne pourrais jamais l'oublier.

Juan rigolait comme un tordu alors qu'il me broyait le crâne en appuyant de toutes ses forces dessus pour que je ne me débatte pas.

— Pourquoi l'a-t-il voulu aussi discret ?

Nick aurait souhaité que j'en porte sur tout le corps pour montrer à tous que j'étais à lui. Sauf qu'il m'utilisait pour attirer des hommes dans des endroits où il pouvait les exécuter sans témoins gênants. Les robes qu'il me faisait enfiler étaient minimalistes, laissant peu de place à l'imagination, il fallait donc que ma peau soit vierge.

— Je servais d'appât…

Lakmar se recule, le visage de plus en plus fermé.

— Tu es sa femme et il te mettait en danger ?

Je pouffe, je n'étais qu'un trophée. Il a réussi à s'emparer de la fille d'un juge, c'est tout ce qui comptait pour lui. Ça m'a pris des années à en prendre conscience. Il était déjà trop tard. Je ne sais même pas s'il m'a aimée…

— C'était le dernier de ses soucis. Je pense qu'il espérait que je me fasse tuer à un moment ou à un autre.

Pour une fois, la chance était de mon côté et je n'ai jamais eu plus que quelques légères blessures. Finalement, les plus graves ne viennent que de Nick…

Lakmar s'apprête à dire quelque chose quand il s'arrête, le regard fixé dans mon dos. Curieuse, je tourne la tête et découvre un miroir qui fait tout le mur. Le lieu où nous nous trouvons est sombre, mais nous avons une vue sur tout le salon.

— Putain, fais chier, souffle-t-il avant de river ses yeux aux miens. Si je te demande d'être sage et de ne pas parler, tu m'obéirais ?

— Tout dépend la raison, lui réponds-je franchement.

— Ezio ! Je ne savais pas que vous passiez dans le coin…

Je connais cette voix, même si je n'arrive pas à retrouver à qui elle appartient jusqu'à ce que je me penche et découvre Trish, l'ex de Lakmar.

Cette soirée où j'ai beaucoup trop abusé de l'alcool me revient en pleine tête. Et comme si elle avait un radar pour nous repérer, elle s'avance jusqu'à nous. Son regard me détaille avec dégoût avant de reporter son intérêt sur l'homme qui se trouve à mes côtés.

— Que fais-tu ici Lak ?

— J'avais quelque chose à régler, je pensais que tu ne bossais pas aujourd'hui…

Elle ricane en déboutonnant sa veste. Je n'avais pas fait attention l'autre fois. Le haut qu'elle porte laisse peu de place au doute. C'est encore peu flagrant, pourtant, son ventre est légèrement rebondi et les mots « baby » et « mom » sont difficiles à louper. Elle est enceinte, sauf que vu la soudaine crispation de Lakmar, j'imagine qu'il n'était pas au courant. Son regard est bloqué sur ce vêtement, comme si tout autour de lui s'était arrêté. C'est plus fort que moi, j'attrape sa main pour la serrer dans la mienne, mais j'obtiens un puissant rejet. Il me dégage et s'éloigne de quelques pas, sonné.

— Tu… Tu attends un gosse…

Ses paroles sont tremblantes et la douleur dans sa voix éclate clairement.

— J'ai refait ma vie Lak, alors oui, j'essaie de passer au-dessus de mon chagrin. (Les mots de cette femme sont durs et j'aimerais le prendre contre moi pour tenter d'amoindrir sa peine, sauf qu'il ne me laisse pas l'approcher.) Et apparemment toi aussi, ajoute-t-elle en me désignant.

— Ça n'a rien à voir ! Baiser quelqu'un et lui faire un gosse sont deux choses complètement différentes ! se met-il à crier, reportant l'attention sur nous.

Je suis plus touchée que je n'essaie de le montrer. En même temps, il a raison. Malgré mes sentiments, notre relation n'ira certainement jamais au-delà de nos parties de jambes en l'air.

Discrètement, Ezio nous rejoint. Il a compris que son boss commençait à perdre les pédales et le mieux pour tout le monde serait que nous partions.

— Tu bazardes Elly, ta fille, de ton existence, mais tu vas avoir un autre gamin ?

— Arrête de dire n'importe quoi. Elle sera toujours en moi, sauf qu'elle ne reviendra pas. La vie continue...

Cette dernière parole fait littéralement péter un plomb à Lakmar qui attrape une chaise et la balance avec une puissance incroyable sur le miroir, l'explosant en millier d'éclats.

Étant proche, je sens les morceaux me frôler et remercie les vêtements en cuir de protéger ma peau.

Ezio tente de se mettre en travers, c'est peine perdue. Trish reste stoïque face au déferlement de violence de son ex. Moi je n'y arrive pas. L'apercevoir aussi malheureux, me retourne l'estomac. À sa place, je pense que je ressentirais la même chose. Voir mourir son enfant est la pire des injustices.

Alors qu'il attrape un fauteuil pour le balancer, je m'agrippe à son bras de toutes mes forces et le regard qu'il pose sur moi me tétanise. Il n'est plus lui, c'est l'animal qui a pris possession de son corps. Son seul but est la destruction, si personne ne le stoppe, je ne sais pas jusqu'où il ira.

— Je t'en prie arrête, le supplié-je.

Alors qu'il jette l'objet plus loin, je perds l'équilibre et sans qu'il le veuille son poing vient percuter ma joue.

Je hurle sous le choc et m'effondre au sol, complètement sonnée. Ma figure me brûle alors que des cris fusent dans tous les sens autour de moi.

Instinctivement, je bouge la mâchoire, mais la douleur est encore trop intense.

Les secondes défilent, tentant de reprendre pied quand tout à coup, un sac de glace apparaît sous mes yeux.

— Garde ça sur ton visage quelques minutes, me lance Trish.

Je ne me fais pas prier et essaie en même temps de me redresser.

Me voyant certainement galérer, Ezio vient à ma rescousse en m'attrapant sous les aisselles pour m'aider à m'asseoir contre le mur.

Mon regard fouille immédiatement la pièce jusqu'à trouver Lakmar la tête entre les mains.

J'aimerais lui en vouloir, le détester subir une nouvelle fois sa rage, pourtant j'ai mal pour lui et lui pardonne tout. Ce n'est qu'un accident, je n'aurais pas dû me mettre au milieu.

Sur une impulsion, il quitte la salle après avoir lancé à Ezio :

— Tu l'amènes au point de rendez-vous, j'ai besoin d'air.

Il tente de le rattraper et leur discussion est vive près de la porte d'entrée, sauf que Lakmar a toujours le dernier mot...

Je suis déçue qu'il ne m'ait pas jeté un regard, même pas inquiété de l'état dans lequel je me trouve. Au moins, il éclaircit un point essentiel. Je suis amoureuse de lui, mais ça n'est pas réciproque, je dois arrêter d'espérer quoi que ce soit de cet homme et surtout me détacher de lui.

Trish a la gentillesse de m'apporter de quoi calmer mon mal de crâne avant que nous prenions à notre tour le chemin de la sortie.

Cet imprévu aura au moins eu le mérite de reporter son projet. Un symbole de gang est suffisant pour moi.

Nous rejoignons la moto dans un silence pesant.

— Tu devrais te barrer Tiara, me lance-t-il finalement en me tendant un casque.

Ce sont les premiers mots qu'il m'adresse et même si je n'y vois aucune animosité, je ne peux malheureusement pas me le permettre.

Je monte derrière lui sans répondre. Ce dernier démarre son engin quand soudain mes yeux sont attirés par une personne se trouvant de l'autre côté de la rue. C'est furtif, seulement ce visage, je le connais par cœur, si semblable au mien...

Je secoue la tête et ferme les paupières une seconde pour vérifier que je ne rêve pas, sauf qu'en reportant mon regard sur l'endroit où je l'ai aperçu, il a disparu. Ai-je halluciné avec le stress ? Ou Jean m'a-t-il retrouvée ?

CHAPITRE 36
LAHMAR

Je fonce sur la route, je veux m'éloigner de cet endroit, de cette femme, de ce bébé à naître. Elle est en cloque ! Je n'arrive pas à y croire. Qu'elle se remarie était déjà compliqué, mais un enfant avec un autre est un supplice. Je ne l'aime plus, c'est une certitude, j'ai simplement l'impression qu'elle abandonne ma fille, qu'elle ne compte plus pour elle. C'est comme un mauvais souvenir qu'on efface en s'en créant un meilleur.

Je prends un virage bien trop rapidement. Par chance, personne ne se trouve en face et puis après tout, je m'en fous. Je veux retrouver Elly, la tenir dans mes bras, la serrer contre moi, sentir son cœur battre, voir ses grands yeux découvrir le monde. Tout ça est injuste. J'accélère encore et encore jusqu'à perdre toute notion de vitesse. J'ai simplement besoin de m'éloigner.

Un flash de sa naissance me percute violemment. Cet être minuscule qui pose son regard innocent sur moi. Elle avait tout à apprendre, j'étais sa boussole, celui qui devait prendre soin d'elle jusqu'à ma mort et j'ai failli. Je hurle dans mon casque à m'en casser la voix ; ça n'est pas suffisant. J'ai l'impression que des épines me perforent tout le corps, je veux crever, me libérer de ce fardeau qui pèse trop lourd sur ma conscience. J'ai juré de la venger, une putain de promesse qui me maintient sur cette Terre, loin d'elle.

Instinctivement, je ralentis quand le visage d'une femme apparaît devant mes yeux. Je l'ai frappée… Tiara était au sol et je n'ai rien fait pour l'aider, pour m'excuser, non, je me suis juste barré. Je ne vaux finalement pas mieux que son mari.

La route défile sous mon regard sans que j'y prête une réelle attention, j'ai besoin de rouler pour évacuer. De sentir cette adrénaline parcourir mon corps, d'être sur la corde raide. Un geste trop brusque suffirait à m'envoyer dans le décor.

J'aurais pu la blesser davantage, pourtant cette inconsciente n'a pas cessé de se trouver sur mon chemin pour me calmer. Sauf que dans ces moments-là, il vaut mieux me laisser redescendre seul. Je regrette qu'elle ait assisté à ça, et encore plus de l'avoir abandonnée de cette manière. C'était l'unique possibilité pour ne pas lui faire plus de mal.

Mon téléphone se met à sonner une énième fois, j'aurais dû virer le Bluetooth !

Je retrouve peu à peu une vitesse plus correcte et peux voir le panneau indiquant Santa Fé à dix kilomètres.

Trish va avoir un gamin, alors que pour moi, c'est inconcevable après cette perte. Je suis certainement égoïste de réagir de la sorte, seulement ce sont mes tripes qui parlent, qui ont besoin de déverser leur rage. Je sais que je n'aurais pas d'autres choix que de faire avec, c'est son existence maintenant, plus la mienne. Pourtant, je n'arrive pas à m'enlever de la tête qu'elle oublie Elly. Peut-être que pour elle la vie continue. La mienne s'est arrêtée en même temps que celle de ma fille.

Je prends le chemin qui mène vers ma destination, même si je préférerais rester éternellement sur ma moto. J'ai presque envie de partir, de tout lâcher pour ne penser qu'à moi et ma vengeance, de ne plus avoir à gérer le clan. J'imaginais que ça m'occuperait l'esprit en attendant la bonne heure pour agir. Je me trompais, ça pèse beaucoup sur ma conscience. Je n'ai jamais voulu être chef, j'ai simplement récupéré le poste vacant pour me servir d'eux et pouvoir me rapprocher de mes ennemis.

Ça faisait à peine deux mois que j'avais perdu Elly quand Axel est venu sonner à ma porte. Il est l'un des rares avec qui j'avais gardé le contact. Bien sûr, nos vies étaient maintenant très différentes, il n'en restait pas moins celui que je considérais comme mon frère.

À cette époque, je n'étais qu'une loque qui se traînait dans son appartement attendant simplement que la mort l'emporte. Ce jour-là, il a réveillé mon âme la plus perfide, la plus dangereuse, en me montrant des photos d'une des caméras de la ville. On y voyait clairement Nick, leader d'un cartel, avec quelqu'un à côté de lui, la tête complètement baissée, une capuche sur le crâne, qu'il était impossible d'identifier. C'est la seule voiture qui est passée dans les horaires où a eu lieu la fusillade et surtout, l'homme assassiné près de ma petite fille était un membre actif des « Bloody Butterfly ».

Ce qu'il souhaitait surtout m'annoncer, c'était que mon paternel venait de passer l'arme à gauche. Il fumait et buvait trop, ça lui a déclenché un cancer qu'il n'a jamais soigné et il en a crevé. Je lui prédisais une mort plus douloureuse, on n'obtient pas toujours ce qu'on désire… En tout cas, il manquait une personne pour gérer le business. Axel étant le second, il s'occupait de l'intendance. Tout comme moi, il n'a jamais voulu ce destin. Même si lui est resté alors que moi j'ai tout laissé derrière moi, j'ai compris que ma place était maintenue au chaud le temps de me décider.

Il ne m'a fallu que quelques jours pour faire mon choix et trouver le plan idéal pour me débarrasser de la vermine.

Alors que j'arrive près de la cabane, Axel m'attend devant, le visage ombrageux et les bras croisés. Il va encore me faire la leçon. Je ne suis pas d'humeur à l'écouter. Je sais que j'ai pris beaucoup de risques, je n'ai pensé qu'à sortir de cette salle. C'était soit monter sur ma moto, soit tout saccager. J'imagine qu'il est au courant de tout ça grâce à Ezio.

Je me gare près du bosquet où se trouvent déjà les autres bécanes ainsi que le camion.

J'ai à peine le temps d'enlever mon casque qu'Axel me rejoint.

— T'es malade ? Tu veux te faire tuer ? Putain, t'es vraiment con ! Tu te barres comme ça, sans prévenir personne ! Et si quelqu'un t'avait suivi ? T'aurais pu attendre Ezio. Et si les flics s'étaient trouvés sur la route ?

Il est coupé dans son monologue par son portable qui sonne dans sa main.

— C'est bon, laisse tomber Sten, il est là, balance-t-il avant de raccrocher et de revenir vers moi.

Il y a un traceur dans mon téléphone, au cas où ça dérape et que quelqu'un réussisse à m'embarquer sans mon consentement. C'est l'une des premières choses que nous avons mises en place lors de ma nomination. J'imagine qu'ils étaient en train de me chercher…

— Et Tiara ? Tu l'as laissée en plan.

— Elle n'est pas seule. Je ne suis pas son chien de garde, elle peut très bien se débrouiller sans moi.

Axel pouffe.

— Si tu le dis… Je suppose que tu ne veux pas parler de Trish…

— Non.

Absolument pas, d'autant que je dois reprendre pleinement mes esprits pour ce qui va suivre. Julian va finir par débarquer, en plus de devoir faire face à Tiara et les jugements qu'elle peut porter sur moi après ce que je lui ai fait. C'est suffisant, pas besoin d'en rajouter avec mon ex.

— OK, mais ne crois pas être tiré d'affaire aussi facilement. On en reparlera.

Je n'en attendais pas moins de lui, il ne lâche jamais tant que tout n'est pas réglé.

Il sort un paquet de clopes de sa poche et je ne refuse pas quand il m'en propose une.

— Elles sont un peu spéciales, me prévient-il avant que je la porte à mes lèvres.

Rien que l'odeur m'indique qu'il ne s'agit pas uniquement de tabac. Je l'allume et tire longuement dessus, laissant la drogue se propager dans tout mon corps. Ça m'embrouille légèrement l'esprit, juste ce qu'il faut pour mettre de côté mes états d'âme quelques instants.

— Je suppose que Tiara ne porte pas notre tatouage...

Je souffle en fixant mes doigts recouverts d'encre. Chaque dessin a une importance particulière. Graver des choses sur sa peau n'est pas anodin, c'est pourtant ce que je voulais lui imposer. Tous les membres sont passés par cette étape, sauf qu'elle est différente, elle ne souhaite pas vivre parmi nous. Je me doutais bien qu'elle refuserait ce rituel, mais pas avec autant de véhémence. La découvrir en larme m'a fait revoir ma position. Il ne nous reste plus que trois jours avant d'arriver à San Diego, je ne suis pas sûr de pouvoir la convaincre en si peu de temps. Avec elle, ce tatouage a un sens différent, plus personnel, plus possessif. C'est comme marquer ma propriété, sauf que je ne dois pas oublier qu'elle est déjà à un autre.

— Elle me rend fou.

Axel ricane.

— Les femmes ont un don pour ça. Regarde où j'en suis pour Rosa...

Malgré l'euphorie provoquée par les joints, il reste profondément triste. Nous n'avons aucune certitude de la retrouver en vie, même si avec Julian, je compte bien obtenir des informations.

— Un petit combat ? proposé-je.

Nous avons tous les deux besoin de nous défouler, d'arrêter de réfléchir. Il acquiesce et il ne nous faut que quelques secondes pour nous positionner.

La première fois où nous nous sommes battus, nous n'étions que des gamins. Nous ne savions pas quoi faire. Nous lancions simplement nos poings sans technique et au final, aucun de nous n'a eu le dessus sur l'autre. Notre instructeur nous a arrêtés avant et nous a mis une branlée à chacun. Lui, il ne plaisantait pas, c'est grâce à ça que nous en sommes là aujourd'hui. La seule fierté de mon père : mon aptitude à mettre KO mes adversaires.

Greta secoue la tête en nous tendant des serviettes pour essuyer la sueur et le sang qui recouvrent nos visages.

L'arrivée d'Ezio a coupé court à notre duel. Il s'est stationné près de nous pour faire descendre sa passagère avant d'aller se garer à l'abri des regards avec les autres.

Tiara enlève son casque et tire sur l'élastique qui retient ses cheveux pour les laisser cascader dans son dos. C'est fou l'effet qu'elle me fait... Je peux le nier à qui le voudra, pas à moi-même. Elle m'attire terriblement, mais quand elle relève la tête, on ne peut pas rater le bleu qui s'étale sur sa joue. Une pointe de culpabilité m'assaille. Je regrette mon geste, bien que je ne l'ai pas fait exprès. Je me suis toujours juré de ne pas lever la main sur une femme, du moins, tant qu'elle ne s'en prend pas d'abord à moi de façon incontrôlable.

— Ba alors ma belle, tu t'es pris une porte ? lance Axel en balançant sa serviette sur son épaule.

— Plutôt un mur…

Il n'y a ni colère ni haine en disant ça. Son regard se fixe tout de même au mien. Elle cherche à savoir dans quel état je me trouve, sauf que nous n'avons pas de temps à perdre en bavardage. J'ai reçu un message de son prince charmant qui ne devrait plus tarder.

— C'est de ma faute…, commencé-je, avant qu'elle ne me coupe la parole.

— Non. J'ai voulu m'interposer et je n'aurais pas dû.

Axel nous regarde tour à tour sans vraiment comprendre, Ezio a dû oublier de lui parler de ma connerie. Je ne lui laisse pas la possibilité d'en connaître plus pour le moment. Je dois mettre quelques trucs au point.

— Julian va arriver. Je ne te demande qu'une chose, de ne lui fournir aucune information sur notre clan.

Je suis très certainement naïf, mais je n'ai pas d'autre choix que de lui faire confiance sur ce coup-là. Je l'ai intégrée, fais rencontrer les personnes les plus importantes de ma vie, si elle me trahit, je ferais en sorte qu'elle le regrette.

— Je ne lui dirais rien qui pourrait vous nuire, me répond-elle, les yeux dans les yeux. Je ne veux plus m'impliquer dans aucun gang. Vos histoires ne me concernent pas, la seule raison de sa présence est de retrouver Rosa.

Je lance un regard à Axel qui est lui aussi satisfait de ses paroles. J'acquiesce d'un hochement de tête avant que le bruit d'un moteur nous parvienne.

— Va te planquer avec les autres, ordonné-je à mon ami.

Ils sont tous dans un bosquet, bien cachés. Axel restera plus près pour s'assurer que rien ne m'arrive. Je me méfie de ce Julian qui paraît trop propre sur lui. Pour devenir second d'un chef de cartel, il a dû prouver sa loyauté et forcément se salir les mains. Malgré de longues réflexions, je ne vois pas d'autres options pour retrouver Rosa.

Une portière claque et Tiara s'avance vers la voiture qui vient de se garer derrière le cabanon. Je l'arrête, ma paume sur son bras.

— Ne me la fait pas à l'envers…, la prévins-je une dernière fois.

— Je n'ai aucun intérêt à m'en prendre à toi.

Je la relâche et elle continue son chemin.

Julian est là, dévisageant cette femme qu'il désire sans l'ombre d'un doute. Il la détaille et fronce les sourcils en découvrant le bleu sur sa joue. Je ne lui laisse pas le temps de dire quoi que ce soit.

— Vous avez quinze minutes, seul à seul. Ensuite, j'attends des infos concrètes.

Même si je n'en ai aucune envie, j'adresse un dernier regard à Tiara avant de me décaler assez pour ne plus les entendre, tout en gardant malgré tout un œil sur eux. Et je le regrette quand il l'attire dans ses bras et qu'elle le laisse faire, ces quinze minutes vont me paraître longues…

CHAPITRE 37

TIARA

Julian m'agrippe fort contre lui et j'en fais autant. Il est comme une bouée de sauvetage dans un moment de noyade. Je vais devoir lui avouer des choses dures, qui me pèsent, mais il faut absolument que je le fasse maintenant. C'est une aide que je n'avais pas prévue dans mon plan ; qui peut m'être d'une grande utilité. Il a des ressources que je n'ai pas, comme l'accès à un flingue ou tout autre gadget qui me permettrait de rester en vie assez longtemps pour nous mettre à l'abri.

— Purée, ce que tu m'as manqué, me souffle-t-il à l'oreille.

J'aimerais en dire autant. Il est rattaché à tellement de mauvais souvenirs que j'ai du mal à m'en éloigner pour ne voir que lui. Il est l'un des rares à toujours s'être montré correct avec moi. La seule chose que je pourrais lui reprocher est de m'avoir laissée m'enfoncer dans cette relation avec Nick, de ne pas avoir réagi plus vite, quand il était encore temps.

Malheureusement, nous ne pouvons refaire le passé.

Il se recule pour attraper mon visage et forcément, il ne peut pas louper ma blessure de guerre. C'est un peu douloureux. Moi qui commençais à ne plus avoir de marques sur le corps, après tout ce qui m'est arrivé depuis mon intégration dans ce clan, me voilà affublée d'une nouvelle.

— C'est lui qui t'a fait ça ? me demande-t-il en me fixant intensément. Je te jure que je ne repartirais pas tant qu'il n'arborera pas le même...

Je pose une main sur la sienne pour essayer de l'apaiser. Il n'est pas là pour se battre. De plus, tout le clan est présent et lui tomberait dessus. Je refuse qu'il se mette en danger aussi bêtement.

— C'est compliqué, oublie ça. J'ai des choses à te dire et on a peu de temps.

Il hésite, mais finit par hocher la tête et m'invite à m'asseoir sur le banc près de la cabane.

Il ne lâche pas ma main alors que je ne sais pas comment commencer la conversation. Trop de pensées se bousculent dans mon esprit, étreignant mon cœur.

— J'ai ce que tu m'as demandé... S'il le trouve, je n'ai pas envie qu'il t'arrive quoi que ce soit Tia.

Sur le message que je lui ai laissé la dernière fois, je lui indiquais vouloir un portable intraçable et surtout, qu'il accepte n'importe quelle condition pour que je puisse le voir seul. Je ne souhaitais pas trop en dire, au cas où mon mot aurait été intercepté.

— Je dois prendre le risque. Dans quelques jours, je quitterai le groupe, il est donc minime.

Je vais avoir besoin de ce téléphone pour joindre Nick quand j'approcherai de la destination.

Discrètement, il sort l'objet de sa planque et m'attrape dans ses bras pour pouvoir le déposer dans l'une de mes poches. Je vais devoir lui trouver une cachette et ça ne va pas être évident.

— Alors qu'as-tu à me dire ?

Je me rassois au fond du banc et tire sur ma queue de cheval avant de prendre une longue inspiration. Les mots se bousculent et je ne peux empêcher une larme de perler au coin de mes yeux. Y repenser me replonge là-bas, me fait à nouveau ressentir le bonheur, la peur, le désespoir.

— Le jour de ma disparition coïncide avec celui où j'ai découvert que j'étais enceinte…

Le dire à voix haute me fait terriblement mal. Ça me rappelle trop de choses que je préférerais oublier.

— Quoi ? Tu déconnes !

Julian hausse la voix, mais je veux qu'il reste discret, personne en dehors de lui ne doit être au courant !

— J'aimerais mieux... Nick n'a pas apprécié la surprise et m'a enfermée dans une cave.

C'était censé être un moment heureux, même si je ne m'y attendais pas, la joie de recevoir ce cadeau m'a fait perdre toute notion de qui était réellement mon mari. J'avais obtenu un test par une des servantes qui s'occupait de la maison. Je ne me sentais pas bien depuis des jours et mes règles n'arrivaient pas. Je me suis empressée de l'annoncer au principal intéressé et j'ai bien vite déchanté. Il m'a hurlée dessus, m'a giflée et abandonnée dans la chambre le reste de la soirée. J'étais isolée et désarmée, sauf que le pire était à venir.

Dans la nuit, il m'a réveillée en sursaut pour m'emmener dans un endroit que je ne connaissais pas, une unique pièce sans fenêtre, comprenant un matelas et un drap usé. Tout était sale et sentait le renfermé. Seuls un lavabo et un toilette me servaient de salle de bain. Il m'y a laissée pourrir durant huit mois. Des jours entiers à ne voir personne, j'ai cru perdre la tête. Les rares visites n'étaient que celles de Nick et consistaient à me donner à manger et me violer. Je ne comprends même pas comment ce petit être a fait pour s'accrocher autant à la vie. Je n'ai reçu aucun soin et ai dû accoucher par mes propres moyens.

Je ne souhaite ça à personne. J'avais des contractions depuis plusieurs jours. La douleur irradiait dans mon dos et me faisait mal à en pleurer. J'ai supplié derrière la porte close qu'on me vienne en aide, même si je savais que ce serait vain. À un moment, c'est devenu insupportable et je hurlais dans cette pièce qui je le redoutais, allait voir naître mon enfant. Je priais pour que Nick arrive et m'emmène dans un lieu plus adapté, mais mes requêtes sont restées veines.

Alors que je sentais son corps appuyé de plus en plus bas, je me suis mise à quatre pattes et n'ai pu que repenser à mon père. Quand je n'avais que seize ans, il m'a forcée à regarder un film montrant un accouchement sans aucune censure. Il voulait me dégoûter pour que je me protège à tout prix lors d'une éventuelle relation sexuelle et je dois avouer que ça a eu l'effet escompté, jusqu'à ce que Nick ne prenne plus ses précautions.

Sauf que la théorie et la pratique sont totalement différentes ! Je sentais mon bébé pousser sur mon col, je me suis instinctivement mise à en faire de même pour l'aider. Mais je perçois encore cette douleur dans mes tripes, j'étais au bord de l'évanouissement quand j'ai passé ma main entre mes jambes et touché son crâne. Du sang commençait à s'étaler sous moi et j'avais terriblement peur de mal faire, qu'il meurt alors que je tentais de lui donner la vie... C'était à la fois le plus beau et le pire jour de mon existence. Je tremblais, pleurais et suppliais pour que Nick débarque. Même si je le détestais, j'avais besoin d'aide.

Les minutes ont défilé avec une lenteur affreuse jusqu'à ce que je réussisse à l'expulser sans trop savoir comment.

Il est tombé sur le matelas et je l'ai aussitôt enroulé dans le drap, prenant uniquement le temps de regarder son sexe : un garçon, avant de le plaquer contre moi. Je l'ai serré fort, ne réalisant pas ce qui venait de se passer lorsque la porte s'est ouverte sur Nick.

— Où est cet enfant ? me demande soudain Julian. Nick ne m'a jamais dit qu'il en avait un !

La partie la plus difficile arrive. Mon cœur accélère et ma respiration se fait laborieuse. Je ne sais même pas à quoi il ressemble... Quand Nick m'a trouvée avec lui, il a aussitôt appelé un médecin qui a déboulé en un temps record, comme s'il était sur le qui-vive. Et c'est là qu'on m'a arraché mon bébé des bras et qu'après avoir coupé son cordon, on l'a emporté loin de moi. J'étais faible et malgré mes protestations, rien n'y a fait. Il n'avait que quelques minutes et déjà j'en étais séparé. Je n'avais même pas eu le temps de vérifier qu'il allait bien, qu'il était bien formé, tout s'est passé trop vite.

Le médecin est réapparu rapidement pour que je reste en vie malgré le sang qui tapissait maintenant le sol de ma cellule. Je me foutais de mon état, je voulais le voir, mais on ne m'a jamais accordé ce droit.

— Il me l'a enlevé, débité-je, le plus brièvement possible pour ne pas exploser en sanglot.

— Putain !

Julian se lève, la rage inondant son corps et fait quelques pas avant de revenir s'asseoir.

— Je ne lui ai rien dit sur notre entrevue. Il pense que je suis en repérage pour une nouvelle planque. Mais sois sûre que je vais t'aider.

— Merci. Il sait que j'arrive, c'est lui qui me l'a demandé pour que je puisse revoir mon fils. J'ai reçu une lettre il y a quelques semaines. Même sans ça, je ne pouvais pas rester plus longtemps éloignée de lui.

« *Tiara, quelle déception... Je suis venu te chercher à l'hôpital et tu avais disparu, envolée la jolie poupée. Sauf que je connais du monde et il n'a pas été difficile de mettre la main sur l'adresse de ton cher papa. Le truc c'est qu'en m'abandonnant, tu as oublié un gros détail : ton gamin ! Si tu crois que je vais payer encore longtemps une nourrice, tu te trompes. Il ne m'apporte rien d'autre que des emmerdes et je n'en veux pas. Je te laisse un mois pour me rejoindre à Tijuana, après ça, je le flingue ! Une femme doit être auprès de son mari! Je t'attends...»*

Je connais par cœur chaque mot qu'il a employé, chaque menace et ça me retourne l'estomac rien que d'y repenser. Je ne sais pas s'il oserait vraiment tuer son propre enfant, son descendant. Je n'ai aucune envie de le tester.

— Quel merdier! Il ne me laissera pas venir avec toi. Je ne pourrais pas te protéger... Jamais il ne te donnera la possibilité de repartir, tu en as conscience?

Évidemment, mais quel autre choix ai-je? Je vais tenter quelque chose, en croisant les doigts pour que tout se produise comme je me l'imagine. Il est hors de question qu'il arrive quoi que ce soit à mon bébé, je suis obligée de me rendre là-bas.

— Je dois le récupérer...

— Je sais Tia! Ça ne va pas être simple.

Je passe une main sur mon visage pour essayer de refouler mes larmes qui ne changeront rien à la situation.

— J'aimerais seulement que tu retrouves mon fils et le protèges, moi je me débrouille.

Son regard se visse au mien et je devine qu'il n'approuve pas mes paroles. La vie de mon enfant compte plus que la mienne, alors peu importe ce qu'il peut en penser.

— Promets-moi d'essayer de le sortir de ses griffes si je n'y arrive pas.

Il attrape mes doigts qu'il enlace.

— OK, je ferais tout ce que je peux.

— Merci…

Un silence s'installe alors que mes réflexions sont focalisées sur ce petit être qui me manque terriblement.

— Et lui ? Qu'est-ce que tu fais avec ce mec ? me demande-t-il en faisant un signe de tête vers Lakmar.

Je cligne des yeux, pour reprendre pied avec le présent. Si seulement j'avais la réponse… Je ne voulais que profiter de son clan pour arriver entière au rendez-vous de Nick. J'ai rencontré beaucoup de monde durant les années passées avec lui, ça pourrait être dangereux si quelqu'un me reconnaissait. Sauf que c'est dans le piège de Lakmar que je suis tombée la tête la première. Je ne sais même pas comment je vais me débarrasser de lui avant de filer au Mexique. Je repousse cette question, alors que celle de Julian me désarçonne.

— Il m'aide simplement à traverser le pays.

Julian hausse un sourcil. Ce n'est pas la réponse qu'il attendait, mais je n'ai pas envie de tout lui révéler, d'autant que certaines choses ne sont pas admissibles. Avoir des sentiments pour un homme qui vous prend quasiment en otage est loin d'être sain ni tolérable.

— Et il fait ça par bonté d'âme ? De plus, pour un gang rival ?

Il essaie de me coincer, quand je vois Lakmar revenir vers nous. C'est déjà la fin de notre entretien et je dois avouer qu'il tombe à pic.

Nous nous levons pour faire face à cet homme tout de même impressionnant. Il a un charisme imposant, on ne peut pas le nier.

— L'amusement est fini, nous coupe-t-il en sortant une cigarette de sa poche.

Julian me lance un dernier regard réprobateur avant de se tourner vers son adversaire du jour.

— Pour l'instant, votre amie se trouve dans la propriété de Nick, mais elle doit être transférée dans une de nos planques.

— Pourquoi ce changement de lieu ?

Julian sourit, fier de lui.

— Parce que je l'ai suggéré… C'est le seul moyen pour que vous la récupériez. Je peux vous donner la plaque du véhicule et le nombre de gars qui l'accompagneront, ainsi qu'une partie du trajet avec les heures d'arrêt programmées.

Lakmar souffle sa fumée dans sa direction.

— Et tu veux quoi en échange ? Je suppose que ce rendez-vous n'est pas suffisant...

— Tiara.

J'ai un mouvement de recul, ne comprenant pas ce qu'il raconte. Il n'a jamais été prévu que je voyage avec lui. Il est certain que ça serait le plus rapide. Penser à quitter le clan me pince le cœur.

— Tu te doutes qu'il n'en est pas question.

— Une femme contre une autre, c'est un marché plus qu'équitable. En plus, je trahis la confiance de Nick, c'est un sacré gros risque qui mérite une récompense à la hauteur.

Lakmar fait craquer sa nuque et pour commencer à le connaître, je pressens que les choses vont dégénérer.

— Ce n'est pas intelligent de venir seul...

— Tout de suite les grands mots. Tu penses bien que j'ai une assurance. Si tu t'en prends à moi, ta copine meurt, et le cartel saura que tu en es le responsable. Il n'est pas difficile de vous trouver...

Ils me font l'impression de deux coqs et j'aimerais apporter mon point de vue, sauf qu'avant que je n'aie pu ouvrir la bouche, Lakmar attrape mon bras et me plaque fermement contre son torse. Une de ses mains entoure ma gorge, me bloquant la respiration.

— Tu as trois minutes. Soit tu me donnes toutes les informations nécessaires, soit elle meurt.

Alors que je tente de reprendre de l'air, je sens ses doigts relâcher légèrement la pression, qui me permet de garder conscience. Et je comprends ce qu'il essaie de faire. Ça ne me plaît pas de jouer avec Julian de cette manière, mais si ça peut l'amener à parler, je m'exécute. Je souhaite retrouver Rosa pour Axel et j'aurais simplement pu le demander moi-même. Il faut toujours que Lakmar en fasse des tonnes pour prouver sa supériorité.

J'ouvre grand la bouche et me mets à griffer la main de mon faux bourreau, sauf qu'il la ressert imperceptiblement, me prévenant de ne pas abuser de mon jeu de comédienne.

— Tu ne le feras pas, répond Julian en serrant les poings.

— C'est ce qu'on verra. Elle ne fait pas partie de mon clan !

Cette pique m'est directement destinée, mais je ne peux pas répliquer. Je feins de commencer à m'évanouir pour que ça se termine plus vite. Et Julian mord à l'hameçon, mettant fin à mon calvaire imaginaire.

— C'est bon ! Laisse-là !

La poigne de Lakmar se détache légèrement de ma peau et j'inspire autant que possible, comme si je retrouvais l'air qui m'avait manqué.

Je dois avouer que j'ai apprécié cet instant de complicité et suis presque déçue qu'il s'écarte de mon corps.

— Tu es vraiment lâche pour t'en prendre à elle à chacune de nos rencontres. Ne sois pas si jaloux.

— C'est plutôt toi qui me montres trop facilement tes faiblesses, je ne fais qu'en profiter. Si tu n'étais pas amoureux d'elle, ça ne te toucherait pas autant... J'ai perdu assez de temps, alors dépêche-toi de me balancer ce que tu sais.

La mâchoire de Julian se crispe, parce que Lakmar a visé juste. Ce n'est pas un secret, il me l'a déjà avoué, même si ça date de plus de deux ans maintenant. Son regard se pose sur moi et je hoche la tête pour l'inciter à parler. Après tout, Lakmar a respecté sa parole en nous laissant seuls, à Julian d'en faire autant.

CHAPITRE 38
LAHMAR

Les voir aussi tactiles augmente ma tension. Et ce ne sont pas les messages intempestifs d'Axel qui l'ont fait baisser. Il nous observe et s'amuse à me narguer. Je ne sais pas comment je le supporte !

J'avoue qu'à un moment, j'ai vraiment eu envie d'étrangler Tiara… Mais pour une fois qu'elle nous aide volontairement, je ne pouvais pas faire ça. J'aimerais qu'elle comprenne que même si elle ne le désire pas, elle est impliquée dans notre clan, elle se bat à nos côtés. Elle peut se leurrer autant qu'elle veut, les faits sont là.

Julian me fixe, prêt à mordre alors que j'entoure naturellement la taille de Tiara pour la plaquer à nouveau contre moi. C'est stupide, pourtant j'ai besoin de sa chaleur et si je peux faire enrager l'autre bâtard, je ne vais pas m'en priver…

Mon adversaire souffle avant de passer une main dans sa poche. Je m'attends à tout, même si je ne bronche pas. Axel a un flingue pointé sur sa tête et tirera à la moindre menace. Pour l'instant, Tiara me sert de couverture, je suis certain qu'il ne s'en prendrait pas à elle.

Contre toute attente, il sort un papier et le tend vers moi. Tiara l'attrape et me le fourre dans la main.

— Voilà tout ce dont tu as besoin de savoir.

Je déplie la feuille pour apercevoir un morceau de carte avec un tracé en rouge, ainsi que des heures de départ et d'arrivée. C'est prévu pour dans trois jours, exactement ce qu'il nous faut pour parcourir les derniers kilomètres avant que Tiara ne parvienne à San Diego, destination à laquelle elle doit quitter le groupe…

— Bien. Tu as intérêt à ce que les infos soient justes…

Je crains un piège, c'est trop facile pour être vrai, mais nous n'avons pas d'autres options. Nous devons au moins tenter le coup et au pire, je le retrouverais.

— Elles le sont. Il est temps que je parte.

Nous aussi, nous avons encore de la route. J'acquiesce alors que Tiara se détache de moi pour fondre dans les bras de mon nouvel ennemi. Je sais qu'ils ont une histoire, un passé auquel je suis étranger, mais les voir proches m'écœure. Mes poings me démangent et je dois faire un effort considérable pour le laisser remonter dans sa voiture sans lui avoir mis une raclée. Cette possessivité que je ressens envers elle m'est inconnue. D'ordinaire, je me fous bien de ces femmes qui traversent ma vie et même avec Trish, je n'ai jamais eu ce rapport. Notre relation était particulière, nous étions assez libres, alors que Tiara, j'ai envie de l'enchaîner à moi pour qu'elle me soit entièrement dévouée. Je perds la boule, elle m'a retourné le cerveau avec son cul, je ne vois pas d'autres explications. Il faut que je calme mes ardeurs, ça ne m'apportera que des problèmes.

La voiture de Julian s'engage dans le chemin alors que Tiara revient vers moi.

— On a des choses à se dire, me lance-t-elle d'un ton sec.

Je ne sais pas de quoi j'ai le plus envie… Lui parler ou la baiser pour lui montrer qui lui donne des orgasmes depuis quelques jours…

Elle croise les bras, sauf que ce geste fait dangereusement remonter ses seins que je ne peux qu'admirer.

— Je t'écoute, lui réponds-je, des images indécentes en tête.

On n'a pourtant pas le temps pour une discussion, Axel va débarquer, mais voir son visage ombrageux m'excite.

— Pourquoi te comportes-tu comme un connard avec lui ?

Je ne peux empêcher le coin de ma bouche de se relever dans un léger sourire.

— Parce que j'en ai toujours été un...

Ma réponse ne peut être plus franche et je ne m'en suis jamais caché. Si elle ne s'en est pas encore rendu compte, c'est qu'elle a un sérieux souci.

Elle n'apprécie pas mes paroles. Ses poings se serrent alors que ses yeux me fusillent. Son visage est fermé et ses joues se mettent à rosir.

— D'une, je ne suis pas ta chose et ne t'appartiens pas. On couche ensemble, certes, mais ça ne te donne aucun droit sur moi. J'ai assez subi l'attention de Nick, ce n'est pas pour recommencer. De deux, je ne peux pas passer sur le fait que tu as tué une femme, laissant sa fille complètement seule. Tu l'as privée de ce qu'il y a de plus important. Je ne veux pas faire partie de ça. Je sais que tu as des obligations, tu dois montrer ta supériorité. En revanche, je n'ai pas à l'accepter. Tu l'as dit, je ne suis pas des vôtres et ne le serais jamais. Ce n'est pas un tatouage qui changera quoi que ce soit.

Je l'ai laissée finir son monologue, avant de démonter ses arguments les uns après les autres. Elle peut me reprocher ce qu'elle souhaite, par contre, elle n'a aucun droit de juger mes actes.

— Tu as tord, commencé-je. Tu es à moi depuis le jour où tu nous as rejoints, comme chaque membre du clan. Tu as pris une décision, personne ne t'y a forcé, tu as accepté de me confier ta vie, de ce fait, si, tu m'appartiens que tu le veuilles ou non. (Elle se renfrogne, n'argumente pas, alors je continue.) Pour ce qui est de cette femme, elle nous a trahis ! Son destin était scellé à partir du moment où elle a consenti à coopérer avec les « Butterfly ».

— Elle n'avait pas d'autres choix pour sauver son mari ! Quand on aime quelqu'un, on ferait tout pour lui. Tu aurais pu l'emmener avec sa fille.

— Et qu'elle conduise Nick chez ma sœur ? Comme tu dis, quand on aime, on ferait tout pour que la personne soit en sécurité. Il est hors de question que je mette Aurora en danger pour une balance ! réponds-je hargneusement.

Je lui avoue ma plus grande faiblesse, mais elle a déjà dû s'en rendre compte. Tiara ferme enfin son clapet alors que je vois Axel s'avancer vers nous.

— Pour ce qui est de ton appartenance, crois ce que tu veux, toi et moi, on sait ce qu'il en est. Si tu n'étais pas des nôtres, pourquoi avoir si bien joué la comédie devant ton petit copain ? lui soufflé-je à l'oreille, avant de m'approcher de mon ami, n'attendant pas sa réponse.

— Alors, il a des nouvelles ?

Je lui tends la feuille. Je n'ai aucune confiance en Julian, mais ça reste notre meilleur plan. Il faut qu'on soit prudent. Même si voir Axel regagner un peu d'espoir, me prouve que nous allons devoir nous jeter dans la gueule du loup.

Nous rejoignons le groupe qui est bien plus calme et silencieux que d'ordinaire. Ils devaient se faire discrets pour Julian et pour une fois, je peux dire qu'ils ont parfaitement obéi.

— C'est risqué, finit par me dire Axel alors que nous retrouvons les bécanes.

— Dans tous les cas, il y aura du sang, jamais ils ne nous la rendront aussi facilement.

Il acquiesce alors que j'enjambe ma moto pour m'y asseoir.

Tiara nous a suivis et la tension qui la parcourt est palpable. Vivement que nous arrivions à notre étape pour que je détende chacun de ses muscles en profondeur... Sa petite scène est loin de m'avoir rebuté, au contraire, je veux lui montrer encore et encore que je suis maître de son corps.

Je lui fais un signe, lui signifiant qu'elle reprend la place derrière moi. J'ai pété un plomb au salon. Je tente encore de refouler la tempête toujours présente au fond de moi. Je dois faire des choix dans les sujets qui encombrent mon esprit et Trish vient en dernier dans ma liste. Pour les trois jours restants, je dois me concentrer sur Tiara et le sauvetage de Rosa en plus des armes que nous devons récupérer, ce sera déjà bien suffisant.

Je lui tends son casque et enfile le mien en silence. Je reprends ma place à côté du camion, comme c'est toujours le cas, alors que le premier groupe ne tarde pas à se mettre en route.

J'aime être un nomade, je ne conçois plus ma vie autrement. En même temps, j'ai parfois des instants de nostalgie. Pendant huit ans, j'ai vécu dans un appartement, à rentrer chez moi tous les soirs. Ça n'avait d'intérêt que pour la présence de ma fille. Elle était mon point d'ancrage, peu importe le lieu où nous nous trouvions.

Je démarre et m'élance à mon tour. Nous restons en alerte, Julian a pu nous tendre un piège et attendre que je sorte pour se montrer.

Arrivés au bout du chemin, nous reprenons tranquillement notre route. Nous n'en avons que pour une heure et demie pour rejoindre Taos et enfin nous poser. Cette journée est longue et difficile, j'ai besoin de décompresser.

Malgré moi, mes pensées dérivent vers Elly. Mes mains se resserrent autour des poignets alors que je visualise Trish arborant un ventre rond. Elle ne m'a rien dit. La dernière fois, elle portait un manteau qui couvraient parfaitement ses formes. Comptait-elle me l'apprendre quand cet enfant serait là ? Bien sûr, j'aurais mal réagi, seulement je n'aurais pas eu l'impression d'être pris pour un con. Même si nos relations sont compliquées, j'ai encore de la tendresse pour elle. Comment oublier la seule femme dont je sois tombé amoureux ? Je ne suis pourtant pas un grand sentimental, mais elle m'a donné ma fille et rien que pour ça, je lui en serais toujours reconnaissant.

Je secoue la tête pour me concentrer sur le trajet. Dans tous les cas, je ne peux rien faire pour changer les choses. Elly ne ressuscitera pas et Trish gardera ce bébé.

Mon casque se met à sonner et je décroche aussitôt, content d'avoir une distraction.

— Oui.

— Lak, on vient de croiser les flics qui font des contrôles.

Mon esprit se reconnecte avec l'instant présent. Ezio fait partie du premier groupe qui se trouve à environ cinq kilomètres de nous. Sur la voie sur laquelle nous sommes engagés, nous n'avons pas beaucoup de solutions de repli. On pourrait attendre qu'ils en aient marre et se barrent, mais ça nous ferait perdre du temps.

— Ils sont nombreux ?

— J'en ai compté cinq.

— Ils vous ont contrôlés ?

— Non, par contre ils nous ont bien fixés, comme s'ils cherchaient quelqu'un.

Je dépasse le camion et ferme la main en soulevant deux doigts, indiquant à Jon qu'il continue sa route quoi qu'il arrive.

— OK, ralentissez, on va laisser avancer la cargaison, vous la récupérez.

Je n'attends pas son accord, je sais qu'il obéira sans hésiter. Ça peut être dangereux, mais faire demi-tour ne serait vraiment pas discret. Ils n'en ont peut-être rien à faire de nous...

Le camion nous distance alors que je m'approche d'Axel qui a compris que nous avons un souci. Mes deux autres gars en font de même. Si la marchandise passe sans encombre, je ne prendrai pas de risques et nous changerons de direction avant de les rejoindre quelques kilomètres plus loin. C'est un jeu du chat et de la souris entre nous. Les flics tentent de m'attraper depuis des mois. La nouvelle de ma nomination à la tête du clan s'est très vite répandue et je me retrouve forcément dans leur ligne de mire.

Les doigts de Tiara se resserrent sur mon ventre, me remémorant sa présence, et surtout que je dois éviter de la mettre en danger. Je fais signe aux autres que nous faisons une pause le temps d'observer la réaction de la police.

Une fois sur le bord de la route, j'appelle Greta qui me répond immédiatement.

— Qu'est-ce qu'il se passe ? me demande-t-elle inquiète.

— Un imprévu. Dès que tu vois la patrouille, tu me dis si quelque chose cloche. La première équipe vous attend juste après.

— Ne prends pas de risque Lak, me sermonne-t-elle.

Elle sait que tout ce qui compte est que les armes ne soient pas repérées. Le reste, c'est mon problème. Si le chargement n'atteint pas son lieu de livraison, je ne serais pas le seul à avoir des ennuis et je refuse que quoi que ce soit arrive aux autres membres.

— Lak, on est passé sans soucis. Par contre, une voiture est partie dans votre direction.

Sans plus réfléchir, je dérape en accélérant trop fort pour prendre la route en sens inverse.

Je ne sais pas combien d'agents se trouvent dans la bagnole. Nous, nous sommes quatre et d'autres vont bientôt nous croiser avant de nous rejoindre. Je n'ai pas encore prévenu le troisième groupe, mais ils vont rapidement comprendre le problème.

Nous roulons à une vitesse bien plus haute que la limitation, pourtant, je vois nos poursuivants dans mon rétroviseur.

Comme prévu, nous faisons face aux derniers membres du clan et je leur indique de faire demi-tour. Intelligents, ils laissent passer la voiture de police, pour que nous l'encadrions.

Je peux remercier mon paternel pour une chose au moins, c'est d'avoir à tout prix voulu m'apprendre les routes les plus fréquentes de nos trajets et surtout, les endroits discrets où se planquer.

C'est comme ça que je sais qu'à sept kilomètres, un chemin mène à une ancienne usine. Tout est à l'abandon depuis plus de vingt ans, ce sera parfait !

À la vitesse où nous roulons, il ne nous faut que quelques minutes pour l'atteindre. Et les flics nous suivent sans même réfléchir, je commence à me dire que nous avons à faire soit à des petits nouveaux soit à des abrutis.

Nous pénétrons dans le hangar et nous garons derrière un mur encore debout. Je me dépêche, mais Tiara doit d'abord descendre de la moto. Même si elle a compris qu'elle devait être rapide, Axel est déjà en position de tire tout comme les autres alors que j'attrape à peine mon flingue.

Par chance, des trous sont disséminés dans la plaque de placo et me permettent de visualiser la voiture qui est restée près de l'entrée.

Un homme en sort beaucoup trop tranquillement. Il est loin et mon casque m'encombre, malgré ma visière relevée. Je remarque vite qu'il est seul. C'est un inconscient ! Il est suicidaire ou quoi ?

Il se pose lentement contre sa caisse en croisant les bras. Il porte des vêtements de civil, bien que je me doute qu'il est armé.

— Je veux simplement vous parler ! nous lance-t-il, beaucoup trop sûr de lui.

Je ne compte pas me montrer aussi facilement, je ne suis pas fou comme lui. Et surtout, j'ai encore des choses à faire avant de rejoindre ma fille.

Je remarque Tiara du coin de l'œil et tourne la tête vers elle. Elle a enlevé son casque et je vois clairement la peur traverser ses prunelles. Je ne comprends pas ce qui lui arrive et m'apprête à ouvrir la bouche pour le lui demander quand je suis coupée par l'homme de l'autre côté du mur.

— Tiara, sors de ta cachette ! lance le gars.

Je fronce les sourcils en comprenant la nature de leurs relations. Je la dévisage attendant qu'elle me donne une confirmation qui ne vient pas. Je me redresse pour me positionner face à elle et attrape fermement sa mâchoire.

— Qui est ce mec ? soufflé-je contre ses lèvres.

Axel et les autres nous fixent, se demandant quoi faire.

Tiara garde la bouche scellée, sauf que ma patience s'étiole très vite. Je la relâche avant de m'avancer hors de notre planque, mon arme dirigée vers la tête de ce type. Si elle ne parle pas, je le bute !

— Non ! Lakmar ! hurle Tiara, en trottinant jusqu'à moi et attrapant mon bras. Ne fais pas ça ! C'est mon frère !

À suivre...

REMERCIEMENTS

J'ai enfin réussi à finir cette histoire qui n'a pas quitté ma tête durant près d'un an et demi. Je me suis complètement immergée dans leur univers et je dois avouer que j'ai eu beaucoup de mal à poser le mot « fin », mais c'est fait.

Dans ce premier tome, je vous laisse faire la connaissance de Lakmar et Tiara entre autres... Ils sont tout autant pressés que moi de vous rencontrer. Leurs vies sont assez mouvementées, il faut réussir à les suivre.

Si c'est déjà chose faite, je vous remercie de vous être plongée dans cette fiction. En espérant que la suite et fin sera à la hauteur de vos attentes.

Je commence par remercier des personnes qui me sont particulièrement chères, les premières lectrices de mes nouvelles aventures. Je suis en écriture depuis de très longs mois et elles sont d'un soutien indéfectible. Aurore F., Julie, Nadia, Aurélie, Adeline et Aurore B., merci infiniment pour votre investissement. Je vous aime les filles.

Merci Adeline, pour ton fabuleux dessin, en plus du papillon et de l'emblème. Je t'ai bien compliqué la tâche cette fois-ci et je ne suis jamais déçue du résultat.

Merci à Aurore F., pour les corrections que tu as faites.

Merci Virginie et Blandine pour leur lecture finales et vos avis que j'attends autant que je redoute.

Merci à mon mari de me soutenir même s'il ne me lit pas. Je t'aime mon amour.

Merci à ma maman qui n'en pouvais plus de m'entendre lui dire que je n'avais pas fini d'écrire. Mais n'oublie pas que tu en as quelques-uns en retard à lire. Je t'aime très fort.

Et pour finir, parce qu'il compte énormément dans ma vie, merci à mon chien, Haribo. L'ordinateur le dérange souvent, l'empêchant de me faire des câlins, dure la vie de toutou.

CreateSpace Independent Publishing Platform
ISBN : 979-10-96798-25-4
Dépôt légal : Mars 2021

Printed by Amazon Italia Logistica S.r.l.
Torrazza Piemonte (TO), Italy

56277750R00308